阅读希腊悲剧

〔英〕西蒙·戈德希尔 著

章丹晨 黄政培 译

Classics & Civilization

生活·讀書·新知 三联书店

图书在版编目（CIP）数据

阅读希腊悲剧／（英）西蒙·戈德希尔著；章丹晨，
黄政培译.—北京：生活·读书·新知三联书店，
2020.1（2021.5重印）
（古典与文明）
ISBN 978－7－108－06591－9

Ⅰ．①阅…　Ⅱ．①西…②章…③黄…　Ⅲ．①悲剧－戏剧文学－
古典文学研究－古希腊　Ⅳ．① I545.073

中国版本图书馆 CIP 数据核字（2019）第 091564 号

Reading Greek Tragedy, by Simon Goldhill
©Cambridge University Press 1986
本书中文简体版权由剑桥大学出版社授权。

本书由中山大学博雅学院古典学丛书出版计划资助，特此致谢。

特邀编辑　童可依
责任编辑　王晨晨
装帧设计　薛　宇
责任印制　董　欢
出版发行　生活·讀書·新知 三联书店
　　　　　（北京市东城区美术馆东街 22 号　100010）
网　　址　www.sdxjpc.com
图　字　01-2015-6088
经　　销　新华书店
印　　刷　河北鹏润印刷有限公司
版　　次　2020 年 1 月北京第 1 版
　　　　　2021 年 5 月北京第 2 次印刷
开　　本　880 毫米×1092 毫米　1/32　印张 16.5
字　　数　328 千字
印　　数　6,001－9,000 册
定　　价　68.00 元
（印装查询：01064002715；邮购查询：01084010542）

"古典与文明"丛书
总 序

甘阳　吴飞

　　古典学不是古董学。古典学的生命力植根于历史文明的生长中。进入 21 世纪以来，中国学界对古典教育与古典研究的兴趣日增并非偶然，而是中国学人走向文明自觉的表现。

　　西方古典学的学科建设，是在 19 世纪的德国才得到实现的。但任何一本写西方古典学历史的书，都不会从那个时候才开始写，而是至少从文艺复兴时候开始，甚至一直追溯到希腊化时代乃至古典希腊本身。正如维拉莫威兹所说，西方古典学的本质和意义，在于面对希腊罗马文明，为西方文明注入新的活力。中世纪后期和文艺复兴对西方古典文明的重新发现，是西方文明复兴的前奏。维吉尔之于但丁，罗马共和之于马基雅维利，亚里士多德之于博丹，修昔底德之于霍布斯，希腊科学之于近代科学，都提供了最根本的思考之源。对古代哲学、文学、历史、艺术、科学的大规模而深入的研究，为现代西方文明的思想先驱提供了丰富的资源，使他们获得了思考的动力。可以说，那个时期的古典学术，就是现代西方文明的土壤。数百年古典学术的积累，是现代西方文明的命脉所系。19世纪的古典学科建制，只不过是这一过程的结果。随着现代研究性大学和学科规范的确立，一门规则严谨的古典学学科应运而生。但我们必须看到，西方大学古典学学科的真正基础，乃在于古典教育在中学的普及，特别是拉丁语和古希腊语曾长期为欧洲中学必修，才可能为大学古典学的高深研究源源不断地提供人才。

19世纪古典学的发展不仅在德国而且在整个欧洲都带动了新的一轮文明思考。例如，梅因的《古代法》、巴霍芬的《母权论》、古朗士的《古代城邦》等，都是从古典文明研究出发，在哲学、文献、法学、政治学、历史学、社会学、人类学等领域带来了革命性的影响。尼采的思考也正是这一潮流的产物。20世纪以来弗洛伊德、海德格尔、施特劳斯、福柯等人的思想，无不与他们对古典文明的再思考有关。而20世纪末西方的道德思考重新返回亚里士多德与古典美德伦理学，更显示古典文明始终是现代西方人思考其自身处境的源头。可以说，现代西方文明的每一次自我修正，都离不开对古典文明的深入发掘。正是在这个意义上，古典学绝不仅仅只是象牙塔中的诸多学科之一而已。

由此，中国学界发展古典学的目的，也绝非仅仅只是为学科而学科，更不是以顶礼膜拜的幼稚心态去简单复制一个英美式的古典学科。晚近十余年来"古典学热"的深刻意义在于，中国学者正在克服以往仅从单线发展的现代性来理解西方文明的偏颇，而能日益走向考察西方文明的源头来重新思考古今中西的复杂问题，更重要的是，中国学界现在已经超越了"五四"以来全面反传统的心态惯习，正在以最大的敬意重新认识中国文明的古典源头。对中外古典的重视意味着现代中国思想界的逐渐成熟和从容，意味着中国学者已经能够从更纵深的视野思考世界文明。正因为如此，我们在高度重视西方古典学丰厚成果的同时，也要看到西方古典学的局限性和多元性。所谓局限性是指，英美大学的古典学系传统上大多只研究古希腊罗马，而其他古典文明研究例如亚述学、埃及学、波斯学、印度学、汉学以及犹太学等，则都被排除在古典学系以外而被看作所谓东方学等等。这样的学科划分绝非天经地义，因为法国和意大利等的现代古典学就与英美有所不同。例如，著名的西方古典学重镇，韦尔南创立的法国"古代社会比较研究中心"，不仅是古希腊研究的重镇，而且广泛包括埃及学、亚述学、汉学乃至非洲学等各方面专家，在空间上大大突破了古希腊罗马的范围。而意大利的古典学研究，则由于意大利历史的特殊性，往往在时间上不完全限于古希腊罗马的时段，而与中世纪及文艺复兴研究多有关联（即使在英美，由于晚近以来所谓"接受研究"成为古典学的显学，也使得古典学的研究边界越来越超出传统的古希腊罗马时期）。

从长远看，中国古典学的未来发展在空间意识上更应参考法国古典学，不仅要研究古希腊罗马，同样也应包括其他的古典文明传统，如此方能参详比较，对全人类的古典文明有更深刻的认识。而在时间意识上，由于中国自身古典学传统的源远流长，更不宜局限于某个历史时期，而应从中国古典学的固有传统出发确定其内在核心。我们应该看到，古典中国的命运与古典西方的命运截然不同。与古希腊文字和典籍在欧洲被遗忘上千年的文明中断相比较，秦火对古代典籍的摧残并未造成中国古典文明的长期中断。汉代对古代典籍的挖掘与整理，对古代文字与制度的考证和辨识，为新兴的政治社会制度灌注了古典的文明精神，堪称"中国古典学的奠基时代"。以今古文经书以及贾逵、马融、卢植、郑玄、服虔、何休、王肃等人的经注为主干，包括司马迁对古史的整理、刘向父子编辑整理的大量子学和其他文献，奠定了一个有着丰富内涵的中国古典学体系。而今古文之间的争论，不同诠释传统之间的较量，乃至学术与政治之间错综复杂的关系，都是古典学术传统的丰富性和内在张力的体现。没有这样一个古典学传统，我们就无法理解自秦汉至隋唐的辉煌文明。

从晚唐到两宋，无论政治图景、社会结构，还是文化格局，都发生了重大变化，旧有的文化和社会模式已然式微，中国社会面临新的文明危机，于是开启了新的一轮古典学重建。首先以古文运动开端，然后是大量新的经解，随后又有士大夫群体仿照古典的模式建立义田、乡约、祠堂，出现了以《周礼》为蓝本的轰轰烈烈的变法；更有众多大师努力诠释新的义理体系和修身模式，理学一脉逐渐展现出其强大的生命力，最终胜出，成为其后数百年新的文明模式。称之为"中国的第二次古典学时代"，或不为过。这次古典重建与汉代那次虽有诸多不同，但同样离不开对三代经典的重新诠释和整理，其结果是一方面确定了十三经体系，另一方面将"四书"立为新的经典。朱子除了为"四书"做章句之外，还对《周易》《诗经》《仪礼》《楚辞》等先秦文献都做出了新的诠释，开创了一个新的解释传统，并按照这种诠释编辑《家礼》，使这种新的文明理解落实到了社会生活当中。可以看到，宋明之间的文明架构，仍然是建立在对古典思想的重新诠释上。

在明末清初的大变局之后，清代开始了新的古典学重建，或可称为"中国的第三次古典学时代"：无论清初诸遗老，还是乾嘉盛时的各位大师，虽然学问做法未必相同，但都以重新理解三代为目标，以汉宋两大古典学传统的异同为入手点。在辨别真伪、考索音训、追溯典章等各方面，清代都取得了巨大的成就，不仅成为几千年传统学术的一大总结，而且可以说确立了中国古典学研究的基本规范。前代习以为常的望文生义之说，经过清人的梳理之后，已经很难再成为严肃的学术话题；对于清人判为伪书的典籍，诚然有争论的空间，但若提不出强有力的理由，就很难再被随意使用。在这些方面，清代古典学与西方19世纪德国古典学的工作性质有惊人的相似之处。清人对《尚书》《周易》《诗经》《三礼》《春秋》等经籍的研究，对《庄子》《墨子》《荀子》《韩非子》《春秋繁露》等书的整理，在文字学、音韵学、版本目录学等方面的成就，都是后人无法绕开的，更何况《四库全书总目提要》成为古代学术的总纲。而民国以后的古典研究，基本是清人工作的延续和发展。

我们不妨说，汉、宋两大古典学传统为中国的古典学研究提供了范例，清人的古典学成就则确立了中国古典学的基本规范。中国今日及今后的古典学研究，自当首先以自觉继承中国"三次古典学时代"的传统和成就为己任，同时汲取现代学术的成果，并与西方古典学等参照比较，以期推陈出新。这里有必要强调，任何把古典学封闭化甚至神秘化的倾向都无助于古典学的发展。古典学固然以"语文学"（philology）的训练为基础，但古典学研究的问题意识、研究路径以及研究方法等，往往并非来自古典学内部而是来自外部，晚近数十年来西方古典学早已被女性主义等各种外部来的学术思想和方法所渗透占领，仅仅是最新的例证而已。历史地看，无论中国还是西方，所谓考据与义理的张力其实是古典学的常态甚至是其内在动力。古典学研究一方面必须以扎实的语文学训练为基础，但另一方面，古典学的发展和新问题的提出总是与时代的大问题相关，总是指向更大的义理问题，指向对古典文明提出新的解释和开展。

中国今日正在走向重建古典学的第四个历史新阶段，中国的文明复兴需要对中国和世界的古典文明做出新的理解和解释。客观地说，这一轮古典学的兴起首先是由引进西方古典学带动的，刘小枫和甘阳教授主编的"经典与解释"丛书在短短十五年间（2000—2015）出版了三百五十余种重要译著，为中国学界了解西方古典学奠定了基础，同时也为发掘中国自身的古典学传统提供了参照。但我们必须看到，自清末民初以来虽然古典学的研究仍有延续，但古典教育则因为全盘反传统的笼罩而几乎全面中断，以致今日中国的古典学基础以及整体人文学术基础都仍然相当薄弱。在西方古典学和其他古典文明研究方面，国内的积累更是薄弱，一切都只是刚刚起步而已。因此，今日推动古典学发展的当务之急，首在大力推动古典教育的发展，只有当整个社会特别是中国大学都自觉地把古典教育作为人格培养和文明复兴的基础，中国的古典学高深研究方能植根于中国文明的土壤之中生生不息茁壮成长。这套"古典与文明"丛书愿与中国的古典教育和古典研究同步成长！

2017 年 6 月 1 日于北京

给肖珊娜·希拉

我的花朵，我的歌声

一曲激烈的歌将我们
牵引，早已听得厌烦。
盲目地，我们跟随着，
雨丝倾斜，水雾飘摇，
去往我们未知的土地。

邦廷

目 录

前　言

　　我建议避免对叙事进程做明确和自觉的讨论。我
建议避免对叙事进程做明确和自觉的讨论。

——约翰·巴思

　　这本书意在对希腊悲剧做更进一步的批评性研究，主
要针对那些不会或几乎不懂希腊语的读者。我希望在其中
将对单篇悲剧的详细解读和对分析希腊悲剧文本时将会遇
到的复杂问题的理解结合起来，并在现代文学批评研究的
视野下讨论它们。

　　对于希腊悲剧来说，我们能读到的最好的研究材
料——我在书中引用了许多——都是以对希腊语文本的细读
为基础的，而有时即使为了照顾不懂希腊语的读者而使用了
转写或翻译，读者却没有关于公元前五世纪雅典文化的广泛
知识，那么这种帮助也相当有限。将 *polis* 译为"城邦"或"城
市国家"，或是保留转写的形式，对读者的理解不会有什么
帮助，假如这位读者并不理解公元前五世纪的公共意识形态

的本质，尤其是它对悲剧的重要性。[1]

有许多著作尝试对这些知识做广泛的介绍，但它们大多数都以学校教材为定位，而远不能满足从各个古典学之外的领域来接触这些剧作的现代读者所要求的批评意识和复杂程度。[2]那些不会希腊语，但希望以一定的批评意识阅读希腊悲剧，并对文本所产生的问题的复杂性进行思考和讨论的读者，正是本书的对象。

本书分为四个部分，每部分由两章组成：1—2章，语言和城邦；4—5章，人与城邦；7—8章，知识与心智；10—11章，作为戏剧的戏剧。这八章有彼此相似的形式，每一章总体介绍希腊悲剧研究中的一个重要问题所涉及的范围和材料，之后则是在这一总体讨论之下对相关剧作的解读。比如，"性别与差异"这章关注的是学界对雅典文化，尤其是悲剧文本中的性别角色的各种观点，随后便转向对《美狄亚》的解读，再之后则从性别和差异的问题出发，对《希波吕托斯》做更详细的解读。这种形式可以将针对那些得到最多讨论的单篇戏剧的细致研究与更加广泛的相关主题结合起来。自然，我并不指望在篇幅有限的一章中对类似"性别与差异"这样的主题做详尽的讨论，但这种形式不仅能使读者基本了解现代研究的争论所涉及的范围和造成的影响，以及它们与具体剧作的关系，也在试图提供一种接触和

---

[1] 这是一个常见问题，在古典学家所编的论文集中尤其突出，如 Segal ed. 1968，尤其是 Segal ed. 1983。

[2] 例如 Arnott 1959；Baldry 1981；最近的有 Walton 1984。

阅读其他悲剧文本的方式。

四个部分由三个内容更加宽泛的章节连接起来（3，6，9），每章处理一个对理解悲剧至关重要的元素或背景——城邦和它的观念形态，荷马及其影响，还有公元前五世纪与智者相关的启蒙运动。在这几章中，悲剧的社会、文学和智性方面被放在一个更广的背景中考察。

我将这本书命名为《阅读希腊悲剧》，并不是因为我相信悲剧不能被表演，也不是因为我们大多数人都是通过印刷的文字初次接触悲剧的，而是出于一些当代研究与"阅读"（reading）这一概念的联系：这点将在书中得到越来越清晰的阐明，也将是使本书区别于通常探究悲剧的古典研究主流传统的特征。对于一本自觉发起挑战的书来说，这多少是一个有些矛盾的标题。

大多数情况下我都引用芝加哥出版社的系列翻译，由大卫·格林（David Grene）和理查·拉铁摩尔（Richard Lattimore）主编。总体而言，统一使用一个简易的、公认普及的译本会比为每一个剧作和文段寻找最好的翻译方便得多。然而，我也经常需要修正这些译文，以使我的观点得到更清晰和直接的表达。我只在极少数的文本中做了这些修正。

我在书中没有涉及一些基本信息，如悲剧的写作时间、诗人们的传记、剧院的构造、演员的人数等，这些在其他地方也很容易找到。然而也许值得一提的是，我们现存的所有悲剧都是公元前五世纪后半期在雅典及其属地阿提卡地区的戏剧节中上演的。在相当长的一段时间内，希腊悲剧都是雅典悲剧，说得更具体一点，是阿提卡戏剧。

尽管这本书可以和任何译本对照着读，我还是预设读者之前已经读过其中提到的剧作：书里则不提供剧情概要或者希英对照的文本。所有的希腊原文都以转写形式出现，而且，以防对这种高度屈折的语言不太熟悉的读者感到困惑，我常常只写出所引用词语的基本形式，如果它本来不是单数主格的名词或形容词，或者动词不定式的话。因此，*philein*和 *phil-* 通常会代替 *philein* 这个动词的所有形式。对古典学者来说，如有任何需要弄清楚的地方，很容易就能对照希腊原文。书中的脚注基本只包含参考书目，多数是相关问题的延伸阅读或特定问题的进一步讨论。我不指望穷尽所有材料，但希望当学生和学者们想从本书所提出的问题进一步深入更细致的研究领域时，它们能起到一些作用。

我很高兴能在这里感谢许多曾经帮助我写作这本书的朋友和同事。罗宾·奥斯本（Robin Osborne）博士和诺曼·布莱森（Norman Bryson）博士读了其中的章节，并给出了极为有用的评价，也给这一工程以很大的鼓励。罗宾·奥斯本博士、理查·亨特（Richard Hunter）博士和帕特丽夏·伊斯特林（Patricia Easterling）女士提供了尚未出版的材料以供我充分使用。弗洛玛·蔡特琳（Froma Zeitlin）教授一直以交谈、思考和她的著作影响着我；她的鼓励和支持只能在这里，而不是在我文章中的许多相关地方得到恰当的表达。杰弗里·劳埃德（Geoffrey Lloyd）教授读了书中的许多章节，尤其是关于社会和思想背景的部分，并提出了重要的建议，也表现出了相当大的理解。帕特丽夏·伊斯特林读了本书所有章节的草稿：在所有问题上，她犀利的批评和细致的研究都是无价的帮助。约翰·亨德森（John Henderson）在本书写作过程中以始终如一的耐心和幽默读完了它，也给了我一贯的鼓励和批评。特别感谢乔恩（Jon）、弗洛拉（Flora）、丽齐（Lizzie）和肖（Sho）——他们在一开始便使我相信这是可能的。

同样感谢出版社的工作人员宝琳·海尔（Pauline Hire）和苏珊·莫尔（Susan Moore），为了她们高超的技巧和效率。

S. D. G.

剑桥，1985

第二次印刷序言

我希望在此感谢许多读者和评论者，尤其是保罗·卡特里奇（Paul Cartledge），他帮助我对第二次印刷做出了一些修正。

S. D. G.

剑桥，1988

第 1 章　逻各斯的戏剧

语言学的转向

——理查德·罗蒂，书名

　　正如诸多现代哲学家、文学理论家与小说家——古代问题的继承者们——那样，公元前五世纪的作家们都拥有一种"对语言限度与可能性的浓厚兴趣"。[1]这一兴趣将属于众多不同体裁和领域的众多作者联系到了一起。在哲学文本中，对语言的关注不仅衍生出了语言学研究本身的发展；在从赫拉克利特到亚里士多德的哲学体系的发展中，这种关注也反映在逻各斯（logos）、辩证法与修辞——语言本身的角色——所占有的重要位置中。现代西方哲学在历经所有的历史转折后，其研究仍然沿着亚里士多德的语言范畴与语言分类进行。同样，也正是公元前五世纪出现了第一批正式的修辞学研究，这些研究的教学与实践主宰了两千多年的教育，并在近来成为诸多反传统的现代哲学与文学批评的研究重点。[2]

---

〔1〕　Guthrie 1962–81, Vol. Ⅲ, 219.

〔2〕　我想到的是保罗·德曼与雅克·德里达。修辞学研究的发展，参见
　　　　Kennedy 1963；Pfeiffer 1968；Russell 1983。

在一个由集会制度与法庭制度主导的社会中，讨论语言运用的最佳方式（劝说、辩论与修辞）是一个在社会和政治方面相当重要的论题，这个问题在智者所采取的诡辩的新方式下成为人们关注的焦点。[3]喜剧诗人阿里斯托芬在剧作《云》（Cloud）中讽刺当时的思想与教育时，他嘲讽当代的智者辩论过程的方式便是在剧中创造一场争论，其中一方是传统的、正义的 logos（"辩论""思维方式或系统""理性"）的拟人化，另一方则是新的、不正义的 logos，这一争论尤其集中表现了新的 logos 如何将弱的硬说为强的。他笔下的角色也通过对"鸡"这个词毫不正经的考察，嘲笑哲学家们对正确用语、语言的纯粹以及词源学的探究。

对于历史学家修昔底德而言，在瘟疫与人口过多的反常压力下，城邦最明显的一个危机点就是语言发生转变与变形，从而远离了传统的意义和价值：语言本身就是动乱时期城邦病症的考察对象之一。[4]德摩斯梯尼（Demosthenes）、吕西阿斯（Lysias）、伊索克拉底（Isocrates）等演说家们自己的著作形成了一个合集，其中对希腊社会与法律观念的丰富洞见十分精彩，而他们在实践中对修辞技巧的发展也令人着迷。所有领域的写作都认识到，语言是一种被研究、被应用、作为其本身并为其自身而被考虑的东西。他们不只将语言看作一个透明的媒介，借此就能即时或明确地获知意

---

〔3〕 参见第9章。

〔4〕 Thuc. 3.82.

义、思想或实体；反而，人们经常讨论的是语言在意义的制造、思维的发展以及指涉的模糊性中起到的作用，这一讨论不只停留在哲学的追问或文学的自觉层面，而是更为普遍地对潜在的、危险的欺骗性和语言的力量有所意识。公元前五世纪经历着"一个语言学的转向"。

悲剧为这一重要的主题提供了尤其富有价值的洞见。语言作为人类文明特质的特殊标志，成为悲剧批评、审视的对象，并作为一种文化的自我界定，接受着悲剧对其用语和立场提出的质疑。正如语言的转变对于修昔底德而言是城邦处于转折点的一个迹象和征兆，同样，悲剧文本描绘并分析了社会秩序的张力、不确定性以及崩溃；它一再回到语言转折与变形的特性上——社会规范语词的含糊，城邦与家庭之间词汇和话语的张力，以及辩论竞赛中的扭曲的狡辩和武断的主张。在霍思曼（A. E. Housman）对一个悲剧对话的精湛戏仿中，出于一种与众不同的洞察力，他使他的歌队问道："什么？我还是不知道你要说什么。"当然，霍思曼是在开玩笑，但他以一种独特的方式再现了希腊悲剧关于语言功能的问题：对语词的意义与使用的一再怀疑与忧虑。这种关于悲剧对话中究竟说了什么的评价和疑问，并不是毫无意义或目的的填充，像那些陈腐的研究者所认为的那样——或者像霍思曼的玩笑那样；也并非简单地让一个角色重复一段故事或评论，使剧情更加清楚，察觉戏剧的清晰性，更不是因为角色与观众不是典型的"希腊人，如果他们不愿意花尽可能长的时间聆听一个娓娓道来的长故事"。[5] 相反，这些对于交谈过程中的语言与意义的批评和质问暗示了关于语词的意义、支配与操纵的兴趣和不确定性。对语言及其本身的安全感的缺乏以及确定性的错置，是悲剧文本的关键动力。[6]

一位只有现代预期的观众或许会认为，特别强调口头语言是悲剧的一种戏剧惯例。古代神话中极端的身体暴力以及毁灭性场景通常由报信人的言辞来描述，而不是在舞台上直接表演出来，而最高潮的场景时常是不同观点与立场间的修辞对抗——agon。的确，尽管亚里士多德将悲剧描述为对行动的模仿——drama 在希腊语中的意思是"行动""所做之事"——而对于现代读者而言，这些戏剧通常都显得不那么富有动感。"静止的""雕像般的"是通常的（尽管是误导性的）评价。不过，当我说在这些戏剧中有一种对语言的特别强调时，我并不是在将古代悲剧与现代戏剧的惯例做某种年代错位的比较，当然我也不希望暗示表演或舞台行动的背景或细节可以置之不论。如果认为在《俄瑞斯忒亚》（Oresteia）中，特别是最后火炬高举的游行、复仇女神的入场以及地毯场景中没有包含三连剧演出必不可少的视觉和戏剧行动，这当然是大错特错。由于受到漫长的语文学研究以及与文学自我指涉特征相关的现代批评传统的影响，我们的确太容易忘记，这些文本流传至今已经丧失了舞台指导、

---

〔5〕 Fraenkel 1950, Vol. Ⅱ, 182.

〔6〕 关于此问题的研究，参见 Goldhill 1984a; Zeitlin 1982a; Podlecki 1966a; Segal 1982, 1983。

音乐、舞蹈以及戏服这些对表演十分重要的元素。而宗教、社会与政治背景以及戏剧节制度的含义将同样会是本书一再关心的问题。

然而我更重要的主张是，这部三连剧展现了一种对语言的关注，而不是剧本在演出中会进一步突出对话交流这样的老生常谈；或者更具体地，报信人的场景会突出展示信息传递的过程。像《俄瑞斯忒亚》这样的杰作，不仅会使用报信人到来这样的传统舞台设置来达到新的、令人震惊的、对理解三连剧至关重要的效果——正如我们所见，仅将《阿伽门农》(Agamemnon) 的报信人场景看作某种惯例，是远远不够的——而且剧中角色的台词和评论会使我们进一步注意到语言本身在舞台展现的交流过程中扮演的角色。语词的运用成为《俄瑞斯忒亚》的一个主题性的关切，正是因此，这部三连剧成为"逻各斯的戏剧"。

在三连剧的开始，一个守望人在等候并最终看见了烽火信号。第一幕是王后与歌队之间长篇的讨论，关于烽火传达的意思以及它为何有这样的含义。对于王后对她自己的信号系统的原理和规则的解释，歌队始终没有完全信服。这火光真的代表克吕泰墨涅斯特拉 (Clytemnestra) 所描述的意思吗？紧随信息传递与解释的场景之后，一个真人信使到来了。这两个场景在文本中明确地相互联系（和对比）。这里来的是一个带话的人，而不再是机械的信息交换模式。这个信使场景的讽刺性与不确定性表明，相对烽火传递而言，使用话语时也含有不同的困难。语言无法被纳入一个信号传递与接受的机械模式中。[7]的确，王后派这个信使将一个明显虚假的信息带回国王身边，这个信息为她的密谋做了铺垫。接下来信的传递十分清楚地表明，当克吕泰墨涅斯特拉参与进来时，语言的交流可能变得非常危险。语言误用的危险在地毯场景（the carpet scene）中被生动地描绘了出来：王后有力而巧妙的劝说最终将阿伽门农引向了死亡。就像伊阿古（Iago）和理查三世（Richard Ⅲ）那样，王后的力量与僭越的权力根源于她为被害者编织语言罗网的能力。正是她的言语的欺骗使她能够颠覆秩序。这之后是卡珊德拉（Cassandra）的场景，它提供了关于交流过程的另外两个重要观点。首先，女性具有说服力的模式得到了反转。不像克吕泰墨涅斯特拉的谎言如此具有说服力与效用，这位受灵感启发的女先知所掌握的真相既不能说服任何人也得不到理解。其次，这位女先知对未来的透视以及她所说的真相，不仅表达了她对事件的复杂情况有所意识，而且发展出了一个重要主题——寻找合适的词语或名称；这个主题在整个三连剧中不断出现。剧中许多祈愿者、先知和诅咒者都在寻求通过准确而有力的语言来把控未来。当语言使用得当，就能够产生直接而且有约束力的效果。

寻找祈祷的正确语言，在《奠酒人》（*Choephoroi*）的开

---

〔7〕　正如许多语言学家试图赞同或否定的：关于基于信息传递的有力模式的讨论，对比例如 Jakobson and Halle 1956, Culler 1975 对后者也有讨论。Eco 1976 提供了关于信号传递与语言的最前沿观点。《俄瑞斯忒亚》受到这些研究的阐释，正如它也阐释着它们！

场中十分重要，它将克吕泰墨涅斯特拉的儿女求神灵帮助的祈祷对应起来。同合唱队的哀歌（kommos）一起，孩子们祈求诸神和父亲的保佑。而在哀歌之前与之后，则是两个以解读迹象（sign）为中心的复杂场景——相认场景以及俄瑞斯忒斯（Orestes）对克吕泰墨涅斯特拉之梦的预言式解读。正如讨论烽火信号的场景以及其他许多预言场景，这两个解读迹象的场景进一步发展了解释与理解（或误解）的主题。这一发展对我们理解俄瑞斯忒斯实现复仇的方式十分重要。因为就像他母亲一样，俄瑞斯忒斯依靠欺骗性劝说的巧妙力量来迷惑听者对其做出解释。他乔装成一个信使，用外地口音带来了一个虚假的故事。同样，埃吉斯托斯（Aegisthus）被保姆召唤到宫中，这位保姆被说服并伪造了她的信息。当俄瑞斯忒斯在皇宫中时，歌队为"充满欺骗的劝说"祈祷。剧情正是这样发生的，复仇得以实施，就是得益于欺骗与误传这对平行的协助。

5

三连剧前半部分的犯罪是出于语言的误用，而《和善女神》（Eumenides）的结尾同样试图通过言辞的力量来恢复混乱。最终的劝说出自神圣的雅典娜之口，她说服复仇女神停止她们的愤怒并转诅咒为祝福（再一次，语言的力量能够影响未来的走向，这是叙事的基础）。法庭制度在案件的对立双方之间引入了语词的仲裁——陈述、陪审员的裁决；这对于三连剧的结局同样是必不可少的。法律的建立与规则将社会关系的秩序确立下来并使之神圣化，它表明了在一个社会环境中将思想意识纳入语言运用中的重要性。语言的控制以及对语言误用的危险的意识，对于社会话语的安全性至关重要，而社会秩序就在其中得以形成。从信号到法律……《俄瑞斯忒亚》记录了城邦中语言的社会功能。

在这一极为简要、当然也是选择性的对《俄瑞斯忒亚》的通篇叙述中（我将在之后更详细地考察），至少我们能够清楚，语言的运用如何构建起了三连剧的一个重要主题。在复仇叙事中，通过不断重复的欺骗性的劝说行为，语言的力量和危险性显得至关重要。语言的效力在信息传递、信号解读、解释与扭曲的不同场景下得到探索与讨论。寻找正确的语词，渴望准确的预测和预言，祈祷、诅咒与祈求的效果，全都与人们对语言效力的理解相关。法律的语言与雅典娜神圣的劝说都是寻求和解的一种方式。

而《俄瑞斯忒亚》是古希腊文学中最为复杂的作品之一：它大量采用了歌队的合唱、充满张力的场景，以及延展交错的意象，所有这些都激发了一代代的研究，这些研究也证实了这部作品的确无法穷尽。同它始终如一的受欢迎程度一样，它的影响也相当巨大。面对每部希腊悲剧（特别是如此复杂的诗体表达），翻译都会成为一种重写，一种对不同关系、呼应和意义的再次选择。此外，对语言的讨论同时也将使我们涉及一系列更广泛的话题与主题，我在此只能对它们进行最粗略的探讨，不过这将对我们的讨论意义重大。在我对于本剧诸多复杂主题之一的解读中，读者必须始终意识到这种解读方式的必然局限，并对之加以限定。

我希望探讨作为一种语言交流模式的信息传递与接收，

以此开始我对这部三连剧更细致的分析。《阿伽门农》中的信使场景是一个合适的起点。

　　信使场景在这部剧中比在其他大多数悲剧中都要更早出现，而且这一场景的结构也远比其他剧中的要复杂。它并不是关于一个灾难事件的单一长篇演说；相反，这个信使讲了三段话，一段是欢迎的致辞，另两段描绘了特洛伊战争与归程中发生的故事；而且在后两段话之间，克吕泰墨涅斯特拉本人也讲了一长段话，这段话中她给出的信息又将被传递回阿伽门农那里。信使开始宣布归程与胜利时表现出了坚定的乐观，而在讲述第二个关于海上风暴的故事时则转而变得悲伤和犹疑不定，在这两段言说中间，克吕泰墨涅斯特拉对丈夫发出虚伪的欢迎信息，从而推进了她的谋杀计划。这一场景中，英雄凯旋的可能性转向了对舰队丧生、国王回归的惧怕以及不祥预感：在最初的快乐与确定性渐渐消失的过程中，有一个因素十分引人注目，也就是语言交流逐步失去了稳定性：这不仅体现在克吕泰墨涅斯特拉的强作欢欣与信使的由乐转悲的对照中，也体现为信使语言的清晰性与确定性被质疑。通常，研究者和剧中角色们都认为悲剧中的信使带来的是关于事件清晰准确的记录——尽管也许用了较为夸张的语言。不过，这一信使带来的信息内容本身，再加上他对语言交流过程中发生误解的风险缺乏认知，这些都损害了信息传递与接收过程中通常被期待的直白与明晰。这一转变的第一个线索是，信使开始时自豪地夸耀他们成功攻陷了特洛伊（527-8）：

> 他们的祭坛没有了，神圣的处所消失了。

摧毁宗教场所恰恰印证了克吕泰墨涅斯特拉先前的预言，它将会导致希腊人的厄运（338–40）：

> 在被征服的土地上，只要他们敬重保护城邦的神灵，
> 以及所有神灵们的庙宇，
> 征服者便不会再被他人征服。

信使在同样的格律位置使用一模一样的短语"神灵们的庙宇"，显然印证了王后的担忧；但信使没有意识到他传达的信息中蕴含的不祥的效果。信使的陈述表明，在没有意识到话语所引发的不祥预兆的情况下，一个人很可能意识不到他所使用的语言的含义，而这是十分危险的。他的信息已经传达了比他所知道的多得多的东西。[8]

这种意识的缺乏在他第二段长篇讲辞的开头与结尾都表现得非常显著。歌队试图暗示，在国王与军队离家期间，家中已经发生了灾难。他们接上信使一开始表达的愉悦——信使说他终于到家了，所以现在死也甘心（539），但歌队将他的表述转变成了一种对死亡的可怖的欢迎，宁可如此也不愿继续现在的悲哀（550）：

---

[8] 弗兰克尔（Fraenkel）删除了信使的见解，正是因为他不能相信一位信使说的话会如此天真。但正如我们将看到的，这并不是这位信使——或其他角色——如此表现的唯一例证。

非常害怕，正如你所言，甚至死亡都是恩赐。

但是信使完全没有领会到歌队是在不同的绝望中使用他的话语，他给出了一个完全不合逻辑的回答，似乎歌队只是在重申他们的快乐（551）：

是的，我是说事情已经成功了。

显然信使既不能明白别人向他所说之言的意义也不能回应他们，这个奇怪的回答似乎是在强调交流过程中的不确定性——语言在交换过程中说者与听者间的隔阂与误解——他就是以这种方式传达他的信息的。

他的信息描述的是希腊战士的劳苦，并且以一个修辞性问题总结他第一部分的讲辞（567）：

但何必还如此悲伤？苦难已经过去。

"苦难"这个词是 *ponos*，从这部悲剧的第一行起就作为阿特柔斯（Atreus）家族苦难的一个表述——或者说，几乎是一个主题——在整个三连剧中不断出现。如果说阿尔戈斯（Argives）的苦难在某种意义上结束了，在本场中，克吕泰墨涅斯特拉的计谋则以另一种方式进一步预备了新的苦难——信使也将在其中发挥作用。再一次，信使的语言超出了他表面上的直接意图。

信使以一个标准而响亮的短语结束他的讲话（582）：

你听到了整个故事。

然而，此时最后一段话中关于海上风暴的坏消息还没有讲，而信使也没有意识到他自己与歌队之间话语的关联，这使得他在"整个故事"的传达与接收中的确定性显得十分讽刺。正如在《俄瑞斯忒亚》中经常出现的那样，对语言交流的清晰性与确定性的信任总是和周遭言语交流的误读与不确定性相矛盾。

的确，克吕泰墨涅斯特拉在信使为她带来的信息之后，紧接着传达了她自己的信息（604–8）：

把这个消息带给国王。
请他快快回到这个期待他已久的城邦，
希望他回来就看到，妻子忠实地守着家宅，
仍像他离去时一样，做他家的看门狗，
只对他温柔，却对他的敌人凶狠……

信使之前的故事似乎夹杂着未被认识的讽刺与误解，不过接下来信使将要带走的这个消息将会是一个确切的欺骗行为。王后对语言以及信息传递过程的有力操纵与信使简单传达"整个故事"的天真信念形成了鲜明对比。的确，克吕泰墨涅斯特拉明确地回应了信使最后的话语，否认了他的用处（598–9）：

> 何须你如此详细地对我叙说，
>
> 我自会从国王本人倾听整个故事。

"倾听整个故事"是对她与阿伽门农的对话以及她所准备的更为物质性的欢迎场景的一个极端虚伪的描述。克吕泰墨涅斯特拉正使用她的话语以及传递信息的过程编织一个虚伪的、欺骗的罗网，她以操纵语言作为推进密谋的一个机会。她重复信使所说的"整个故事"，表明这个短语可能蕴含的不同意义。对战士归来的乐观期待——同时也是对苦难结束的乐观期待，以及信使作为简单的信息传达者的乐观——与虚伪的、炮制信息、操纵语言，最后自己也被谋杀的王后，这两者的对照造成了一个明显张力；它表明在一个等候已久的通奸者那里，语言的力量是多么危险。

王后的欺骗话语的确切本质在她最后对信使说的话中得到了暗示。[9] 这位通奸者伪善地夸耀道："我不知其他人能够给我带来欢愉，也不知道其他可鄙的流言蜚语"，而她还声称，这话是"承载着真实的"。恰恰在这番明显的颠倒真实之后，这一意象表现了其对立面的可能性，即言辞可以是空洞的、丝毫不承载真实的。如果言辞能如此承载又不承

_____

〔9〕 拉铁摩尔（Lattimore）将这几行归于信使口中。不过这不会本质上改变我对其喻意（imagery）的观点。

载真实，那么语言是否能够使人直达说话者的意图？由这个短语所揭示的语言模式指示了交流中心地带里能指与所指之间的裂隙，似乎在一个信息中，内容与形式可以完全分离。在克吕泰墨涅斯特拉夸耀的误传中，我们的确很容易察觉出言辞可能承载着真实也缺乏真实。

克吕泰墨涅斯特拉的虚伪向我们指出了能指与其所指的分离，这在信使到来之前的场景中尤为重要，因为在这些场景中，一条信息、一个信号——确切地说，是开启全剧序幕的火光信号的到来以及理解这个信号的问题成了关注的焦点。"火光—演说"场景，也就是克吕泰墨涅斯特拉第一场有台词的戏，对发展剧中关于沟通进程的观点有重要意义。埃斯库罗斯创造了烽火情节以及相关讨论，还将信使的出场大大提前，这些在地毯场景与欺骗阿伽门农之前的情节充满了意象、讨论和信息授受的过程——语言交流与解释的复杂模型。几乎没有研究者对"火光—演说"场景有过严谨的分析和洞见，尽管这一场景作用重大：它不仅构建了关联"光""火"的意象体系，而且发展了我们对克吕泰墨涅斯特拉之权力的理解，这一点体现在她控制沟通与交流的过程中。

歌队前来询问这奇怪的火光有什么意义，于是克吕泰墨涅斯特拉告诉歌队，它代表希腊联军从特洛伊战场上凯旋。歌队对王后的消息将信将疑并要求证据，于是王后发表了两段长长的演说以使他们信服。在第一段演说之后，歌队尊称她为"夫人"（lady），说他们愿感谢神明，但更想听她再次证明。他们太惊讶了。第二段演说之后，他们再次尊称她"夫人"，但还加上一句，"您讲话像一位理性的男子，思维相当明晰。我已经听到了您故事中的论证并且我确信……"至此，他们认为王后已给出了他们想要的证明。那么，这两段演说是否有区别？为何第二段演说得到了歌队的认同？是否像研究者们普遍认为的那样，只是因为其中修辞性语势的加强？或者，重复同一论证就能使人信服？

诚然，在这两段给出证据的演说中有着大量重要的差异，即便研究者们注意到了这些差异，仍会迷惑不解。[10] 在第一次论证中，克吕泰墨涅斯特拉详细描述了火光沿着它的路线逐渐从特洛伊传到阿尔戈斯的过程。她描述了烽火传递的次序，并解释了火焰的移动过程。她总结道（315–16）：

我告诉你们这些证据与象征   *10*
这是我丈夫在特洛伊派他的传令官告诉我的。

在希腊语中，"派他的传令官告诉我"对应的词专门指"传递口令""传达口信"，此处稍显奇怪的是，这个希腊语动词缺少直接宾语。"传递口令"的含义与克吕泰墨涅斯特拉的第一段证明尤其贴切，不仅因为火光是在一站接一站的链条中传递过来的，而且因为它正像一个密码，因为火光本身只是一个缺少深意的标志。这一能指唯有在一个预设和构

---

〔10〕 关于瓦罗的评论的复述和探讨，参照 Fraenkel 1950 相关部分。

建好的体系中，作为一个"代码"才有意义。正如一个口令，烽火的含义只能用二元判断来表示：它只能表示或不表示某一个信号；它表达含义的方式仅限于此。不像人的语言可以在交流中变得疯狂，或是愚蠢，或是具有欺骗性；信号的意义有赖于人们预先设定不变的体系。通过解释火光逐地传递的具体路线，克吕泰墨涅斯特拉只是在试图解释这样的信号和体系。克吕泰墨涅斯特拉在展示火光从特洛伊到阿尔戈斯的传递系统中的联系时，只是表现了信息如何为火光赋予意义。她展示了一个闭合体系的生成过程，这就是她的"密码"。

然而，在第二段演说中，克吕泰墨涅斯特拉采用了一种全然不同的方式，她描述了火光可能的含义，以及其中的信息与内涵。她绘声绘色地讲述了希腊人劫掠特洛伊的过程，批评家们往往为这段话大伤脑筋，因为她本不可能知道这些。[11] 然而，这段有说服力的描述并不仅仅是王后另一段华而不实的辞藻。相反，这两段演说显著区分了烽火传递中的形式与潜在的内涵，区分了能指（信号火光）和所指（一个信息）。克吕泰墨涅斯特拉为火光赋予的信息明显是一种虚假和想象的编造，这一事实强调，在这个信息授受的过程中，能指与所指的关联有相当的任意性。

因而，克吕泰墨涅斯特拉出场的前两个主要场景，都表现了她操控信号与含义之间的关系的能力。若从整部剧的

---

〔11〕 见本章脚注〔10〕。

开展过程来看，这两场戏构成了引出地毯场景的重要前奏；接下来，王后就要以精巧的劝说艺术欺骗阿伽门农，诱使他踏上迈向死亡的地毯。"火光—演说"场景不仅展示了王后的强硬手腕或修辞技艺，也同样指出了她操纵交流过程的能力会带来怎样的影响。

在希腊悲剧中，几乎没有其他场景能比地毯场景激起研究者更多的想象与分歧。国王从特洛伊战场凯旋还乡，而在他进入宫殿、遇到阿尔戈斯长老之前，他的妻子在通往宫门的路上铺了一条紫色花毯。克吕泰墨涅斯特拉对国王说的第一番话是一段迷人的序曲，最终使阿伽门农转而服从她的愿望。这一段问候和她之前通过信使送去的欢迎消息一样，充满了虚伪和矫饰。她热切地表示，她当下的喜悦与过去的恐惧恰恰相反，之前她因为听到一个接一个有关阿伽门农之死的传言而恐惧。王后专门用了三十多行来叙说自己得知的错误信息，她一次次地强调诸如"传闻""消息""谎言"等语词，而与此同时她自己也在对丈夫编织谎言。"她似乎在挑战阿伽门农看到真相的能力"，基托（Kitto）这样写道。[12] 但还不只如此。我们正看到，克吕泰墨涅斯特拉在她编造的充满虚假的故事中，用谎言描述着谎言。这是一种自我指涉：她在话中编造的谎言恰好是关于谎言本身。

阿伽门农一开始拒绝踏上在他面前铺开的地毯。他认识到了踏上地毯的这一行为的深意，这不符合他作为一个有

---

〔12〕 1956, 23.

死的凡人、一个希腊男子的身份。要踏上这条地毯，他"不能不心生恐惧"。有人在希腊人传统观点的语境下分析过这种左右为难的处境。[13] 他踏上"这些珍贵的织物"是一种肆意败坏家财的行为；正当的家庭伦理是维持、巩固财富与土地，他这种行为则彻底对立于家庭伦理。[14] 甚至在踏上地毯的时候，阿伽门农还说："败坏这些家财和用钱买来的珍贵织物，让我感到巨大的僭越和羞耻。"（948-9）但克吕泰墨涅斯特拉对希腊人关于命运的无常和过度的危险的共识悍然不顾，她用一种傲慢与自信的口吻确认了财富的永恒，这就是她的著名回答（958-62）：

> 海在那里。谁能够将它吸干？它滋生的
> 源源不绝的绛紫浓液，与银子等值，
> 人们以之浸染衣袍。
> 蒙神明恩惠，宫中满溢了丰富
> 财宝。无法想象贫瘠为何物。

与这种狂放的自夸相比，阿伽门农对神的敬畏更符合大多数希腊人面对成功时可疑的喜悦、甚至成功本身的态度。我们似乎很容易解释国王的恐惧。那么，为什么他仍然踏上了地毯？

---

[13] 特别对照 Jones 1962，72-137。
[14] 关于这种伦理，见第 3 章。

对这个传统的问题，传统的回答倾向于从阿伽门农的性格中寻找理由或动机。是他确实非常自大，并乐于有机会迈出这虚荣、光辉和骄傲的步伐吗？[15]抑或是他太过绅士，以至于无法拒绝自己的妻子？[16]还是他太过疲惫，以至于不愿再引起冲突？[17]由于文本没有给我们任何明显的动机，每一句话都被整合和梳理，用以证实一种或另一种心理状态。我没有顺着这些阐释路向，[18]而是试图理解克吕泰墨涅斯特拉成功达到目的的论证过程，以观察对语言本身作用的分析能为这个问题做出什么解释。然而，对于这个目标而言，拉铁摩尔在此处的翻译远不能使人满意，所以我将对其稍作调整以便更精确地表达原文意思。这是一段简短却高度复杂的对话。

一开始，克吕泰墨涅斯特拉仅仅要求阿伽门农不应在回答中违拗她的意愿或意见。但他坚持自己的意愿。王后于是开始提出一连串问题来瓦解阿伽门农的坚定意愿，在其中，她模糊了使踏上地毯这个行动的原有含义得以成立的语境。她一开始问"你若曾经在畏惧中向神明许下诺言，会不会这样做？"在古代世界中有这样一种习俗，即一个人遭遇压力或危机时，向神发誓提供一种奢侈的禳解祭品。[19]在

---

〔15〕 Denniston-Page 的观点。

〔16〕 Fraenkel 的观点。

〔17〕 这也是 Fraenkel 的观点。

〔18〕 我在其他地方讨论过这个问题，见 Goldhill 1948a 以及 167–9。

〔19〕 荷马史诗中常见此类祭品，特别是百牲祭。

这种情况下，才能够并且应当破坏或献祭一部分家中的财产。克吕泰墨涅斯特拉是在问阿伽门农，如果他曾在恐惧的时候向神如此许诺，那么他是否愿意踏上这块织毯。阿伽门农承认，如果他接受了好的宗教建议并立下誓言，那么应当踏上织毯来实现这一誓言："如果哪位理解神意的人吩咐我完成这一任务。"克吕泰墨涅斯特拉接下来问："如果普里阿摩斯赢得和你一样的荣誉，他会怎么做？"如果换了一个人，他应当遵从她的要求吗？阿伽门农承认，尽管特洛伊的国王不想被视为野蛮人，但他很可能会踏上这些织物。克吕泰墨涅斯特拉转向阿伽门农所表达的担忧——这种炫耀表现可能招致他人的嫉妒。她建议他不要因其伙伴的责备而感到羞耻——注意她在这里没有提到诸神。然而，阿伽门农重新提到了公众意见的力量。克吕泰墨涅斯特拉巧妙地话锋一转，以如下理由辩驳道，不被人嫉妒的人不值得钦佩——当然，这个双重否定没有证实这种招致嫉妒的行为存在正当性。在 13 这里，阿伽门农开始回击：他提醒自己的妻子，一个女人热衷于战斗是不恰当的。他的驳斥充满了反讽意味，不仅因为他迅速在言辞的较量中败阵，而且因为他即将死在一场滑稽的争斗中——在浴室中赤身裸体被一个挥舞着斧子的女人杀死。克吕泰墨涅斯特拉再次将他的观点转向对她有利的一面，她表示，对于强者来说，甚至屈服也是一种合适的姿态。"对于强大的人而言，让步也是一种风光。"动词"让步"在希腊语的通常用法中意指在战斗中落败。她选取了丈夫的回答中的战争意象，却将其中不利的含义扭转了：在这个例子中，她再一次操纵语言并取得了胜利。阿伽门农最后问道，这场争执中的胜利对王后是否意义重大，她答道（943）：

> 听我的吧；自愿让你的权力服从于我。

这场对话适时地结束在王后怂恿丈夫听从劝告的时刻。我们看到，克吕泰墨涅斯特拉通过巧妙的劝说的力量，努力使自己的权力扩张到整个皇宫，使其屈服于她作为一个女人的掌控。阿伽门农希望以某一种方式定义他走上地毯的这一行为，克吕泰墨涅斯特拉却证明，这一行为的意义不是确定的，而是可以被扭转、操纵的；为了做到这点，她首先假设了不同的场合，然后重新组合了阿伽门农描述这一争论所使用的道德措辞。换一种场合，换一个人物，同样行为的意义可能就会不同。他人轻蔑的妒意只不过是赞美与歆羡的伴生品。在争辩中退让不是战败的表现，而是位高权重者让步的优雅风度。地毯作为一种象征，其形象在克吕泰墨涅斯特拉压迫性的发问下产生了更深远的意涵；正是这种深意的产生瓦解了阿伽门农最初确定而坚固的立场。因此，阿伽门农的本性并非像克吕泰墨涅斯特拉充满瓦解力量的辩论所显示的那样懦弱。相反，这里展示的是劝说的修辞力量对主导地位的追求。

因此，从某种层面来说，这里展现的似乎只是克吕泰墨涅斯特拉运用语言的威力。阿伽门农缺乏明显动机的言谈只不过更加集中了人们对克吕泰墨涅斯特拉成功运用修辞术的关注。然而，在另一个层面上，克吕泰墨涅斯特拉的劝说亦可视为前半部分场景的高潮。就如在信使场景中，我们看到王后操纵语言编造故事；在"火光—演说"场景中，克吕泰墨涅斯特拉分离能指与所指，以实现自己的劝说：正如我在上文论证的，克吕泰墨涅斯特拉对火光—信号的分析将象征（她称其为光亮）同它承载的意涵或信息分离开来；正是这种分离，使得她有可能操纵交流过程。同样，当阿伽门农不愿踏上地毯时，她对此的解释也分离了踏上地毯的行为与这一行为的固定意义。"火光—演说"场景、传令官场景和地毯场景，用不同但又互相关联的方式表现了克吕泰墨涅斯特拉对信号与其含义之间的关系的操控。

克吕泰墨涅斯特拉使用语言的时候，语言变得令人惊恐。她引入的不确定性不仅仅是语词上的，而且直接导致了她的丈夫，也就是国王的死亡——社会秩序的颠覆。正如修昔底德对希腊瘟疫的描述，语言的（非）确定性和社会秩序的（非）稳固性有着相互牵连的含义："这幅织毯……在所有社会秩序所依托的符号体系中，本身就是破坏的标志和工具。"[20]

当克吕泰墨涅斯特拉与阿伽门农和卡珊德拉的尸体一同出现，并夸耀自己计谋的成功时，她首先宣扬的正是她言语的力量（1372–6）：

> 我刚才说的许多话都是出于必要情势，

---

[20] Segal 1981, 55.

但我现在说相反的话亦不觉羞耻。

否则我怎会在令人憎恶的人前用恨意武装自己，

伪装出表面的态势，如何高高张起

毁灭的罗网，不使之逃脱？

克吕泰墨涅斯特拉的语言本身以及通过语言完成的犯罪无视了维系、控制着社会秩序的"羞耻"。面对她"如此夸口"，歌队的反应只能是惶恐而震惊。

在转而进一步探究对语言的恐惧以及《俄瑞斯忒亚》中控制语言的各种尝试之前，我先试图简要探讨俄瑞斯忒斯的复仇如何同样地依赖于语言的欺骗性力量。因为很明显，在《奠酒人》这部以充满了矛盾性逆转的悲剧的描述下，恢复克吕泰墨涅斯特拉所颠覆的正当社会秩序的尝试（这是阿波罗的命令）和克吕泰墨涅斯特拉的弑君行为一样，是以犯罪的方式进行的。俄瑞斯忒斯和皮拉德斯（Pylades）来到宫门前，克吕泰墨涅斯特拉前来问候，正如当初的阿伽门农和卡珊德拉一样。但现在客人将采用诡计杀死这里的主人。克吕泰墨涅斯特拉说了一段相当有讽刺意味的话来欢迎他们（668—71）："我们拥有适合我们这座房子的所有舒适条件，热水澡和床铺将驱散（charm away）你们的劳累。"当然，自荷马以来，热水澡和床铺都是希腊人招待客人的常例，但"我们这座房子"这个短语，若要进一步强调，便会使人回想起与"热水澡"关联的谋杀阿伽门农的地点，而"床铺" *15* 和"迷醉"（charm）使人回想起克吕泰墨涅斯特拉通奸的具体罪行。再者，"劳累"即*ponos*这个词往往与阿特柔斯家族的灾难相关联（特别是此处的"浴室"和"床铺"回溯了这个灾难）。但不像她过去用以掩藏阴谋的"言辞障眼法"，克吕泰墨涅斯特拉此处饱含讽刺意味的盛情邀请似乎恰恰意外地凸显了她曾掩藏在阴谋中的罪恶。当克吕泰墨涅斯特拉受骗的时候，她的言语难免彰显她先前的罪行。她通过辞令赢得控制，亦将在辞令中失去控制。

伪装成报信人的俄瑞斯忒斯为了安全地进入王宫，讲了一个关于自己已死的假故事，之后王后和她的儿子一同走入宫门，恰如她和阿伽门农一样，但这次却是通往一个不同的结局。现在，歌队祈求"欺骗的劝说"获得成功，以及信使之神赫尔墨斯——他是掌管谎言、不可靠的沟通和交易的神[21]——来帮助复仇者。但从宫中走出了一个意料之外的新角色——俄瑞斯忒斯的老奶妈。批评家认为，类似于《麦克白》中的守门人，这里采用了张力回落的笔法，以下层生活场景来对照上层皇宫戏剧中的权力继承与复仇。但这一幕的含义远远不止这些。一方面，它通过养育和母性的词汇形成了一个重要定义，而其中拒斥母子纽带的含义不仅在后文的弑母情节，也在最后的审判场景中有重要的意义；阿波罗在法庭上为俄瑞斯忒斯的辩护依靠的就是贬低母亲的重要性，将其角色仅仅看作抚育父亲的种子，同时，雅典娜支持俄瑞斯忒斯的理由之一，也是出于她并非母亲所生的事实。

---

〔21〕 见第3章有关赫尔墨斯的内容。

奶妈的出场介于俄瑞斯忒斯进宫和弑母的情节之间，在这个远离母亲的过程中起到了重要作用。另一方面，我们再次看到了信息传递、操纵和解释的过程对于剧情的关键影响。歌队找来奶妈基利萨（Cilissa），让她带上口信去请来埃吉斯托斯。歌队说服她把口信改得更利于复仇："报信人"，他们说，"能够把弯曲的言语变直"（773）。基利萨尽管意识到这与之前的报信人有关，但无法理解他们这样说的原因："你说什么？难道你们听到了之前没说过的消息？"（778）但歌队只是告诉她，"带上你的消息离开吧，按照你被吩咐的那样"（779）。因而，像之前不知情的传信人一样，她也带着这危险的消息离开了。

歌队再次向神祈祷，这次是祈祷宙斯和赫尔墨斯支援 ¹⁶ 复仇者。在两段祈求掌控欺骗话语的神明们援助的歌词中间，他们插入了对克吕泰墨涅斯特拉说过的话的扭转。此处提到赫尔墨斯时，强调他沟通和交流的失败的关联（816–18）：

> 他说的话语晦涩难解，好似夜色
> 晦暗蒙蔽双眸，即便白昼降临
> 亦不更加明晰。

这位俄瑞斯忒斯和埃勒克特拉都向之乞援的信使之神、谎言之神确实起了作用，通过传递迷惑的消息，将不明就里的埃吉斯托斯引向了死亡。

所以，这些导向最终的复仇谋杀的场景，都十分强调语言变化的不确定性和危险性。这种强调将克吕泰墨涅斯特拉的阴谋与俄瑞斯忒斯的复仇并置对观，二者都是依赖于欺骗性的劝诱与信息误传而得以实施的宫中权力斗争。在这对母子的罪行中，语言既是手段，又是实质。

在《奠酒人》中，言语的危险性在对赫尔墨斯的祈祷之后立刻彰显了出来。听到消息的埃吉斯托斯进场，旋即进入宫中，迎来了他仅有短短十七行的死亡过程。但在这里，就像在这个三连剧中多次出现的一样，语言和信息传递的角色又一次得到展示。埃吉斯托斯用一种奇怪的、曲折的腔调说（838）："有报信人通知我，我并非不邀而至。"这话直接将我们带回歌队筹划信息，并由奶妈传递信息的过程中。埃吉斯托斯接下来说到报信人的消息。他尚不知这仅为谣传还是确有其事。歌队给了他一个模糊的答案，让他进入皇宫并"直接向来人"打听（850）。他确实"直接向来人"打听到了答案，但不是按照他预想的方式。再一次，这场讨论不只是关于话语内容的真实性和迷惑性，而且是一场引导（误导）其中一方走向毁灭的对白。埃吉斯托斯接受了他们的建议（851–4）：

> 我希望询问这位信使，细致地询问，
> 并且想知道那人死时他是否在旁边，
> 抑或他耳闻口传这些盲目的谣言。
> 我的头脑拥有眼睛，不易被欺骗。

与克吕泰墨涅斯特拉立刻变得殷勤好客的反应不同，听到俄瑞斯忒斯死亡的消息，埃吉斯托斯表示要谨慎对待，然而他谨慎的主张却加速了他的死亡。他先是被一个假信使招来这里，又被歌队虚情假意地步步引诱，最终死于宫中另一个假信使之手。埃吉斯托斯不轻信消息的做法是适宜的，却也是无用的。

就我们目前的讨论而言，埃吉斯托斯对交流和语言的 ¹⁷ 不信任可以毫不意外地在整个《俄瑞斯忒亚》的叙事中找到好几处照应。由于认识到语言交换的危险，剧中角色相应地渴望交流中语词的控制和规范。埃吉斯托斯的台词中关于盲目与视觉的意象指向了本剧的一个主题结构，这一结构与我们所探讨的语言的角色尤其吻合。在诸多对交流之危险产生的恐惧的持续回应中，其中之一就是对"清晰"的需求，仿佛语言的清晰可以控制和消除这种恐惧。语言的"清晰""精准"能消除言辞交流中欺骗与误解的潜在危险。"清晰"能带来一种知识的确定性。

然而，这种"清晰"的语言却完美地展示了《俄瑞斯忒亚》中相互纠葛的意象所带来的复杂性。"清晰"的正面价值依赖于光明高于黑暗、觉察高于盲目的对立关系。埃吉斯托斯的比喻就此角度而言似乎是有价值的。谣传流言是"盲目"的，但聪明人的头脑则"拥有眼睛"，不易被蒙骗。从烽火信号到《和善女神》剧终歌队的熊熊火炬，整个三连剧都在呼应光明与视觉这一充满价值判断的意象，许多研究者也将这些语词及意象解读为一种寻求真实光明（视觉）以驱除黑暗的目的论范式，一种从无知和怀疑走向确定的知识的运动。"从谜一般的言语到清晰的陈述、从谜题到答案，这样的变化主导着《俄瑞斯忒亚》的结构。"[22] "看守人见到的黑暗中的灯火，在其他几次虚假的光亮之后，最终汇集在护送和善女神去她们雅典新家的火炬队伍中，并且真正赋予了人们'从痛苦中解脱'的能力，若一个人愿意这么做。"[23]

然而基托在注释"其他几次虚假的光亮"时，也暗示了光明和视觉的意象并不只是有助于"清晰"的正面价值的开展。它同样和视觉的不确定性、梦境以及难以捉摸的感知在本质上相互关联。联系《阿伽门农》中的台词就能理解这一点，其中明显表现出了烽火信号以及信使消息的平行关系。人们看到传令官正从海岸赶来（489-98）：

> 现在我们应该理解这些火炬和它们的光芒了，
> 这烽火以及火焰的交相闪烁。
> 它们或许是真的，抑或是光鲜梦幻中的狂喜
> 披着烽火的外表欺骗我们的心灵。
> 我看到了一个从沙滩边赶来的传令官，他的眉头
> 被橄榄的树枝围住，同时他脚上的
> 那些灰尘，淤泥干燥的姐妹，让我清楚地看到
> 他将向我们说话，而非仅仅是火焰冒起

18

---

〔22〕 Lebeck 1971，2.
〔23〕 Kitto 1961，67.

> 自那山顶的木材，或是从烟雾得来的信号，
>
> 相反，他将说出来，完全地告诉我们……

这里关于烽火与报信人的差异，将单纯的火光景象（烽火的传递链）与传递话语的人对立了起来——也就是说，将"火焰的交相闪烁"与语言的交流对立起来。歌队的预想是，使用言辞将使得火光的意涵更加明确——这是一个足够反讽的假设，如果我们联系接下来的场景对交流的确定性的瓦解。光明和视觉在这里所关联的是"表象""梦境""欺骗"和虚假这些否定性因素——与"实在"相对的"看似"的虚幻。

关于视觉的语词也突出地贯通于《奠酒人》中，而视觉的不确定性在该剧结尾表现得尤为明显。俄瑞斯忒斯描述了埃里倪斯（Erinnyes）可怖的外表，而歌队看不见这些；她们猜测他只是被幻觉和想象纠缠着。而他强烈反对她们的推测（1053—4）：

> 这并非是苦恼折磨而来的幻想。她们如此清晰，
>
> 真实，就在这里，我母亲的仇恨所生的寻血犬。

正是在视觉显得最为可疑的地方，俄瑞斯忒斯诉诸清晰所带来的确定认知。但就像埃吉斯托斯行将死亡的时候一样，俄瑞斯忒斯所强调的"清晰"——清楚的视觉，看起来恰恰是确定性的错置，这是一种极度的反讽。这一幕似乎意在展示现实与梦境、臆想、幻象的高下对立，但这一对立

在《和善女神》的开场变得十分令人困惑；俄瑞斯忒斯在疯狂中的幻觉以歌队形式得到表现，而且是克吕泰墨涅斯特拉的魂灵显现驱使着她们行动。梦境一方面被贬低到虚幻的表象，但又似乎能导向现实事件；埃里倪斯的形象既象征了心理与视觉上的混乱，又在三连剧的最后一部中以歌队的形象出场：这一切都使光亮和视觉的语言构成单一的评判准则。换句话说，当如此多的角色祈愿、希冀或信任"清晰"的时候，不仅仅是随后发生的事件构成了令人不安的反讽。关于"清晰""看得清""洞见""见到光"这些概念的语言本身就提供了一个可疑的基础或评判准则，同样的词似乎既表达知识的确定性，又表达语词表象的不确定性。

19　　因此，有关"视觉"的语言——特别是有关"清晰"的语言，在寻求对沟通中的转换与技巧进行控制的同时，也使它变得相当困难。在文本中不断得到呼应的，并不是人们"澄清"的能力，而是对"清晰"的难以企及的追求。的确，甚至当和解的埃里倪斯在剧终的火炬游行中退场的时候——基托所谓"最后的光明的实现"——甚至在已经建立的新文明秩序中，雅典娜依然强调人类对于事件的变化始终无知。雅典娜唱道，和善女神掌管"人类的整个生命"，其中反映的是人们在经历了和善女神的强大力量之后"仍不知晓人生的打击从何而来"。雅典娜似乎为人对命运变迁的无知赋予了正当性。黑暗并未被完全驱除。

　　剧中探索了许多寻求控制语言以及事件变化的方式。《阿伽门农》中的歌队考虑的是精确的命名（681–90）：

是谁这样给你命名，以绝对精确的方式？

是某位未被发现的先知，预知必定发生的事情？

到底是什么让他的舌头做出这样的标记，

这样命名了你，海伦，

利刃夺来的新娘，引发战争的女人？

你名称得宜，是战舰的地狱

男人的地狱，城邦的地狱……

　　在从传令官那里听闻特洛伊陷落的消息后，《阿伽门农》的歌队再次反思战争的起源，即海伦的通奸行为。直到这个时间点之前，剧中未曾提及海伦的名字，而仅仅称之为"女人"。社会成员凭借名字来辨别以及规范他们的关系，而海伦的不贞恰是违反了社会联系。[24] 歌队的语言似乎在暗示，海伦通奸的罪行使她被置于社会之外，所以她丧失了自己的名字，丧失了社会用以辨识她的标记。但现在，既然通奸行为已经得到报复，歌队再次开始考虑这个"女人"，特别是开始回想赋予她名字的过程。他们想知道是谁赋予她如此"绝对精确"的名字。表达"精确"的词语是 *etetumos*，这个词的原型是"etymology"的词源，它也暗含了经过最初的命名过程使含义精确贴合的意思，这正是这段话中的含义。正确的名字不仅对社会身份的分类有重要意义；通过

―――――――――――――

〔24〕 关于使用女性名字的习惯，参见 Schaps 1977。关于普遍意义上的命名、通奸行为和社会，参见 Tanner 1980。

精确地"让他的舌头做出标记",一个人也能获得对未来的洞见。名称能够导向"对必定发生之事的预知"。起名同时
20 也是预言——命名（nomen）/预兆（omen）。然而，海伦之名和她人生的关联却是一个文字游戏，其中的三重双关含义在拉铁摩尔的翻译"战舰的地狱，男人的地狱，城邦的地狱"中并不足以让人把握，我也将在此稍作修改。更贴近希腊文的翻译应该是"战舰的摧毁者，男人的摧毁者，城邦的摧毁者……"然而这样的表述丢失了词语 *Helenan*（海伦）和 *Helenas*（战舰的摧毁者）、*Helandros*（男人的摧毁者）、*heloptolis*（城邦的摧毁者）之间的重要关联。海伦的名字已经暗示了她将造成的破坏。这种变化的双关文字游戏有重要的含义。然而，如果早些意识到名字的含义，或许能控制事情的走向，但实际上人们理解得太晚了。海伦的故事暗示了名字所包含的重要意义。

　　这段话是通过控制语言来操控事件的一个很好的例子。精准地理解、使用名称，就能够从一个角度理解必将发生之事。在歌队试图解释特洛伊战争时，名字的起源，即 etymon，就提供了一个理解的模式。在合唱歌的结尾段，歌队通过分娩和血统的隐喻来解释罪恶与僭越的产生——另一种用作解释的起源。这些隐喻指向审判的结局，而审判同样取决于起源和血统的关系，这一关系最重要的方面即是俄瑞斯忒斯与他双亲的本质关联。很明显，在这些通过起源寻求解释的、彼此不同但互有联系的探索中，对语言的控制、对事件变化的控制和主导了诸多行动的性别讨论这几个主题在

剧中紧密地交织在一起。

在《俄瑞斯忒亚》的叙事中，词源和正当的名字所带来的控制性在一些重要的地方得到了回归。俄瑞斯忒斯让自己的母亲进入宫殿并杀死了她，这个行为既被描述为遵照神的指导而行的正义之事，又是对正义（Right）的要求最为严重的僭越。在这个行动之后，歌队的合唱歌试图解释事情是如何导向这个充满悖谬的行为的。当她们开始探讨弑母事件时，他们对 Justice 或 Right 提供了词源上的解释，如同拉铁摩尔翻译的那样（948–51）：

> 但在这场争斗中他的双手
> 被那宙斯的女儿操控：我们称她们为"正义"（Right）
> 有死的人类经常讨论她，贴切地为她命名。

词语"正义"（dikē）在词源上被解释为"宙斯的女儿"即 Dios korē。这是正确的命名，正确的言说方式。但这时"正义"（Justice）的概念产生了极大的张力——就如我们在下一章要看到的，这一概念与整个三连剧的关系非常紧密——歌队再次使用起源和血统的语言，试图找到一个确切的意义；诚然，若根据字面原意，正义可被理解为父神宙斯之女，宙斯为弑母赋予正当性，他的儿子阿波罗将在审判中 ²¹ 申引这一点。歌队尝试通过理解语言来控制叙事，也试着通过解释词源来控制语言。

从词源和正确的名称中寻求控制，是为了回应语词的误用和误解所带来的危险。这种对语言的误解和误用的危险，可以在祈祷的语言和与之相关的谶语（cledonomancy）概念中最清楚地表现出来。谶语是一种预言未来的方式，但预言者的话会被转而解释为对使用者不利的结果。举个例子（1652–3）：

> 埃吉斯托斯：
>
> > 看哪，我也拔出剑来，我不会畏缩怕死。
>
> 歌队：
>
> > 你说你准备死，我们欢迎，希望预言实现。

歌队将埃吉斯托斯的话语当作一种预兆，从而将他的恐吓转化为对他未曾预料的死亡的预示。话语既可以做决断，也可以作为预言。谶语展现了无法控制语言的危险，它会产生误导，引导说话者走向一个非其所愿的结局。[25]就像阿伽门农曾经无法看清克吕泰墨涅斯特拉对语言的操纵，这里的埃吉斯托斯也同样无法避免自己的语言被操纵。从他与克吕泰墨涅斯特拉在语言权力上的相对，以及他在弑君一场的表演中缺席的事实，可以看出埃斯库罗斯在对这整个故事的讲述中削弱了埃吉斯托斯的侵犯性形象。

而这种使用语言的危险，在祈祷的宗教情境中体现得最为明显。古希腊的宗教仪式通常以告诫作为开始，提醒祈

---

〔25〕 关于《俄瑞斯忒亚》中的该主题，参照 Peradotto 1969。

祷者注意避免语言的不恰当使用；而且，许多宗教仪式的惯例对祈祷者的恰当表现有严格的规定。而在《俄瑞斯忒亚》中，许多对神的祈祷是在表达控制事件的渴望，许多乞援的请求都有其具体目的，然而人们对祈祷的正确语言往往怀有疑问。有时这表现为一个直接要求，就像歌队在埃吉斯托斯进宫去见等待他的俄瑞斯忒斯时的简短祈祷（855—8）：

> 宙斯，宙斯，我该说什么？我从哪儿
>
> 开始做祈祷，向众神明请求，
>
> 怀着强烈的虔诚，
>
> 使我的话语具有同等的力量？

在复仇叙事中这个吉凶未卜的危机时刻，歌队的第一²²反应就是向神祈祷求助，然后便意识到，为了达到他们的目的，寻找正确的语词来祈祷是多么必要而又困难。尤其是当呼告神明的时候，需要特别当心语言的力量与风险。

然而，对祈祷语言的进一步追问，也引出了对三连剧的话语中重要概念的复杂探究。埃勒克特拉将要为阿伽门农的坟墓献祭时，她仔细地询问歌队，希望为这个问题重重的宗教场合找到正确的用词。我从他们讨论的结尾引用了几行对话（117—22）：

> 歌队：
>
> 关于杀人凶手你也别忘记——

埃勒克特拉：

　　我该怎么说？请你们指引我的无知。

歌队：

　　请说愿神明或凡人前来对他们——

埃勒克特拉：

　　你指的是审判者还是惩罚者？

歌队：

　　你就简单地说是以杀戮报复杀戮者。

埃勒克特拉：

　　我这样祈求神明是否虔诚？

　　这段对话非常重要，而且线索繁多。这里我想主要关注埃勒克特拉的倒数第二个问题，其中她引入了对"审判者"和"惩罚者"的区分。[26]两个词有相同的词根，"dikē"；关于它我在前文已有简要的讨论，在那里 dikē 被译作"正义"（right）或"惩罚"（justice）。然而，复仇的过程、惩罚、法庭，以及许多更加抽象的关于正义（Justice）的概念，都是通过这个复杂的词表达出来的。通过这两个从 dikē 这个词根产生的词，埃勒克特拉实际上是在引入对于犯罪问题的两种不同反应。第一个词是"dikastes"——"审判者""判官"，这个词所暗示的是合法的程序、对案件的审判；但通过第二个词"dikēphoros"——"带来惩罚的人""惩罚者""复仇者"，

----

〔26〕 这几行对话在第 2 章中有进一步讨论。

她所暗示的则是以牙还牙的惩罚和报复，就如歌队随后要求她召请"以杀戮报复杀戮者"一样。就像基托强有力的论证所表明的那样（我们也会在下一章进行讨论），这种区分被认为是三连剧的核心，在剧情从破坏性的复仇式惩罚向法庭的制度转变的过程中具有重要意义。埃勒克特拉对于歌队所言发出的疑问，也因此对我们理解犯罪、僭越和惩罚的概念有着微妙而重要的帮助作用。但歌队对任何可能的区分都不予理睬。"你就简单地说"，歌队快速地驳回了她想要做出的区分，"是以杀戮报复杀戮者"。他们需要的是以命偿命的复仇，而不仅仅是惩罚。然而埃勒克特拉也同样质疑这个回答：她真的能祈祷让母亲死亡，同时被认为是虔敬的吗？歌队简单的复仇欲望，在埃勒克特拉那里成了一个更为复杂的问题。

　　埃勒克特拉的犹豫对她正式的祈祷也有重要的意义。相比于"简单地"祈求有人能"以杀戮报复杀戮者"，她以被动的方式表达她的请求，说谋杀者"应该死"，并且以副词的表达"公正地"（with dikē）来修饰她那稍显委婉的态度：此处可以参照拉铁摩尔的翻译，也就是谋杀者们应该"像他们应得的那样"死去，但这个词语同样可以有"以公正的方式""以复仇的方式"或"作为惩罚"的含义。埃勒克特拉祈祷的是让母亲在正义（dikē）的支持下死去，而不是像歌队建议的那样，"简单地说"——这个条件的加入恰恰呼应了弑母行为同时作为正义（Justice）行动的模糊本质。尽管之前一长段对话里，埃勒克特拉都在不断地询问，以找到祈祷的正确语词，但她正式的致辞却再次强调了她以及她的语言的不确定性。埃勒克特拉的祈祷很好地反映了宗教祈祷中对于用语的极端关注，还有三连剧中犯罪与惩罚话语的不断发展。

因而，从《阿伽门农》开场时守望人的祷告，到《和善女神》退场时的长篇祷辞，祈祷的语言贯穿了整个三连剧，反映出了人们对语言作用于人和事的效力的信念，以及语言越过其使用者并误导他们的力量。谨慎、恐惧和虔敬"守卫"着语言的使用。但同时，克吕泰墨涅斯特拉和她的儿子所行的公然欺骗与狡计，也要放在这个背景下来审视。

在对《俄瑞斯忒亚》中语言的主题进行讨论时，一个特殊的困难就是其中语言的地位与性别话语之间的相互联系，这种联系在三连剧的文本中有着支配性地位（也是许多现代研究者的讨论重点）。[27]我们已经看到，通过同一套关于起源、父系和血统的词汇，对词语和名字的词源探索如何与亲子关系的叙事联系起来。我们也已看到，这一叙事如何通过一系列场景，在某一性别成员对另一性别成员的语言统治中展开，以及如何用性别对立的视角来看待这些交流。就像卡珊德拉在她的真实预言中讲述的：

> 一个女人会为我这个被杀死的女人而倒下，
> 一个男人会为这个结了孽姻缘的男人而偿命……

---

〔27〕 尤其见 Zeitlin 1978；Winnington-Ingram 1949；Goldhill 1984a。

卡珊德拉用性别差异的语言来表述事情的发生。事实上，我之前所探究的交流困难问题，似乎经常被视作性别对立的结果。当俄瑞斯忒斯第一次来到王宫前，他要求家中的一个当权者出来接见他（663-7）：家中的女人，或者男主人更合适： 24

> 因为可避免羞涩，不至于使谈话
> 词语变含混，男人和男人谈话
> 心宽胆壮，意思一目了然。

当然，后来是克吕泰墨涅斯特拉出来接待了客人；[28]而且，就像我们已经看到的那样，母子之间的对话充满了讽刺与欺骗，这正印证了俄瑞斯忒斯所预期的：不同性别之间的对话总是缺少清晰。

除此之外，性别话语和交流的作用之间还有许多进一步的联系。特别地，我们可以看出克吕泰墨涅斯特拉在性与言辞两方面的犯罪之间的联系。她的通奸行为，就像她的姐妹海伦一样，是一种对婚姻纽带的败坏；坦纳（Tanner）令人信服地论证道，这种败坏是对整个社会的威胁。[29]这不仅是因为通奸威胁了稳定的世代绵延和继承，或破坏了家庭建制，也因为它从根本上动摇了一种交换关系，而这种关系是社会得以形成

---

[28] 关于妇女走出门外的问题，参见 Foley 1982a，这个问题在第 4 章中会谈到。关于这几行，参见 Goldhill 1984b。

[29] 1980，尤其是第 24 页之后。

和变得有序的凭借。[30] 女人在婚姻中被出嫁和迎娶；她们是连接不同家庭的交换对象，她们保证了性别关系的控制和秩序，也保证了社会的必要延续，以及社会系统的边界和分类的维持。当她在欺骗性的交流中扭曲了言辞的交换，当她在婚姻纽带之外选择了其他性伴侣，克吕泰墨涅斯特拉就破坏了她在整个婚姻和社会得以建立的交换系统中的位置。王后同时在性和语言上僭越了定义的边界和社会的分类。她在性和语言上的僭越，联系着相应的对社会本质基础，也即交换关系的破坏。

许多在之前段落中出现过的问题，在《阿伽门农》中卡珊德拉出场时得到了集中；这是这部剧中最长的一场戏，也有着与它的长度相称的重要性。在克吕泰墨涅斯特拉将阿伽门农请进皇宫后，歌队开始歌唱恐惧，而且转而祈祷消除他们模糊的不祥预感。但克吕泰墨涅斯特拉回来邀请卡珊德拉加入这场祭祀——这是一个讽刺的请求，因为卡珊德拉将作为受害者站在祭坛上。然而卡珊德拉固执地拒绝回答，甚至无视克吕泰墨涅斯特拉的要求；并且，就像在这部三连剧的对话中常常出现的那样，这里的对话转向了对交流过程本身的思考（1047-63）：

25　　　　歌队：

　　　　　她停止了对你说话，话语清晰。

———————————

[30] 见 Lévi-Strauss 1966 中的重要研究，在 Tanner 1980，第 79 页及以后各页有讨论。

你既然已被命运的罗网俘获，

你就得被劝服，如果你能够被劝服的话；

或许你不能被劝服。

克吕泰墨涅斯特拉：

如果她不是有如燕子唱歌一般，

只知道费解的蛮族语言，

我在说话，并且会把她说服。……

你若不明白，不理解我的话语，

就请你做出示意，不是用声音，而是用你蛮

族的手。

歌队：

依我看，这位外族女孩需要一位准确的翻译者。

卡珊德拉的沉默使我们清晰地意识到构成交流的语言
（符号）交换过程。歌队的第一个评论中值得注意的模棱两
可之处——到底是她停止了说话，并且方才说的话语十分清
晰，还是她停止对你说出清晰的话语——不仅强调了克吕泰
墨涅斯特拉邀请卡珊德拉参与祭祀时可能的欺骗，也尤其强
调了语言交流的过程，或者说卡珊德拉的沉默在对话中造成
的明显停顿。歌队在第三行中对"劝服"（persuasion）的三
次重复（我的英译远比希腊文要笨拙）强调了地毯场景中已
经证实了的、克吕泰墨涅斯特拉的语言的力量。在这里，能
够征服听众的这种劝说性修辞的力量似乎对这个外族女孩没
有影响。当王后依然没有得到回答，她便建议诉诸无声的信

号：“用你蛮族的手做出示意”，就像拉铁摩尔翻译的那样。我们已经在火光—演说的场景和宣布报信人到来的那几行中看到，语言的信号与非语言信号的对立对于理解三连剧中交流与解释的话语有着何等重要的意义。王后所说的“如果你不理解（receive）我的话语”，恰恰对应着我所考虑的语言交换范式。王后给出了她的说辞，也就是语言的信息，但没有被理解。语言交流出现了故障，而这强调了说话者与接收者之间的鸿沟。这里，克吕泰墨涅斯特拉的劝说没能弥合说话者和听者之间的这条鸿沟；面对这种交流的障碍，歌队非常典型地重新提起了精确性和解释的必要：“这位外族女孩需要一位准确的翻译者。”翻译者的角色，就是站在说话者与接收者之间，协助交流的进行。

作为卡珊德拉预言的引子，这段对话对交流过程和语言的格外强调是尤其重要的。之前的场景由克吕泰墨涅斯特拉所主导，在其中我们已经关注到王后对语言的操纵，以及她的语言如何同时成为犯罪的实质和工具；而在歌队和其他人不断表达对真话和清晰语言的期待之后，舞台将由卡珊德拉主导，这位受到启示的特洛伊公主有着完全清晰的洞见和确定无疑的、真实的语言。但足够讽刺的是，这种语言却是无法被理解、无法被接收的。说话者的话语真实而确切，带有预言性质，但就是无法被听者理解。每当她告诉歌队宫里即将发生的故事，歌队都听不明白：“我不能理解这些预言……现在我糊涂了。听了她神秘的演说，我在预言的迷雾中失去了方向。”

然而，卡珊德拉所说的真实的话语，并不像一些哲学家所认为的真实的语言那样，是简单的、精确的断言。相反，这是一种更高维度的、隐喻性的语言，有着预言性的洞察力（1087–92）：

> 卡珊德拉：
>> 你把我带往什么人家？
>
> 歌队：
>> 带往阿特柔斯之子的家，你若不知道，
>> 我这就告诉你，可不要说这些是假话。
>
> 卡珊德拉：
>> 不；正相反，这是座为神所憎恨的家宅，充满了
>> 亲族仇杀的罪恶和自我折磨，
>> 杀人的屠场，地面沾满血污。

卡珊德拉的简单的问题，也即她要被带往何处，得到了一个简单的回答："阿特柔斯之子的家"；然后歌队以他们奇怪的迂回方式拖长对话，继续强调着语言交流的过程。如果卡珊德拉不知道，他们就为她提供信息——而正如我们即将看到的，卡珊德拉其实知道得非常清楚，这在整场戏中都非常重要——并且，他们进而用了一个古怪的双重否定，让卡珊德拉不要说他们的信息是假的。然而，这个答案对这位女先知来说并不够。她接受了这个答案，又将它重新解释了

一遍（就如希腊语的句法所展示的[31]）；叫它"阿特柔斯之子的家"并不完全准确；这是一座为神所憎恨的家宅，自我消耗的屠场。卡珊德拉的答案照应了歌队之前所说的话：她确实没有把他们的描述当作真的，即便说它完全是假的也不对。歌队的回答只能被部分接受。

　　卡珊德拉的话语继续着那种异常的、交错的、隐喻性的描述。即便当她表示，她的预言就要变得清晰，表示"清晰"的这个词却嵌在一个复杂的比喻结构中，四个比喻各自都有不同内涵（拉铁摩尔将其翻译成"明亮而有力"，试图抓住它的多义性）（1178–82）：

> 现在我的预言不会再像新婚的女子，
> 从面纱后窥视；它清楚明朗，
> 有如刮向清晨的风，而初升的太阳
> 光芒随之发散，犹如汹涌的波涛，
> 终将冲击这闪光的苦难。

Lampros，这个被译作"明亮而有力"的词符合它周围的每一个词组：它符合女子躲在面纱后的发光的面容、强劲的风；它被用来表示太阳的明亮、波涛的猛烈；而最后它又预示着"闪光的苦难"。就如希尔克（Silk）所评论的，"这种意象的高度集中不仅便于一位先知讲述模棱两可的预言，

―――――――――――
〔31〕　参见 Goldhill 1984b。

也暗示了她对事情复杂性的某种独特认知。"[32]对事件变化的难以认知、在描述和解释事物时对语言的畏惧和不确定，都被卡珊德拉预言中高度隐晦的强大真相所克服。

因此，具有反讽意味的是，卡珊德拉的预言也只是将她引向了被谋杀的结局，而她自己清楚地知道这一点。正如她所断言的（1299）：

> 不可能逃避，朋友们；无法拖延。

确实，她在对即将到来的悲惨命运的愤怒中扔掉了预言者的花环和法杖（1264-6）。而对歌队来说，语言的欺骗性力量和它预见未来的模糊的欺骗性，使他们相信对语言和预言的控制能够带给他们对于事件的掌控；当然，当前他们无法充分理解和控制这个语言的世界，也不能清楚地知道目前和将来发生的事，这导致他们无力行动，而这点强烈地展现在他们听到阿伽门农临死前的惨叫时那种无济于事的反应（1368-9）：

> 对，我们应该弄清楚事实再生气，
> 现在只是猜测，和事实差得太远。

但对卡珊德拉来说，她对未来有着清楚的认识，也有

---

〔32〕 1974，197.

能力用语言表达这些，但这一切只是导向了她不可逃脱的命
运。对未来绝对的预知，意味着一个绝对确定的世界。卡珊
德拉对于语言和预言的绝对控制，带来的不是主宰的力量，
而只是关于宇宙宿命的一种强大的感知能力。

就如我已经提到的，卡珊德拉的许多预言都省去了她
所描述的人物的姓名，却用一种性别区分的方式来代替——
男性，女性，男人，女人。即便这种充满了性别区分的叙述
也逃过了歌队的注意。在本场快要结束的时候，他们还在问
（1251）：

是哪个男人在制造这场灾难？

卡珊德拉的回答只是指出了他们对于她的语言和其中
的性别叙述的不理解（1252）：

确实，你们没有理解我的预言。

卡珊德拉完全精确的语言，连同其中复杂的、隐喻的真
相，还有歌队对其极端的误会，以最明显的形式表现了语言
交换过程中的分裂与曲解，而这构成了三连剧中对交流的基
本观念。

《俄瑞斯忒亚》的叙事，连同其中的祈祷、预测、欺骗
和误解，最终引向了战神山（Areopagus）的俄瑞斯忒斯的审
判。在雅典长者组成的陪审团面前，俄瑞斯忒斯行为的正当

性即将在一种新的裁判机构——法庭中得到辩论与裁决。辩护者是阿波罗；起诉者是埃里倪斯。三连剧的宏大规模在结尾得到继续，并展现在全城观众面前。审判中的对立双方已经有许多人讨论过，而我们会在第2章对此做进一步讨论。和阿波罗站在一边的有俄瑞斯忒斯、宙斯，还有对父权的强调、男性对于家宅及其所意味着的一切的掌控，最后还有雅典自己的守护神雅典娜，审判的设立者。而在埃里倪斯一边的有对母亲的强调，以及血缘纽带高于政治权威的价值判断。然而，在法庭设立和审判开始之前，埃里倪斯唱起了"束缚之歌"（the binding song）。这是她们用来"展示我们音乐的力量与恐怖"的颂歌。它像一种咒语，以语言——也就是歌曲唱出的魔咒的力量，将俄瑞斯忒斯捆绑在他所祈求庇护的祭坛上。这首歌本身的构成便证实了语言的表现力和词语的宗教力量——这是诸多诅咒、誓言、咒骂，同样也是祈祷和祝福的基础。在新的法律裁决机制产生之前，也在新的、由演说所形成的公民权力正式形成之前，埃里倪斯唱了一首关于她们古老的复仇力量的长篇颂诗，一段证实了语言的宗教力量的咒语，它具有我们在《俄瑞斯忒亚》的叙事中已经见到的、有力的结构编排。

确实，审判制度本身得以确立，就依赖于对旧的、仅靠 ²⁹ 发誓来证明真相的程序的抗拒：

歌队：

他不想接受誓言，也不会发誓！

雅典娜：

　　你更希望名义上而非实际上公正。

歌队：

　　为什么？请解释，因为你不缺乏智慧。

雅典娜：

　　我认为不公正的事情不应靠誓言获胜。

歌队：

　　那你自己审问他吧，做出公正的判决。

　　通常的发誓程序，是让发誓者立下誓言表示自己有过或没有过某种行为。但在这里，俄瑞斯忒斯早就承认杀死了母亲，而这里所宣布的审判标准也体现为另一种程序：这个案子将依据动机和不同权威的冲突来审判，而不是根据某人是否犯下一件具体的罪行。雅典娜指出，埃里倪斯只希望被称作公正的，但并未践行公正。她引入了行为和描述之间的区分，而这又一次强调了语言在辩论中的重要作用，以及它所做出的定义。的确，在这场权威和道理的冲突中，这场审判要在正确的语言中发现正确的行为。对正义的裁决是法律话语的定义行为。这场审判构成了一种语言的决定性。这是最新确立的、语言的法律力量。

　　而有趣的是，雅典娜劝说埃里倪斯们接受法庭制度，依靠的还是语词的变换，一种内在的双关，或者说是一种文字游戏，在翻译中很难捕捉到这些。想让俄瑞斯忒斯得到惩罚（*dikē*）的埃里倪斯——她们所要求的是以命偿命的复仇，希望立即处死他——只能让步于雅典娜所提出的审判（*dikē*），通过这她也接受了埃里倪斯们让她正当地裁定案件（*dikē*）或指定惩罚的期望。而雅典娜庄重地任命审判者们（*dikastai*，和埃勒克特拉之前所用的是同一个词，在希腊语中通常指"法官"），雅典的公民，来履行这个新体制的职责。以这种方式构建起来的法庭，正是在真理之神和复仇之神的修辞对立中寻找这个案子里对"公正"（*dikē*，justice）的定义。

值得注意的是，最终的裁决还远远不是剧中冲突的结束。在雅典长老们宣布决定后，埃里倪斯转而以暴力的愤怒威胁这座城市。这座首次上演《俄瑞斯忒亚》的城市成了戏剧冲突的最终关键。但雅典的守护神雅典娜说服了埃里倪斯停止她们的愤怒并成为城市建制中的一部分。靠着威胁、劝诱和承诺的结合使用，智慧之神最终胜过了她们。这是第一次在语言冲突的展示中没有包含性别的冲突，或是以某一方的毁灭而造就的胜利。雅典娜告诉人们，什么才是这场交换中达致和解的媒介（970–5）：

> ……我热忱感谢劝说（Persuation）的眼睛
> 他引导我口中讲出的话语，
> 安抚了桀骜不驯的神灵。
> 宙斯，集会中人们的演说的保护者
> 比她们更加强大；而我对善（good）的追求
> 在整场竞争中胜出。

善的获胜依靠的是劝说性语言的表现力以及宙斯的保护，只要集会中的语言交流导向的是一个好的目标。维护雅典城邦的胜利、审判制度的胜利和埃里倪斯的招安，实际上是语言力量的胜利。

三连剧结尾的场景，又一次有力地证明了语言的活跃力量。在歌队的"束缚之歌"和诅咒之后，现在的场景转而展现了她们祝福的力量。埃里倪斯做了一系列光荣的祈祷，表达了对收留她们的城邦的未来期待；她们为谷物、儿童、牲畜和土地祈祷。这些祈祷带来了她们所期待的好事（968–70）：

> 雅典娜：
> 　　我感到无比荣耀，听到她们的善意在我的城邦实现。

一经说出，就马上实现。在这部如此强调恐惧、不确定性、危险与误解、语言的攻击性与力量的三连剧中，最后的场景却转向了善意而有控制的、为城邦祈福的祷告所带来的恢复性力量。

许多人认为《俄瑞斯忒亚》的结尾是公民话语建设的胜利，但同时，这部在它所赞美的城邦里上演的剧作以巨大的力量描绘了这种公民话语的内在紧张和困难，这不仅体现在性别与社会利益的冲突中，也体现在它对公民语言结构的安全性的挑战中。诸多使用语言和关于语言的误解与欺骗、操纵与僭越构成了三连剧中的语言交流，它们对交流中的有序交换和约定的价值形成了挑战，这种挑战关系到社会的基础。更进一步，这种破坏无法用城邦的法律制度来最终解决：实际上，人类的陪审员无法达成决定以判决他们眼前的案子，最终是雅典娜投出了神圣的一票，使俄瑞斯忒斯无罪获释。这部剧的结尾对我们来说很重要，并不只因为它再一次指向了人类的解释中的隔阂与困难，也不仅因为它在最后的场景中从人的和解转向了神的和解，而同样因为它强调雅典娜是这场和解的主要促成者。从雅典的公民话语中对社会秩序的分类来看，雅典娜是一个有趣的角色。她是一位女神，但在为俄瑞斯忒斯的著名辩护词中，她全心地站在男性这一边（736-8）：

> 并非世上哪个母亲生育了我，
>
> 除了结婚外，我总是全心地赞同男性，
>
> 一直站在父亲这一边。

雅典娜是一个女神，也是一个战士；她抗拒着父权社会中被出嫁和迎娶的女性角色。她是一个处女。她没有母亲。相比于剧中构成冲突的严格性别区分，雅典娜是一个完全由男性生出来的女性，她支持男性，行为也像男性。她超越了性别区分的边界。就像克吕泰墨涅斯特拉对权力的篡取，雅典娜也不能被归入社会性别区分的一般法则中。更进一步，就像克吕泰墨涅斯特拉一样，雅典娜通过对语言的操纵和说服性的修辞来达到她的目标。换句话说，实现城邦中人与神的和解的角色，实际上超越了定义的边界和边界的定义，这两者构成的社会秩序本应该是和解的目标。足够矛盾的是，城邦中性别关系的法则的重新形成，是通过这样一位破坏了这些法则的角色来实现的。公民话语的控制和秩序的重申，也是依靠这样一位证实了劝说性修辞的不确定力量的角色来完成的。就如温宁顿-英格拉姆（Winnington-Ingram）关于雅典娜的决定性作用的观点："如果我们企图不以克吕泰墨涅斯特拉作为参照来回答这个问题，就可能会犯错。"[33]雅典娜的形象，就像克吕泰墨涅斯特拉的形象，一方面在公民话语之外，另一方面却又是其中的一部分。公民语言最终导致的胜利和解，同时也是一种强烈的越界。《俄瑞斯忒亚》中关于交流过程、命名和分类的强烈不确定性——也就是社会秩序的语言基础——在由冲突到和解的历程中一直延续着。

　　《俄瑞斯忒亚》突出了一种对交流和交换过程、语言及其社会角色的关注。它描绘了语言中可能的暴力与僭越，尽管它本身尽力维持世界秩序。它强调了人类必要的语言交换和性别关系中的危机与风险。因此，这部三连剧不仅对人在城邦中的位置提出了挑战，也在挑战着我们后世解读这种挑战的企图。就像文学批评家们一样，我们也同样被卷入了规范语言、解释和分类的艰巨任务中；我们也同样在有关视觉和控制的词汇中寻求清晰与准确；我们也同样参与着意义的

---

〔33〕 1949, 144.

决定和制度化。我们也同样必须面对这部三连剧的评论。我以《俄瑞斯忒亚》作为本书开篇的重要研究对象，并不仅是因为它所关注的语言、性别和城邦的问题会在后面章节所讲到的悲剧中不断出现，也因为这部作品要求读者对于自己在阅读中的交流、解释和赋予含义等过程进行不断的发问。《俄瑞斯忒亚》不但思考着这些重要的问题，而且也在追问着这种对语言的态度；我也同样有理由回归这种在阅读过程中积极参与、自我认识、自我反省的意识。毕竟，本书的一个主要目标就是重新思考悲剧如何持续追问人在语言中的位置。我们对《俄瑞斯忒亚》文本本身及相关问题的发问，将会在本书对古希腊悲剧的探讨中一再浮现。

第 2 章 挪用的语言

如果关于智慧和荣誉大家衡量一致，

人们便没有什么争论不和了。

如今人世间没有什么"公平""平等"，

人们只是用名字称呼它们，实际上没有这东西。

——欧里庇得斯

在第 1 章里，我几次提到了理解《俄瑞斯忒亚》中 *dikē*
这个词的困难。在本章中，我希望更深入地考虑三连剧中围
绕这个词及其同源词的概念。这一讨论之所以重要有几个原
因。首先，在以解释和理解的过程为重点探讨了语言交换之
后，尝试探究一个词语如何在劝说的修辞和欺骗性操纵的碰
撞中经历意义的转变与呈现，将会是一件有趣的事。我已经
讨论了语言在社会关系秩序中的角色，以及语言作为侵犯社
会秩序的方式与事实。表示社会秩序的重要词汇 *dikē* 会怎样
与这种讨论关联起来？其次，几乎没有人否认，*dikē* 是《俄
瑞斯忒亚》首要关注的概念。这个概念形成了许多文学批评
者解读这部三连剧的基础。就如研究其他各种关于此主题的
有影响力的观点一样，关注以语言为焦点的讨论如何改变我

们对这场辩论的看法也同样重要。这就引出了我的第三个原因：不同批评家围绕这个词汇来解释《俄瑞斯忒亚》的尝试将会为希腊悲剧阅读中的一个主要问题提供重要的见解。因为，正像我在第 1 章的末段论证的那样，《俄瑞斯忒亚》这部悲剧对语言交换作为社会进程的批评是与文学批评的制度和观念密切相关的；而 *dikē* 这个概念的解释历史也将为本剧对解释和理解的复杂内在观念提供一种解读的方式，这种方式对解读悲剧本身也非常适用。

首先，我想在一个更大的背景中简单地发展 *dikē* 这个词的一些内涵，并解释我为何说它是"社会秩序的首要术语"。我已经在前文中提到 *dikē* 的广泛意涵，从抽象的"正义""公正"，通过"报复""惩罚"，一直到具体的法律含义："法庭""案件"，而既然这些词都明显地与社会力量联系在一起，仅仅做语词上的分析就不足以体现它强大而广泛的用途了。 *34*
dikē 是公元前五世纪雅典公民话语中的主导性词语之一。法庭和法律（*nomos*）的作用被古代作者们（同样也被现代历史学家们）认为与民主政治系统的发展有着同等的重要性。[1]
法律的广泛公布和讨论，法律面前公民的互相平等，公民在案件判决中的地位，公民支持城邦法律的责任——从个人统治者掌握决定的权威到以城邦和法律为统治权的理念的转变——这些都是民主政治与民主理念的重要议题。[2]而整一

〔1〕　参照如 Ostwald 1969；或 Ehrenberg 1960，20–4，51–2，71–4。

〔2〕　参照如 Finley 1983，第 134 页及以后。

套的法律语言都依赖于 dikē 及其同源词。dikē 被用来表示对雅典公民生活极为重要的法庭制度本身，也联系了法庭制度和对一种世界图景，即"自然正义"（natural justice）（用十八世纪的说法）的最普遍感知，而人类的法律就从自然正义中继承而来并获得正当性。起诉、惩罚和法庭程序的专门术语也同样依赖于 dikē 和其同源词。更进一步，正如我们意料，法庭上辩论的修辞也相当依赖人们对"dikē"的普遍援引——"正确""合适""合法""公平"；这些修辞也同样依赖于人们对 hubris 的控诉——这是 dikē 的反面，意味着"过度""僭越""傲慢"，还有法律意义上的"侵犯"。[3]

在另一种雅典公共政治生活的主要机构，即公民大会中，更普遍的政治修辞也一再回归对 dikē 的强调，以寻找"正确的行动"，或用来判断和评价人、行为和政治。在宗教领域内，关于 dikē 的语言也始终非常重要，不仅因为它表示有秩序的宇宙、众神的居所，也因为它代表了一种道德评价。这在众神作为惩罚和正义意义上的 dikē 的保护者和执行者这一点上体现得十分明显。[4]在《俄瑞斯忒亚》本身，或欧里庇得斯的《希波吕托斯》这样的剧作中，悲剧的开展通常依托惩罚和正义的概念可能出现的分裂意味，以及神在这种分裂的表达中的参与。

确实，在公共生活中，宗教、政治和法律维度是相互重

---

〔3〕 参照如 MacDowell 1976。
〔4〕 关于这个材料的一个观点，见 Lloyd-Jones 1971。

叠和关联的，这一公元前五世纪雅典公民参与城邦事务时所特有的现象，体现在 *dikē* 及其同源词共享的词汇与修辞中，它们构成了雅典公民话语的根本动态。为了理解这一复杂社会的多种话语中关于价值和规范的关键术语的意义范畴，英语词"right"及其同源的"to be right, righteous, rightful"等³⁵词语可以为 *dikē* 提供一个有趣的参照。这是一个常被用在相似的法律、政治和社会事务领域的词。人权、人的权利、生存权、劳动权利（等等），这些都曾是现代历史的诸多起因中的行动口号。它也被用在更加限定的法律语言中——合法所有人、通行权，等等——而且，尽管它不一定具有"法庭"或"惩罚"的内涵，动词"to right"却有着纠正错误、回归平衡秩序的意味，而这就很接近 *dikē* 及其同源词的一些含义。它被用在从日常对话到哲学研究的道德讨论中，而且在宗教语言中，"正直的"（等等）也一直是评判人和行动的重要类别。这是一个关乎道德认可的一般术语，也被用来为某个特定的问题寻找正确的标准。在政治中，"右"（"左"的反义词）被用来界定范围极广的原则、信仰和政策。正是这种由一个共享的词汇表达出来的，社会关系的不同领域、不同内涵和态度之间的复杂关联，让翻译一个像 *dikē* 这样的术语变得如此困难。在《俄瑞斯忒亚》中，法律、政治、宗教和道德的话语如此紧密地交织在一起，因此这个共享的、关于价值和规范的词汇也构成了对这一文本的重要解读。

在公元前五世纪和前四世纪，*dikē* 这个词被作为一个对社会和道德秩序的定义与运作至关重要的术语来强调，其根源已被详细探讨过。[5]赫西俄德（Hesiod）在这一前五世纪话语中的地位尤其重要，特别是对于埃斯库罗斯而言。[6]在整个前五世纪中，《神谱》和《工作与时日》都作为关于宗教和社会事务的权威文本而产生了重要影响。《工作与时日》尤其充满了 dikē 与 hubris 的对立，这种强调与荷马文本大不相同。[7]赫西俄德，一个经营着小地产的农夫，遭到了他的弟弟佩尔塞斯（Perses）的不公对待，因此他提出建议和劝告，讲述神话故事，以劝说佩尔塞斯行为"公正"，而不是在僭妄（hubris）的道路上越走越远。这就引出了对于在前五世纪到前四世纪一直处于权威地位的正确农业管理方式的辩证描述。劝告其兄弟要行为公正的长篇训诫与根据季节和自然征兆进行一整年土地经营的建议结合在一起，展现了人们对于自然秩序的观念如何与对于社会环境中恰当行为的正义或正确概念的意识联系在一起。赫西俄德的道德劝诫始终与公元前五世纪的雅典相呼应——这是一个爱好争辩和诉讼的世界。确实，在《和善女神》中，当埃里倪斯们将审判的权威让给雅典娜（"以公正的方式给出判决"），这就呼应了赫西俄德对佩尔塞斯的著名命令：借助"公正的审判"，而不是"热衷受贿的国王们"来化解他们之间的争端。[8]雅典

36

---

〔5〕　参见如 Hirzel 1966；Lloyd 1966，第 4 章；Lloyd-Jones 1971；Gagarin 1986（更多参考见 Lloyd-Jones 1971，第 183 页注释 23）。

〔6〕　参见如 Solmsen 1949。

〔7〕　见 Vernant 1983，3–72；Pucci 1977。

〔8〕　见赫西俄德《工作与时日》35–39。对比赫西俄德《神谱》81–93 中对"做出公正裁决"（86）的正直国王的描绘。

娜废除她的个人权威，代之以雅典公民的法庭，这表明了前五世纪雅典城邦对赫西俄德劝诫的接受和转化。

前苏格拉底哲学家以另一种方式强调 *dikē* 作为世界秩序的宽泛含义与它作为个人行为的含义之间的关联。在这些早期哲学著作中，*dikē* 作为一个普遍原则、作为宇宙论者对事物自然秩序的描述，其地位越来越重要。据此可解读例如阿那克西曼德（Anaximander）的残篇"生成出自其中的，也就有毁灭归于其中，依据其必然性；按照时间的安排，它们向彼此交付不公（injustice；-*dik*-）的赔付（*dikē*）和补偿"。例如，劳埃德（Lloyd）评论认为"'公正'和'补偿'的循环并不是依据某个独裁者变幻无常的意志，而是由法律的统治来保障"。[9] *dikē* 是"自我调节的宇宙关系"的本质表达，"也就是说，一种宇宙秩序的理念"。[10] 而基托和劳埃德-琼斯（Lloyd-Jones）都特别关注了 *dikē* 的意涵在索福克勒斯文本中的延续。劳埃德-琼斯写道，对于索福克勒斯而言，"*dikē* 不仅意味着正义，也意味着'宇宙秩序'，而且从人的观念看来，这种秩序通常带来的是自然法则而并非道德法则"。[11] 有人可能会说，对关于 *dikē* 的分类而言，劳埃德-琼斯对"自然"和"道德"的区分过于简单；但确实，"公正的""自然的"具体事物与对于秩序和事物的确定性的感知之间的、关于 *dikē* 的语言所形成的联系，不仅在哲学体系中是重要的，

---

〔9〕 Lloyd 1966，213.

〔10〕 同上。

〔11〕 1971，128.

而且对于悲剧所出自其中的这套哲学体系的发问——什么是正确的，什么是适当的，什么是自然的，以及人在事物秩序中的正当位置——也有重要的意义。

　　dikē 的概念对哲学家的重要意义延续到了公元前四世纪——柏拉图的对话《理想国》讨论了各种各样的社会关系，其目的是寻找一个"正义的城邦"。他在社会的性别、政治、军事、教育关系中探求完美社会如何形成，这恰恰是一种对城邦政治的"正义"[12]的探求。"正义"不仅包括法律秩序，也是城邦中所有部分和关系的正当组织。也是在这个意义上，*dikē* 可以作为"社会秩序的首要术语"。比起关于将俄瑞斯忒斯定罪或释放的审判，《俄瑞斯忒亚》中 *dikē* 的复杂变化有着更为重要的意义。

　　对于 *dikē* 在《俄瑞斯忒亚》文本中的动态，有一种已成为老生常谈的解释，即这部三连剧展现了 *dikē* 的概念从冤冤相报到法律正义的转变。从这个观点看，这部悲剧讲述了一个对雅典城邦和其民主制度极为重要的、关于法律制度起源的神话。我想首先对这种解读该剧的观点做一简要观察，并把对这一解读策略的描述建立在 H. D. F. 基托有说服力和代表性的观点的基础上。

　　复仇和报偿的意味贯穿了《阿伽门农》全剧。阿尔戈斯人的远征，基托写道，是由阿特柔斯之子带领的，他们是"惩罚帕里斯罪行的报偿（Dikē）主持者。他们是由宙斯

---

〔12〕 柏拉图使用的是 *dikē* 的同源词 *dikaiosune*。

派遣的。就如一些神，阿波罗、宙斯或是潘，听到了秃鹫失去雏鸟而哀号的声音，便派出埃里倪斯去为此复仇，宙斯也这样派出两位国王来为帕里斯对墨涅拉奥斯所行的不义复仇"。[13] 远征的拖延是由阿尔忒弥斯（Artemis）造成的：愤怒于特洛伊战争之前的无理杀戮（以老鹰杀死怀胎的母兔来象征），阿尔忒弥斯提出一个代价——用伊菲革涅亚（Iphigenia）来献祭。这对克吕泰墨涅斯特拉的反应来说很重要："杀死阿伽门农是她对私仇的报复，但既然'神明不会对犯下杀戮的人置之不理'，她同时也是在满足阿尔忒弥斯的愤怒，报复了特洛伊战争前的杀戮。"[14] 帕里斯犯下了罪：他不服从"正义（Dikē）的祭坛"。这场对通奸进行报复的战争就是在正义之神（Dikē）的庇护下宣布的。"阿伽门农理所当然地认为，为一个放荡的女人宣战是正当的：这是他对 Dikē 的概念。这也是宙斯对此的概念，而宙斯将会遵循这个概念，来毁灭特洛伊的毁灭者。"[15] 阿伽门农无法避免使自己的女儿和敌人们流血，除非无视 dikē 的指导。就这样，遵循着他自己的策略，阿伽门农迎来了自己悲剧性的死亡。基托对此的评论如下："这里明显的暗示是，我们都有着一个关于 Dikē 的概念，但无法真正实施，即便这也是宙斯的意愿……暴力和血腥惩罚的倾向占据并统领了整部悲

---

〔13〕 1961, 67.
〔14〕 1961, 69.
〔15〕 1961, 71.

剧，最终引向了完全的毁灭。"[16]

报信人场景前后的两段合唱歌都发展了本剧的"建筑比例"。[17] 第一段合唱歌"建立了一个比例式：帕里斯的罪行∶帕里斯的惩罚∷阿伽门农的罪行∶？"[18] 第二段合唱歌则带着希腊舰队遭受的苦难、吹散归航船只的风暴等报信人所加入的信息，重新叙述了开场的等式关系。"帕里斯的罪行∶帕里斯的毁灭∷希腊军队的渎神行为∶希腊人军队的毁灭∷阿伽门农的罪恶∶？"[19] 通过一个狮崽长大后将杀人潜能付诸现实的寓言——这个寓言与海伦初次快乐地到达特洛伊，最后招致战争的杀戮和悲哀的故事并置——这两段合唱歌的后一首确实进一步提升了紧张和不祥的预感。基托通过阐述歌队的总体评论（750–81）延续他的分析，这个评论似乎给出了一个重要的总结："惹怒神明的不是财富，而是邪恶。混乱（hubris）引起了更多混乱，然后算总账的日子就会到来。正义（Dikē）引导所有事物走向指定的结局。'阿伽门农堂皇地入场，和一个年轻女人一起。'还有比这更加巧妙的戏剧入场安排吗？"[20]

本剧的其余场景将这一高度戏剧化的入场所蕴含的暗示演绎了出来。阿伽门农和卡珊德拉一起被杀死，但当王后

---

[16] 1961, 72.
[17] 1961, 74.
[18] 1961, 73.
[19] 1961, 74.
[20] 同上。

以自己的胜利嘲弄歌队时，甚至她自己也开始改变。她越来越显得像是"一个注定遭毁灭的犯罪者……一个成功的猎人，自己也将要被猎捕"。[21] 这场谋杀并不是单纯的弑君行为，而是一种范式的某个实例。"Dikē 的法则是——不是指'正义'而是'报复'——犯下的过错必须遭到报应，'犯错者必须偿还'。"[22] 确实，埃吉斯托斯进场后说的第一个词就用来赞美这"带来报复的一天"。这个词已被用在形容宙斯摧毁特洛伊的鹰嘴锄上，而埃吉斯托斯也给出了关于血腥补偿和血腥罪行的又一事例。在基托看来，对这一罪行与过度报复的链条的最终认识，是《阿伽门农》中的一个重要高潮。

《奠酒人》则以这一链条的下一环为开端。"俄瑞斯忒斯接受了为其父遭受的暴行复仇的任务。这里没有什么新的事；这已被卡珊德拉预言过了。Dikē 的法则是永恒的，问题在于这些命令要以怎样的方式实现。在这之前，它们都是通过盲目的怒火和过度报复来实现的；俄瑞斯忒斯则以一种非常不同的方式进行了他的任务。第一次，我们见到了一个动机纯洁的复仇者。"[23] 关于 dikē 的命令怎样实现的问题，基托以我在第 1 章中所引的埃勒克特拉和歌队的对话举例，尤其是其中埃勒克特拉所做出的区分——一边是"带来惩罚的人"——这个形容词被埃吉斯托斯用在杀死国王的那一

---

〔21〕 1961，77.

〔22〕 同上。

〔23〕 1961，78–9.

天，也被歌队用来形容摧毁特洛伊的武器——一边是"审判者""判官"。在基托看来，第二个词显出了"一丝不太粗暴的感觉"[24]。确实，埃勒克特拉祈祷自己能"显然比我的母亲更纯洁"。这是杀人罪行的一种不同动机。

而俄瑞斯忒斯所采取的不同方式，在基托看来是《奠酒人》进展的基础："我们看到了新的复仇者，在精神上与旧复仇者非常不同，却以同样的威胁实施恐吓。"[25]

但当谋杀完成时，《阿伽门农》中对 *dikē* 的观点显然出现了回返。直接报复、以牙还牙的观念被重新申明。"只有亲人能解救这个家庭。'暴力（Ares）会与暴力对抗，正义（Dikē）会与正义对抗。'但如果正义与正义对抗（正如现在奥林匹亚诸神与埃里倪斯们对抗），世界就是混乱的，而 Dikē 也尚不可能意味着'正义'。"[26]

Dikē 所产生的交互回报作用，在俄瑞斯忒斯使用与母亲杀死阿伽门农时同样的欺骗与诡计杀死了他母亲这一平行关系中体现得很明显，这一点也同样体现在他用罪行纠正罪行的矛盾观念中："她威胁他说，如果他将她杀死，她的埃里倪斯将会尾随不止：他也只能回答说，如果他不杀死她，他父亲的埃里倪斯将会尾随。没有什么能比这更有力地表达我们迄今在思索的这套宇宙和社会的正义体系的彻底

---

[24] 1961, 79.
[25] 1961, 82.
[26] 1961, 84.

失败。"〔27〕Dikē 作为复仇观念的最终破产，在动机单纯的俄瑞斯忒斯迷惑的退场中得到了最终体现，他被 Dikē 的代理者——埃里倪斯们追逐着。《阿伽门农》以来，关于 *dikē* 观念的进展短暂而充满危险。*dikē* 的观念在本质上依然是混乱的，因为它以暴力复仇的实例得到体现。

而在《和善女神》中，戏剧行动向法庭制度发展。这以埃里倪斯和奥林匹亚诸神的分裂为开端。在前两部剧中，埃里倪斯都是神的使者，而现在这一古老的权利受到了侵犯，"因为秩序无法以另一种方式被施加在混乱之上"。〔28〕奥林匹亚诸神与埃里倪斯的不同直接地体现在阿波罗与歌队的对话中。基托写道，阿波罗主导了《和善女神》的前半段："确实，阿波罗周围有一种光环，代表着圣洁、美和秩序。"〔29〕另一方面，这依然不是达致和解的方式。"不管是阿波罗偏激却显然没有说服力的、关于男性优先权的论辩，还是他对这些古老神明轻蔑的鄙视（尽管她们确实很粗鲁），都无法让我们得到坚实的依据。"〔30〕（以上两段引文似乎有些难以协调。）然而，阿波罗在审判开始时就从观众视线中消失了，悲剧的后半段转而由雅典娜主导，她是宙斯的另一个代表，"有着比阿波罗更广的视野"。〔31〕她支持埃里倪斯的要求：　*40*

---

〔27〕 1961, 86.
〔28〕 1961, 92.
〔29〕 同上。
〔30〕 同上。
〔31〕 同上。

恐惧（Fear）不能消除，社会秩序建立在限制犯罪的基础上，以及，如果社会的基本结构要得到保持，弑母一类的罪行不能不受惩戒。但对于雅典娜来说，埃里倪斯对犯案动机和情境，还有对婚姻关系作为社会基础的完全否定，和阿波罗一样，只是一面之词；雅典娜所超越的正是埃里倪斯和阿波罗之间的对立。这位女神为这场审判带来的是"宽容、平等的判决"。[32] 她接受了埃里倪斯争论中的有效部分，但以理性和仁慈调解了她们的论辩。"这些是人身上的神性特征，"基托写道，"战神山的法庭是一个神圣的机构；它是阻挡暴力、混乱和专制的屏障。"[33] 三连剧终场的和解则标志着"愤怒……作为 Dikē 的手段，让位给了理性"。[34]

　　这一进展也代表了神界的转变。"宙斯从埃里倪斯作为他无可置疑的代理人所依托的暴力和混乱转向惹怒了埃里倪斯的武断干涉，又从这里转向了理性和仁慈。"[35] 雅典娜劝说的胜利是宙斯的胜利，也是秩序从混乱中回归的胜利。作为纽带、秩序和社会关系维系的表达，Dikē 成为与雅典城邦的光荣同延的概念。这一点为悲剧的结尾增添的不仅是"纯粹的乐观，还有……一种有条件的保障：和善女神们（Eumenides），曾经的埃里倪斯，将会为一座尊崇正义（Dikē）的城市、一座不再受她们的愤怒威胁的城市带来繁

---

〔32〕 1961，94.

〔33〕 同上。

〔34〕 同上。

〔35〕 同上。

荣"。^[36]最终构成《俄瑞斯忒亚》主旨的，是道德、宗教和社会的劝勉和教育，这是"对盲目愤怒和暴力、对专制和混乱状态"的反抗。^[37]《俄瑞斯忒亚》欣赏的是人道主义的美德：仁慈、宽容和公正。

这种针对《俄瑞斯忒亚》叙事的观点得到了许多有力的拥护。斯坦福（Stanford）这样总结《俄瑞斯忒亚》的效果："Dikē 必须从血腥的氏族仇杀中发展成我们的希望中的社会正义。"^[38]同样抱有"我们的希望"的还有昆斯（Kuhns）（"神界发生了一场对公平和正义规则的革新，它成了相似的人类历史的范例或'形式'"^[39]）、波德列茨基（Podlecki）、列斯基（Lesky）和许多其他学者。文学批评的制度宣示了社会正义的制度。这些批评家们将埃斯库罗斯的这部杰作与许多赞美雅典城邦的政治文本并置，它们将雅典当作一个组织和谐的国家。《俄瑞斯忒亚》反映了这些批评家的理想典范，他们以"我们的希望"来表达这种典范。当基托以"dikē 的问题最终得到解决"^[40]来总结他的讨论时，他的乐观主义 *41* 也被无数《俄瑞斯忒亚》的读者分享。

在我转而讨论针对这一已被确立为这部三连剧开展的标准化观点的不同意见的广泛传统之前，我想回过头去观察

---

〔36〕1961，95.

〔37〕同上。

〔38〕1975，13.

〔39〕1962，15.

〔40〕1961，95.

刚才这个分析中的一些关键点，并对文本进行比基托的分析稍为详细的考虑。这些场景中关于 *dikē* 的语言，与基托雄辩地提出的、从仇杀到正义（Justice）制度和宇宙秩序的转变之间，到底是什么关系？

阿伽门农的入场确实是希腊戏剧中安排最为巧妙的入场之一。对基托来说，这一入场是一个关于冤冤相报的复仇模式的开放等式。阿伽门农的罪恶会怎样遭到报复呢？然而，歌队在阿伽门农发言前的最后几行台词却关注了截然不同的 *dikē* 的含义（807-9）：

> 向所有人打听，不久你就会明白，
> 那些留下来守卫城邦的公民中，
> 谁行为公正，谁行为不相宜。

警告回归的统治者并非所有留在家中的人都依然忠诚可信，从《奥德赛》以来就是一个惯例。但在这里，歌队特别提到的是按照正义的原则管理城邦。副词 *dikaiōs*（"伴随着、依照 *dikē*"）似乎蕴含了比基托对该场景所暗示结构的解读远为广泛的意味。"正义"的含义似乎依赖于我在此章一开头提到的广泛的社会观念。并且，阿伽门农一开始说的话明显回应了歌队所用的这个词（810-16）：

> 首先向阿尔戈斯和本地的众神明致敬，
> 这是正当（*dikē*）的；他们曾帮助我归返

以及公正地惩罚（*dik-*）普里阿摩斯的城邦。

他们并不是从人们口中听到正义（*dik-*），而是

毫不犹豫地把判决票投进

血腥的票壶里……

　　这位回归的国王在他的发言中强调了一连三行、对 *dikē* 和 *dikaios*（*dikē* 衍生的形容词）的三次重复。在 *dikē* 第一次出现时，它似乎与对神明帮助制造惩罚的感谢关联在一起，暗示着一种总体上的正确的行为标准。在第二次出现时，它似乎在表示基托所描述的那种报复。阿伽门农讲到了复仇，也就是他所完成的以牙还牙的报复。但在第三次出现时，*dikē*（复数形式）指的是"案情""辩词"。就像赫西俄德笔下古老的国王们，神明们听取在他们面前被讨论的 *dikē*，并做出判决。但这些神不像有死的凡人，在这一过程中，他们 42 不需要听取言语和口舌的讨论。他们超越语言的怀疑与不确定，毫不犹豫地将所有的判决票投向了一个票壶——与凡人们在《和善女神》中相等的投票结果正相反。"毫不犹豫地"这个词组双关地照应着之前几行对 *dik-* 的重复。神明们不会"犹豫"地（*dikhorropōs*）投票。对神明们投票确定性的表达与 *dikē* 形成了讽刺性的照应；这个被三次重复的词所带有的不确定性，正是《俄瑞斯忒亚》中人类世界诸多张力的起源。尽管阿伽门农的入场已经伴随着一些先兆，*dikē* 的不同含义之间的复杂相互作用并没有被化约为简单的报复意味。因而我们似乎可以看出，为了使他提出的剧情等式成立，基托并

没有从这段"巧妙的入场安排"中引用任何诗行；他必然压抑了这一场景中的语言。

在基托的整个分析中，都可以找到压抑 *dikē* 的语言作用的痕迹。他引用过一行诗——就像其他许多批评者的引用一样——来作为复仇模式下 *dikē* 概念的脆弱建构的一个例子："暴力（Ares）会与暴力对抗，正义（Dikē）会与正义对抗。"（*Cho.* 461）基托评论道："如果正义与正义对抗……世界就是混乱的，而 Dikē 也尚不可能意味着'正义'（Justice）。"然而，这段文本的下一行（基托没有引用这行）是："神明啊，对我们的祈求做出正义的判断吧。"（*Cho.* 462）他们呼求神明们"正义地"（*endikōs*）完成决断，这一请求的对象恰恰是有秩序的、"正义"的普遍标准，即"公正"，而这在基托所引用的前一行里正好是完全缺失的。[41] 冲突的混乱不是"公正"与"公正"的清楚对立，正如基托所说，而更像表达 *dikē* 与 *dikē* 对抗的诗行和以同样的词汇为上述对抗的判决提出依据的诗行的并置对观。而体现出秩序和连贯性的缺失的，并不是"正义"在 *dikē* 这个词的使用中的缺席，而是 *dikē* 的不同用法的并置所带来的多种意义。再一次，基托对脆弱的复仇逻辑的描述，依靠的是压抑对另一种明显不同的 *dikē* 原则的呼吁，而这恰恰就出现在下一行。

dikē 可能具有的模糊性对于理解基托花了大量篇幅分

---

〔41〕 值得注意的是，拉铁摩尔为了减少这几行诗的困难，一开始将 *-dik-* 译成"公正"（right），后来又译成"正义"（justice）。

析的重要场景，也就是埃勒克特拉询问歌队以图找到在父亲坟前祈祷的正确语言的场景，也极为重要。基托的分析恰当地强调了埃勒克特拉对"带来惩罚的人"和"审判者"的区分，这两个词都是从 dik- 这个词根派生的。对基托而言，这一问题显出了"一丝不太粗暴的感觉"，这是对复仇行动的一种更高动机的表达，而基托认为这一点可以进一步以埃勒克特拉希望自己能"显然比我的母亲更纯洁"作为例子。然而，就像我们在第 1 章中看到的，埃勒克特拉并没有简单地祈求"以杀戮报复杀戮者"。相反，她在祈祷篡位者死去的时候加入了"正义地"这个副词表达，由此再次引发了关于弑母行为真实本质的怀疑。她希望这场杀戮能"公正地"（with dikē）、"依照正义"（in dikē）进行，但在这里 dikē 的确切含义还并不清楚。拉铁摩尔的简单翻译"像他们应得的那样"蕴含着一个暗示，即埃勒克特拉为之祈祷的是一种报复行为，就像基托认为的那样；但同样重要的是，这是一个被宣称为正义和公正的行动。正是这种在不同语言领域做出选择的不确定性中，或者说在不同暗示性内涵的结合里，弑母行为的不确定地位才得以形成。在何种意义上，女儿会祈祷母亲被杀，同时又认为它是正义的行为（dikē）？

43

　　我还没有提及埃勒克特拉的祈祷中的另一个更为重要的限定，它也依赖着对 dikē 的诉求而实现。她最后的请求是这样的（148）：

让大地、胜利的正义和其他所有的神明都来帮助我们。

对大地和神明的祈祷可以特别地在哀歌中找到呼应。但在这里，我想重点关注的是"胜利的正义"（conquering justice）。"正义"的希腊词语（当然）是 *dikē*，并且再一次地，埃勒克特拉希望 *dikē* 站在她这一边。她不再祈求"带来惩罚的人"（*dikephoros*）或"审判者"（*dikastes*），而是直接祈祷 *dikē* 的帮助，而 *dikē* 是她之前祈祷中的两个词语的词根。*dikē* 的确切含义再次显得十分模糊。而"胜利的"这一限定词也非常重要。它可以被更加准确地译成"带来胜利的"。这个词和与之相关的词语"带来惩罚的"之间只差了头一个字母：前者是 *nīkephoros*，而后者是 *dīkephoros*。埃勒克特拉不仅没有祈求"带来惩罚的人"（就像歌队暗示的正确答案那样），她所使用的语言也呼应了这个她显然没有使用的词语。她没有祈求"带来惩罚的人"（*dikephoros*），相反却祈求"带来胜利的正义"（*dikē nīkephoros*）。这两个词读音的相似进一步强调了埃勒克特拉祈祷中不同的含义。对她来说，仅仅祈求"带来惩罚的人"是远远不够的。

这一限定之所以重要，是因为"胜利"（victory）这个词对我们理解 *dikē* 至为关键。"胜利"被阿伽门农用来描述地毯场景的对话中王后所希望的结果——"你很看重在这场争执中获胜吗？"（942）——而阿伽门农在他第一段台词的结尾，也祈祷了胜利的持久——"胜利是我的奖赏；愿它永远和我同在"（854）——这是一个足够讽刺的祈祷，因为在接下来的对话中，他恰恰就对克吕泰墨涅斯特拉的"胜利"让步了。"胜利"确实是一个在三连剧的冲突中时常重复出现的词，就像基托注意到的［跟随莎德瓦尔德（Schadewaldt）的说法］，它尤其是"《奠酒人》中的一个关键词"。[42] 这段哀歌以祈求"胜利"结尾。我在卷一中引用的对宙斯的祈祷也同样以对"胜利"的祈求而结束（868）。当克吕泰墨涅斯特拉与儿子对峙的时候，她表示："让我们看看，是我们将获得胜利，还是胜利赢过我们。"（890）"胜利"这个概念将武力冲突和军事意象与剧中的其他冲突联系了起来。

然而，这里我尤其关注的是"胜利"（*nīkē*）和公正、惩罚等关于 *dikē* 的词语的联系。这一联系的重要性在《和善女神》中的审判结果里体现得最为明显。在俄瑞斯忒斯被宣布无罪并表达了感谢之后，歌队立刻以愤怒的歌唱来回应她们的失势，并以恶毒的报复相威胁。面对进一步冲突的威胁，雅典娜的回答意义深远（794–6）：

> 我劝你们不要过度悲伤，
> 没有人取得胜利（*nīk-*）赢过你们，
> 而判决（*dik-*）的票数是相等的。

雅典娜用等票的结果论证，尽管俄瑞斯忒斯逃过了惩

---

〔42〕 1956，47.

罚，埃里倪斯们也没有失败。这是一个没有得到胜利（*nīkē*）结果的正义（*dikē*）行动。与补偿和报复的叙事不同，她表明，这场审判并没有得出需要以进一步的暴力复仇来平衡的胜负结果。通过将 *dikē* 的概念与胜负的观念分离开来，冤冤相报的模式在这里被部分终止了。获得正义（*dikē*）不一定需要胜利（*nīkē*）。确实，当和解了的埃里倪斯询问她们该为雅典城留下什么作为祝福时，雅典娜最先概括地说（903）：

> 不要与罪恶的胜利（*nīkē*）有任何来往。

"罪恶的胜利"这一词组意指"使胜利者陷入灾难性耻辱的胜利"[43]——这一表达可以描述三连剧中的许多胜利（克吕泰墨涅斯特拉对阿伽门农的胜利，俄瑞斯忒斯对克吕泰墨涅斯特拉的胜利，等等）。但与和解的埃里倪斯们的最后祝福相协调的，只能是这样一种胜利，它脱离了更多冲突、失败和报偿的危险暗示，而在剧中较早的冲突里，这种暗示在寻求报复的过程中与 *dikē* 和 *nīkē* 的紧密联系相伴而生。

45　　因而，埃勒克特拉对 *dikē* 所加的 "*nīkēphoros*" 这一限定是尤其重要的。"带来惩罚的"（*dikēphoros*）一词在 *dikē nīkēphoros* 中得到了呼应，但重要的是没有得到重复；这体现了 *dikē* 和 *nīkē* 的词汇之间的联系，而这一联系对理解 *dikē* 的语言如何向三连剧结尾的和解推进至为关键。要理解 *dikē*

---

[43] Thomson 1966，相应位置。

的含义，必须通过它在这部三连剧中与其他词语和意象的联系。尤其在这里，*dikē* 与 *nīkē* 的联系强调了"正义"与"冲突"之间的不稳定关系，这种关系在暴力复仇的叙事中构建了关键的动态。埃勒克特拉的提问和祈祷所表达的不仅仅是"一丝不那么粗暴的感觉"或者一种新的"纯洁的目的"。相反，这是 *dikē* 的本质中依然延续的、强烈的不确定性，即便 *dikē* 确实是被希望的。再一次，基托的选择性解读只能在过度简化文本的语言时才得以保持清晰、有序的模式。

在《奠酒人》中还有一个场景对基托的分析很重要，我希望对它做简单的探究。在杀死母亲后，俄瑞斯忒斯站在他的母亲和他母亲的情人的尸体边，呼吁太阳做他行动的见证者。他所说的话，就像阿伽门农说的第一句话一样，呼应着 *dikē* 的语言（987–90）：

> 在我受审时做我的证人，
> 证明我杀死母亲是合理的；
> 因为我无须再说明埃吉斯托斯的死亡，
> 仅仅按照法律，他已经得到了通奸的惩罚。

我在此引用拉铁摩尔的翻译，因为它构建了这几行诗中难以翻译的双关意义。表达"在我受审时"的词是 *en dikēi*，"依照正义"（*dikē*）、"在法庭上""在案件审理时"。在这里，*dikē* 特别地与"证人"一词并置，似乎强调了一种明确的法律语境——从后来《和善女神》中的审判来看的确如此。被译成"合理的"（in all right）的词语是 *endikōs*，这一副词由 *en* 和 *dikē* 合并形成，并且与上一行的 *en dikēi* 处在同一格律位置。这个副词可以被看作分成了两个部分。但 *endikōs* 这个副词带有正义和公正的普遍标准的意味，而不是"在我受审时（*en dikēi*）做我的证人"所暗示的法庭制度。描述埃吉斯托斯所得惩罚的词也是 *dikē*。这个词与"仅仅按照法律"，也即"依照法律的处置"并列，明显地隐含了一种法律语境，但并不是指法庭制度，而是暗示着犯罪者所承受的作案后果、惩罚和报偿。在俄瑞斯忒斯试图使他的弑母行为合法的同时，这一行为与 *dikē* 的概念所包含的不同语义范畴之间令人疑惑的联系也体现在了多重呼应和变换的意义中。

当俄瑞斯忒斯感到自己快要神志不清时，他再次转而从 *dikē* 的角度为自己辩护（1026–7）：

> 趁现在我神志清醒，我公开告诉朋友们：
> 我认为我杀死母亲并非不合理……

"并非不合理"（not without *dikē*）这一双重否定似乎强调了俄瑞斯忒斯对合理性的辩解，但同时，它也表现了抑制另一种可能性的企图——弑母行为就是"不合理"（without *dikē*）的。但在这一表达中，*dikē* 又应怎样充分地翻译呢？它使人回忆起剧中已有的"补偿""报应"和"惩罚"等含义，同样也含有在即将发生的审判中的法律暗示。

以上这两段所要说明的是，对于读者或观众而言，这部三连剧中，*dikē* 这一概念的动态包含了双重的变化。一方面，剧中的不同角色在不同时间求助于 *dikē*，将其作为一种评价标准、依据，或行动的理由。就如我们看到的，克吕泰墨涅斯特拉、阿伽门农、埃勒克特拉、俄瑞斯忒斯、埃里倪斯、阿波罗、雅典娜，还有不同的歌队，都曾宣称 *dikē* 站在他（她）或他们的一边。他们中的每一个都将 *dikē* 挪用到他们各自的修辞中。我将这种片面的，对评价性、标准性词语的宣言称为"挪用的修辞"。并不是说这个词"不可能意味着正义"，如基托所言；而是说这些意义的转变和语词的控制正是悲剧冲突的关键要素。"在舞台上，戏剧的不同角色在他们的辩论中使用同样的词语，但这些词语又因为被不同的人说出而代表着相反的含义。"[44] 以这种方式，舞台上的语言交流表现出了对话中的冲突焦点，以及试图在这个自我分裂的悲剧世界交流的人与人之间的障碍和隔膜。这种"挪用的修辞"在三连剧中经历了许多转变，时而导致剧烈的碰撞（如阿波罗和埃里倪斯之间），时而导致意想不到的逆转（比如根据克吕泰墨涅斯特拉自己提出的关于 *dikē* 的逻辑，她变成了儿子的复仇对象），时而引发理解上的急遽转化（如雅典娜将埃里倪斯对 *dikē* 的诉求转化成了城邦的审判制度）。诸如此类的变化对索福克勒斯和欧里庇得斯的悲剧同样重要。而另一方面，正是这种语词使用的多样性、意义的广泛性（就像我引用的俄瑞斯忒斯对太阳祈祷的诗句所表

---

[44] Vernant and Vidal-Naquet 1981，17.

现的），与受控制的道德和社会词汇的修辞性挪用形成了明显的张力。每个角色在特定的情境和论证中挪用 *dikē* 的概念时，*dikē* 概念所带有的不确定性也就渐渐破坏了挪用的言辞可能具有的界限分明的确定含义。而读者或观众的理解比每一种单独的表达都要广泛。每一次讨论中，无限发展的语境都在改变、深化和延展它的含义。

这种双重的变化在以上俄瑞斯忒斯的两段话中可以很好地体现出来。在第二段话中，俄瑞斯忒斯以 *dikē* 来宣称自己的行动："我杀死……并非不合理（not without *dikē*）。"他以 *dikē* 这个概念来维护自己弑母行为的正当性。但第一段话中对 *dikē* 及其带有广泛背景和内涵的同源词的三次重复，依然与俄瑞斯忒斯的宣言形成了明显的张力。俄瑞斯忒斯真的可以在此同时避免提及谋杀的法律内涵、他自己受惩罚的可能性，也就是即将到来的法庭审判吗？换句话说，对读者或观众而言，即便一个角色有力地宣称 *dikē* 在他（她）这一边，文本中交错复杂的含义也会将这一宣言纳入一系列更深的内涵和暗示。"悲剧作家的语言有着多重不同的层次……这使得同一个词会分属不同的语义场，依据它的所属来看，可以是宗教、法律、政治、公共词汇，或是属于其中的一个分支。这一点为悲剧文本带来了异常的深度，以及同时从许多层面上进行解读的可能性。"[45] 因此，就像我们在许多表达中看到的那样，相关的不同含义范围之间的界限一直是模糊的，

---

〔45〕 Vernant and Vidal-Naquet 1981，17.

在文本复杂而充满回应的重复和呼应中，它无法被清晰和明确地界定。基托的解读预设了《俄瑞斯忒亚》中 *dikē* 的语言经历了从仇杀到法律的稳定、有序的转变，而这种解读压抑了深刻的含义，以及挪用的修辞在互相冲突中的作用。

在第 1 章中，我们看到了语言的不确定性和危险性如何产生了恐惧、怀疑，还有对取得可靠控制的许多尝试。而在这里，我们看到了一个关于道德和社会秩序的关键词如何表现出它自身的模糊性，准确地说，戏剧的叙事如何围绕这种模糊性展开。就像韦尔南所说，"人们领会到悲剧信息，恰恰是由于人们交流的语言中有着模糊和难以沟通的领域"。[46] 更进一步，戏剧中的语言交流本身强调了模糊的信息，就如不同角色的修辞技巧将 *dikē* 的语言挪用到他们各自的目的中。这部悲剧戏剧化地展现了"争论不和"；而对人们在简单的名字之外认知"公正""平等"的能力的挑战性批评在希腊悲剧的整个历程中都能找到呼应。与基托不同，希腊悲剧的作者们似乎并不认为关于 *dikē* 的问题得到了解决。

我还尚未对审判情节本身做任何探究，而这一情节是这部三连剧的许多解释的重点，尤其对那些认为法律的转向体现了三连剧的文明意涵的研究者而言。在这一章的最后一部分，我希望转向对审判情节和这部剧的结尾的讨论。

挪用修辞的一系列动态和评价性词汇的变换的语义场，对理解法庭的设立尤其重要。对任何关于《俄瑞斯忒亚》中

---

〔46〕 Vernant and Vidal-Naquet 1981, 18.

的法律制度的分析来说，关键的一点是埃里倪斯关于 *dikē* 主题的合唱歌（《和善女神》490–565）和雅典娜在她关于设立法庭的发言中对她们的回应（681–710）之间的关系，后者的呼应如此接近，以至于至少有一位批评者认为雅典娜的发言是伪造的。[47]埃里倪斯强调 *dikē* 作为社会力量的作用：如果没有恐惧来维护社会纽带，结果必然是无秩序或专制。如果没有惩罚，没有对 *dikē* 的诉求，被杀害的母亲或是受侵犯的父亲就会失去任何申冤的手段。为了使暴力复仇不至于摧毁社会秩序的基础，对 *dikē* 的尊重就是必不可少的。这一点也适用于阿波罗对弑母行为的明显支持，同样也可作为普遍的论证。埃里倪斯认为她们的作用是以坚持对犯罪的惩罚来保护社会，尤其是惩罚俄瑞斯忒斯的罪过。

雅典娜在宣布法庭成立时也同样要求市民们反对无秩序和专制——这是在民主城邦的节日背景下尤其重要的评论——也不能将恐惧完全从城邦中消除。相反，敬畏和恐惧能够防止不义和篡改法律。雅典娜为何要在对埃里倪斯投反对票之前，对她们的发言做出如此接近的回应？她在何种意义上接受了她们的争辩？埃里倪斯与这一新法律制度的关系又将是怎样的？对这些问题的回答当然是很多的。在这里，我想要考察两种新近的、有影响力的思考进路，一种依然是基托的回答，另一种是劳埃德–琼斯的。

基托认为雅典娜在一个基本前提上与埃里倪斯看法一

---

〔47〕 丁多夫（Dindorf）删去了这一段。

致，即"神的权威不可能被允许宽恕弑母行为"〔48〕，但同样，"她意识到社会秩序的权威在逻辑上高于"埃里倪斯的"原始惩罚"〔49〕。毕竟，"有序的城邦的制度是正义不可缺少的条件"。〔50〕确实，"如果社会本身处在混乱之中，没有任何原始的正义能够成功地得到保障"。〔51〕因此，基托认为雅典娜使埃里倪斯与宙斯取得了和解，而她们在与阿波罗这位奥林匹亚神的法庭代表发生对峙之后，再次站在了奥林匹亚诸神的一边："黑夜的女儿们和光明之神一样将要做出贡献。"〔52〕埃里倪斯经历了"从盲目、嗜血的迫害者……转变为真正的正义（Justice）的令人敬畏的维护者，而这种正义是精神和物质幸福的唯一源泉"。〔53〕

因而，对于基托来说，雅典娜对埃里倪斯所表达的 *dikē* 的地位的一再重复显示了这位女神在 *dikē* 向"这一种真正的正义"——一个比单纯的法律制度更广的含义——推进和发展时的超越角色。这位女神赞成 *dikē* 约束犯罪者、维系社会的某种关键作用，却超越了埃里倪斯的道德视野，以仁慈和人道平息了她们直接复仇的原始欲望——就像法庭所显示的一样，在法庭上，"纷争让位于理性的审判，而……当惩罚是必要的时候，它不是受害的一方所施加，而是来自客观的

---

〔48〕 1956，64.
〔49〕 1956，85.
〔50〕 同上。
〔51〕 同上。
〔52〕 1956，64.
〔53〕 1956，85.

法官之手"。[54]依据基托的解释，我们依然处在社会正义朝着"道德与物质幸福"发展的进程上。

劳埃德–琼斯关注的是自荷马至前五世纪末希腊正义观念中的延续性因素。他直接否定了基托的解释："《和善女神》描绘了从仇杀到法律统治的转变，这个我们一生中一再重复听到的陈词滥调，完全是误导的。"[55]对他来说，雅典娜对埃里倪斯的语词的重复暗示的不是一种进步，而是直接的类比："我们无法避免做出这样的结论，即这里暗含的是埃里倪斯和战神山法庭之间的比喻；埃里倪斯作为正义的帮助者在宇宙中的位置，就是战神山法庭在雅典政制中的位置。"[56]确实，他宣称，在这部三连剧中埃里倪斯的传统作用没有真正的变化，尽管他也承认，她们的"角度"从诅咒变成了祝福，而她们的力量现在也通过法庭来实现。"正义的新法庭……没有取代埃里倪斯，而是协助她们。"[57]更进一步，劳埃德–琼斯是如此不愿从埃里倪斯和雅典娜的发言之间解读出任何张力，以至于他转向雅典娜在决定俄瑞斯忒斯的惩罚时为埃里倪斯投了反对票，而埃里倪斯愤怒地表示要报复这座城市的事实时（对他的理论来说，这是诸多疑难中的一个），他给出了新近研究中对审判场景最异乎寻常的评价："当雅典娜投票的时候，她所依据的原因与正在审判

---

[54] 1956, 85.

[55] 1971, 94.

[56] 1971, 93.

[57] 1971, 95.

的案子无关。"[58]他以一个生动的词组描述像基托那样认为 50
埃里倪斯部分失去了施加报复的传统功能的学者："轻率的
自由主义者。"[59]基托和其他学者在《俄瑞斯忒亚》中发现
了自由人性的价值，这一事实本身便被劳埃德–琼斯看作轻
率的自由主义的征兆。

使劳埃德–琼斯的解读不完整的，还不仅是他消减了雅
典娜那段重要发言的关联性，也不仅是他对法律制度在前五
世纪观念和实践中的重要性关注不够。这同样也是因为他的
论点，即雅典娜对埃里倪斯所使用语词的重复应当（"无法
避免地"）表示一种特殊的类比。他指出，既然这位女神使
用了类似的词语，她肯定也暗示了相似的含义。但正是 *dikē*
含义的转变使得雅典娜能够设立法庭与埃里倪斯对抗。埃里
倪斯要求的是 *dikē*（作为惩罚的正义），所以雅典娜提供了
dikē（作为法庭的正义）。这位女神宣称，埃里倪斯想要的并
不是践行 *dikē*，而是被称作正义的（*dikaioi*）。而现在法庭将
要建立的是被称作 *dikē* 的东西（为了将 *dikē* 付诸实践）。女
神对歌队语言的挪用和巧妙操控对法庭的设立至关重要，由
此也对俄瑞斯忒斯的获释，以及惹怒了埃里倪斯的逃脱惩罚
的事实至关重要。挪用的修辞和这一我们正在讨论的词语的
模糊性，使我们难以简单直接地认定两个角色所使用的相似
语词的含义是同延的。雅典娜和埃里倪斯分别诉诸 *dikē*，但

---

[58] 1971, 92.
[59] 1971, 93.

她们未必暗示了相同的含义。悲剧所展现的语词世界的冲突不可能以这种方式得到平息。

但劳埃德-琼斯的奇特分析并不意味着我们必须仅仅参考基托对这一场景的解读；确实，劳埃德-琼斯对像基托那样的批评者的描述——"轻率的自由主义者"，为三连剧更加传统的解释方式提出了一个有趣的问题。尽管基托清楚地认识到，考虑到俄瑞斯忒斯的获释和雅典娜在悲剧结尾的角色，雅典娜不可能仅仅重复和同意埃里倪斯的发言，但我们仍然可以质疑基托对雅典娜修辞的这种认识目的何在。因为对基托来说，悲剧结尾场景强调的是对整个城邦的更广泛的 *dikē*，而基托认为这部剧展现了对城邦和谐组织的表达。当基托写下 "*dikē* 的问题最终得到解决"时，他所暗示的对此问题的解决方法就在于埃里倪斯地位的恢复所表明的社会秩序，这种社会秩序是"我们的希望中的真正的正义"。

我已经在第 1 章中部分展现了为何最后场景中胜利的公民话语不能完全抑制其自身的不安全性。不仅仅是人类陪审员们无法得出结论而需要依赖女神的投票，这也是因为女神自身的本性和态度，而这标志了一种在新的社会秩序中得到延续的张力。我已经论证了雅典娜这一神圣的协调者的角色尤其不能脱离克吕泰墨涅斯特拉在三连剧中的角色来理解。就像克吕泰墨涅斯特拉一样，这位女神超越了性别惯例；像克吕泰墨涅斯特拉一样，她也在对城邦秩序的探索中巧妙地操纵了语言。人类陪审员投票结果相等所带来的张力被这样一个神的形象解决，唯有站在城邦人类秩序之外，她才能成为其中的一部分。在雅典娜的形象中，性别对立的张力和语言在城邦秩序中作用的张力被取代，却没有被消解。对于理解基托所解读的这一结尾而言，这些是重要的限定条件。但除此之外，我还想在这里仔细考虑一种特殊的批评传统——它特别从证实"我们的希望"的角度质问了社会秩序的本质——并以此探讨另一些关于如何阅读希腊悲剧的基本观点。

从广义上，这一批评传统可以说始自瑞士法学家和历史学家巴霍芬（J. J. Bachofen）。他最有影响的著作是出版于1861年的 *Das Mutterrecht*，即"母权论"（Mother-right）。它的副标题是"对古代世界妇女统治的宗教和法权本质的研究"；在其中，巴霍芬援引了大量考古学和神话学材料来描述他所理解的人类社会历史的普遍范式。这是一本演化人类学的著作，而这类演化人类学主导了大部分维多利亚时代的研究。[60] 他将人类社会历史的第一个时期称为"群婚"（hetairism），其特征是"不受管制的乱交"。接下来的时期是"亚马孙时期"（Amazonism），这是一种"普遍现象"，女人的势力增强并因为男人的罪恶而杀死他们。比如，关于利姆诺斯女人的希腊神话（在《奠酒人》631-7 有讲述）被描述为"对女性权利的侵犯引起了女人的反抗，激发了自卫行动，并有血腥复仇随之而来"。[61] 巴霍芬写道，亚马

---

〔60〕 对此材料的研究参见 Coward 1983。关于它对维多利亚小说的影响，见 Beer 1983；Shuttleworth 1984。

〔61〕 1967，104.

孙现象"在其野蛮的退化之外，也标志着人类文化一次可观的发展"。[62]这一世界历史的第三阶段是完全建立的"母权"，即母亲或女性的统治。在这个时期中，女性占统治地位，"她们无瑕疵的美丽、贞洁和高尚……她们对虔诚的特殊自然倾向"激发了柏勒罗丰（Bellerephon）这类男性英雄做出"侠义"（chivalry）和"勇武"（valour）的行动，通过这些，男性得以"将勇气和对女性权力的自愿承认结合起来"。[63]然而这一时期最终并往往以暴力的形式让位于父权，即现在的男性统治。

52　　对于巴霍芬而言，《俄瑞斯忒亚》是展现这段历史的核心文本。《和善女神》，尤其是其中的审判场景代表了女性古老权力的颠覆和父权国家的取而代之。阿波罗和雅典娜对男性优先权的争论恰好是他们远离"母权"的证明。与其说《俄瑞斯忒亚》实现了"我们的希望"中的社会正义，毋宁说它刻画了早已实现的完美社会的堕落。

　　这个解释在马克思主义和女性主义作家中影响尤其突出。比如恩格斯就称其为"绝妙的"；并且在《家庭、私有制和国家的起源》这部影响了后续许多关于家庭、私有制和国家的写作（不仅限于马克思主义的圈子）的著作中，《俄瑞斯忒亚》也扮演了有趣的角色。但特别地，恩格斯反对巴霍芬的神秘或者说宗教倾向，并将其理解为观念上的偏见。

---

〔62〕 1967，105.
〔63〕 1967，84.

恩格斯不相信母权制的颠覆是希腊英雄世界中的神明带来的结果。相反，通过马克思主义经济学的论证，他认为父权的兴起和女性地位受到压制是由于私有财产的兴起而发生的。这一变化有经济学的逻辑作为支持。"财富的增加使得男人在家庭中的地位比女人更重要。"[64]在女性成为经济系统发展的一部分时，她们"产生了一种交换价值"。在古典学者中，汤姆森（Thomson）尤其遵循这一解释。他写道："埃斯库罗斯认识到女性的屈服是私有财产的一个必然结果。"[65]但对于恩格斯来说，历史变化的原因不仅仅是经济上的。事实上，规范的性别观念所带来的妇女地位的变化是女性为她们自己争取到的。"群婚"，即巴霍芬所说的最原始的不受规范的乱交时期，必定引向一种越发压抑的性别关系：他写道，女性"始终渴望将贞洁的权利解放出来"，"脱离古老的男性社群，并获得只属于一个男人的权利"。[66]这一发展必定是发源于女性的："这一进步不可能发端于男性，即便只是因为他们从未拒绝承认实际的群婚的乐趣，甚至直到今天。"[67]区别于巴霍芬的宗教神秘主义，恩格斯不仅从经济学角度，也从他所理解的男性与女性的自然性别行为来解释变化的发源——男性追求女性，女性则渴望稳定和贞洁。

凯特·米利特（Kate Millet）关注的恰恰是恩格斯的性

---

[64] 1972, 119.

[65] 1941, 288.

[66] 1972, 117.

[67] 同上。

53

别观点中构成自然本性的因素。她写道，"以［他所处的］时代的天真特性"，恩格斯假设"女人自愿服从于性别和社会的配对隶属关系乃至一夫一妻制的婚姻，因为事实上女人认为性方面的行为是累赘……这很容易让人感到荒谬，它如此自信地假设女人对性没有兴趣"。[68] 米利特进一步用马斯特斯（Masters）、约翰森（Johnson）（以及其他人）的著作得出女性有能力得到性快感的生物学证明，以此反对恩格斯受他的文化期待影响的观点。她写道："实际上，他只是太维多利亚了。"[69] 对米利特来说这同样引向了对《俄瑞斯忒亚》的一种解读，在其中雅典娜由于她的虚假意识被塑造成了类似反面人物的角色："从父亲宙斯的脑袋中发育完全地出生的雅典娜，持续制造破坏，背叛她的同类……这种确证可以是致命的。"[70] 米利特认为《俄瑞斯忒亚》的结尾是"整整五页地方商会媚俗的颂歌"，而"直到易卜生的娜拉砰地关上房门宣示性别革命，这种［父权的］胜利几乎未曾受到挑战。"[71]

在这些以马克思主义或女性主义观点为根据的解读中，《俄瑞斯忒亚》一直是一个发展性的文本，但这种发展并不是一种朝向"我们的希望"中的"社会正义"的进步。在恩格斯和汤姆森的解读中，《俄瑞斯忒亚》记录了一种朝向国家法律权威的发展，但从这种发展中也可以进一步解读出经

---

［68］ 1971, 115–6.

［69］ 1971, 116.

［70］ 1971, 114.

［71］ 1971, 115.

济起因。确实，《俄瑞斯忒亚》所展示的国家的成长，反映了悲剧本身所由产生的经济与社会系统中的冲突。比起"我们的希望"的开花结果，《俄瑞斯忒亚》的结尾更像是一个关于国家权威形式发展的故事，而马克思主义的批评家或历史学家都可以从这个故事中看出无数问题。对于米利特和后继的女性运动研究者而言，《俄瑞斯忒亚》占据着特殊地位，因为它作为一个早期文本记录了西方文化中女性在国家中地位受到压制的逻辑和辩论——我们至今还未脱离这种压制。因此西蒙·波伏娃可以毫不犹豫地写道："《和善女神》代表了父权对母权的胜利。诸神的法庭宣布俄瑞斯忒斯作为阿伽门农之子的地位先于克吕泰墨涅斯特拉之子的地位——古老的母系权威和权利至此死亡，被男性的大胆反抗扼杀。"[72]

但这绝不意味着关于三连剧结尾的社会正义和性别对立众说纷纭的观点最终达到了和解。比如，在班伯格（Bamberger）和蔡特琳（Zeitlin）影响广泛的研究之前，西蒙·彭布洛克（Simon Pembroke）就提供了一种对希腊性别话语的精妙解释。[73]对彭布洛克来说，《俄瑞斯忒亚》同样是一个重要案例。他表示，这些关于性别关系的清晰表述必须通过彼此之间的关系，并且依据不同文化对现实图景的不同建构来理解。对他而言，希腊文化中许多关于母权遭到颠

54

---

〔72〕 1972，111n. 9.
〔73〕 Pembroke 1965；1967；Zeitlin 1978。参见第5章。

覆的传说，以及女性在陌生的异域蛮国占统治地位的故事并不能构成真实的历史进程，而只是关于事物状态的理想化表达。这些故事提供了"关于历史究竟如何被创造的一种发明出来的'历史'解释"。[74]韦尔南以一般形式很好地表述了这种观点，他写道："对神话思想来说，每一个谱系同时又是一种结构的表达。"[75]母权遭抵制的故事是雅典社会中父权结构的表达。我们很有必要根据对一个文化所讲述的关于自身的故事的理解来认识巴霍芬的历史决定论。但是，就像我们在本书中已经看到并且还会看到的那样，悲剧文本不会仅仅反映或重述一种普遍的前五世纪话语。我们应当怎样将话语运行方式的必要意识与悲剧所引发的、削弱此种话语的问题联系起来？

对这个问题有许多答案，而正是在决定这种关系的困难中，在文本中发现作者自己政治观点的问题才最清晰地显现出来。勒贝克（Anne Lebeck）提供了一个答案；她在尤其针对米利特的反驳中提出了关于《俄瑞斯忒亚》结尾的更进一步的观点。她认为以如此狂热的心态看待父权的胜利是很困难的。"在这部'神圣的'戏剧里有一种言不由衷的调子。"[76]她写道："在审判场景中，矛盾和戏仿都发展到了顶点。"[77]"这场审判是一次戏仿，它并未将雅典法庭以最吸

---

〔74〕 Bamberger 1975，267.

〔75〕 1965，16。此处是我的翻译。

〔76〕 1971，134.

〔77〕 同上。

引人的方式展现出来。"〔78〕对于父权的胜利,她接着说:"将卡珊德拉和克吕泰墨涅斯特拉与三连剧中所有男性角色比较,我们很难得出结论说埃斯库罗斯相信男性在道德上优先于女性。"〔79〕她表示,我们必须承认《俄瑞斯忒亚》中的"智慧与幽默"。在勒贝克看来,米利特没能领会文本中的语气,因为她以一种有偏见的观念看待文本,就像恩格斯那样。除此之外,她又该怎样将卡珊德拉狂热的预言解释为一种"由于强奸和奴役而发狂"的状态呢?勒贝克认为,埃斯库罗斯是在以一种大胆的讽刺态度质疑雅典的主导话语。但这种质疑是由智慧、幽默和戏仿推进的,而不是通过人们观点的矛盾与模糊性的变化不定来表现,而后者却可能是对悲剧特性更符合预期的描述。

　　有许多批评家的许多论证(包括我自己的)都可以用来反驳勒贝克认为《俄瑞斯忒亚》的结尾无足轻重的论断。解释可以一轮轮地延展至越来越广的范围,但我挑选出来的这些解读足以证明我的观点。对巴霍芬而言,《俄瑞斯忒亚》是最早的女性统治衰落的历史。恩格斯反对巴霍芬神秘和宗教的历史观念,因为其存在思想的偏见;而他为国家中的性别关系历史的发展原因提出了一套经济学的范式。米利特反对恩格斯对性别史的观点,认为它也存在思想上的偏见,之后她又发展了自己的观点,认为《俄瑞斯忒亚》是一个展现

55

---

〔78〕 1971,137.
〔79〕 1971,136.

女性遭到压制的历史的文本。在彭布洛克看来，恩格斯的著作"不是对知识的贡献"，而像米利特和波伏娃做出的这类解读只会对社会中关于神话话语的作品造成歪曲。对勒贝克来说，米利特也同样是因为思想上的偏见而完全误解了这部三连剧结尾中的语气。在这一系列解释中，研究者们一个接一个地反驳他们之前的解读，认为其带有观念的偏见，并导致了对事实的歪曲。就这样，劳埃德–琼斯以"轻率的自由主义"为由反对基托和其他学者的解读，但斯坦福却表示他在三连剧中读出的社会正义代表了"我们的希望"。不管是传达埃斯库罗斯留下的信息，还是关于这部悲剧更广泛意义上的信息，每一种批评性解读都可被用来做进一步的争论。从我自己对之前作者的话语不全面、选择性的并列中，也不难看出同样的过程。是否真的有一种对《俄瑞斯忒亚》所表现的社会正义的解读，可以避免牵连到观念的偏见，并因此避免被用作进一步的争论？是否真有可能在探索关于这部悲剧的问题时避免自我卷入？一个人能否以中立的姿态谈论"公正""正义"？在《俄瑞斯忒亚》中，关于 *dikē* 的语言被挪用的修辞一次次扭曲和转变，这种语言似乎也只能以更进一步的挪用来解读——也就是研究者自己的修辞。

就如这部三连剧的不同角色对 *dikē* 的语言进行挪用一样，不同的研究者也重复着悲剧冲突的动态，挪用《俄瑞斯忒亚》的语言来进行关于社会正义的讨论。语言的"争论不和"没有中立形态。我已经引用过韦尔南的评论，"悲剧信息……恰恰是由于人们交流的语言中有着模糊和难以沟通的领域"。这种信息也同样适用于阅读和理解悲剧本身的语言。韦尔南继续说，若读者或观众有着对悲剧矛盾的良好感知，"只有当他发现语言、价值和人本身的模糊性，发现宇宙本身的矛盾冲突时，他才能感受到语言的清晰，才能理解悲剧的信息"。[80] 而悲剧文本中最令人不安的发现，则是读者或观众自身的信念、观点和态度，由于一开始明显属于他人的灾难性冲突而发生关联、疑问甚至被削弱。这一点对于观看古代英雄故事的古希腊观众和通过文本探索古代文化的现代读者而言同样适用。悲剧挑战的恰恰是安全感和对事物秩序受控的表达，因此太多的评论家以不同的方式构建了《俄瑞斯忒亚》的结尾。三连剧中关于 *dikē* 及其批评性解读的问题并未得到解决，而是会永远得到重申。

56

---

〔80〕 Vernant and Vidal-Naquet 1981，18.

第3章　言辞的城邦

城邦在本性上先于家庭和我们每一个人。

——亚里士多德

想要理解希腊悲剧的影响和导向，必须把诞生了悲剧节庆制度的雅典城邦考虑在内；同样，就像我们在前两章看到的，可以说雅典为自己的戏剧提供了特殊的环境。我并不是说可以想当然地把一个社会和它所产生的文本联系起来，也不想将我自己纳入将城邦（polis）秩序视为希腊最大荣耀的人们之列。相反地，在这一章中我希望简单谈谈关于城邦意识体系（ideology）及其结构的一些理解：自然，我不会试图完整地描述它的制度或历史，对这两个话题人们说得已经很多了[1]；我也不会试图去完整定义 polis 这个词——对它的转写能涵盖许多不完全的翻译所表达的含义。[2] 相反，在

---

[1] Andrewes 1971；Davies 1978；Finley 1983；Austin and Vidal-Naquet 1972 都是很好的导论。Ehrenberg 1960 提供了对城邦制度的可靠描述。

[2] 我自己在这一章以及其他章节里基于不同的情况用过"城市"（city）、"国家"（state）和"城市国家"（city-state）这些词。但没有一个能完全体现 polis 的含义。

本书的讨论范围内，我将试着探究公民意识体系的结构如何与戏剧节日联系起来，以及悲剧和喜剧中发生的种种越界（transgressions）情形。即使这些文本本身和产生它们的社会环境之间的关系已经很模糊且难以考证，这也不意味着我们可以脱离任何对社会环境的探究来解读文本。

公元前五世纪至前四世纪，城邦的观念曾产生过普遍渗透的、多种形式的力量，这一点是无可置疑的。本章的引言所表现的城邦的优先性，以及它对通常认为的历史进程或社会发展的不同寻常的逆转，在几乎每一个前五世纪或前四世纪的雅典作家笔下都以不同方式被重复着：柏拉图的理想国是一个城邦；品达的凯旋颂歌以城邦来赞颂胜利者，又通过胜利的公民们来赞颂城邦；无论人们提议或为之争取的是何种统治体系，也无论事实上的城市国家（city-states）有多 ⁵⁸ 大规模，属于何种制度，polis 总是被描绘成任何有资格被称作文明的存在唯一可能的形式。亚里士多德的名言"人是城邦的动物"从本质上下了定义，认为人归属于城邦生活。

我希望从两条主要线索来探究关于城邦的观念。第一是公民身份（citizenship）的含义：身为城邦的公民，polites，到底意味着什么——不仅在公民拥有何种义务和权利的意义上，也包括"公民"（citizen）这个词塑造了怎样的自我意识。第二条探究的线索是通过地理观念：一代代雅典公民是怎样组织、利用和构想这个公民空间的？这两个问题的答案对我们理解悲剧都非常重要。我将先从公民身份的问题开始。

公民身份意味着归属，意味着在城邦之内。然而，"谁是公民"这个问题却无法用纯粹的法律术语来回答，而需要一个更加复杂的标准范围。[3]当然，雅典人对法律层面都有所关注。一方面，世系构成了首要的判断标准。合法出生在一个雅典家庭中，被范围更广的家族（phratry）和村社（deme）的社会和亲戚群体接受[4]，以成年公民的身份成为公民大会的一员，这些条件提供了认证一个雅典男性的范例。正如戴维斯（Davies）所言，"世系是构成城邦体制的一部分"。[5]的确，伯里克利时代的民主制下对公民身份的定义是"两个雅典公民的孩子"。但另一方面，不论是这个时代对公民资格进行重新描述的特殊需要（尤其是考虑到身为公民所享有的经济和社会特权），还是无数关于公民身份认定的个别法律案例，都使得历史学家们从关于公民身份的讨论中看出了"各方面关于身份的深切焦虑"。[6]"这些规则产生了狂热、焦虑和不安全感。"[7]确实，这表现在外邦人流入这座当时的主要城市、人口和财富的增长——不一定是传统有钱人的财富——仅由出身确定的公民与非公民的等级区分引发的巨大张力所带来的一个强大帝国日益增长的复杂性："由氏族群体认定公民身份的方式……经受着许多方面的压力和攻击。"[8]

如果是否归属一个城邦的法律界限经受着某种压力，

---

〔3〕 参照 Ehrenberg 1960，39。
〔4〕 关于如何被村社接受，见 Whitehead 1986，尤其是第 258—60 页。
〔5〕 1977，110.
〔6〕 Davies 1977，113.
〔7〕 Davies 1977，111.
〔8〕 Davies 1977，121.

在这个体系内部也有很多部分存在着不同形式的紧张。我已经提到过，公民身份的法律要求是"出生自两个公民"。这是对 *ex amphion aston* 这个词组的翻译，它使用了一个不同的词语表达"公民"的含义，而没有用 *polites* 这个与 *polis* 有着相同词根并通常被译为"公民"（citizen）的词。这是因为女人不能被称作"公民"，而 *polites* 这个词也不能同样适用于未来雅典公民的父母双方。雅典的男性作为一个群体被称为"雅典人"（Athenians）、"雅典的人们"（men of Athens）或"公民"，而女人作为全体则被称为"阿提卡的女人们"。女人们没有公民的称号，也不能用城邦的名字"雅典"来称呼。的确，这些"阿提卡的女人们"无法担任城邦的公职，不能投票，不能拥有和处理财产[9]，也很少参与在运动场、广场的休闲生活——公民享有的所有实际福利都与她们无缘。因此，更严格地说，公民（*polites*）的定义是一个公民与另一个公民的女儿结婚所生的儿子。我们不久将会回过头来讨论公民理念中的女性地位所产生的困难。目前的讨论已经足够让我们看到，作为悲剧明显特征的两性冲突与城邦关于公民定义的规定并非没有平行的联系。当阿波罗在《俄瑞斯忒亚》中说只有父亲是真正的亲属，这一定是基于雅典话语中早已存在的一种偏见。

因此，或许在这些观念下，"雅典公民"应该被认为是

---

〔9〕　除了一美狄姆诺斯（medimnos）大麦之外。见 Kuenen-Janssens 1941。关于女性的法律权利，见 Schaps 1978。

属于城邦的男性成员。然而，当公民定义自身时，女性并不是唯一被排除在外的一类人。《俄瑞斯忒亚》中，阿伽门农面对地毯和他的妻子时，说了以下的话（918–25）：

> ……不要以妇人的方式娇宠我，
>
> 也不要像对待某些东方君王那样
>
> 匍匐在地，张大嘴对我欢呼；
>
> 不要把织毯铺在我的面前，引起嫉妒。
>
> 只有对神明才应这样表敬意，
>
> 而我是一个人，有死的凡人。

在这里，阿伽门农首先把自己与女人区分开：妇人的娇贵举止和与之联系的纤弱无力的特质不适合他。正如我们提到过的，在前五世纪，性别的强烈对立影响了语言的各个方面和文化生活的扩展。希腊的军事领袖对女子气是完全拒绝的。接着，阿伽门农拒绝了"某些东方"（some Asiatic）的方式。译成"东方"的希腊语词通常可以用意义更广泛的"野蛮人"（barbarian）来表达。"野蛮人"指的是所有非希腊人：这是希腊的文化思想中最广的分类之一，它蕴含在无数不同作者的作品中；而在这一希腊文化思想的广泛分类中，许多与雅典男性的规范相悖的风俗习惯都被视为野蛮人的习性，包括女性统治、普遍的女人气，以及所有堕落观念带来的习俗。[10] 对野

---

〔10〕 总体描述见 Lloyd 1966；Pembroke 1967。Hartog 1980 对希罗多德《历史》中自我与他人的对立做了有趣的分析。

蛮人的胜利，比如在马拉松战役中击败波斯人的故事，为民主城邦提供了希腊男性优越性的标准范例，这也是雅典演说家们喜欢提及的。[11]第三个区分或许是最为广泛的：阿伽门农与神明没有关系。正如德蒂安（Detienne）和韦尔南指出的[12]，人一方面与神相区别，另一方面与家养或野生动物的兽性、不开化的世界相区别。人在事物的秩序中处于两极之间，占据超人的神性和低于人的兽性之间的位置。这个三分体系被表现在许多构思和载体中：神庙的雕塑常常描绘神战胜野蛮、不开化的巨人，或是拉庇泰族（Lapiths）的人类同野蛮的肯陶尔（centaurs）战斗的故事。宗教仪式、祭祀和节日被解释为这一体系在日常生活模式中的实施。[13]诗歌意象和神话故事也常常关注到如何捍卫人在事物秩序中的位置，或是其遭遇的危险。但尽管这一思想体系如此普遍，我们必须注意不要将其与现代西方的定义或思想完全等同；就像芬利（Finley）最近指出的，在希腊历史中往往被遗忘的奴隶群体通常被当作财产来对待，而很少被认为拥有常人的权利和特性，就像现代自由主义哲学家们试图在整个人类身上发现的一样。[14]并且，尽管初看起来这个分类标准十分普遍，我们也不能假设它使用起来没有困难或模

---

〔11〕 参照如 Thuc. 1.73-4，以及下面第 5 章伊阿宋从这方面对美狄亚的回应。

〔12〕 尤其是 1979。

〔13〕 关于祭祀，可见如 Detienne and Vernant 1979；Girard 1977；Rudhardt and Reverdin 1981；Burkert 1983。关于该主题在索福克勒斯悲剧中的体现，见 Segal 1981；在欧里庇得斯悲剧中则见 Foley 1985。

〔14〕 见 Finley 1983 和其中的参考文献。关于妇女和奴隶在分类上的联系，见 Willetts 1959；Vidal-Naquet 1970。

糊性。就如我们将在本书中看到的那样，在悲剧中处于危险境地的，正是对"人"这样的概念的定义；它们关注的往往是诸如此类的分类和定义过程中的灰色地带和边界。

在对克吕泰涅斯特拉的要求做出这些否定评价后，阿伽门农给出了正面定义：他是一个凡人男性，一个人（man）。因此，通过在与妻子的对话中给出这些正面和反面的定义，阿伽门农用一个与前五世纪雅典的语言相呼应的普遍分类实现了对自身的认识。男性主体通过他者的概念来定义自身：他将自己与神、野蛮人和妇女区别开来。芬利对此有一个简洁的概括[15]："并非所有的雅典人都持有一样的观点……但有足够的证据表明，几乎所有雅典人都把这一点当作前提，或者说公理：好的生活只有在城邦里才有可能，'好人'和'好公民'多少是同义词，而奴隶、妇女和野蛮人天生就是低等的，被排除在所有讨论之外。"

至此，我们已经从最普遍的意义上描述了雅典公民对"人"这个概念的广泛理解：但我的目的不只是简单地确立雅典文化思想中某个关键词的意义，而且也要介绍这个对希腊人理解事物秩序来说至为普遍的两极对立的逻辑。[16]雅典人关于作为一个雅典人意味着什么的概念，还有进一步具体描述的空间。我将从两个角度进入这个复杂的话题。首先是通过公民与民主观念的联系，其次是通过雅典的地生人

---

〔15〕 1983，125.
〔16〕 关于这个问题的代表著作，依然是 Lloyd 1966。

（autochthony）神话（autochthony 的意思是出生在居住的土地上），这个神话将会带我们转向本章第二部分对公民空间的讨论。首先让我们来看在民主制下作为一个公民的含义。

与它的保护神雅典娜的出生不同，雅典民主制并不是全副武装突然出现的；相反，它经历了缓慢的发展过程，伴随着无数争论、艰辛和流血[17]：事实上，即便在它已经确立的时候，保守与激进的元素、不同力量团体与单个领导者之间依旧存在极大的紧张关系。[18]更进一步，从前五世纪中期开始，就有关于政制和政治事务"持续、热烈和公共（*public*）"的讨论。[19]确实，剧烈变动的可能性是如此之大，以至于"政体转换"（cycle of constitutions）成为一代代政治分析者痴迷的话题：[20]在许多城市里，政治历史被描述为在寡头统治体系和民主制之间的往复摆动，伴随着内战、杀戮、流放和没收。同样也有僭主（tyrants）[21]（对统治城邦的个人的专门称呼，即独裁者），他们是民主制厌弃的对象。因此，在如此不稳定的制度设立和政治活动之下，服从和效忠于一个人所属的城邦的观念还如此之强，这或许能为我们通常认为的核心政治问题提供一种不同的观点，这

62

---

〔17〕 关于民主制的发展历史，参见如 Forrest 1966。当然，克里斯提尼改革是政治系统的一次主要的重新定向。

〔18〕 关于这种紧张关系，见 Davies 1978，第 4 章和第 9 章。

〔19〕 Finley 1983，123。埃斯库罗斯的《乞援人》和《波斯人》是这场争论的早期证据。

〔20〕 关于这个问题的讨论见 Ryffel 1949。

〔21〕 关于僭主的历史，见 Andrewes 1956。

个问题就是，一个统治体系的合法性来自何处，公民又应当怎样服从。雅典民主制下的公民被要求广泛地参与公共事务。不论有多少人置身事外，对此漠不关心（这点已经很难估计），也不论保守的作者如何对出身较低的人们参与政治表示轻蔑，公民们参与政治的程度还是相当高的：[22]公民大会对任何一个希望出席的公民开放；所有国家事务都在那里得到讨论，而每个公民都对这些公开提议和讨论的事务有直接投票权。还有一个由五百名三十岁以上的公民组成的议事会，它是从所有自愿参加的公民中随机选出的，但其成员的地理分布却有强制规定。五百人议事会需要讨论那些将要在公民大会中提出的事务，并负责实施公民大会的决定。执行决定的议事会与公民大会之间的平衡是至关重要的。"人数众多的公民大会有无可置疑的权威，使五百人议事会广泛的独立性依然受到约束。"[23]几乎所有职位都由抽签选出，而不是选举；任期只有一年，并且不可连任。人们可以在特定情况下对一个被指定官员的任职资格提出挑战，而所有官员都必须在任期结束时公示完整的账目。在这样一个好讼的社会中，大多数法庭案件也由对所有公民开放的机构听审——包括公民大会、五百人议事会和"陪审团"（jurors），陪审团从六千多位自愿参与的公民中抽签选出，工作的报酬由城邦支付。

　　选举议事会成员时对"地理分布的强制规定"，点出了

---

[22] 见 Finley 1983，第 4 章。

[23] Ehrenberg 1960，64。也可参见 Hansen 1987 各处。

激进的民主政治图景中的一个特别难题。因为，除了特定几年，人们在侵略的威胁下为保护城墙而废弃了阿提卡的乡村地带，许多公民都居住在阿提卡的边远地区，其距离和旅程的艰难必定局限了他们对城邦生活的参与，不仅在我刚才讨论过的政治机构方面，在其他更加非正式的方面也是如此。尤其对那些比较贫困的农民而言，他们未必有奴隶、管家甚至土地来为他们提供多余的时间和粮食，严苛的农耕生活使他们很难有机会跋涉四十公里或更远的距离，到城里参加一年中的例常集会。[24]

然而，我对这些城市机构的描述意味着城邦的管理需 ⁶³ 要范围极广的公民群体大量参与其中。不仅像宣战这样的紧迫事件需要未来士兵们的讨论和直接投票，在十年之间，会有四分之一到三分之一的雅典公民在政府的执行机构，即议事会中任过职。科层制和官职等级的缺乏，以及人们直接参与法律的维持和应用的特征，都说明这种直接民主与现代西方代议制的政府相去甚远。有组织的政党也不存在，同样也没有被任命或选举、被正式授予特定权力的群体所组成的政府：直接、个人的参与永远是其必要条件，而且往往有个人的行动跟随其后。伯里克利在修昔底德撰写的历史中谈及雅典公民时说，"我们所有人都适合裁决……所有人都愿意作战和牺牲"，这其中号召自由参与的民主呼声似乎不仅与柏拉图的精英、专家理论相对立，也与荷马笔下的奥德修斯所

---

〔24〕 见 Osborne 1985，第 4 章。另见 Hansen 1987，14–19。

持的传统标准相抵触——"只要他看到一个普通人（*dēmos*）在叫嚷……他就凶恶地责骂：'你，老老实实地坐下，听那些比你强大的人命令：你没有战斗精神，战斗和议事你都没分量。'"[25]

这段引自荷马的话中对"战斗"和议事的强调，和引自修昔底德的话中对"作战和牺牲"的强调，都不仅源自它们各自的战争背景。军事素质是公民意识中极为关键的一部分，这一点我们或许难以领会。这不仅是说作为一名重装步兵，也就是城邦的军人，需要公民资格和一定的财产资格，也不仅指加入步兵或海军是确认公民身份的主要方式（关于这点我将在第6章中进一步探讨），而且，和仪式性的、临时的从军远不相同的是，仅有很少几年没有出现过军事行动，连续的年份更是几乎不存在。呼吁人们为他们的国家、女人和孩子而奋战的爱国演说，对一个真正的公民军事组织而言有着重要的意义——他们进行例常的战斗以抵御奴役、死亡和祖传家产的毁坏，甚至在一些小的城邦中，人们要防止整个城市遭到夷平。古代雅典没有常备军；为战争投赞成票就意味着押上了自己和子孙的生命。事实上，民事与军事权力和官职的联系可以从十将军的地位来理解：十个"将军"（general），即军事统帅的官职通常为政治上最有影响力的人占据，他们因为自己的政治权威而被选举担任最高军事领袖（而不是反过来）。多年被选举为"将军"的伯里克利说"所

[25] *Il. 2. 200ff.*

有人都愿意作战和牺牲",他强调的是民主制下公民参与城邦军事防卫的关键性,和每一个公民作为士兵必须具备的意识。

伯里克利多年被选举为"将军"的事实——修昔底德自己就以这位第一公民的名字来称呼伯里克利执政时期,而不称其为民主时期——为这个理想民主制的实例带来了更进一步的特殊难题。伯里克利来自雅典传统的显贵家族,就像许多有影响力的政治人物一样。即便是克里昂(Cleon)这样的煽动家——修昔底德以深重的敌意和怨恨描写过他,而阿里斯托芬则对他进行戏仿以展示平民主义最坏的一面——也来自相似的背景,即使不属于最高地位,这个阶层也产生了许多富有的保守主义者。[26] 有趣的是,在我们所讨论的公民资格和归属的问题上,许多作者表达了他们对反贵族的平民主义及其知名人物的(保守的)厌恶,"不断重复着今天我们看来显然是虚假的指控,表示这些煽动家是外邦人或私生子出身"。[27] 雅典人引以为傲的法律面前人人平等和政治进程中的平等,不能掩盖一些人"比另一些人更平等"的事实。尽管雅典人所强调的寡头制、民主制和僭主制之间的重要分别不容忽视,前五世纪至前四世纪雅典社会的掌权者之间却有一定的延续性。虽然雅典内部反复出现富人和穷人之间的对抗,占主导的政治人物却产生自同样的家族、同样的阶层,在民主制、寡头制和僭主制中都不例外。

---

[26] 参照 Davies 1978,122–28。
[27] Davies 1978,113.

因此，民主制下的民主观念和政治实践，是用来塑造公民对雅典城邦关键的忠诚和服从的。甚至在被视作叛国罪的情形中，也能看见这种对城邦的忠诚：曾被指控阴谋颠覆民主城邦的阿尔西比亚德（Alcibiades），这位英明、善辩的将领，这样为自己出走斯巴达的行为辩护（根据修昔底德的描述）：[28]"至于对城邦的爱，我所爱的不是那个迫害我的雅典，而是那个我常在其中安稳地享受公民权利的雅典。我不认为我在攻击自己的祖国，它已经不再是我的了；我要努力恢复我的祖国。真正爱国的人不是那个当他非正义地被放逐的时候还拒绝攻击它的人，而是凭着自己的热情，努力想恢复它的人。"就像有人曾经描述的一样，这或许可以视作"一个叛徒卑鄙的自我辩白"[29]，但与雅典的敌人一起进攻这个城邦的同时借用忠诚和服从于城邦的评价标准，这也是一个缓和修辞的绝佳例证，在其中，团结的观念和对城邦的支持，与前五世纪至前四世纪困扰着雅典和希腊世界的政治紧张和对抗由此达到了和解。即使在叛乱或者其他内部冲突中，"对城邦的爱"和对城邦的服从也一直是人在世界中的位置的至高表达。

然而，雅典民主所产生的这种参与意识远远不只表现在制度上。雅典不仅是一个足够小和紧密、能使人产生参与感的面对面的（face-to-face）社会，[30]也是一个地中海式社会，人们在赶集的日子或是许多宗教和节庆的日子里

---

〔28〕Thuc. 6.92.

〔29〕Finley 1983，122.

〔30〕对这个广泛使用的词组意义的限定见 Osborne 1985，第 4 章。

走出家门聚集在一起，也随时在港口和广场集会。芬利对此有过描述："公民们都属于各种正式或非正式的团体——家庭和家族的、邻里和村社的、陆军与海军的、各种职业群体（收获季节的农夫或是城里倾向于聚集在特定街区的手艺人）、上层阶级的聚餐会，以及无数的私人崇拜组织。他们当中都充满新闻与流言、讨论与争辩，以及……政治教育的机会。"[31]

在这段主要关于一个复杂文化下不同形式社会互动的描述中，芬利提供了两种对古典时代雅典这个特殊案例的重要见解。一方面，芬利若仅仅将上层社会的聚餐社团、收获的农夫和家庭全都看作提供政治教育和讨论的团体，他甚至也有可能陷入某种对古代民主制的平等和教育力量的理想化观念。因为，就像芬利在其他地方清楚论证的那样，在正式或非正式的权力、知识和社会控制的分配中都存在着重要的差别，而这一点是忠实描述雅典社会时绝不能省略的。而另一方面，讨论雅典民主时强调这些多种多样的、政治或其他方面的集会团体显然是重要的。在雅典，决策过程中不断增长的、直接的参与，导致正式与非正式政治行为之间的界限相当模糊。公民在城邦发展中的参与意识远远不限于民主制的权力机构，而对一个城邦的描述也不能过于局限在对正式权力机构的历史梳理和描述上。实际上，恰恰是这种多形态 ⁶⁶ 体系中的权力关系和可能存在的对抗的复杂性使得雅典政治的分析如此复杂——或者说，对于柏拉图和其他人而言，这

---

[31] Finley 1983, 82.

使雅典的秩序显得如此庞杂和不稳定。

伯里克利在雅典阵亡将士葬礼演说中所强调的，恰恰是这个意义上的民主和民主参与，尤其是将雅典与其他所有国家相区别的意识："我们的制度不是从邻人的制度中复制而来的。相反，我们的制度是别人的模范，而不是模仿了其他制度。我们的制度之所以被称为民主政治，是因为权力掌握在全体公民手中，而不是在少数人手中。"[32] 在雅典，法律面前人人平等，没有人因为贫穷而被排除在政治参与之外；人们服从掌权者，也以最为尊敬的态度对待法律，不管是成文法还是习惯法。每人都拥有并扮演其角色。这就是伯里克利在国葬演说的场合所提出的鼓舞人心的观念。当我们转而讨论另一个重要的城邦制度，即戏剧节日时，也有必要回忆起这一为城邦大事而做的演说。

因此，身为雅典公民绝不仅是一种法律或制度上的定义，相反，其意义源自一系列广泛的文化价值，在某种程度上也源自对城邦事务管理和讨论的积极参与，甚至是地方上对财务政策和军事方案的闲言碎语。许多作者在描写到伯里克利时代的雅典的光荣时（也包括艺术、文学和建筑）展现的是一个公开的社会，人们在其间自由争论；在这样的氛围中，政治和政治哲学尚未被分离和制度化，讨论和行动允许个人的活跃参与。

随着我对作为雅典公民的意义这一观念构建的关

---

[32] Thuc. 2.37.

注——我没有忘记，就如我们已经看到的，它像所有观念的构建一样有着难以同化的矛盾和难题，有时还与真实的社会情境相差甚远——这时来解读雅典权力关系的核心神话，即"地生人"——关于从自己居住的土地中出生的神话，将会是有趣的。通常，我们可以从这一类神话里看到一个系统中差距和困难得以和解和包容的过程，而确实，地生人神话在雅典人的自我定义和关系到其他城邦的自我定位中扮演了令人着迷的角色。尤为重要的是，地生人神话关系到雅典人所宣称的政治霸权（由此关联着前五世纪的雅典帝国），也关系到公民理想中女性的地位，而这正是我之前许诺要回归的问题。在这里，我们将要面临意识形态表征和社会情境之间 67 的特殊差距。

地生人神话本身以一系列互相关联的故事提供了一套描述城邦起源的复杂语言。第一个雅典人埃里克托尼奥斯（Erichthonios）是从大地中出生的，因为赫菲斯托斯（Hephaestus）追求雅典娜时的性欲使大地受孕。作为埃里克托尼奥斯的后裔，雅典人宣称他们是他们自己拥有的土地生出的子孙，不像其他民族那样是入侵者或殖民者，而是从出身上就与他们居住的土地相连。埃里克托尼奥斯被雅典娜抚养长大，他以后者的名字为雅典城命名。另一个故事讲述的是雅典的第一位国王和教化者刻克洛普斯（Cecrops），他是波塞冬和雅典娜争夺雅典守护神地位时的裁判。他判定，雅典娜为城邦带来的礼物——橄榄树，比波塞冬送给城邦的马匹更为有用；于是他以未来的守护神雅典娜的名字为这座城市命名。从刻克洛普斯产生了一代代的雅典国王，直到忒修斯王（Theseus），以及当时雅典作为城邦的组织。这是我对这个神话极为简单的描述，此外还有无数变体和其他内容。[33]但在这里，比证据的丰富性更重要的是呈现这个神话的作品。关于地生人神话意涵的修辞性利用第一次证明了这个神话在世俗的雅典政治话语中的权威地位——罗劳（Loraux）发现刻克洛普斯传说的利用尤其显著。比如在希罗多德笔下，薛西斯领导的波斯人入侵之前，雅典使团便以他们古老的本土性来要求统率全部希腊舰队："要知道我们雅典人是全希腊人中最古老的民族，仅有的一个从来无须从其所出生的土地上离开的民族"，[34]而这次针对野蛮人作战的成功也被归功于雅典的地生人传统，这在从柏拉图的《美涅克赛努》（Menexenus）（245d）到阿里斯托芬的《马蜂》（1075ff.）等各种不同的文本中都得到了体现。[35]当然，有无数方法可以用来证明雅典的支配权，或雅典帝国的正当性，[36]但在这里，雅典人对于领导甚至征服的特殊信念体现在了他们自己关于永久拥有土地的神话中，也体现在他们对于出身如何决定了特殊公民身份的理解中。这个城邦的神话使它对统治权的主张显得正当而自然。

我在这里除了讨论地生人神话在雅典政治修辞中的作用，更重要的目的是探讨地生人神话影响公民意识中女性地

---

〔33〕 见 Loraux 1981b，我的分析很大程度上也参照此书。

〔34〕 Her. 7.161.

〔35〕 另见 Loraux 1981a，151–2；1981b 各处。

〔36〕 参见如 Davies 1978，117–19。

位的特殊方式，这一主题在罗劳看来尤其与埃里克托尼奥斯的神话和雅典卫城的世界联系在一起。如果种种关于"地生人"和雅典起源的神话确实影响了雅典人的自我定位，那么雅典在实际上剥夺女性权力、地位甚至公民称号的行为必定有神话中的相关投射，比如将妇女完全排除在外，甚至在她们作为生育者的功能上也是如此；或者，在其他一些版本中，妇女的族类不仅与男人完全分别，而且她们的支配和颠覆是社会走向文明的关键。确实，有时真正的雅典人会被称为"公民的儿子，合法地从自己的土地诞生"，[37] 就好像这片土地仍然在自我繁衍，同第一个雅典人从中出生时一样。但母亲的角色还是不能完全消除。不仅因为繁衍子孙的公民责任需要依靠女性，也因为严格的父系血统的传承只能由严格地保护妻子们的贞洁来实现。确定父亲身份的渴望使女性变得必要，至少是在控制她们的意义上。正因如此才有了无数神话讲述女性无法无天或强烈欲望所带来的危险；比如亚马孙女人们，在否定男性价值上走到了极端，最终被雅典王忒修斯打败。因此，公民的语言否认女性的公民称号，城邦的制度将女性限制在生育职能中——而神话所构建的文明概念也排除或是贬低了女性族类。就如罗劳写道："城邦全部的权力构建（在实例层面上）都一致否认了……女性在城邦中的地位。"[38]

68

---

〔37〕 Dem. *Epit.* 5.
〔38〕 1981b, 131.

因此，雅典的保护神雅典娜是一位女神便显得有些奇怪了。但就像被广泛讨论的那样，女神雅典娜并不是普通的女性。[39] 她是从宙斯的头部全副武装地诞生的：她不仅像男人一样武装和作战，连她的出生也与正常的女性生殖过程没有关系。[40] 并且，雅典娜自己也是处女神，从不参与生育和两性繁殖。这位女神本身对贬低妇女在城邦中的地位起到了作用，她占据着男性对城邦的主导性文化想象。雅典城以这位女神命名，而这位女神在城邦借以认识自身的神话网络中扮演了关键的角色。

因此，关于公民话语如何通过一系列策略发展出对雅典公民身份的理解，地生人神话提供了一个有趣的范例。更进一步，这个神话对两性生殖和两性差异、土地和起源、希腊人和野蛮人概念的关联也体现出，我在本章的开头由于分析的步骤所区别开的两个主题是紧密联系的。身为一个雅典公民的强烈意识，连同其中的服从与责任、特权与光荣，是一个复杂的意识形态策略体系，一种复杂的自我定位，远不只是简单的爱国精神。我们将要看到，正是出于对这种雅典公民意识的回应，悲剧才发展出了提出疑问的特殊修辞。

地生人神话中所证实的地域和归属意识，可以在雅典文化的许多其他方面见到；而我在关于城邦及其结构的讨论的第二部分想要探究的正是这种地域和归属意识。相比于财

---

〔39〕 Loraux 1981b，尤其是第 3 章；另见 Goldhill 1984a，279–81。

〔40〕 宙斯吞下了墨提斯，而后者在某些神话版本中怀着雅典娜。见 Detienne and Vernant 1978，尤其是第 3—5 章。

产分配和城邦的公共标志物，我更希望转向对我们理解雅典社会时另一个关键因素的讨论，即家庭（*oikos*）的内部空间。*oikos* 像 *polis* 一样，是一个不可翻译的概念。它意指具体的房屋、家的概念、家庭成员（包括活着的和去世的，奴隶和自由人）；它表示耕地，也表示住处，表示谷物，也表示牲畜。家庭的概念不仅是对其现在成员而言好的、和谐的或是富有的生活，而且是永久的存在。家庭的延续通常以两种意义被强调，一是生出子孙以实现世代的绵延，二是以节约和精细的管理实现经济上的延续。[41] 继承是家庭最为关心的事，它与我们之前对雅典文化中严格的、确定的父系血统的重要性有着清晰的联系。婚姻可被视作保证家庭延续的必要手段，而不是出于个人情感和浪漫爱情。妇女要做的是生下一个儿子来继承父亲的产业。家庭的维持是一种在希腊文化中有着强大力量的传统美德。我们在地生人神话中所看到的永久性理念在一个公民与其家庭的联系中得到了最强烈的表达：一个人可能由于经济、军事或是什么无法预料的灾难失去家宅，但现代的搬家、房产交易，或是回家过圣诞的概念在 *oikos* 所包含的价值和理念中都是无法表达的。[42]

---

[41] 参照 Glotz 1904 各处；Lacey 1968，尤其是第 5、6 两章；Jones 1962，尤其第 82 页以后。

[42] 即使是在前四世纪，也没有发展出罗马那样的地产市场。土地的可转让性得到学者的许多讨论，且有时被认为是完全不可能的。与这个过于简单的观点相平衡的讨论见 Finley 1968。在父系继承的延续的所有制理念之外，他写道："城邦的世界不仅见证了新形式的、新目的的、越发频繁的转让，也见证了新的约束。"（1968，32）

因此，家庭是我们至今所认识的城邦公民的私人生活。
和公民大会、广场、法庭、健身房的竞争、平等、好争辩的世界不同，也和制度化的公民宗教节庆不同，家庭是一个封闭的空间。家庭的关系首先是等级制的，并且由其领导者，即父亲决定；担任公职的公民发誓为公共职责尽力，同时看轻私人利益。建筑和社会的法则都导致进出他人的家庭十分困难（除了类似会饮——symposia——这样的特殊场合，而妻子是不会出现在其中的）。确实，家庭内部的封闭空间不仅是与家庭生活相关联的区域，也尤其是与妇女关联的区域——就像公民大会和健身房的世界是男性的领地那样。就像我们在第 5 章中要看到的，这并不是说在户外不可能见到所有年龄和阶层的女性，或者说她们足不出户；但由于城邦的意识形态在总体上贬低女性，甚至在生育的必要作用上都是如此，女性与家庭内部、男性与外部之间的联系也通常被认为是自然且合理的。

因此，我们对雅典人的公共生活有如此多的看法，却对雅典人的 oikos 中的私人家庭生活所知甚少，也就不是偶然的。[43] 实际上，关于后者的这些看法并不在于对家庭私人生活本身产生持续的兴趣，相反，大多数关注的都是法庭中误导性的公共语言或是说教文学，在其中，关于家庭生活观点的表达被用于捍卫或解释某个论点或是某个当事人的性

---

[43] 经常被引用的是苏格拉底在临死前将妻子遣走而和朋友们待在一起的事例，还有一些关于家庭生活的案件［如奈阿依拉案（de Neaira）］。关于这一迹象的特殊本质，见 Humphreys 1983，第 1、2 章。

格。就像汉弗莱（Humphreys）所表述的："法庭成了……理想家庭观念得到生动展现的剧场"，[44] 它展现的并不是雅典人家庭的真实情况。

首先，这一不完全是物质层面的、关于内与外的地形学，体现在雅典文化观念的几个不同领域。当然，这与女性从家宅的封闭空间出来或是陌生人进入时所产生的危险相关——尤其是关于两性名誉的危险，这一概念就像我们看到的，密切关乎财产、继承和公民权等问题。我们会在第5章更详细地回到对女性"走出来"（coming out）概念的讨论。其次，它也可以从妇女参与城邦生活的特殊本质的定义中看出，尤其是一些大型的、只有女性参与的宗教节日，比如地母节（Thesmophoria）。尽管这些节日似乎与生育（fertility）相关，并且初看似乎提供了与对女性的普遍贬低针锋相对的女性形象——生命力的保护者和养育者，它们却仍然被看作神圣的、不同的、不寻常的日子。[45] 这些节日将妇女们隔离开来，并以仪式的命令与约束主导她们的行为和行动。通常认为，这些节日受控制和界限分明的特点强化了日常生活中的约束范式——就像许多宗教中暂时的自由一样。妇女的宗教集会并未给予女性走出家门参与公共生活的自由；相反，恰恰因为其独特性，它们可以被看作特殊控制下的事件，有助于维持女性在日常情境下的"内部"位置。

71

---

〔44〕 1983，9.

〔45〕 据此对地母节的较好描述，见 Detienne 1979。

我想探究的第三个表现内与外概念的领域为我们提供了另一个视角，使我们认识与自我在雅典文化中的多种表征相关的地理概念。这一领域就是赫尔墨斯（Hermes）与赫斯提亚（Hestia）在雅典艺术和思想中的独特对照关系，韦尔南对此有很好的分析。[46] 在每所雅典房屋的外部都立着一座雕像，通常由一个设在四方柱上的头像和一个大型、直立的阳具形雕塑组成。这个雕像被叫作"赫姆"（Herm），象征着赫尔墨斯神。赫尔墨斯通常被评论家们模糊地描述为神的信使，但他在神话系统中的作用远比信使宽泛和复杂。因为赫尔墨斯同时也是商人、小偷和欺骗性交谈的保护神，也掌握从生到死的路途。确实，就像卡恩（Kahn）完美表述的那样，赫尔墨斯掌握的是多种形式的转变和交换。[47] 他代表着转变和交换，包括灵魂从生到死的转变（坟墓上有他的形象），也包括钱财在人们手中的交换和周转（因此他是商人和小偷的保护神），还包括谈话中语言的交换（当交谈陷入沉默，雅典人会认为是赫尔墨斯经过；赫尔墨斯是誓言的见证者）。赫尔墨斯往往在中间地带穿行，标出那些将会被跨越的界限。"关于他没有什么是安顿、稳定和永久的，也不是受约束或是确定的。他在空间和人类世界中代表着运行和流动、变动和转化，以及与外来因素的接触。"[48] 赫尔墨斯标志着跨越的临界（liminal）。拉丁语词 *limen* 指的是"门口"，

---

〔46〕 1983，第5章联系了许多这类对照关系的例子。

〔47〕 1978，各处。

〔48〕 Vernant 1983，129.

而赫尔墨斯的半身像正是设在门口，标记着从内到外、从公共领域到私人领域的跨越。

而另一方面，赫斯提亚是掌管家灶的女神（希腊语词 *hestia* 的意思是"灶台"）。毋庸置疑的是，她所处的位置是在房屋之内。更重要的是，她，即灶台，处在房屋的中心位置："牢牢固定在地面上的圆形灶台就像肚脐，将家与土地联系在一起。它是稳固、不变和永久性的象征和保证。"[49] 如果说赫尔墨斯是不断变动的，赫斯提亚则是永久固定在中心的。有趣的是，赫斯提亚像雅典娜一样是一位处女神，她占据着家宅的中心位置，而又像荷马说的那样"并不结婚"。[50] 这一概念尤其可以与雅典宗教表征和文化思考中女性的位置关联起来，并且有助于发展我们对女性和"内部"在家庭空间概念中的联系。因为，如果在一个情境之下，男性主外而女性在内的倾向是反过来的，那一定是在婚姻系统中：女性在其中充当可移动的社会要素。女儿要离开她的家庭和家灶，成为另一个家庭的妻子和母亲，而男性则保持着他与家庭的维系。而赫斯提亚的形象则提供了一种永久的女性视角，她的处女身份和对婚姻的拒斥使她与陌生女性从外部进入家庭的过程漠不相关。"当赫斯提亚被安置在家宅的中心空间，她保证的是家族永久的延续存在。正是通过赫斯提亚，家族世代得以保留和永存，就好像这个家族每一代合

[49] Vernant 1983，128.
[50] Hom. *Hym to Aph.* 29–30.

法的后裔都是直接'从家灶中'出生的一样。"〔51〕似乎赫斯提亚能够维持父系血脉的无限延续,同时不必将其他家族的女人引入家中。"因此,赫斯提亚体现的是⋯⋯家庭自我孤立、抽离的倾向,就好像理想的家庭应当是完全'自足'的"〔52〕——不仅是经济上的自足,这种自足也能够忽略对外来女性和繁殖过程的需要。据此,处女神赫斯提亚的永久性尤其与男性统治下对家庭稳定延续的渴望和对女性在父系继承中地位的贬低有关。

但赫斯提亚所展示的并不只是韦尔南所指出的这一个简单方面。她也证明了雅典思想中关于女性的另一方面,而这些正是我们常常否认或忽略的;这就是女性在宗教节日和庆典中显著的重要地位,也就是女性作为生殖和丰裕的保护者和保存者的地位。为了实现她确保时间上永久性的功能,处女神赫斯提亚也奇怪地被描绘为母亲的角色,似乎她是潜在的生命给予者,就像她所扎根的大地一样。这样一来,女性作为生命之源、滋养家庭和土地繁荣的形象,也就形成在了家庭的中心。〔53〕因此,以这种形象,赫斯提亚与家中珍贵物件和食物的聚集联系在一起——与赫尔墨斯与流转和交换的联系相反——就像在实际上,家庭中通常的劳动分工使男性与外部的工作联系,而女性,也就是"好妻子",则与收集、管理和保存这些外部工作所得相联系。就像韦尔南强

〔51〕 Vernant 1983, 133.

〔52〕 Vernant 1983, 134.

〔53〕 对此的更多讨论见 Vernant 1983。

调的那样，在不同的情况下，赫斯提亚"能够代表两种相互对立的（女性）形象中的其中一种"〔54〕，或者是丰收的孕育者，像大地母亲一样，或者是在男性作为繁衍的唯一代表的理念之下，被排除在世代绵延的必要过程之外的女人。从赫斯提亚的双重视角中，我们又一次感受到了女性在公民理念中的不稳定地位。位于家宅中心的女神的两重形象标志着父系血统、父权统治下的地生人传统与母亲的生育和繁殖之间不确定的平衡关系。再一次地，我们关于空间表达的讨论将我们带回了与之相交织的自我表达问题。

即便对赫斯提亚和赫尔墨斯这对组合的表现分析如此简短，我们也能从中看到这些形象如何有助于我们构建起雅典人形成空间概念的方法；同样形成的还有关于个人在社会中的位置的想法，而社会本身与这种想法紧密关联。内部与外部、静态与动态、开放与封闭的两极对立组织起了城邦中关于家庭的内部机制的概念，甚至也包括性别差异的观念。立在门口、坟墓、十字路口的赫尔墨斯半身像和男人们每晚都要回归的家灶，都是在城邦和家庭的秩序中划分公共与私人、男性与女性概念的物理标志。

因此，在雅典人中存在着一种公私分隔的强烈意识，它对我们理解雅典人如何看待自己身为城邦公民的身份至关重要。但也正是在家庭与城邦、公共与私人领域的交界之处，我们可以看到悲剧制度所带有的那种张力的发展。关于

---

〔54〕 1983，145.

家庭的理想观念常常不容易与城邦的理念相契合：关于这两种理念，公与私应当是完全分开的，或者至少应当形成某种服从的等级链条，以防止利益的互相冲突；然而这两者却在许多方面互相对立。例如，民主城邦在战时对其公民的要求就与有土地的农民的利益相矛盾。城邦付给所有军人一样的薪水，这一点暗示了每个人的劳动都是平等的——但这却可能耽误农民的劳动，尤其是在收获季节，而延长的战事总是令人生厌。甚至作战本身也可以被描述为家庭的孩子为城邦做的牺牲——这是利益冲突的可能来源之一。不像今天，经济在当时被视为属于家庭的领域，"经济利益本质上是个人的、自利的势力，它与理性的政策制定相对立，后者所考虑的只是对作为政治实体的城邦有益的事务"。[55] 在城邦世界里，遍布其中的家庭与亲属联系起到了破坏民主城邦体制的平等构架的作用。城邦理念的力量在公共场合已得到显著的证实，而这种力量同样可以在它自身与家族和家庭更加传统的纽带的对立中得到证实。柏拉图在《理想国》中完全压抑了作为情感和社会基本单位的家庭，这种尝试可能使大多数雅典人感到吃惊，并认为其残酷而荒谬，但通过在理想城邦中试图保证公民完全的依赖和忠诚，柏拉图展现了公民理念和实践中的一种特殊张力，并试图使其得到解决。

至此，我已经讨论了城邦通过一种公民话语而实现的

---

〔55〕 Humphreys 1983，11。关于雅典的公共和私人利益冲突的更多实例，见此书第 1 章。

自我定位，尤其是通过一系列两极对立——以及交界——的关系：公与私、内与外、男性与女性，来发现雅典人如何形成公民概念和事物秩序中公民位置的概念。在转而讨论悲剧节日之前，我想强调一下我的论证的两部分之间的关系。首先，在讨论"话语"和"观念"时，我并没有将焦点放在对城邦严格的物理描述上（尽管我们确实触及了空间、土地所有、房屋等话题），也没有从权力机构、军事和政府历程的角度聚焦于政治结构或城邦历史的问题（尽管我们也谈到过公共领域的重要性和公民参与政治的范围）。同样，我也没有调查过城邦宗教活动的日期和结构（尽管神、神话和庆典很明显在我的描述中占有重要位置）；也没有专门处理雅典居民日常生活的情况（虽然我描述过家庭纽带的力量）。相比于以我在本章的脚注中提到的著作为代表的对城邦的历史描述，我所关注的是韦尔南所说的"社会思想的结构"，或是福柯所说的"话语实践"——也就是在概念上思考和组织人在事物中的秩序的方式。这是因为，正是通过与这种法则的关系，悲剧才得以发展出其特殊的越界意识及其独特的问题视角。实际上，我在后两章要尤其关注的正是我在本章中部分讨论到的两个关于悲剧的话题：城邦中的关联和关系，以及两性差异的概念。在我的论证中，我想在这里重新提起的第二个部分，是口头语言在雅典社会中非凡的强势地位：演说不仅在政治和法律领域占主导——而在某种意义上，政治和法律领域也在城邦生活中占主导——而同样，尤其是雅典男性的私人生活也大量围绕着口头交谈。我们已经提到过

75

在广场或健身房通过非正式途径不断传播的闲言碎语和更加严肃的观点，这些信息似乎组成了雅典男性闲暇生活的一个重要部分；同样，在公民的晚宴上，通常的节目是针对一个话题的演说竞赛——最著名的例子莫过于柏拉图的对话《会饮篇》，其中讨论的主题是"爱"；另外，特别是对于上层阶级来说，尤其在我们所讨论的古典时期的结尾，教育的一大部分便由修辞和演说训练组成。[56]语言哲学开始得到人们的讨论。[57]口头语言在前五世纪雅典城邦中所扮演的宽泛而重要的角色是不可低估的（这也意味着我们不能忽略前五世纪的城邦中许多公共纪念建筑建设的观念重要性）。正如我们所讨论的公民意识体系是在被叫作（在最广泛的意义上）城邦语言的体系中，并通过城邦语言形成的，因此语言的交流在城邦的运作中起到了关键而广泛的作用。城邦的概念、它的秩序和组织、边界和结构，都由语言形成，这种语言统治了城邦生活的各个领域和实践。这样的城邦是由语言为媒介而建立的。确实，公元前五世纪的雅典是一座言辞的城邦（city of words）。

城邦的戏剧节，或酒神节（Great Dionysia），是雅典一年中最重要的时间之一。所有事务都要停止；法庭在此期间关闭，五到六天之内，整个城市都沉浸在节日中。[58]这

---

[56] 参见如 Marrou 1956；Kennedy 1963；以及本书第 6 章。

[57] 见 Guthrie 1962–81，Vol. III，尤其第 176 页以后；Kerferd 1981，68–78；Graeser 1977；以及本书第 9 章。

[58] Pickard-Cambridge 1968，63–7；Allen 1938.

是一年中主要的戏剧节日，届时雅典城会挤满游客和本邦公民，他们将一天中的大部分时间花在剧场中观看戏剧表演。在各种意义上它都是城邦的节日：城邦选拔剧作家并付以报酬，名人赞助歌队并以此为荣，而且竞相打造最奢侈的表演。与民主制相符合，戏剧节的评委由复杂的抽签系统选出，而对于奖赏的竞争也得到了严格的管理和积极的参与，就像雅典社会的常态。戏剧节的观众是数量极多[59]的雅典人和外邦人，如果关于他们传下来的奇闻是真的话，他们是一群充满激情、情绪热烈，极易被感动或感到不满的观众。[60]有一部关于历史事件的剧作讲述了波斯人攻陷米利都（Miletus）的故事，雅典人没有阻止它上演，但它强烈地触怒了观众，以至于其作者弗律尼科斯（Phrynichus）遭到了惩罚，而这部剧则被禁演。传说有演员因为发音错误或其他轻微的疏忽而被嘘声赶下台。喜剧和散文频繁引用悲剧中一些声名狼藉的诗行，这一现象也表现了它们可能给雅典观众造成的震撼和惊诧效应——而那些关于起诉、暴动、错误裁判的故事也是观众反应的例子。[61]

戏剧节本身也包括极为严肃的游行和献祭，还有不那么严肃的吃喝、宴会活动："对雅典人来说，酒神节是停止

---

〔59〕 Taplin 1977，10 中认为有 15000 人之多；Pickard-Cambridge 1968，263 认为人数当在 14000—17000 人之间。黑格（Haigh）认为的 20000 人可能过多了。

〔60〕 见 Haigh 1907，343–8；Pickard-Cambridge 1968，272ff.。

〔61〕 关于观众反应的逸事见 Pickard-Cambridge 1968，272ff.。

劳作、纵情饮酒、吃肉、观看或参与各种仪式、游行和祭献仪式的时候，就像世界上所有这类节日都会做的那样。"[62]不像今天的剧场，戏剧节使城邦的大多数人都参与在内——甚至包括一些妇女和儿童也能观看悲剧和喜剧，尽管一些"虔诚"的维多利亚时代学者并不同意。[63]

因此，戏剧节确实是一个全城的节日。最能证明这一点的莫过于开场的献祭和表演正式开始之间展示雅典权威的庆典环节。在悲剧开演前，首先要当着所有观众宣读因履行城邦义务而被授予特殊荣誉桂冠的公民的名字。在如此众多的公民面前被表彰是一种至高的荣耀。之后进行的是将从雅典帝国的各个附属国收集而来的贡品按照"塔兰同"（talents）划分——这是一个称量大量金子的单位——然后将它们庄严地堆放在剧场内圆形舞台（orchesfra）的位置。雅典跨国界势力的重要性由此展现在全城公民和游客面前。接下来是雅典的孤儿，他们的父亲在战斗中牺牲，他们由城邦提供教育，现在长大成人，在舞台上穿着重装步兵的盔甲游行。会有一位传令官发表演说，提到城邦为这些孩子们所做的事，并宣布他们已从城邦的直接管束中脱离出来，将要接受普通公民的地位和义务。[64]这一仪式展现了我在本章中提到过

---

〔62〕 Taplin 1978, 162。关于对塔普林（Taplin）的评论和对戏剧节更完整的讨论见 Goldhill 1987。

〔63〕 关于此问题的证据多种多样，而且争议颇多。见 Haigh 1907, 324–9; Pickard-Cambridge 1968, 263–5。维多利亚时代的绅士认为粗俗的喜剧对于雅典妇女是不适当的。例子见 Haigh 1907, 325 n. 2。

〔64〕 关于这一仪式的最近考古学证据，见 Stroud 1971。

的许多公民意识的主题。它展现了公民理念中关于军事的一面，包括公民们过去为城邦牺牲的精神和将来这些长大成人的年轻人加入军人行列的行动；它展现了城邦作为教育者和抚养者的角色，就好像城邦本身就是这些孩子的父母，代替了他们战死沙场的父亲；它展现了个人服从于城邦的理念，尤其在他们报答城邦的养育和教育之恩的意义上——同样，就好像城邦是他们的父母；它还展现了公民身份为全城所承认的意识——这些孩子作为成人、男性和重装步兵，以公民的身份出现在人们面前，接受与这一身份相关联的公民责任。也许，这一仪式比其他任何环节都更能将公民意识体系展现在全体公民和游客面前。在戏剧开始前，城邦的重大庆典首先展现和确证了民主制的强大和雅典的公民意识体系。

在这样的序幕之后，随之上演的戏剧的性质可能会有些令人惊讶。即便是在常常被看作全心支持公民意识体系的《俄瑞斯忒亚》中，我们也已经看出了交流的不稳定性（在这样一个言辞的城邦中）以及对正义概念的疑问（在这样一座以法律的创新和民主的正义为荣的城邦中）。我们将会在本书中继续探究这些对城邦和公民意识体系如此重要的概念如何在悲剧文本中被置于重大的疑问之下。紧接着展示城邦力量的开场仪式，悲剧探索的便是公民意识体系中内在的问题。它描绘了一种信仰危机，这种危机不但属于掌权者，也属于这一权力等级所依托的系统和关系本身。索福克勒斯的《俄狄浦斯王》所质疑的不仅是独裁者的权力，也是骄傲和野心、对知识、确定性、控制力的探求——这些特性都与公元前五世纪的理性主义理想相关。同样，在索福克勒斯的《埃阿斯》里，受到质疑的不仅是这位英雄本身的特质，同样也是当时围绕着这位英雄的死而产生的种种琐碎的争论。

确实，悲剧制度似乎正是从民主城邦产生之时开始繁荣的。城邦本身经历了社会变迁和种种张力：公共生活与私人生活之间、旧的传统与新的政治秩序所产生的新要求之间的张力；与此同时，城邦中产生的悲剧也展现了这套发展着的公民语言中的词汇、问题和力量的斗争。悲剧的繁荣、悲剧的推动力，都依赖于城邦话语的艰难发展。

因此，无论酒神节的来源是什么，它都在民主制的雅典充当重要的角色。在全体公民面前，城邦话语经受着悲剧的尖锐批评，其中的分裂和张力被进一步探索。紧接着悲剧，萨提尔剧（the satyr play）的出现立即满足了对诙谐和粗俗表演的需求，并为下午的喜剧表演揭开序幕。在幽默中，城邦同样超越了自身的限度。在奇异的政治和性别反转情节中，在歌队通过诗人的口吻向观众致辞的段落（parabasis）中，在对政治人物的讽刺中，在猥亵和侵犯语辞的自由呈现中，我们可以看到酒神节的特殊情境如何为人们逃离城邦有秩序的社会生活中的日常约束和界限提供了许可。在喜剧中发生的事情恰恰是在现实生活中被禁止的。尽管悲剧和喜剧都包含有酒神节的自由，喜剧的规则似乎比悲剧有更低的安全底线。相比于悲剧中混乱和死亡、错误和失序的结局，喜剧中的反转和颠倒更倾向于展现酒神世界的另一面：吃喝和自由的性行为——寻求欢乐，满足欲望。

但正是狄俄尼索斯的两种面相组成了这一个节日：悲剧与喜剧所产生的、从悲剧到喜剧的过渡中出现的所有这些张力和模糊性，都处于一个神的庇护之下，他掌管幻觉与变化，矛盾与模糊，释放与僭越。不同于伯里克利的阵亡将士葬礼演说这类重要片段中体现出来的公民修辞，酒神节，也就是城邦中狄俄尼索斯的节日，提供了全方位的狄俄尼索斯式的越界，从充满智慧和情感的、带有危险性的悲剧，通过反讽而微妙的疑问，直到猥亵、粗俗而喧闹的喜剧。戏剧节展现的不仅是一种伟大文学形式的力量和深度，更是这样一个非凡的过程：发展中的雅典城冒着风险，将自己发展中的语言和思想结构交予一位神明支配——面带微笑却又危险的狄俄尼索斯。

第4章 关系与关联

> 如果我能够在背叛国家和背叛朋友之间选择，我希望自己有勇气选择背叛我的国家。
>
> ——E. M. 福斯特

在前两章，我已经讨论了一系列关于公共秩序和城邦中的相互关系（relations）的关键词如何在悲剧舞台上受到质疑；再者，在更普遍的意义上，我讨论了城邦自身如何构建了一套特殊的意识体系和特殊的社会组织。而在这一章中，我将会探究一个尤其重要的概念体系，它关注的是城邦和家庭中人们之间的关系；这是一个对现代读者来说尤其难以定义的体系，也就是构建和围绕着形容词 *philos* 和 *ekhthros* 的概念。我目前没有给出这些词的翻译，这是因为对现代读者而言，部分困难恰恰来自这些词和相关词语的语义广泛性，不仅是说这些词在不同语言中的含义往往不是同延的，就其本身来说，使用这些词的效果和导向也多种多样。就像在英语中，人们可以说"肖珊娜喜爱（loves）冰激凌"和"茱丽叶爱（loves）罗密欧"，用同样的词表示截然不同的情感效果和导向。同样地，*philos* 是柏拉图对话中角色之间互相称呼的常用词，通常译作"亲爱的朋友"（my dear fellow），但同一个词在《俄瑞斯忒亚》中被用来描述克吕泰墨涅斯特拉和奸夫埃吉斯托斯的感情关系；俄瑞斯忒斯蔑视这种关系，并将其视作克吕泰墨涅斯特拉必须死的原因，当他叫喊道："那么你死吧，同他睡在一起，既然你爱（philein）他，而那个你本该爱（philein）的人得到的只有你的憎恨。"（*Cho.* 906–7）

就像上面显示的那样，动词 *philein* 的其中一个词典释义是"爱"（love），并且显然在性和心理的意义上与"爱"在今天的用法相同。确实，荷马时代通用的希腊语中表示性交的词是 *philoteti migenai*，"在爱中交合"（*philotes* 是由 *philos* 引申出的名词），而 *philema*（另一个由 *philos* 引申出的名词）意为"亲吻"，这清楚地表明，性的含义包含在这个词的语义范围中。但要是认为以 *philos* 称呼"亲爱的同伴"是上述这种对爱的强烈表达的某种弱化（或者认为"肖珊娜喜爱冰激凌"也是如此），就会造成对 *philos* 这个词理解的严重扭曲。或许用维多利亚时代的语境中"女儿应当爱她的父亲"这样的句子中"爱"的含义进行比较会更贴切；后者包含的"责任""规矩"和"奉献"的意涵，连同其宗教信仰的背景，更加接近 *philos* 这个词及其反义词 *ekhthros* 的用法。因为，就像我们将会看到的，这些表达情感的词语，其意义不能脱离一系列社会观念，而英语中也没有词语或惯例能够表达它们所指涉的关系范围。

为了开始对这些词语的研究，首先需要回到荷马（就像任何希腊文学的研究通常要做的那样），而在此情况下我需要遵循伟大的法国语言学家本维尼斯特（E. Benveniste）的指引。[1] 首先他注意到，在荷马史诗中所有关于道德用语的词汇都强烈地带有并非个人层面，而是关系层面的意义。我们通常认为属于心理或伦理范围的词汇指示的是个人与其所属群体成员之间的一系列关系。这一点在荷马史诗的以下关联中十分有趣地体现了出来：形容词 *philos* 和 *aidoios* 往往在荷马的用词中成对出现，同样还有动词 *philein* 和 *aideisthai*，以及名词 *philotes* 和 *aidos*。名词 *aidos* 通常译作"尊敬""羞耻"或"敬重"，尤其被用于表示一个人对自己家庭或群体成员的适当态度。当群体中的某个成员遭到另一个成员某种方式的威胁或攻击，这就是 *aidos*，"羞耻"，而两方都需要防止暴力行为；如果暴力行为已经发生，就需要其他成员诉诸集体道德准则进行复仇。在大多数共同体更广泛的语境中，*aidos* 的概念则是联结共同体的等级纽带的适当维持和表达："在一个更大的共同体中，*aidos* 定义了地位高的人对地位低者的情感（遭到不幸时的关心、怜悯、仁慈、同情等），还有荣誉、忠诚、共同规则、对特定行动和特定行为方式的禁止——这一切最终发展成了这些关于'节制'（modesty）和'羞耻'的概念。"[2]

　　philos 和尊敬、敬重的概念之间的紧密关联，尤其有助

[1]　1973。Adkins 1963 预见了本维尼斯特的一些结论。
[2]　Benveniste 1973, 278.

于我们从人际关系层面解释 *philos* 这个词："亲戚、姻亲、仆人、朋友，所有这些以 *aidos* 的相互义务联结起来的人们，就叫作 *philoi*。"[3] *philos* 被用来表示一个共同体中以"尊敬"的纽带联结在一起的人们，因此显然有着比单纯的感情更广泛的概念。

    xenos 这个词也能以相似的方式帮助我们理解 *philos* 如何含有社会中相互关系的意义。*xenia*，也就是两个 *xenos* 之间的纽带，在各个时期的希腊社会都是一个极为重要的概念。*xenos* 同时指"客人"和"主人"（这是英文翻译中的一个麻烦之处，尽管在法语中情况稍好一些，因为法语词 *hote* 有相近的意思）；*xenia* 是陌生人与主人之间"主客之谊"的惯常联系。它不只是人与人之间的礼貌规则，而是古代社会关键的功能运作。一个人身处外邦、远离朋友和家人的处境往往是充满危险的。因为，"在荷马史诗中，若是没有一定的人际关系，人就失去了作为人的身份。"[4]一个人离开了家庭和公民权利，也就失去了所有的保护和生存手段。求诸 *xenia* 是他唯一的出路，而这样一种 *xenia* 的联系可以在两个家族中世代传承。在《伊利亚特》的一个著名场景中，两名战士，格劳科斯（Glaucus）和狄奥墨得斯（Diomedes）在交战之前骄傲地互报姓名和头衔，从而发现他们从各自的祖辈那里继承着 *xenia* 的纽带；于是互相袭击变成了互赠武

81

---

[3]　Benveniste 1973，278.
[4]　Adkins 1963，33.

第4章　关系与关联　**131**

器，以确认这一纽带的延续——这一交换因为格劳科斯的愚蠢而成为传奇，因为他的武器是金的，而狄奥墨得斯给他的则是铜制的，远远不及他的值钱。但在战场上，他们之间的 *xenia* 战胜了战争中的军事敌对关系。

xenos 之间互赠礼物是相互关系的一个可见例证，而对这种礼物的收集则是荷马的世界中一个显著的特征，尤其在《奥德赛》里奥德修斯的旅程中。的确，接待客人[5]这一主题在这部史诗中不断出现和变化，从库克罗普斯（Cyclopes）对奥德修斯充满反讽的接待（作为给客人的礼物，他把奥德修斯留在最后吃掉），到奥德修斯扮成陌生来客出现在自己家中。对待 *xenos* 的方式成了评判奥德修斯所到的不同社会的一个标准，而他所扮演的种种客人角色也有助于我们理解他自己的角色发展。

philos 和 *xenos* 之间，以及动词 *philein* 和 *xenizein* 之间有着许多语词上的紧密联系。实际上，我们方才译作"爱""喜欢""友善"的 *philein* 一词，也常常被译作"扮演主人角色""适当地接待客人"。[6]因此本维尼斯特认为"*philos* 的概念表达了共同体的一员对一个 *xenos*，即'陌生客人'表现出的行为"。[7]实际上，本维尼斯特进一步论证认为，这种在两个 *xenos* 之间的相互关系正是 *philos* 概念体系的基础。因此，被神所"爱"的表现即是被一个朋友（*philos*）关心和

---

〔5〕　比较 Stewart 1976 各处。

〔6〕　比较例如《伊利亚特》3.207, 6.15;《奥德赛》8.208, 4.29。

〔7〕　Benveniste 1973, 288.

喜爱,而我们也看到两军休战的约定叫作 *philotes*（*Il.* 3.94），通常伴有庄严的相互宣誓和献祭。而"亲吻"（*philema*）首先的含义是承认、欢迎和接纳。*philos* 的概念已经远远超过了爱或友谊的感情。实际上,就像阿德金斯（Adkins）所说的,[8]"*philos* 不必和任何友善的感情联系在一起"。

因此,在它与 *aidos* 和 *xenos* 的联系中,*philos* 标志的是一家之主与陌生人之间,以及与家庭成员之间的紧密联系。这一相互关系的必然结果就是 *philoi* 之间的某种情感,或者至少是某种"有情感的行动",因此 *philos* 这个词也就发展出了感情色彩,从而在制度的维系之上也带有情感的含义。*philos* 适用于一家之主称呼家庭中与他有关系的所有人,尤其是他的妻子;她作为一个陌生人被纳入这个家庭,像一个用于交换的物件。确实,在荷马史诗中,*philos* 是表示"配偶"的词语最常用的修饰语之一,但它的通常翻译"亲爱的"（dear）几乎没能表达出它的意涵。年轻的女孩被父亲交到年轻的丈夫手中,这是一种家庭之间相互关系的标志和手段;对于她丈夫的家族和家庭,她是一个新来者。因此,*philoi* 这个词标志的不仅是丈夫和妻子之间的情感,也是社会互动的纽带和约定。

因此,从这些用法可以归结出,*philos* 是通过一个人的人际关系表示他在社会中位置的一种方式。[9] *philos* 应用的

---

[8]　1963，36。另见 Hands 1968，26-48，尤其是第 33 页。

[9]　本维尼斯特也确凿地反对将荷马史诗中一些 *philos* 的用法译成"自己的"（one's own）。特别参见第 275 页以后。

领域和类别不仅限于情感，而首先是一系列复杂的义务、责任和权利。尽管在前四世纪的希腊语中，它或许已经朝着一种更加普遍的友谊或爱的意义发展，就像多佛（Dover）所描述的，"针对性伴侣、孩子、老人、朋友或同事的强烈或微弱的情感"，[10]在荷马那里它还保留着这种意涵和表现力；而在前五世纪的雅典，正如我们将要看到的，这是一个与公民话语的发展紧密联系的词语，尤其是因为人们对社会地位的理解，以及前五世纪城邦发展中的人际关系都处在不断的变化中。[11]在接下来的讨论中，比起在提及 *philos* 的各处给出它的不同翻译，我更愿意保持它的转写形式，以便保存它的意义："复杂的关系网络，有时是主客之谊的制度，有时应用于家庭，还有时表示带有情感的行为。"[12]

而 *ekhthros*，就像我已经说过的那样，是 *philos* 的反面——"敌人"。就如 *philos* 表示的是积极的纽带和义务，*ekhthros* 表达的是同样的联系的消解。这一关系或许对"现代头脑"来说很难理解。多佛评论说，"尽管如今极少有人认为没人会故意加害于我们，但也极少有人会希望卷入被称作'敌对'的长期关系中，而一个总将'我的敌人'挂在嘴边的人很可能被认为是偏执狂"[13]——而他还是一个精通政治学的人呢。在雅典，*ekhthros* 指的是个人的敌人（而不是

---

〔10〕 1974，212.

〔11〕 见 Connor 1971，3–136。

〔12〕 Benveniste 1973，288.

〔13〕 1974，181.

战争中的敌人），这种仇恨被人们视作生活中的理所当然。就像 *philos* 的纽带一样，敌对关系也可以世代继承，从现存法庭案例的演说中也能看出长期的仇恨以及与之相伴的挑衅和复仇行动。确实，这种敌对关系不仅很少被掩饰，往往还被大胆地张扬。在索福克勒斯的《埃阿斯》中，当雅典娜对奥德修斯说："但嘲笑你的敌人不是比嘲笑任何别的人更愉悦吗？"（79），她所传达的感觉完全不会使人感觉奇怪或不快。因而，*philos* 和 *ekhthros* 是希腊语中表达社会交流的建立和消解、人际关系互相作用的关键词。

　　philos 这个词被认为保存了一系列有关义务的内涵，主要原因之一是它一直被当作道德讨论和判断的用词。亚里士多德在《尼各马可伦理学》中十分著名的一部分里，花了大量篇幅试图给这个词下一个定义，[14] 而柏拉图的《理想国》中，对理想城邦的探索显然始于对一个论断的探讨和批评，即正义就是扶友损敌。不同于任何犹太教与基督教的"爱邻人"或"连另一边脸也转向恶人"的概念，古代世界最基本和广受认同的正确行为的标准就是"爱自己的朋友，恨自己的敌人"，也就是"*philein philous ekhthairein ekhthrous*"。这一准则贯穿了希腊人的写作，绝不仅限于哲学辩论和流行的道德说教。实际上，这也是我在本书里关注的悲剧对话中一个得到公认的准则。比如在《奠酒人》中，埃勒克特拉准备在阿伽门农的坟前献祭时关心的问题，就是为复仇而祈祷 *84*

---

〔14〕 第 8、9 卷（1155a3 以后）。

是否虔诚（122）。歌队的回答是："以恶报答敌人，怎么会不虔诚？"（123）歌队对"扶友损敌"的道德观念的预设致使他们对为复仇而祈祷的行为提出了这样一个简单而直接的辩护。但与此同时，这一辩护忽视了一个事实，也即克吕泰墨涅斯特拉是埃勒克特拉的母亲，因此女儿应当将她作为 *philos* 对待。而导致弑母的诸多原因都指向了对克吕泰墨涅斯特拉身份的重新定义，她有可能是敌人，但绝不可能是朋友。在家庭内部争端中，传统道德观念中的张力总能得到最清楚的显现。一个家庭成员在何种情况下不再是 *philos*？

在杀死母亲之前极富戏剧性的紧张时刻，俄瑞斯忒斯问皮拉德斯："我该怎么办？我该为杀死母亲感到羞耻（*aidos*）吗？"有没有可能不为自己的母亲感到羞耻，从而不再像一个 *philos* 一样对待她呢？作为他在剧中唯一的台词，皮拉德斯的回应被基托评论为"如霹雳一般"[15]："那么你将德尔斐的阿波罗神谕和你的誓言置于何地？宁可与所有人，也不要与神明为敌。"在回答俄瑞斯忒斯关于 *aidos* 的问题同时，皮拉德斯提出了 *philos* 和 *ekhthros* 关系的等级：神明在其中享有优先权。宁可将所有人，包括自己的母亲当作敌人，也不可这般对待神明。母子之间 *philos* 的联系是难以逾越的，因此弑母者要赋予他们自己行动的正当性，或者说被神赋予正当性。我在本章中已经引用过的那句台词就出现在俄瑞斯忒斯采纳皮拉德斯的建议之后说的一番话中；现

---

[15] 1961，86.

在我们已经可以清楚地看出"爱"这个翻译是不足以表达话中含义的:"那么你死吧,同他睡在一起,既然你爱(*philein*)他,而那个你本该爱(*philein*)的人得到的只有你的憎恨。"(906–7)皮拉德斯通过*philos*和*ekhthros*的关系赋予弑母行为正当性,而俄瑞斯忒斯紧接着便强调他母亲的通奸行为玷污了*philos*的联系,也玷污了她作为一个妻子的社会地位和义务——而他自己为了惩罚母亲的罪行,也被迫僭越母子之间这层*philos*的关系。《俄瑞斯忒亚》悲剧文本中矛盾的逆转,在描述亲属关系的语言试图处理家庭内部冲突时得到了体现。

根据这一点,我们可以重新来看埃勒克特拉祈祷复仇成功之后的相认场景。"相认"在社会和语言中的作用是至关重要的。亲属关系、道德观念和社会交换的分类和体系都依赖"相认",不仅是因为从认识论的角度来说,相认是任何一个分类过程的内在部分,也因为它有着规范层面的含义,就像父亲承认自己的孩子,或者一个城邦认可某个机构的权力:"相认"同样是一个合法化的过程。悲剧文本往往围绕着家庭关系和公民责任中的特定关系或义务的不确定性展开,这与我们见到的诸多"相认场景"不无关系。这些场景——亚里士多德认为它们是悲剧情节中两类最为有力的场景之一(*Poet.* 1450a32–4)——所展现的不仅是家庭成员之间恢复感情的时刻,也是对一个特定关系纽带中的合法性与责任的重新确认。就如在悲剧文本中,个人常常经受社会地位的挑战,"相认场景"也在不同的剧作中以不同的方式重新确认人们之间的关系。相认针对的往往是 *philos*，它关注的是 *philos* 之间的纽带。在《奠酒人》中，克吕泰墨涅斯特拉必须在埃勒克特拉的祈祷和接下来的场景里被定义为敌人（*ekhthros*），同样地，埃勒克特拉和俄瑞斯忒斯的相认场景在重新确认家庭纽带上也有着重要意义——这是孩子之间的纽带，和他们与父母之间充满疑问和不确定的关系恰成对立。而且，就像我们在第 2 章中看到的，这些家庭内部的纷争最终交给了城邦的长老和公共法律机构来审判。*philos* 和 *philia*——也就是 *philos* 之间的纽带——在表示家庭和城邦中的相互关系的同时，也在更广泛的意义上，也即社会的权力和权威话语中起着作用。

索福克勒斯的文本往往围绕着"扶友损敌"的道德准则中的张力而展开，这些悲剧也确实经常关注关系到朋友和敌人的互相冲突的责任要求。比如《埃阿斯》的开场中，曾经是希腊军队干城的英雄埃阿斯转而与全军为敌，因为他们将阿基琉斯的武器赠给了奥德修斯而不是他自己。带着他曾经的敌人赫克托尔的剑，他在军营中横冲直撞，想要杀死希腊将领，却被雅典娜扭曲了视觉并捉弄了一番。埃阿斯的配偶特克墨萨（Tecmessa）将他的处境告诉了歌队，也就是埃阿斯的船员们，并呼吁他们尽可能地帮助他们的主人，因为他或许会听朋友们（*philoi*）的话（330）。但当埃阿斯恢复了神志，他坚信唯一能够保全他的荣誉和自尊的方式就是自杀。他的理由是值得注意的（457–69）：

如今，埃阿斯啊——要怎么办呢？

遭到神的憎恶（*ekhth-*），这是看得出来的；希腊人全军怨恨我。

特洛伊和我立足的这片土地都视我为敌人（*ekhth-*）。

我该不该离开这个停泊地，渡过爱琴海，踏上归途，

让阿特柔斯的两子留下来自己去作战？

但当我回到那里，

又有什么面目再去见特拉蒙，我的父亲？……

……那么，我该不该单独去冲击特洛伊人的城堡……

独自一人，面对全体敌人，

轰轰烈烈地打一仗，然后一死了之？

但那只能给阿特柔斯的两子带来快慰……

86

　　他意识到了自己与所有人为敌的处境。雅典娜阻止他谋杀计划的事实清楚地表明了他与神的关系；他的谋杀计划本身标志着他对侮辱了他的希腊军队的憎恨，而如今计划败露，他自己也必然遭受对等的敌意；然而他曾经与之作战的特洛伊人也不可能成为他的 *philos*。埃阿斯不但被剥夺了荣誉，也被剥夺了他的荣誉得以在社会上立足的支持和维系。他甚至不能在与特洛伊人的战斗中英勇赴死，因为这可能在某种程度上帮助他的敌人，阿特柔斯之子——可以对你的朋友好，但必须伤害你的敌人。

接下来特克墨萨那段感人的台词，不仅表示了家庭和社群对一家之主的完全依赖，也表现出了依附关系的内在联系。她请求丈夫"尊敬（aidos）你的父亲……也尊敬你的母亲"。有关 aidos 的约束也强调了家庭成员之间相互的关系，即 philia，尤其是一家之主与他的家庭之间的关系。而这种关系正是埃阿斯所拒斥的。

在著名的"欺骗"场景中，埃阿斯假装平息了情绪，并在一系列高度模糊的表述中思考了万物的变化，这与他之前的顽固态度截然不同。这段思考的结尾关注的恰恰是 philos 和 ekhthros 的严格对立所引发的局限（678–82）：

> ……我学会了一条规则：
>
> 憎恨（ekhth-）一个敌人（ekhthros），要想到
>
> 他日后也可能成为我的朋友（phil-），
>
> 在打算帮助一个朋友（philos）时也要想到
>
> 友谊不是永远不变的。

这几行与奥德修斯早先不愿嘲笑敌人的话遥相呼应（121–6），并且指向最后的场景；怎样正确对待敌人的问题在那里成了关键。尽管（或许也是因为）他洞察了世间万物的嬗变，埃阿斯再次出现时是独自一人，并准备自杀。在我们现存的悲剧中，歌队在剧中离开舞台的例子极为少见，而在舞台上直接表演杀人场景，在我所知这是唯一的一次。尽管阿提卡戏剧的素材往往来自那些有关血腥和谋杀的希腊神

话故事，在悲剧中，暴力却通常是以语言展现的。当埃阿斯将剑锋转向自己时，他的孤独正契合了他对 *aidos* 和 *philia* 的外部纽带的遗弃，就像与他敌对的外部环境也遗弃了他一样。埃阿斯的自我毁灭是他用以定义自我的关系被逐渐剥离之后的最终行动。

这部剧的最后场景围绕的是如何处置埃阿斯遗体的问题。敌人的尸体可以扔到一边任凭野狗和鸟群分食，而朋友则需要适当的葬礼。《伊利亚特》中一遍遍出现希腊人和特洛伊人争抢尸体的场面，而史诗的结尾则是普里阿摩斯从阿基琉斯那里赎回他的儿子赫克托尔惨遭凌辱的尸体，并将其埋葬。埃阿斯的兄弟透克罗斯（Teucer）在希腊将领们面前捍卫他的朋友。一开始，墨涅拉奥斯在知道埃阿斯成了比特洛伊人更坏的敌人后大怒不已（1054-5），与透克罗斯展开了激烈争吵，然后阿伽门农以权威的论辩要求透克罗斯服从命令。埃阿斯曾经最大的敌人奥德修斯为这场争论的僵局带来了自己的修辞。在不断强调自己与阿伽门农的朋友关系的同时（如 1327-8，1351，1353），奥德修斯也在严格的敌友对立之上建立了一套道德标准。对他来说，埃阿斯是"好的"（1345）、"高贵的"（1355）、"伟大的"（1357），而这些优点超过了对他的敌意。最后阿伽门农出于对朋友奥德修斯的尊敬，答应了恰恰是他原先完全不同意的事，即让埃阿斯的尸体得到埋葬。但他却不容自己对埃阿斯的态度受到质疑（1372-3）：

但是这个人，不论是活着还是下了冥府，

都会是我最憎恨（*ekhth-*）的人。

阿伽门农绝不愿改变他对埃阿斯的称呼，但还是改变了对他的态度。他不再伤害自己最憎恨（*ekhthros*）的人。阿伽门农和奥德修斯态度的互换不但表现出了奥德修斯对 *philos* 和 *ekhthros* 之间严格对立的削弱，也为"扶友损敌"道德准则的严格应用注入了不确定因素。而这段论辩得以进行，却正是基于两人互相表达的牢固友谊！

然而这部悲剧的终极反讽还在后面。奥德修斯在表达了他对埃阿斯态度的改变以后，请求让自己以朋友的身份协助举办葬礼。但透克罗斯尽管视奥德修斯为一个意外而及时的恩人，却谢绝了奥德修斯的协助，因为这或许不是死者所希望的。透克罗斯不会代替埃阿斯接受这份友谊的转变，尽管他称奥德修斯是一个好的、高贵的人——这些正是奥德修斯用以避开严格的敌友界限并为埃阿斯争取到葬礼许可的词语。奥德修斯以动人的简朴回答道："我已表明心愿，如果你不喜欢（*philos*）我做这些，我就离开这里，尊重你的决定。"（1400-1）*philos* 在这里通常译作"愉悦的""亲爱的"，但从那场恰恰是关于 *philos* 和 *ekhthros* 内涵的辩论看来，考虑到它是获准参与葬礼的身份标准（1413-14），这里它听起来更像是在呼应对敌友关系变幻不定的怀疑，对照透克罗斯对奥德修斯的友谊的拒斥，这一点尤其明显。*philos* 在这里表面上的简洁，实则讽刺性地使人回忆起它在剧中意义和内涵的复杂。悲剧的这个结尾非但没有协调 *philos* 和 *ekhthros*

之间的诸多关联和对立，反而终结于讽刺的对立，以及对这两个词的任何传统、确定意义的破坏和倒置。

通过以上这些粗略的勾勒，我希望能展示 *philos* 和 *ekhthros* 的概念如何构成了《埃阿斯》剧情的关键推动力。在这章的余下部分，我想依据《安提戈涅》的文本对这些概念做更详细的考察，这将有助于我们深入理解前五世纪悲剧写作的特殊性质，以及 *philos* 和 *ekhthros* 在定义社会中的个人角色时的重要性。

从黑格尔的解读开始，辩证和对立就是思考《安提戈涅》的文本所绕不开的角度。即使那些为黑格尔的解读加入了重要限定的批评家们，比如莱因哈特（Reinhardt），也认为剧中的冲突"最终可化为一种纯粹的辩证关系"。[16]克瑞翁和安提戈涅之间的辩论被看作权利之间、思想之间的斗争，以及个人与社会、家庭与城邦、女性与男性、自然法与世俗秩序之间的斗争，或者，用莱因哈特自己的公式来说，"一方面是我们的思考方式下的各种东西——家庭，宗教崇拜，对兄弟的爱，神圣的命令，青年人的特性，还有自我牺牲的无私精神；另一方面是专横，国家的最大利益，城邦的道德准则，心灵的琐碎、严苛和狭隘，年长者的盲目，以及冒着触犯神圣权威的危险对法律条文的固守"。[17]就如我们将看到的，莱因哈特的许多描述需要做些调整，但仅仅是"自我 *89*

---

[16] 1979，66.

[17] 1979，65。关于克瑞翁和安提戈涅的两个世界更详细的分析，见 Rosivach 1979；Hogan 1972。亦见 Knox 1964，76—90；Musurillo 1967，37—60。

牺牲的无私精神"和"年长者的盲目"的并置就与另一组并置相矛盾，后者指的是其他一些学者描绘安提戈涅和克瑞翁的冲突时所提出的"青年人过度的自我毁灭性"与"被命运和环境所颠覆的年长者的智慧"。换句话说，我们很难在读《安提戈涅》的同时避免做出道德判断，尤其是去判断剧本本身在导向悲剧结果时看似包含的单方面道德立场。确实，就如赫斯特（D. A. Hester）对许多这类判断以及它们的支持者和反对者的分类总结[18]所呈现的，要想写一部《安提戈涅》的解释史，也会立即遭遇辩证和对立、权威和挑战的问题！[19]

批评性判断的倾向反映出了关于这部悲剧始终而且仍在被曲解的理念，而对于二十世纪的读者来说，一个极端的转折就是阿努依（Anouilh）版本的《安提戈涅》的故事。这一颠覆性的剧作获准在"二战"时期德国占领的巴黎上演，因为克瑞翁对法律和秩序的强调被认为受到当局高度的认可。当政治和文学如此紧密地纠缠在一起，读者就很难避免被卷入辩证关系。因此也总能收获有趣的发现：对哪些读者来说，安提戈涅是一个高贵的理想主义者，对哪些人来说她又是个人自由的捍卫者、误入歧途、歇斯底里的女人，命运的工具……

我选择通过 *philos* 和 *ekhthros* 的概念来理解这部悲剧的

---

〔18〕 1971，各处。他指出，尽管不掩埋叛国者的尸体是正常的，尸体一般而言会被留在国疆以外以避免污染。波吕涅克斯（Polynices）死在城邦的领地上，正是这一剧情强化了悲剧的张力。

〔19〕 这类解释史的一个例子，也可见 Steiner 1984。

复杂论辩；尽管乍看起来，对这样一部作品而言它是一个略显褊狭的角度，但我很清楚，通过一个古希腊概念体系来进入这部悲剧会比通过十九世纪形而上学来理解它要更为正当。我确实希望避免谈论到意志（Will）与意志，或是观念（Idea）与观念之间的冲突，这些词语在前五世纪大概并不那么流行。但这并不是说我们能够找到或者假设一种原始观众（the Original Audience）的同质、单一的反应。就像过去几个世纪的批评家们无法避免地被卷入关于这部剧的错位和张力的辩证逻辑中，同样，假设一个统一的、反应一致的观众（The Audience）群体，最终也只能从另一面看到克瑞翁、安提戈涅和海蒙如何各自声言他们的行动获得了全城观众的支持。为了支持特定观点，就能从争取观众（也就是城邦和人民）感同身受和信任的行为，也就是一些单方面姿态中读出更多深意吗？一个批评家有什么理由设想前五世纪的雅典是如此缺少内部张力和差异，如此缺少社会力量的互相作用，以至于，不同于以往许多批评家的说法，在面对这样一部描绘对事物秩序的复杂挑战的悲剧时，公民们的反应和意见会协同一致？难道索福克勒斯对人类的确定性、权威和知识的质疑，到头来只能引出批评家们对确定性、权威和知识的确定结论吗？

因此，我选择从敌友关系的语言出发解读这部剧，主要不是为了在已有的判断中选出正确的一个或几个，而更多是为了考察做出判断可能使用的术语。就像我们在《埃阿斯》中看到的，*philos* 和 *ekhthros* 可能含有某种道德命令，但这种命令的动力、导向和运用远不是固定和清晰的。

安提戈涅的开场白就立即显示了她对敌友关系的关注。她使用一个强调的方式称呼她的妹妹，"我的亲妹妹"，"和我同父母的妹妹"，这个形容词同时强调了她们之间的血缘纽带以及随之而来的共同利益。杰布（Jebb）的翻译"伊斯墨涅，我的妹妹，我的亲爱的妹妹"因此比威科夫（Wyckoff）的"我的妹妹，我的伊斯墨涅"更能抓住这个重点。安提戈涅以"你知不知道，敌人的祸害降临到了我们的朋友身上？"（9—10）来结束她对伊斯墨涅充满感情的问话。克瑞翁宣布的命令，恰好被安提戈涅以 philos 和 ekhthros 的关系做了表述。

伊斯墨涅的回答很有意思。接着安提戈涅关于 philos 的问话，她首先说自己没有关于朋友们的消息，自从前一天她们的两位兄弟波吕涅克斯和埃特奥克勒斯在战斗中死在彼此的手下。这显然暗示了俄狄浦斯的四个孩子之间作为 philoi 的血缘关系，安提戈涅也将在后面不断提起这种关系。但伊斯墨涅接下来说："自从阿尔戈斯军队在这个夜晚逃走之后，我便再也没有听到什么新的消息，不论是幸运还是灾难。"阿尔戈斯军队指的是波吕涅克斯率领围攻忒拜的军队。伊斯墨涅在提到她的兄弟们之后便讲到另一边的军队，这里暗含着政治意义上更广泛的敌人和盟友的划分，而俄狄浦斯家族恰好卷入其中。她将安提戈涅问的"关于朋友们的消息"所可能暗示的范围扩展到了家庭之外。

随着姐妹俩对话的进行，家庭纽带和城邦政治的并置也得到了发展。对于安提戈涅的计划，伊斯墨涅的第一反应是惊讶地问道（44）：

> 你真的想埋葬他，不顾城邦的命令？

而安提戈涅对此回答道（45-6）：

> 他是我的兄弟，也是你的，虽然你不想承认。
> 我可永远不愿意被人发现背叛了他。

"叛徒"这个词往往被用在城邦互相敌对的情境下，而这里则与她和伊斯墨涅的兄弟相关联。安提戈涅正是以这一关系来抵抗城邦的权威。伊斯墨涅又以她们的舅舅克瑞翁的命令提出反对（47）：

> 啊，太大胆了！就在克瑞翁颁布禁令之后？

但安提戈涅再次将属于"她自己的"放在国王的命令之上（48）：

> 他无法把我和我自己的分开。

在我对荷马史诗里 *philos* 的意义的讨论中，我曾说明 *philos* 可以指个人与家庭的关系，或者家庭与家庭的关系，或者人和神的关系。这些关系与荷马史诗中的个体英雄，也是一家之主的概念紧密关联，也关联到在荷马的世界中，如

是惊讶地问道（44）：

> 你真的想埋葬他，不顾城邦的命令？

而安提戈涅对此回答道（45-6）： *91*

> 他是我的兄弟，也是你的，虽然你不想承认。
> 我可永远不愿意被人发现背叛了他。

"叛徒"这个词往往被用在城邦互相敌对的情境下，而这里则与她和伊斯墨涅的兄弟相关联。安提戈涅正是以这一关系来抵抗城邦的权威。伊斯墨涅又以她们的舅舅克瑞翁的命令提出反对（47）：

> 啊，太大胆了！就在克瑞翁颁布禁令之后？

但安提戈涅再次将属于"她自己的"放在国王的命令之上（48）：

> 他无法把我和我自己的分开。

在我对荷马史诗里 *philos* 的意义的讨论中，我曾说明 *philos* 可以指个人与家庭的关系，或者家庭与家庭的关系，或者人和神的关系。这些关系与荷马史诗中的个体英雄，也是一家之主的概念紧密关联，也关联到在荷马的世界中，如

何最好地建立一个作为社会经济单元的自主家庭。正是这种自主性使安提戈涅选择诉诸"她自己的",而忽视一个集权、民主,或者说独裁的权威。就像《伊利亚特》中的阿基琉斯有放下武器拒绝战斗的自由,或者像《奥德赛》开篇时,特勒马科斯在伊塔卡召集了二十年来第一次家庭主人们的集会,安提戈涅也以此宣示她自己的独立性,她自己的关系,她自己的权力,她自己的权威。这不仅是一个关于亲属和家庭关系的问题(尽管在很大程度上也是),而更多地是关于社会中的个人和自我的问题。伊斯墨涅在一段长长的劝说中(49-68)对安提戈涅行动依据的反对,实际上是对她们自己家庭关系的一种自我消解,她强调了女性对于男性权威的依赖,以及服从权威的必要性——这种关系超越了简单的对"自己"的定义,它对姐妹两人来说是极为不同的。对伊斯墨涅而言,在城邦中身为一个女性,意味着身处一系列依附关系中。

就像我们会看到的,这是安提戈涅的自主性遭到一系列挑战中的第一环。因为,在民主的雅典城邦中,公共生活观念中的一个重要要求就是公民之间的相互依赖关系。我之所以强调"公民"这个词,是因为它带有众多荷马史诗中没有的预设和定义。就如我们已在第 3 章中,也将会在第 6 章中再次看到的那样,个人与城邦中其他人的联系方式是在荷马伦理中未曾出现的:[20] 在公民组成的重装步兵队伍中共

---

〔20〕 关于这种城邦生活概念的起源,及其在荷马史诗中的原型,见 Forrest 1966; Davies 1978。

同作战，为城邦的政策和法律事务投票，参与共同体的宗教信仰表达，置身于超越单一家庭团体的公共社会纽带。因此修昔底德笔下的伯里克利说："我们并不认为一个对城邦事务漠不关心的人专注于自己的事业；相反，我们会认为他根本没有事业。"（2.40）作为城邦的一部分意味着广泛的合作事务和履行责任。

然而，安提戈涅出于她的自主性，在言谈和行为中表现得更像是一个荷马式英雄。更进一步，为死去的亲属埋葬尸体是古希腊世界中女性家属的特殊责任。恰恰因此，勒夫科维兹（Lefkowitz）写道："索福克勒斯的观众会觉得安提戈涅是勇敢的、值得称赞的，但有些冒险……显然还是在可接受的女性行为的限度之内。"[21] 勒夫科维兹像安提戈涅一样，压抑了波吕涅克斯是城邦敌人的事实——以及他的敌人身份对城邦到底意味着什么。而伊斯墨涅，尽管她将会佩服她姐姐的作为并宣称自己是行动中的一员，在这里她却从一种截然不同的社会视角出发，挑战着安提戈涅的态度和计划；这一视角包含了对公共生活的义务和女性依附地位的认可。因为安提戈涅抗拒了构成城邦中女性地位的原则，有学者，比如赫斯特就指出，雅典观众的反应中绝不可能包含对安提戈涅的直接赞同；[22] 这也使得麦凯（MacKay）写道："克瑞翁和安提戈涅之间的问题，不是虔敬是什么，而是公民身份意

---

[21] 1983, 52.
[22] 1971, 22-3.

味着什么。"[23] 在这样一种复杂的悲剧冲突中，哥哥同时又是敌人，英雄时代的过往和当代世界发生碰撞，想在其中找到一致的观众反应或解读，最终只能变为对文本中某条单一线索的重复。这样一种对观众反馈和阅读中问题的过度简化怎么可能忠实反映这个悲剧的复杂性呢？

实际上，安提戈涅在对伊斯墨涅的反驳中就表现出了她态度的奇特：她已准备好接受死亡，[24] 而对她"神圣的罪行"（holy crime）带有一种矛盾的认识（72-4）：

> 对我这犯罪者来说，死是最好的结果。
>
> 我愿作为朋友（philos）安息在他身边，朋友（philos）同朋友躺在一起，
>
> 当我犯下神圣的罪行。

93　　"朋友"在这里显然是一个不足以表达含义的翻译。安提戈涅在这里声明的是一种对哥哥的义务和联系。正是作为波吕涅克斯的亲属并通过埋葬他来完成亲属的责任，尤其是女性亲属的责任，安提戈涅才被认为是 philos。重要的是，伊斯墨涅同样反对哥哥受到的侮辱，但她也说："但和公民们作对，这点我做不到。"对她而言，与兄弟的纽带无法抵消公民集体的权威。因此安提戈涅反驳道（80-1）：

---

〔23〕 1962，166.

〔24〕 Daube 写到安提戈涅的态度："尽管我喜欢搭便车，我也不会让她载我一程。"（1972，9）

> 这是你的托词。我现在可要去
>
> 为我最亲爱的（most *philos*）哥哥堆一个坟墓。

对安提戈涅来说，与哥哥的维系是"最亲爱的"（most *philos*），这种纽带（*philia*）是无法被超越的。

这一场的最后一段对话强调了她们的争辩所围绕的 *philia* 的冲突。伊斯墨涅再一次怀疑安提戈涅说的话是否有意义。而安提戈涅反驳说（93–4）：

> 如果你这样说，你会首先被我恨（*ekhth-*），
>
> 也有理由遭到死者的恨（*ekhth-*）。

安提戈涅话里的意思似乎是，如果有人反对她对一个朋友的态度，这个人也会成为她的敌人（尽管伊斯墨涅是她的亲妹妹，就像波吕涅克斯是她的哥哥一样）。古希腊思想和希腊语句法中常见的二元对立倾向〔25〕在朋友和敌人对立的语言中表现得很明显。伊斯墨涅回答道（98–9）：

> 那么就去吧，如果你实在想去。但是记住，
>
> 你虽然没有头脑，但在爱你的人（*philos*）眼里总是可爱的（*philos*）。

---

〔25〕 见 Lloyd 1966 各处。

译者对于 *philos* 的处理，在这里显然依旧不足以表达它的意思。最后那句话要强调的是，"对于你的朋友来说，你依然是一个正当的朋友"。也就是说，安提戈涅在对她的朋友们（*philoi*）履行友谊（*philia*）的责任，而伊斯墨涅，在安提戈涅以自己甚至死者的恨意相胁迫，又在她自己拒绝帮助之后，尽管认为安提戈涅"没有头脑"（senseless），却暗含讽刺地表示安提戈涅确实在严格地履行一个朋友应该做的（*orthos* 在这里以正确的含义被正确地应用[26]）。她不仅是在表达自己对姐姐的爱，同时也指出了安提戈涅行动的依据。"没有头脑"和"正当的朋友"之间的对立呼应着安提戈涅"神圣的罪行"这一矛盾修辞。从开场起，安提戈涅的行动就令人捉摸不定，这是一种罪行和崇高的奇怪结合。

克瑞翁的第一段讲话表明了他对经历战争的磨难之后的官方权威的设想，也宣布了他对埋葬埃特奥克勒斯和波吕涅克斯的决定，并进一步强调了公共语境中 *philos* 和 *ekhthros* 的关系。在这里，我引用了他的讲话中比较长而又非常重要的一段，其中他既为自己埋葬尸体的决定做了辩护，也解释了他所设想的官方权威（182-91）：

> 任何人，如果他把一个朋友看得
> 重于祖国，这种人不值我一提。

[26] 这是一个当时哲学和语言学争论中的核心概念。见例如 Guthrie 1962–81，Vol. III，204ff.，以及后面第 9 章。

至于我自己，请无所不见的宙斯始终为我做证，

如果我发现灾祸逼近城邦，

破坏安全的希望，绝不会知而不言。

我绝不会把国家的敌人

当作自己的朋友，我知道一个道理：

城邦保护着我们，而只有这城邦之船

笔直地航行的时候，我们才可能拥有朋友。

依循这种好的法律，我将使城邦强大起来。

对于治邦者克瑞翁来说，一个将任何 *philia* 的关系看得比自己对祖国的责任还要重的人是理应受到轻视的。这样的人在克瑞翁评价事物的标准中几乎轻如鸿毛。这也是为什么克瑞翁自己接管了治理城邦的责任：他参与到城邦事务中来，不是出于选择，而是出于必要。确实，这是一个人与其城邦之间关系的有力纽带，在其中没有任何个人的关系能够与履行公共责任相抗衡。这个反对城邦的敌人成为任何意义上的朋友的说法明显指向的是对他自己的外甥波吕涅克斯的处置。作为他的外甥，波吕涅克斯理应是克瑞翁的朋友。作为城邦的敌人，波吕涅克斯没能履行克瑞翁的意义上对城邦的责任。这再一次呈现了朋友和敌人的词汇的两极对立。实际上，在克瑞翁看来，拥有朋友的最基本条件就是建立一个好的城邦。与荷马和安提戈涅不同的是，对克瑞翁来说，*philia* 的基础是城邦而不是家庭。在 190 行中"笔直"对应的希腊语词依然是 *orthos*。正如伊斯墨涅指出，安提戈涅对

她的朋友们来说是一个"正当"的朋友，克瑞翁在这里也以笔直航行的城邦之船作为定义朋友关系的基础。这里处在关键地位的是 *philos* 这一术语的正确使用。克瑞翁一遍遍诉诸的正是"笔直""正确"的概念。

克瑞翁以"依循这种好的法律……"来总结他的立场。

95 公开发布并得到议论的城邦法律，是城邦文化得以成为公共文化的最主要方式。例如，柏拉图关于政治哲学的最后一部长篇著作就是《法篇》(*Laws*)，这是一整套对正义城邦的机构的设想，其形式就是一系列的法律，而每个城邦的立法者都极富声望。而像我们在第 9 章中将要看到的，在另一方面，智者(sophists)出于对这个强大意识体系的某种回应，就这种稳固的法律文化与一套世代相袭的自然体系之间的关系开展了一场影响极为深远的辩论，这一辩论在多种方面反映了现代人类学对"自然"和"文化"的讨论，同样还有社会学对"环境"和"遗传"的关注。这些讨论很大一部分力图证明人造法律的武断性，并相信这种法律压抑了人的自然冲动。部分出于这个原因，智者常常被视作城邦危险的敌人，苏格拉底就是因此而被处死的。有的智者，例如安提丰(Antiphon)论证说，如果没有目击者，犯了罪能够逃脱惩罚，那么就不必遵守法律；但除开这种观点，人们相信法律的建立是社会发展的基础标志，也相信遵守法律是社会契约的必要组成部分，这些都不仅仅是对于现存政治权力的保守看法，而且，出乎意料的是，希腊城邦在历史上发生的所有政治冲突和暴力中，几乎从没出现过现代观点中"不正义的法律"不应被遵守的看法。确实，尽管不服从城邦的头号典范苏格拉底在他的申辩中说，如果法庭禁止他继续他的哲学探究，他宁愿服从神而不是法庭，在《克里同》这篇发生在他受刑前夜的对话中，他却详细地为自己不逃离监狱的选择做了辩护：法律一定要被遵守，它就像我们的父母，是个人的培养者和教育者，它也是使城邦凝聚在一起的契约协定。[27]尽管他认为可以用"劝说"代替"服从"，"不服从"对他而言也是必须反对的。以这样的观点，苏格拉底拒绝了克里同的建议，这个建议就像特克墨萨对埃阿斯的祈求：不要遗弃他的孩子们，而去满足敌人胜过他的愿望。

克瑞翁对法律的忠诚维护本身并没有使他成为一个强硬的独裁主义者或教条主义者，但很大程度上显示了他是城邦的人，是一个公民。当他第一次听说有人埋葬了波吕涅克斯时，他不相信众神会对任何人，尤其是一个"前来烧毁他们的有石柱环绕的庙宇、宝库甚至土地，来破坏他们的法律"（285-8）的人施以好报。作为一个无法想象有人将任何义务放在对城邦的责任之上的公民、一个服从法律的人，克瑞翁当然要拒斥波吕涅克斯，这位城邦的挑衅者、法律的破坏者。

在这一场之后的合唱歌，也就是"人颂"中，歌队赞美了人类迈向文明的努力，[28]并且合宜地以文明的顶点——城邦结束（368-75）：

---

〔27〕 关于这一论证，以及关于破坏法律的更多文献，见 Woozley 1979, 28-61。另见 Kraut 1984; Allen 1980。

〔28〕 关于这段合唱歌的分析见 Segal 1964。

当一个人尊重国家的法律，尊重诸神的宣誓的正义，

　　他的城邦就会兴旺；但他将会没有城邦（cityless）

　　如果他胆大而无耻。做了这些事的人，

　　我不愿同他共灶，也不愿他分享我的思想。

　　支持法律和神的正义能使一个人处在"兴旺的城邦"中。被译为"诸神的宣誓的正义"的词组是一个极为复杂的表达。杰布的处理是将其扩展开来解释："人对诸神发誓要遵守的正义。"这个解释并不与这里引用的翻译中所强调的"来自诸神的正义"这层意思相冲突。因为普遍上都会认为，城邦的正义是诸神所赐，或至少是由神明启发而来，[29]因此国家的法律（laws of the land）与不成文的神法之间不可能存在断裂。因而，此处国家的法律与诸神的正义（dikē）的联系指向的是下一场景，其中，安提戈涅将神法与国家的法律放在对立的位置上。接下来这一场中的讨论正是通过歌队对城邦的赞美而展开的。

　　与处在"兴旺的城邦"中相对的是"没有城邦"，"不属于城邦"。海德格尔尝试以他自己独特的风格来给出完整的翻译："没有城邦，没有处所，孤独、陌生而怪异……同时也没有神像和界限，没有体系和秩序。"[30]"没有城邦"意味着缺失了"历史的地点，也就是历史在其中、从其中，也是

---

〔29〕　例子可见 Guthrie 1962-81，Vol. Ⅲ，117-31。

〔30〕　1959，152.

为了它而发生的地方"。[31]因此，在支持法律和正义秩序的意义上，"他的城邦就会兴旺"与"没有城邦"的直接并置是对安提戈涅这位法律破坏者的出场的直接而重要的序曲：在这里，关键的不只是法律，更是对城邦本身而言，法律的含义到底是什么。

正是"那么你还敢违犯法律吗？"这个问题，引出了接下来这段西方文学中最为著名、也是争议最多的演说；而安提戈涅为她自己的犯罪辩护时，将"不成文的、永不失效的规范（nomima）"和城邦统治者的法令（nomoi）[32]对立起来，也将人类社会中的惩罚（dikē）（458-9）和神圣的惩罚（459-60）对立起来。安提戈涅所援引的关于共同纽带的传统观念是一个普遍被接受的原则，它是神圣的法则，其中包括了对家庭中死者的尊重；但她的争论也呼应着当时智者的论辩，并与之形成对立——这些论辩质疑的正是法律、自然、未成文法、城邦权威的方面。[33]至少直到亚里士多德的时代，诉诸"未成文法"似乎一直是一种修辞学的技巧，当

---

〔31〕 1959，152.

〔32〕 关于"规范"（nomima）和"法律"（nomos）的区别，见 Ostwald，1973。

〔33〕 色诺芬《回忆苏格拉底》4.4.14ff. 与安提戈涅的论证形成了有趣的对照，其中苏格拉底和智者希琵阿斯在讨论未成文法的主题。苏格拉底表示，违犯人造的法律也许能逃脱惩罚，但违犯神法则完全不可能。安提丰也就一个人在不引人注意的情况下违犯法律的好处进行过论证（参见例如 Fr. 44）。这些观点可能是柏拉图为行正义之事辩护时的思考对象；他考虑了一些极端情况，即一个人行不义却备受尊重，而有的人行为正义，却被错怪和惩罚（Rep. 2，357a1ff.）。

成文法无法为一个案子提供支持的时候，[34]这很像在我们的社会中，人们时常诉诸"法律的精神"。安提戈涅以传统而永久的法则为权威，这与克瑞翁在那个时代对法律和秩序的辩护依据完全不同，就像她的"英雄"行为与伊斯墨涅选择克制的原因互相对立一样。对安提戈涅来说，不应该听从克瑞翁和他定下的法律，似乎是因为对这个叛徒和敌人的处置与关于家庭的神圣法律发生了龃龉，好像对 philia 的定义并不因家庭成员的内部冲突和与城邦的冲突而改变。对她来说，使她的行为正当化的是波吕涅克斯和她生自同一个母亲的事实（467-8），而她随后将自己的行为称作"对我母亲腹中出生的孩子"的尊敬（511），并因此安葬"我自己的兄弟"。"我自己的兄弟"是她在开场时称呼伊斯墨涅所用的词的阳性形式——"同父同母的兄弟"。因此波吕涅克斯就是"完全意义上的兄弟，同父同母"（513）。就如西格尔写道的，"安提戈涅仅仅以血缘和子宫的纽带为基础来定义她的 philia"。[35]

就如他的第一次发言，克瑞翁对这个被他称为破坏法律的狂妄行为的反对的结果，就是他的"葬礼政治化"。[36]波吕涅克斯被作为政治敌人而与埃特奥克勒斯区别对待。安提戈涅求助于 philia，克瑞翁对此的反对正是基于他对法律制度的求助，而城邦政制本身便是依靠着超越家庭和氏族的

---

[34] 见 Arist. *Rhetorics*，尤其是第 13 章，Guthrie 1962–81，Vol. Ⅲ，124–5 对此做过有趣的分析。

[35] 1981，85.

[36] 伯纳德特（Benardete）的说法。

philia 的纽带而建立的。就像前面所说的，*philos* 和 *ekhthros*
的相互关系暗含着对法律和城邦制度的不同立场。"朋友"
和"敌人"这样的词汇可以将一个人通过他的人际关系放置
在社会中，也可以与社会中权力和等级秩序的词汇相交织。
因而克瑞翁反对安提戈涅，不仅因为她是违法者，也因为
她是"奴隶"（479）和"女人"（484-5）。他对他的城邦排
他的忠诚（与家宅、家庭、血缘纽带对立）也同时是对男
性统治者的自治特权的忠诚。他依据这种排他的忠诚来定
义朋友和敌人。这种排他性意味着对相反势力的严格界定。
波吕涅克斯是城邦的敌人，而永远不能被划入相反的那一
边（522）：

> 即使死后，敌人也不会变成朋友。

而安提戈涅用精妙的修辞回答道（523）：

> 我的天性同爱（*phil-*），不同恨（*ekhth-*）。

这行有趣的台词引起过许多争论。有人称它为安提戈
涅"最精彩的瞬间"，[37]也有人将它贬低为明显的夸大修辞，
毕竟她刚刚威胁要将伊斯墨涅当作敌人（93-4），而且在往
后二十行确实拒绝了她，不像一个真正的朋友（543）。"同

---

[37] Kells 1963, 51.

恨"和"同爱"这两个动词在现存的其他希腊文本中都未再出现，更是增加了理解这行台词效果的难度。它是否是在攻击克瑞翁的两极化用词——如同一个人其实不需要界定敌人就能定义朋友？或者，这是否表现了安提戈涅对 *philia* 的纽带过度依赖，如同克瑞翁对城邦的忠诚已经到了忽视家庭和血缘纽带的地步？克瑞翁对此的回答也同样富有修辞性（524-5）：

> 如果你一定要爱（*phil-*），就到地下去爱（*phil-*）他吧。
> 只要我活着，就不会让任何女人来统治我。

克瑞翁对安提戈涅诉诸 *philia* 的责备讽刺地呼应了她准备躺在坟墓中，作为 *philos* 与自己的朋友在一起的意愿。这句最后的嘲弄再一次强调了这场辩论的性别和政治内涵。作为一个男人，他在政府、统治的方面拒斥女人。就像伊斯墨涅警告过的那样，安提戈涅的行为与她作为弱者和政治上的依附者的地位是互相抵触的。

有趣的是，这是本场中安提戈涅和克瑞翁之间的最后一次直接对话；[38] 歌队发现了伊斯墨涅的到来，之后的表

————————————

〔38〕 一些编者分配台词的方式与这里的版本不同，他们将更多的台词归于安提戈涅，因为克瑞翁似乎在573行又对她说了话。但不幸的是，真实情况不太可能完全确定，而我在这里遵循的是我所引用的翻译对抄本的通行解读。

演围绕着伊斯墨涅和安提戈涅的进一步争论进行，最后则围绕着克瑞翁和伊斯墨涅的对话。克瑞翁在政治的立场上对朋友和敌人的严格区分与安提戈涅声称自己只与爱相联系的修辞依然势不两立。

然而，这两个角色的立场对立是通过伊斯墨涅而呈现的。尽管这段中没有三人对话，但确定的是，通过第三个角色，两人对峙的微妙和变化都显露无遗。克瑞翁第一时间以极为挑衅的语言斥责了伊斯墨涅（531–5），而当伊斯墨涅声称自己也有一部分责任时，她却被安提戈涅以同样的力量拒绝了，因为她对一个只在言辞上是朋友的朋友没有感情（543）。安提戈涅对死亡的意愿在这里得到了重复（555，559–60），而克瑞翁对于甚至是自己家中的"感情"的贬低也在他与伊斯墨涅最后的争吵中得到了明显强调，因为其中明确提到他为安提戈涅定罪，就是给自己儿子的未婚妻定罪。即使在这种敌对的沉默中，克瑞翁和安提戈涅的对立也在通过他们各自与伊斯墨涅的争论而延续。

海蒙和克瑞翁对话的场景因为上述的分歧而显得非常吸引人。一开始，克瑞翁便向儿子确认他对 *philia* 的忠诚（634）：

> ……无论我做什么，我们都是朋友？

至少对他自己来说，克瑞翁是愿意承认家庭义务的永久性的，尽管他否认了前者在安提戈涅和波吕涅克斯的关系中的有效性。然而这更多地是一种等级关系，却不是相互关系：儿子被要求在所有方面都服从父亲，尤其是在个人关系上（641–7）：

> 正因如此，父亲总希望
>
> 家里的儿子能顺从听话，
>
> 能够和父亲一样惩罚敌人，
>
> 而给父亲的朋友以相似的尊重。
>
> 一个人生了无用的儿子，你除了说
>
> 他给自己添了一个烦恼，给敌人
>
> 添了一个笑料，还能说什么呢？

　　这里，克瑞翁借用了传统道德的充分表达：在之前对荷马的讨论中，我们已经看到作为家庭成员的父亲和儿子在继承 philia 和 xenia 的纽带上通常有怎样的关系。同样，克瑞翁在这里也援引了"扶友损敌"的智慧。这两条规范被毫无困难地融入了他的等级服从的逻辑中。他的论辩进一步扩展到该选择怎样的妻子，这个从外界被带入家中、要成为这位年轻人的配偶的女人（649–52）：

100

> ……你得知道，
>
> 一个人娶了邪恶的女人做妻子，
>
> 他抱在怀中的东西将是多么冰冷。
>
> 比起一个不是朋友的朋友，还有什么更深的痛苦？

与这几行诗相呼应的，有例如赫西俄德的训诫诗《工作与时日》，其中警告说有一些女人不适合做妻子，而赫西俄德在古代世界作为诗人和道德家一直享有很高的权威。更进一步，就像我们之前看到的，*philos* 这个词的含义包括了婚姻作为社会交换的义务和责任，而这正是克瑞翁相信会被"邪恶的女人"所颠覆的东西。而这几行发言的主旨，即结交一个坏的或者邪恶的朋友会招致灾难，也同样让人想起安提戈涅充满激情的声明——"我的天性同爱（*philia*）"，以及克瑞翁对这种修辞的反驳。以这部剧中敌友关系特殊的相互作用和从早先的作家那里继承的道德标准为背景，克瑞翁这段话的意思也体现着前面论辩中的怀疑和呼应，正如他在为政治敌人划定严格界限的同时，也在为了儿子的服从而操纵着关于家庭纽带的语言。

显然，克瑞翁对家庭秩序的关注是与他对城邦秩序的关注联系在一起的（659–63）：

> 如果我允许自己家中出现混乱，
>
> 那么就一定会将这种纵容扩展到家庭之外。
>
> 一个人只有在他自己那里行为公正，
>
> 才能在城邦中践行正义。

"他自己"对应的希腊语词是 *oikeioisin*，即家庭中的人、情况和事务。家庭中的服从即是城邦中等级秩序的样板：克瑞翁是家庭中的父亲，也同样因掌握了权威的话语而成为城邦的父亲。这种秩序的反面是不服从和混乱状态，它会"毁灭城邦……瓦解家庭"（673—4）。在这两个领域中存在着相同的权威结构、相同的崩溃的风险。克瑞翁以表示他不愿被女人战胜作为这番话的总结，这体现了两个领域更进一步的相似之处。等级秩序是一种男性的、公共的秩序。

正是在前面这场冲突之后，家庭和城邦之间所谓的延续性已经完全抛开了激发早先那些争论的利益冲突。确实，海蒙的回答关注的不是处于依附地位的人应当服从的问题，而是认为领导者应当让步和变通。海蒙所质疑的，恰恰是一个人顽固相信自己的智慧能解决一切问题，而这似乎就是对克瑞翁的等级秩序的总结。就像安提戈涅一样，克瑞翁相当依赖他自己的判断（705—9）：

> 希望你别固执己见，
> 别以为你的话一定正确。
> 不管是谁，如果他认为只有自己智慧，
> 无论说话还是思想，别人都不能比，
> 这种人一旦揭开，常常被发现头脑空空如也。

在这里，对应"正确"的词依然是 *orthos*。对语言的正确使用、对城邦的正确管理、一个人的正确态度，都与对 *orthos* 这种品质的寻求相关。

在随后尖刻的争辩中，父子之间晓之以理的状态很快被破坏了。克瑞翁原先拥护的对权威的尊重转而变为忽视他人、仅仅依赖自己判断的僭主原则。尤其是，他先前对妇女的不顺从尚抱有谨慎的态度，但转眼也变得锋芒毕露，对女人的厌恶围绕着"妇女"的词汇得到了一系列表达，并最终定格在"女人的奴隶"这句对海蒙的羞辱中（756）。海蒙自己关于让步和变通的争论也在争辩的压力之下变得僵化；他在威胁父亲再也不能见到自己之后离开了舞台。父子互相指责对方心智糊涂或精神失常（754–5）的行为也表明，之前的理智辩论中，权威和变通之间也早已形成了排斥和对立。克瑞翁所设想的、从家庭到城邦的权威的简单延续，不仅因为先前关于家庭纽带和公共义务的争论而变得自相矛盾，也在争辩中被迫变成了极端的僭主独裁。就像安提戈涅一样，由于对自己和自己的原则过度依赖，作为城邦守卫者的克瑞翁最终却将城邦政制置于危险的境地。

　　紧接这一场景的合唱歌不仅为之前的行动，也为 *philos* 与 *ekhthros* 的对立增添了一种特殊色彩。它是一首关于厄洛斯（Eros）和阿芙洛狄忒的力量的颂歌，简短但富有魅惑之美。厄洛斯在之前场景中的作用尤其表现在合唱歌的第二段开头（791–4）：

> 你甚至扰乱公正者的心智，使他们追逐错误的事
> 物而遭致毁灭。
>
> 你挑起了当前这场亲人间的争吵。

　　"亲人"对应的词语 *sunhaimon*（"有共同血缘的"），与

国王的儿子海蒙（Haemon）的名字谐音，这强调了克瑞翁不仅在城邦秩序上、更在家庭关系上的紧张，而"公正""心智"这些词也呼应着他们在家庭内部的争吵。尽管海蒙从未明确表达过他的动机，歌队却理所当然地认为，推动他与父亲争吵并离开的正是他的欲望，他欲求安提戈涅做他的新娘，却被他的父亲否认了。歌队做出的这个解释不仅强调了在克瑞翁充满理性的论证和"人颂"所展现的文明图景中都有所缺失的非理性的作用以及不确定的力量，[39]也为厄洛斯和 *philos* 的概念做出了重要限定。与伊斯墨涅为安提戈涅将遭受的惩罚所做的开脱不同，海蒙一开始谈的是城邦，后来谈到神，但"最后和安提戈涅同归于死"（cherishing Antigone unto death）。[40]（在歌队看来）海蒙的行动背后的厄洛斯的推动力重新定义和延伸了我们对 *philia* 的理解，不仅因为它与伊斯墨涅的克制相区分，也因为它强调了安提戈涅为她的 *philos*，即她的兄弟行善的激情是多么强烈和怪异。*philia* 和厄洛斯在一些方面有所重合，但在重要意义上却有明确的区分：*philia* 强调的是夫妻之间或爱人之间正常的感情关系，通常是在与家庭和城邦的发展相关的相互义务和个人与社会秩序的意义上；厄洛斯则在某种非理性和压倒性力量的意义上强调这种感情，它的原则威胁着法律和秩序的原则。确实，"喜爱游戏的阿芙洛狄忒，没有人能够胜过她"——正

---

〔39〕 Kitto 1961，尤其是 Winnington-Ingram 1980，91ff. 都指出了这一点。

〔40〕 Benardete 1975b，44.

是这一运动竞赛与毁灭性战斗的矛盾混合体，将要在剧中导致最终的毁灭。

厄洛斯的颂歌也为随后安提戈涅的送葬游行和她的挽歌做了重要铺垫。当安提戈涅孤独地走向她将要被活埋的洞穴时，她不断地称自己为"哈得斯的新娘"。就像神话中哈得斯的新娘珀尔塞福涅，安提戈涅将要进入"地下的婚房"，也就是她的洞穴（891-4），但与珀尔塞福涅不同，安提戈涅永远不能再回到阳间，为大地带来生长和丰收。克瑞翁将安提戈涅作为新娘嫁给了哈得斯而不是他的儿子海蒙，这也使她应了自己名字的词源："相反"或"反对"世代繁衍（generation）。

安提戈涅早先死亡的意愿在这里也产生了不同的效果。尽管她始终将自己描述为家庭、血缘、亲生关系（of the same womb）的支持者，作为死亡的新娘，她自己便否定了家庭本身延续的可能。她的婚姻并没有建立起一座连接两代人、使子孙永世繁衍的桥梁，相反却使她作为一个处女葬身地下而无法生育。她与死亡之间的婚姻呼应了她时常表达的死亡意愿，[41] 而这恰好是对家庭中婚姻作用的悲剧性扭转。珀尔塞福涅的故事似乎为四季流转和丰收的永恒性提供了一个解释性的传说，但与她不同，安提戈涅是"反对繁衍"的，

---

〔41〕 有趣的是，《希波克拉底全集》（*Hippocratic Corpus*）提到年轻未婚女孩有"歇斯底里"的疾病，需要结婚和怀孕来治愈，而这种病的其中一个症状便是"渴求（*eran*，即经历 *eros*）死亡"（《处女病论》）。King 1983，114 把这段翻译为"将死亡当作情人"。

她称自己为孤独的残存者，"你们王族最后的苗裔"（941）。

俄狄浦斯和伊奥卡斯特通过通奸和杀父，共同扰乱了世代延续的正常过程，同样，他们的女儿安提戈涅，在声称她是为了家庭而如此行为的同时，走向了毁灭家庭的死亡。就像伊斯墨涅在戏剧开场时警告的（48–60），安提戈涅在家族历史中扮演了自我残害和自我毁灭的角色。歌队也以直白的表达向安提戈涅提示了这一点，尽管威科夫的翻译没有充分体现其意思："你自己命运的女主人啊，你将是唯一一个活着去到冥间的凡人。"（821–3）我依照杰布的翻译而译作"你自己命运的女主人"的词是 autonomos，在威科夫那里译作"你走了，采取了自己的行动（of your own motion）"。这个词的组成很简单：auto- 指"自己"，nomos 是"法律"，一个我们已经详细讨论过的概念。安提戈涅是"受她自己的法律支配"的，"自我意志的"。她将自己置于超越法律的地位上，因此她的死是自己的决定、她自己的法律的规定。她反复宣称自己希望保护 philia，但这个女孩现在死去了，没有一个朋友（philos）为她哀悼。俄狄浦斯家族自我伤害、自我矛盾的命运，在安提戈涅这里得到终结。

忒瑞西阿斯的发言常常被看作赋予了安提戈涅以神圣的正当性，他也的确以神的名义为波吕涅克斯请求了葬礼。但他完全没有提到过安提戈涅，而他责怪克瑞翁的话语也似乎可以用到安提戈涅身上："固执己见（self-will）只能招来愚蠢的名声。"（1027，Jebb）这位先知在招致克瑞翁的驳斥之后说的预言中，也对安提戈涅只字未提。他针对的是克瑞翁的顽固和一意孤行。以此来解读克瑞翁最终悔过的段落是很有意思的，因为这似乎是索福克勒斯式讽刺的一个代表案例。克瑞翁在回心转意的同时也预见了安提戈涅的死："我现在开始害怕，一个人最好还是遵循传统的法则，直到生命的尽头。"克瑞翁的恐惧在安提戈涅身上实现了，她确实坚持着她的原则，"直到生命的尽头"。但还有一层讽刺在威科夫的翻译中消失了：她译成"传统的法则"的词组，翻译成"已经确立的法律""已经设立的法律"更准确。在做出让步的同时，克瑞翁无可奈何地呼应了自己早先的说法。与忒瑞西阿斯、歌队和安提戈涅都不同，他还是没有提到"神明"或"传统"，而依然强调遵守确立的法律的重要性。因此，克瑞翁的让步并不是完全证明了安提戈涅的正确而质问了他早先对法律的支持（在戏剧节的背景下，面对着全城公民），而是似乎再次强调了早先的争论，即到底是什么组成了这确立的法律；如果人们完全服从法律，法律是否就足够解决诸多利益冲突。正如克瑞翁对明确的传统智慧的援引在争论的背景中与它自己的"理智"相矛盾，在这里，他对自己的专制立场的放弃也反讽地呼应了先前对专制的辩护。如同在索福克勒斯剧作中常常出现的那样，这个简单明确的表达——在强化语气的翻译中显得更加直白——却不仅仅简单地反映了一种传统立场。

104

克瑞翁自己也必须从同一条路走向洞穴。报信人对那里所发生的事的描述最终完成了"死亡的新娘"的比喻。他们在那墓穴里发现了海蒙，他拥抱着已经上吊自杀的安提戈涅。他无声地抗拒了自己的父亲，本想杀死他，最后却将手中的剑对向了自己：俄狄浦斯家族弑父的、自我伤害的诅咒始终萦绕在这部悲剧中，而"爱之死"的故事也最终得到完满（1237—41）：

> 他趁还有知觉的时候，无力地
>
> 把这少女抱在了怀里，一喘气，
>
> 红色的鲜血涌出来，流到了她苍白的脸上。
>
> 他就这样尸体抱着尸体躺在那里，
>
> 这不幸的人终于在死神的屋里，赢得了他的婚礼。

海蒙是克瑞翁自己的儿子和继承人，家族的延续，却因为克瑞翁维持城邦秩序和家庭等级的努力而毁灭了。重要的是，这件事是由报信人说给克瑞翁的妻子欧律狄刻听的，她是克瑞翁家中亲爱的（*philos*）女主人。她无声地跑下了舞台。而在克瑞翁刚开始哀悼他的儿子时，报信人又跑来告诉他，他的妻子也已在屋内自杀了。这个灾难发生在克瑞翁的家中，也对其产生了致命一击："他的家庭没有成为文明价值的中心和世代延续新生命的地方，相反却像安提戈涅和俄狄浦斯的家一样，成为一个充斥着死亡和野蛮的处所，一个洞穴一般的'冥王的港湾'。"[42]克瑞翁被剥夺了他的家庭成员，正如他起先尝试着压抑安提戈涅诉诸的家庭纽带，而

---

[42] Segal 1981，187.

现在他自己也只能祈求死亡和黑暗。

克瑞翁就这样接受了家人死亡的罪责和他自己的无知，并被带下了舞台。他在剧中一直寻求着*orthos*，"笔直而正确"，这种希望在他最后的话中也走向了破灭（1345–6）：

> 我的人生已经扭曲，无法挽救，
> 沉重的命运将我击倒。

对准确和正直的欲求，最终引向了悲剧的扭曲。

有一种已经获得一些传统权威的批评观点，认为克瑞翁所依据和支持的是城邦生活的纽带和义务，而拒斥非理性以及其他一些无法融入他的男性等级结构的东西，安提戈涅依据和支持的则是家庭生活的纽带和义务，将女性的家庭关系放在城邦的法律和规定之上，这种观点需要相当多的商榷。悲剧的文本是反对这种固定的两极对立的。

克瑞翁将世代绵延和家庭的词汇应用在城邦秩序的单一等级模型中（这本身就说明，公共和家庭组织的词汇是无法分离的），但这一体系被他自己复杂家庭中的灾难分裂和毁灭了。城邦的意见和秩序始终是一片模糊不清的幕后议论，同时当克瑞翁在统治者、父亲、富有声望的人的角色之间蹒跚而行的时候，他的家族正慢慢变成另一个恐怖而混乱的俄狄浦斯家族，他的妻子也像伊奥卡斯特一样沉默地退场自杀。表示自我驱动、自我执行的行动的词汇不断重复，将两个家族在自我毁灭的倾向上平行连接起来。正如克瑞翁希

105

第4章 关系与关联   171

望通过压抑家庭来支持城邦，同样通过他的家庭，克瑞翁的整个人生也遭到了扭曲。忒瑞西阿斯不仅仅是在为安提戈涅辩护，而似乎更是在对极端提出警告，即便这是秩序的极端。的确，正是安提戈涅所声称、也被认为她一向支持的这个家庭，产生并推进了她在死亡中兑现的诅咒。她的目光是向后注视的，她为之声援的是一个死亡之家，将她的祖先看得高过可能的生育、婚姻、未来的家庭，以及一个家庭的未来——这就是"反对繁衍"的逻辑。安提戈涅似乎是在支持一些"文明的价值"，但同时，通过拒斥家庭的延续性这个首要目标，她似乎也在破坏这些价值。我们在第一场就看到了安提戈涅的行动中犯罪与崇高的奇怪结合，而随着剧情的进行，她对 philia 的矛盾态度也越发明显。就像克瑞翁对服从与秩序有着明显传统和理性的支持，但随后便发展为僭主式的、一意孤行的自我主义，安提戈涅对家庭的奉献引起的是死亡和毁灭，而不是生育和繁衍的延续。想要理解她自己的声明，即她的天性同爱而不同恨，以上这些也构成了复杂的背景。

在这些扭曲而复杂的观念中，无论是城邦还是家庭，都无法成为保存秩序、价值和原则的地方。克瑞翁和安提戈涅对 philia 的观点似乎是互不相容的，但两人各自的观点本身也分别经受着自我分裂的考验。这种分裂体现在个人关系和义务的语言上，并构成了本剧关于 philos 和 ekhthros 的观点，以及这种观点所发展的个人立场。悲剧所要质疑的，正是个人在 polis 和 oikos 的互相冲突中保持一个稳定立场的可能性。《安提戈涅》将其中保守道德的逻辑推演到了毁灭的极端。黑格尔式的综合或扬弃在这"否定的劳动"最后似乎全然不存在。围绕着关系与关联的道德和义务问题依然没有得到解决。

在这些质疑之下，我们难道不应该重新思考人们一直以来为索福克勒斯贴上的"保守"标签吗？对《安提戈涅》怎样的解读，会使一个批评家认为索福克勒斯"在他的剧作中表达了传统和保守的观念，而我们也无法反对它们"？[43]悲剧《安提戈涅》的发展所依托的，似乎正是围绕着 *philos* 和 *ekhthros* 的传统和保守道德面对城邦的价值时所遭遇的限制和冲突。当我们在剧中看到关系和关联的道德语言经历了如此复杂的互相作用与错置，我们似乎很难再想象索福克勒斯反映的仅仅是一种传统的，或是保守的态度。正如我们已经看到，也会在本书中继续看到的那样，只有对那些传统和保守的批评家来说，悲剧的文本才丧失了质问和挑战的力量。

---

[43] Hester 1971, 46.

第5章 性别与差异

女人是一时之物。

——格什温

在本书的讨论中，我的观点一次次地触及性别问题，但又常常因为受到限制而无法多谈。我曾经指出，在《俄瑞斯忒亚》中，两性之间的关系是这部三连剧的关键动力，任何关于这部作品的语言、政治、意象的讨论，都必须对其性别话语的定位进行重新思考。我还希望进一步说明，在任何关于希腊城邦如何为自身划定界限的讨论中，男性世界和女性世界这两个对立领域都是这一超越物理意义的地形学中的标志，相当关键，但有时也相当困难。对家庭和城邦、朋友和敌人等描述人类关系的原始词汇而言，两性问题显然贯穿于它们的语义范围（有时也是语义的错位）之中。在本章中，我希望关注性别这个对希腊悲剧至关重要的主题；而在讨论完一些与之密切相关的复杂问题之后，我将会专注探讨欧里庇得斯的《希波吕托斯》（*Hippolytus*）一剧。

荷马的《奥德赛》（我将在下一章详细讨论这部史诗）

自始至终关注着两性之间的关系。[1]在他的旅程中，奥德修斯经历了一系列与各种女性的交集，有女神也有凡间女子，这些关系以一种碎片性的方式反映了他最终要回归的、他自己与佩涅罗佩之间的关系。的确，维吉尔的埃涅阿斯在冥府中首先看见的是一列未来的军队和罗马的政治英雄，而奥德修斯看见的却是一队亡故的女人向他走来——从他自己的母亲开始。在这两个叙事中，冥府之旅都洞察到了史诗中的某种真谛。

而赫西俄德也以一种更偏于说教的方式思考了女性在家庭中的角色。他的《工作与时日》不仅描述了适合结婚的女子，也将其与神话叙事联系起来，其中将人类的不幸归因于过于好奇的潘多拉，大地上的第一个女人。[2]在抑扬格诗 ₁₀₈ 人塞蒙尼德斯（Semonides）现存最著名的作品中，各种各样的女人被幽默地比喻为一系列动物，史诗式的名录与抑扬格诗体的恶意贬损混合在一起。[3]

另一方面，希腊的文学传统中也有持续而多变的、关于性别差异的强调，它促使近年来许多批评家开始讨论古希腊的厌女主义的延续。[4]现存的前五世纪悲剧一次次回归性别冲突，而同时期的喜剧也常常探索性别反转的可能性，这些都激发了关于女性在古希腊戏剧和社会中的地位的广泛讨

---

[1] 见 Goldhill 1984a, Foley 1978。
[2] 关于赫西俄德与性别问题，见 Arthur 1973；1981；1983；Bergren 1983。
[3] 关于塞蒙尼德斯和女性的有趣研究，见 Loraux 1981b, 75–117。
[4] 其延续性也遭遇了多种挑战，见 Arthur 1973；Goldhill 1984a。

论。[5] 当然，这种辩论的兴起不是偶然的——它产生于最近二十年，这个时期与女权运动的兴起和对妇女角色最广泛的讨论相重合。然而，这场辩论最早却要追溯到我在第 2 章中提到的巴霍芬，他影响广泛的著作刺激了许多现代马克思主义者和女权辩护者。[6] 而在受到戈姆（Gomme）、基托以及最近的古尔德（Gould）等人不同观点挑战的古典学界，也产生了许多关于如何描述和评价古典时期希腊女性命运的讨论。[7]

我说"描述和评价"，但这个"和"字并不是在连接这两个自明的概念，而是这一激烈讨论的要点所在。在基托看来，描述和评价之间的关系问题是希腊文化使我们无法避免地感到陌生的一个方面："在研究古希腊时，我们中间最'希腊'的人也只是个外国人，而我们知道即便他是个聪明的外国人，也可能做出失之千里的估计……外国人总是很容易忽略最重要的东西。"[8] 这种困难因为讨论所带入的证据的性质而变得更加复杂。除了一些考古遗存和一些图片（很少人会认为图片可以作为证据，因为它们不具有相似的解释方面的问题），学者们主要通过前五世纪雅典的文本遗存得出了一个"公认的观点……雅典女性生活在一种近乎东方式的隔绝

---

[5] Gould 1980 是对相关材料一个很好的总体介绍。最近也出版了一些相关论文集：Foley 1982b；Cameron and Kuhrt 1982；*Arethusa* 6（1973）；*Arethusa* 11（1978）（现在以编者 J. Peradotto 和 J. Sullivan 的名义重新出版）。以上这些都含有大量参考文献。

[6] 关于巴霍芬的影响的研究，见 Coward 1983。

[7] Gomme 1925；Kitto 1951；Gould 1980.

[8] Kitto 1951，223.

中，不被重视，甚至被蔑视"。[9]这一"公认的观点"充分利用了例如伯里克利的名言，即女人的"最大光荣在于极少被男性谈论到，不论是赞美还是责备"。[10]这被认为是"雅典人对妇女的典型蔑视"。基托反驳道，"但是，假设格莱斯顿（Gladstone）说，'听到一位女士的名字遭人议论时我并不会在乎，不论是责难还是赞美'，这里的含义是蔑视，还是一种老式的尊敬和礼节呢？"[11]这是个很好的修辞问题，但它在今天可能得到的答案或许与基托所期待的不一样——如果被问到的是近来研究维多利亚时代英国的学者，情况便尤其如此。"陌生感"并不仅限于前五世纪的雅典。

那么，我们该如何理解这句实际属于修昔底德的伯里克利名言呢？它出现在修昔底德作品中最著名的演说片段之一，也就是葬礼演说中；这场葬礼是为最终使雅典走向失败的伯罗奔尼撒战争中的第一批雅典阵亡将士准备的。战死的人们被埋在专门的公葬地，而针对他们的这场演说也是组成雅典公共话语体系的重要制度。[12]在这篇制度化的演讲中，雅典城邦通过表彰那些为国捐躯的公民而彰显了自己的荣耀。然而，在修昔底德的叙事中，伯里克利这场演说的效果并不仅限于优秀的政治修辞。它处在这场命定战争的叙事开端，是这座尚处于鼎盛时期的城邦的第一个因果律；它通

---

[9] Kitto 1951，219.
[10] Thuc. 2. 46.
[11] Kitto 1951，224.
[12] 见 Loraux 1981a 各处。

过这个以自己的名字为雅典黄金时代命名的伟大人物说了这段话，描述了修昔底德自己的城邦是什么样子。这是伯里克利表彰伯里克利时代的雅典人的演说。但它不但表现了这个时代的观点，也预见了这个时代随后的毁灭。伯里克利时代的雅典就像走向滑坡之前的最后顶峰。因此，重要的不仅是葬礼演说中的特殊意识形态，其中精心组织的、关于荣耀和灾难的叙事更提醒读者要在接受这一清晰的"雅典思想"之前谨慎考虑。也许，基托应该在这里问，"如果是迪斯雷利（Disraeli）写了一部关于大英帝国覆灭的故事，其中格莱斯顿发表了一篇关于……的演说呢？"

更进一步，修昔底德自己就是按照一定的程式来写作这些演说的："我很难记得那些演说中的具体词句，而从各种来源告诉我的人也有同样的困难；所以我采取这样的方法：一方面尽可能真实地记录那些词句，另一方面则让那些演说者们说出我认为每个场合要求他们说的话来。"[13]正如芬利的评论，"我们无法理解这句话中互不相容的两个部分。照修昔底德看来，如果所有人都始终说每个场合要求他们说的话，这个说明就是没有意义的。但如果他们并不总是说具体场合要求的那些话，那么修昔底德强加给他们的这种意识必然使他不能尽可能真实地记述那些词句"。[14]所以，当我们在读伯里克利的葬礼演说时，我们是在读伯里克利讲话的

---

〔13〕 Thuc. 1.22.
〔14〕 Finley 1972，26。另见 Sainte-Croix 1972，7–16 及附录Ⅲ。

概要，还是在读修昔底德认为这个场合所需要的那些话呢？

　　这些修辞的层累常常由于人们简单地抽取出一段文字来当作希腊思想的固定"证据"而被压抑或无视。不仅是此类"描述"被纳入了这篇战争叙事中的演说（"纳入"，实际上就是"评价"），选择这段名言来作为对当时希腊文化的"描述"，这样做本身就体现了某种评价——这是一种远比天真更严重的幼稚心理，认为简单地选择一系列希腊文学中的评论就能用作对"希腊思想"的清晰描绘（就像各种"选集""读本"那样）。

　　从这个例子中，我们开始看到利用文本证据时的问题。即便我们利用的观点来自一个自称真实可靠的历史文本，如果我们将它放在历史背景中考察，还是会发现这个观点不再像通常人们引述它作为妇女地位的证据时那么清晰简单、反映真理。修昔底德的文本当然不是一个真空文本：我们可以通过背景的延伸，印证更多相关文本来帮助我们建构起总体的认识。的确，越是将关于性别关系的明确观点的背景纳入考虑，我们需要考察的文本就越多，而将不同文本关联到一个固定的"希腊思想"的做法就越发地成问题。正像茹斯特（Just）指出的，[15] 许多类型的证据，包括关于历史、哲学、医药、神话和法律的文本，都在说明关于性别的统一或一贯的观点是很难建立起来的。的确，仅仅是所有现存前五世纪

---

〔15〕 Just 1975。另见 Pomeroy 1977a，141。

的文本都是由男性写作的事实，[16] 就足以使人产生一种特殊的偏见，从而对文字证据是否能简单地联系到我们对整个社会的理解，尤其是对性别差异的理解产生疑惑。古尔德就曾写道，"进行研究时，假设有一套单一、明确的价值尺度可以根据'男性'的评价将'女性'安放在某种地位，这种做法便是误导性的，甚至令人厌恶地简单粗暴"。[17]

　　许多人都曾以不同的方式处理过如何评价和描述这个多样性的文本总体与产生它的社会之间的关系这个问题，其微妙的效果和影响也各不相同。近年来，最令人振奋的希腊思想和希腊文本研究之一当数让-皮埃尔·韦尔南（Jean-Pierre Vernant）和受他影响的学者，以及他在巴黎的同道们的成果。[18] 通过广泛地利用古代世界不同体裁的文本和比较人类学的成果，韦尔南和其他一些学者发展了一系列对希腊文化的细致解读。在韦尔南看来，解读古代雅典的性别关系，问题在于"话语"（discourse）。与将单个观点看作对思想的清晰描述的方法不同，韦尔南尝试从各种或清晰或模糊的观点中解读出系统的关系。像福柯一样，他考察的问题是，这些观点的表达如何可能出现，即文本所提供的表达体系中暗含和建构的语言、社会和精神组织。对基托来说，面对一种陌生的文化是危险的，这种危险随着读者对该文化本

_____

〔16〕 然而，女性作家也是存在的。见 Pomeroy 1977b；Lloyd 1983，60。

〔17〕 1980，39.

〔18〕 包括德蒂安（Detienne）、卡恩（Kahn）、罗劳（Loraux）、维达尔-纳凯（Vidal-Naquet）。另见致敬韦尔南的专号期刊 *Arethusa* 16，1983。

身信仰的东西所可能的误读和误传而增加。然而，韦尔南不但不压抑这种必然的陌生身份，还坚持认为这是一个有利的位置。像许多人类学家一样，韦尔南的做法不是将一种文化中明显的共识和认同作为分析中的判断标准，而是强调外来者的眼光能够更深入地调查这个社会的许多隐性知识（tacit knowledge）；通过调查那些约定俗成、理所当然的事情，它能够照亮一个文化中的观念盲点。的确，布迪厄（Bourdieu）这位影响深远的理论人类学家就说过，一个稳定的社会之所以能照它的轨迹持续下去，正是因为它认识不到它自己的信仰体系中专断的界限和组织，而这些通常被认为是"自然"而"适当"的。在布迪厄看来，每种文化中被认为"自然"的东西的建立，依靠的都是这类"误认"——这是他用以表示一个文化的态度和预设中不容置疑的观念组织如何运作的词语。尽管观察者明显有将自己的范畴强加于对象之上的风险（就像基托所担心的那样），关注这种"误认"的人类学家却并不期望维持他所观察的文化中的共识或认同，以作为他在分析中的判断标准。相比基托依赖于社会自身认定的"重要事物"的做法，人类学的方法也同样观察到了未被认识到的观念体系，以及最终产生了明确而重要的观点的那些观念组织。而一个社会在高度流动的阶段——就像公元前五世纪的雅典——被人们一致认同的事物的"自然"是很难稳定下来的。那些被理所当然地看作"自然"的东西开始被人们怀疑，并被一系列不同的信仰组织替代。实际上，正是通过"自然"与"习俗"、"专断"与"适当"的关系，智术

112

师们才得以对前五世纪雅典的传统观念模式造成如此大的威胁。关于什么被认为是"自然"的考察也同样会触及性别问题的边界，这个话题总能激发什么是"自然"和"适当"的讨论——最近的学者也常常通过未被认识的观念体系来讨论它。[19] 因此，本章对前五世纪雅典的性别话语的评论也有必要考虑明确表述、隐性知识以及一个文化对自身观念可能发生的质疑这三者之间的复杂关系。因为，一个话语不一定是一个稳定的体系，前面提到的人类学的批评已经帮助我们认识到了这点。

尽管我将首先以这种性别话语以及它与雅典城邦的其他话语（例如经济、空间、语言……）的内在关系来解读《希波吕托斯》，这并不是说韦尔南和他的同道们的这套人类学方法能为具体某部悲剧的解释提供量身定制的方案。尽管悲剧被证明是这种研究的重要材料，也有许多基于这类材料的文学解读，[20] 在人类学对希腊文化的总体态度和解读具体的文学文本的困难之间还是存在重要的方法论张力。因为，这类人类学批评的总体目标并不是文学上的解释或考察它的问题，再者，文学语言——尤其在公共节庆背景下的悲剧中，伴随着所有的超越、矛盾和复古——与它本身的生成有一种间接的联系，在建构的同时备受争议，在发展的过程中挑战

---

〔19〕 举两个例子：关于"自然"和家庭观念的变化，见 Stone 1977；关于童年，见 Ariès 1962。

〔20〕 例如 Vernant and Vidal-Naquet 1981；Loraux 181b，197–253，以及 Arethusa 16，1983 中的文章。尤其有帮助的是 Zeitlin 1978；1982a；1982b。

自身。当我们想形成一个关于性别主题的总体看法时，带来问题的不仅是一个不稳定的社会的构成，连同其中隐性与显性的观念以及自我怀疑的相互影响，更是悲剧体裁本身以及它强有力的拷问，这些都放大了一个规范话语中的张力和差异，而非提供任何关于社会态度的统一观念。因此，既然要在解读《希波吕托斯》的同时列举出其中性别话语的特征，我就必须在悲剧文本中考察这一话语内部的断裂，以及悲剧中性别话语的稳定性所遭受的挑战。

对于文本如何"反映"（reflect）社会，尤其是其中的女性地位，已经有一系列关于希腊悲剧的解读考虑到了这个问题。的确，悲剧常常被看作讨论雅典城邦中女性地位的核心话题。这种看法有一个明确而具体的原因。导致争论的张力在于，许多清晰的观念形态（尤其表现在散文体作品中），就像我们在第3章中看到的，表明女性显然与内部、家宅联系在一起，脱离公共生活和公共话语，然而悲剧却高调地将它的女主角展示在公共舞台上，让她们大胆地发声。许多批评家借助前五世纪的社会观念，以不同方式处理过这一压抑与大胆发声之间的矛盾。基托就认为，对于这种极度压抑女性的观念，阿提卡悲剧是与之对抗的主要声音："如果戏剧家们从未（哪怕是偶然地）描绘过这些被压抑的生灵、这些（我们认为）和他们一起生活的人们，并将这些生动的形象从荷马的诗中带到台上，这实在是难以置信的。"[21]另一方

---

[21] 1951, 228.

面，斯莱特（Slater）在他的作品中提供了一套对希腊男性的精神病理学解读，其中认为悲剧是雅典的社会病理学的表达。悲剧的兴起是由于"性别对抗、母权的模糊性、女性恐惧（gynephobia）和男性自恋心理"[22]的结合，因为男性对女性具有双重态度，这是一种出于恐惧心理的补偿。女性在生活中被男性压抑，但在悲剧制度下得以通过男性而发声。对斯莱特而言，这种张力是雅典人生活中的张力，它的一边是对女性的压抑和拒斥，另一边是男性力量在神话与文学的特殊领域中带有愧疚的投射。而肖（Shaw）则为戏剧中的女性角色冠以"女性入侵者"的名号。他认为，在戏剧中，女性从她们所代表的封闭家庭空间里走出来，并不是精神病理学的投射，而是对男性没能尊重他的行动领域内的家庭利益，即城邦利益的一种戏剧回应。女性的行为确实代表了某种行为规范的颠覆。但肖的看法是，戏剧的结果通常是男人和女人、城邦和家庭之间的隐性或显性的妥协，这使我们无法对其男性化或女性化的属性下绝对判断。因此，他认为阿提卡戏剧的性别之争"戏剧地表现了家庭和城邦的冲突"，[23]而剧作家们则是在探索如何"找出公共美德中的局限和缺点"。[24]

这个极其框架性的解读没有考虑到，在悲剧中占主要地位的冲突通常是家庭内部的；同样，如海伦·弗利（Helene Foley）指出的那样，尽管他提出的"女性入侵者"概念很

---

〔22〕 1968，410.

〔23〕 1975，266.

〔24〕 同上。

有帮助，他的分析却"没能充分认识到这种辩证的对立将两个极端（男性和女性，家庭和城邦）放在了一种互相定义的关系中"。[25] 城邦的男性同时也是家庭的领导者——他在家庭内外穿梭，缔结婚姻，掌管经济和财产。而女性也不仅是守在家宅中的人，她们同样是城邦人丁兴旺的保证，这一点尤其从那些只有女性参加的城邦宗教节日中就能看出来。作为希腊军队的生产者，她们将自己的儿子作为重装步兵献给军队和国家，就像男人的公益捐税那样（Leitourgia）。[26] 阿提卡戏剧一方面展现了家庭和作为权力机构的城邦之间的延续性，另一方面也表现了使这两者互相对立的利益冲突；但就像我们在《安提戈涅》中看到的那样，"家庭"和"城邦"之间并非简单的对立关系。

肖所提出的对立关系最终和解的假设也不是那么容易让人接受。尽管许多人将《俄瑞斯忒亚》的结尾看作对城邦和谐的礼赞（也有很多人持相反的看法），当我们看到诸如《酒神的伴侣》《安提戈涅》和《美狄亚》的结尾时，就能发现，分裂、攻击和绝望强调着剧烈的悲剧冲突，而任何最终的和解都难以构建。

这些批评家没有充分考虑到的，还有一个关于解释的具体问题。悲剧不是历史学家的作品，它们并不宣称自己呈现了当代社会的真实历史，相反，它们是一系列古代故事的

---

[25] 1982a，21.

[26] *Leitourgia* 是一种个人对国家的捐献行为，比如赞助悲剧节庆的祭祀或费用。关于 *Leitourgia* 与孩子的平行关系，见 Loraux 1981c。

虚构性描绘，背景通常设置在雅典以外的城市。所以，这里的问题不仅是如何讨论再现于文本中的一个社会的性别差异，也是如何评价和描述一个社会与人们虚构的古代图景之间的差异与相似。我们应该在何种程度上、以什么样的方式认为，这些现代戏剧中的古代神话女主角不同于前五世纪的社会，或是在对这个社会进行评价，又或者是作为这个社会的平行面呢？就像我们在安提戈涅的英雄姿态中看到的，希腊悲剧的古风特征（archaism）为它引入了一系列张力和悖论，这使简单、一致的解读无法实现。因而，虽然很多人也许认为阿提卡戏剧中女性的挑战是对父权社会的主宰秩序的挑战，这种挑战也不能被简化成像肖和其他一些学者提出的方案那样包罗一切的公式。特定角色的女性在其中扮演重要角色的公共和家庭话语的内部分裂，以及来自另一个时空的传说的古风特征（在其中女性的主导地位也许是很重要的）都挑战着悲剧和社会之间任何一种简单的"反映"关系。就如我们将在《希波吕托斯》中看到的，僭越的危机和秩序的消解远没有带来"最终妥协"，而恰恰威胁着性别话语的安全。

我希望我已经列出了一些解读希腊悲剧性别话语的尝试中会遇到的问题——这些问题往往被热衷于通过戏剧理解雅典社会的批评家们所忽略。依照这些讨论，欧里庇得斯的作品是这类研究中极为有趣的材料。他一面被阿里斯托芬和其他的古代和现代人当作厌女者而憎恶，一面又作为女性主义者，被最近更多的作者们大加欢迎，很适合引出我在前面讨论的、关于描述和评价的问题。他的许多剧作围绕着一种特殊的性别张力展开。在《酒神的伴侣》中（我将在第 10 章和第 11 章中重点讨论），年轻的彭透斯（Pentheus）对城邦中的女人——以及狄俄尼索斯的女性气质——的疑惑和猜忌构成了本剧的悲剧张力与反转的主要动力。而在《特洛伊妇女》（*Troiades*）中，《伊利亚特》所关注的英雄色彩变成了战争为城邦的妇女们带来的灾难：它将女人看作男性侵犯的对象，在性和军事方面都是如此，这种聚焦也增加了悲剧的严酷特性。而《美狄亚》中的美狄亚（Medea）更是一个很好的例子，表现了一位英雄气概的女子如何以一种与当时对女性的描写表现出的意识形态格格不入的力量和决心来主宰自己的事。她说过一段著名的话，其中包含了许多我讨论过的问题（230–51）：

在一切有生命有思想的生物中
我们女人是最不幸的。
首先，我们必须用重金购买一个丈夫，
并让他成为我们身体的主人；
因为没有丈夫就更为悲惨。
更重要的问题还是要看我们挑选的
是个好人还是坏人，因为，
女人是很难逃离婚姻的，
我们又不能拒绝一个丈夫。
而在进入一种新的风格和习惯里的时候，
一个女人又必须未卜先知，

116

除非她在父家时已经学过这本领，

如何和共享床榻的丈夫最好地相处。

如果我们谨慎、成功地做到了这一点，

丈夫和我们住在一起，乐意接受婚姻的约束，

命运便是值得羡慕的；否则我宁愿去死。

一个男人如果对家人的陪伴厌烦了，

他可以走出去散散心里的烦闷，

或找朋友或找同年辈的人，

可是我们女人就只能指望一个人。

男人们说我们女人安居家中，

享受和平，他们却要打仗。

这话多么离谱啊！我愿意三次上前线作战，

也不愿生一次孩子。

　　这段演说一方面呼应了（通过一个女人的眼光）赫西俄德关于哪类女人才适合结婚的说教叙事，还有塞蒙尼德斯对不同类型女人的幽默描绘；另一方面也展现了韦尔南和其他人描绘的前五世纪特殊观念体系中关于性别关系，尤其是关于婚姻的方面：一个女人来到一间陌生的家宅，需要学习新的知识来适应从女儿到妻子的处境变化，这种困难可以在例如色诺芬的训诫散文作品 *Oikonomikos*（《家政管理》）这样截然不同的文本里找到呼应，其中色诺芬详细地从丈夫的角度描述了教育和监督新妻子的问题。就如我们将看到的那样，强调婚姻是平行于经济交易的一种交换、丈夫作为主人

有离开家庭的束缚并在城邦中寻求朋友和同伴的自由，这些都是描述家庭中男女关系的重要方式。尤其突出的是美狄亚指出的对立：战争事务与生育孩子，男性上战场作战的特权与女性必须经历的危险——这种对立引出了前五世纪意识形态中互相连结的整个观念体系，对此我将在这章中逐步展开。美狄亚将战争与生孩子对立起来，不只是一种强势的修辞，这也是从雅典人的观念中一种常见的对立态度里得来的评价。因此，考察这段演说如何利用了这种意识形态就变得很重要了。而在这个观念体系中，美狄亚对妇女地位的抱怨——她是从女性的眼光出发，仅这一点就是传统观念的大幅度扭转——使她被看作女性主义的支持者，也（理所当然地？）成了欧里庇得斯本人对该问题看法的代言人。

另一方面，美狄亚也展现了我介绍过的"他者身份"（otherness）的所有迹象。她是古代神话中的角色，来自另一个城邦。[27] 在剧中，伊阿宋评价她作为一个蛮族女人，能做许多希腊女人不敢尝试的事情（例如 536ff.，1330ff.）。雅典是埃勾斯王为她许诺的避难之所。她的身份与神明相联系，是一个女巫，半神的角色，在剧末乘坐着神圣的车驾离开——许多人认为这种神化与她的罪行不相称。的确，正是这个为妇女的不幸哭诉的人杀死了她的敌人和孩子，仅仅为了伤害她的丈夫，也就是她所抱怨的男性的枷锁。"我宁愿去死"，她说，但她选择的行动却是杀人。她与歌队对话时，

〔27〕关于悲剧中的外邦城市，见 Zeitlin 1986；Vidal-Naquet 1985。

甚至也强调了自己与她们的区别（252–8）：

> 这话说的是我，对你们并不适用。
> 你们有自己的国家，你们的家在这里。
> 你们有生活的乐趣和朋友的陪伴。
> 但我则流落异乡，惨遭遗弃，
> 被我的丈夫鄙视——我是他在异邦的战利品。
> 我没有母亲，没有兄弟，也没有任何亲戚
> 来做我逃避这灾难之海的港湾。

不同于美狄亚所描述的婚姻生活的奇异的孤独，这些女人都快乐地生活在朋友的陪伴之中。美狄亚作为一个"女性入侵者"的同时，也是一个女性局外人。因此，美狄亚关于"女人的命运"的种种见解并不能直接被当作欧里庇得斯或是希腊人关于女性地位的看法，尽管它确实像是反映了前五世纪的雅典观念。这些关于女人的困境的说法看上去已经足够传统和明确——但美狄亚的强有力的谋杀行为和针对丈夫的密谋，以及她最后乘龙车逃走的结局，都对此构成了反讽；而且，这些说法也是在戏剧节的复杂背景下，通过一个古代蛮族女巫、一个"他者"传达给歌队和观众的。因此，对美狄亚的描述和评价，就像对安提戈涅一样，始终与复杂的关系问题联系在一起，难以找到一个一致的回应。而美狄亚和《美狄亚》一剧为我们研究性别话语提供的洞见，也无法与我在这章中举出的解释和解读问题分离开来。

《希波吕托斯》是性别话语讨论的焦点，因为它尤其围绕着性别关系和关于性的态度展开——在这章的其余部分，我希望转向对《希波吕托斯》的讨论。[28]

阿芙洛狄忒在开场白中交代的剧情——希波吕托斯对 *118*性的拒斥和菲德拉（Phaedra）被神燃起的、对继子的情欲——在悲剧一开始就点出了性别话语中家庭内部关系的结构张力。因为，希波吕托斯对女神阿芙洛狄忒的拒斥不能与男性在家庭中的地位观念分开来看。他这种自我强迫的贞操（virginity）与基督教意义上的自我否定、贞洁和控制毫无关系：[29]对性的需求同时也是对繁衍的需求，这是一种经常被表达的愿望，目的是通过子孙使家庭得以延续。虽然贞操[30]总是被看作女性在出嫁前的一种美德，但成功地生育孩子才是家庭的终极关切。尽管"性欲"，也就是 *eros*，常常被描述为一种控制人的心智与行动的危险力量，柏拉图也曾认为它是对受控制的哲学生活的破坏，[31]这种对自我控制的呼吁也并不是说理想人生必须包括对性生活苦修士般的完全拒斥。的确，毕生的贞操，或者甚至长期对性行为的节

---

〔28〕在写作本书的同时，我有幸与弗洛玛·蔡特琳（Froma Zeitlin）见面并谈及她关于《希波吕托斯》的文章的一些草稿，该文将会在我的书出版之前发表（Zeitlin 1985）。她对我帮助良多，而这篇文章是我所见过关于《希波吕托斯》最好的详细解读。

〔29〕关于古代世界对贞操的评价如何发展，见 Rousselle 1983。

〔30〕关于贞操的总体讨论，见 Gernet 1981，23-4；Lloyd 1983，58-111，尤其是第 84 页；King 1983；Sissa 1984。

〔31〕例子见 Dover 1973，61-5，尤其是第 70 页；Dover 1974，208-9。

制，在希波克拉底全集的作者们看来是不健康的；拖延过久的童贞时常被视作许多女孩的"歇斯底里"症状的成因，需要通过结婚和生育来医治。[32]对前五世纪雅典的男人们而言，娼妓和奴隶为他们提供额外的性服务，而这显然不会带来道德或社会方面的污名。[33]在特定情况中，女性会因为宗教原因被要求在一段时间内节制性行为，但这种情况对男性来说就少得多；[34]另外，见于记录的还有出于医学原因的禁欲，或者至少有关于性行为的危害的案例记载；[35]而就像奥奈恩斯（Onians）提到的，对性交给人带来的危害有一种普遍的认识，就是由于精液的流失而被"榨干"。[36]但除了这些顾虑以外，后世的罗马和基督教时代的作者们所关心的禁欲和贞操问题[37]似乎与希波克拉底全集的作者们所关心的问题没有任何关系，而许多前五世纪的文本中，得到发展的自我概念与自制观念的联系都着眼于家庭内部的性发展与世代繁衍的叙事，而不是任何理想化的、完全意义上的禁欲。因而，希波吕托斯对性的完全拒斥，听上去已经是一个分裂的信号。

119

---

〔32〕 例子见 Lloyd 1983，84 n. 102。

〔33〕 确实有一项污名是针对变成男妓的人——这样的人将被褫夺公民权利。但这一条对招妓者并不适用。关于在男妓身上花费过多的危险，见 Dover 1974，179–80。

〔34〕 例子见 Fehrle 1910，尤其 28–35。对某些女祭司来说，贞操是通常的要求，但往往限于短期的职位。对男祭司而言，这个问题几乎不存在，见 Fehrle 1910，75ff。更新的研究，见 Parker 1983，74–103 及 301。

〔35〕 例子见 Lloyd 1983，84 n. 103。

〔36〕 Onians 1951，尤其是 109 n. 103。

〔37〕 关于这个问题的一个观点，见 Rousselle 1983；但也见 Lloyd 1983，168ff。

出于对性和阿芙洛狄忒女神的异样拒斥，希波吕托斯将自己献身于阿尔忒弥斯和狩猎，而他的第一次出场，便是同一群打猎的伙伴待在一起，向处女神阿尔忒弥斯祈祷。

这一出场也可以从希波吕托斯对性的拒斥来解读。狩猎不仅仅是一项运动，或者一种获取食物的方式。它在一个人的发展的意识表征中有着特殊而重要的功能，这点也在许多最近的分析中成了一个重要主题。维达尔–纳凯写道，"狩猎有着广泛的表征意义"。[38] 首先，"这是一项在一个人生命中不同阶段各不相同的社会活动"。[39] 我们可以在"入会狩猎"（initiatory hunt）和"重装步兵的狩猎"（hunt of the hoplite）之间做出区分，前者是希望加入成年男性活动范围的年轻人的第一次狩猎，后者是男人的英勇狩猎行为，他们一起离开城市，去对抗野兽。在新人的第一次狩猎中，狡猾、诡计和个人主义是与英勇的重装步兵狩猎的价值观相反的，因为后者是在一个队伍中直面挑战。因此，通过第一次狩猎、第一次杀戮，年轻人渴望在一项纯粹的男性活动中加入男人的世界——并且，对初次入会者来说，在他被正式纳入男性群体之前，通常会有一段逆转期。的确，维达尔–纳凯指出，狩猎对一个人在世界中的自我定义而言扮演着一项重要功能：离开城市，丈量边界，直面野兽，并将猎物带回城市烹煮。因此，在维达尔–纳凯看来，"狩猎是对从自然到

---

〔38〕 1981c，151。另见 Vidal-Naquet 1968；1974。相关文章被 Vidal-Naquet 1981a 收入和改编。关于狩猎和性发育的关系，见 Schnapp 1984。

〔39〕 1981c，151.

文化的转变的一种表达"。[40]

因此，狩猎定位了人与自然（wild）的关系，就像祭祀——另一种获得肉食的方法——定位了人与神明的关系一样。这两者都表达了人如何通过一种与区别于他自身的东西的关系来定义自身。祭祀，连同它与农业和城邦秩序的关系，形成了与狩猎的互补和对立。祭祀杀死的是家畜，并祭上谷物和酒这两样人类劳动的产物——城邦和家庭的祭祀所表达的是人在万物体系中与神和野兽的区分，正如同狩猎中杀死野兽的行为点明了人与荒野，即未开化的自然的关系。因此，在《俄瑞斯忒亚》和《菲罗克忒忒斯》这两部围绕着刚成熟的年轻人的剧作里，我们都能注意到一个有趣的现象，即两者都常常回到狩猎和祭祀的意象，这种意象尤其以不标准形式出现——违规的祭祀和对人类的猎捕，[41]它们组成了一个复杂的观念体系，这对两部剧作中的反转和超越，以及人在世界中的地位的表征都极为重要。同样，在《酒神的伴侣》中，年轻的统治者彭透斯试图以他的权威控制他身边的局势并使之恢复秩序，但在一场对狩猎的野蛮戏仿中，城邦的女人们半裸着身子，带着原始的武器（或者只是徒手）而不是人造的戈矛，展开了一场对人的捕猎，并导致了这位年轻人的灾难结局。

战争在这个系统中也有重要地位，不仅是因为它的文

---

〔40〕 1981c，151.

〔41〕 见 Vernant and Vidal-Naquet 1981 中两篇维达尔–纳凯的文章；另见 Zeitlin 1965；Foley 1985。

化定义与之相似——一种社会暴力功能——也是由于它将一个人在社会中的位置具体化和组织化的方式。韦尔南有一个影响深远的观点：[42]一个雅典男性的目标，或者说人生的终极目的，就是成为公民重装步兵队伍的一员，随时准备打仗。这也是一条划分性别的严格界限：男性是在完全意义上被称作公民的人，是参加公民军队的人。战争像狩猎和祭祀一样，不仅是实施暴力的行为，更构建了一组重要概念，在社会中辨别差异和关系并形成秩序。狩猎、祭祀和战争组成了一个内部关联的观念体系，人从中找到他在万物秩序中的位置。

因此，希波吕托斯对性的拒斥和对狩猎的热衷就使他身处一个分裂的位置。在我刚才说到的内部关联的观念体系中，狩猎应当表明希波吕托斯作为男性进入社会并取得了一定地位。但他对性关系的拒绝和对阿尔忒弥斯的长期崇拜表现出他对远离社会的渴望，这使狩猎的功能变得反常：它代表着希波吕托斯留在社会之外、社会边缘的愿望，他拒绝自己在家庭中的角色。因而，希波吕托斯对阿芙洛狄忒的拒绝不仅是对贞操和纯洁的渴望，也是他在成人之路上的一种倒退。他的出场是从郊外的荒野回到家中，同他年轻的伙伴一起，唾弃阿芙洛狄忒的祭祀，这些都是希波吕托斯抵制他在社会中的角色发展的叙事模式的表现，是一种自我定位的分裂。如同他自己所说，"但愿我永远如此，到死时（*telos*）仍

---

〔42〕 见 Vernant 1980，19–70。

121

如起初"（87）。他希望像他在生命的初始那样结束生命；他希望避开一个人生活的必经之路和阶段。

希波吕托斯离开舞台去喂马，戏剧的焦点随之转向了女性世界；女人组成的歌队进场，交代菲德拉的病情。这位王后缠绵病榻，用长袍盖着头，不吃不喝，一心只想死去。她们猜测了许多导致她奇怪症状的原因。第一，神灵附体，或是因为没有献祭而遭到的疾病惩罚——来自神明的真正原因却没有被提及。第二，可能是她丈夫的不忠，这是一个足够讽刺的猜想。第三，也许是她听到了什么使她悲痛的坏消息。这些猜测转向了对女性的痛苦的总体描述（161–9）：

> 女人有着不幸的复杂天性；无助的痛苦，
>
> 分娩的阵痛和强烈的疯狂
>
> 永远与她们相连。
>
> 我的身体也感受到战栗的痛苦，
>
> 这时我会呼唤阿尔忒弥斯，持弓的女神，
>
> 我始终尊敬她，
>
> 就像她总有众神的陪伴。

"不幸的复杂"（unhappy compound）是希腊语词 *dustropos harmonia* 的翻译，它的意思是"令人苦恼的（难以协调的）和谐和各部分的平衡"。这是个暗示性的短语，从本剧对自我平衡和组织的关注来看，它几乎是即将发生的错位与挣扎的关键词。"天性"（is...the nature）和"相连"（linked to）

也没能抓住这两个希腊语动词 *philei* 和 *sunoikein* 中强烈的性意味。我们已经知道，*philos* 常常与明显带有性意味的词语联系在一起，而被翻译成"相连"的 *sunoikein*，在希腊语中的通常意思是"共处一室""同居"，往往也是在性的意义上。这些词汇指向女人命运的无助，即生育孩子的痛苦和生命危险。男性生命的 *telos* 是成为重装步兵和参加战争，而女性则在结婚生子中找到她们的终极目标。"结婚对女孩的意义正如战争对男孩的意义。"[43] "女人"和"妻子"在希腊语中是一个词（*gune*）。在希腊语中，成为一个"女人"——从未婚的年轻女孩、处女（*parthenos，kore，numphe*）的身份走出来——难以与从父家出嫁，在夫家结婚生子的行为分离开，相反还暗示了这样的行为。而分娩和战争的词汇也确实常以同样的方式被构建起来，尤其在欧里庇得斯的悲剧中，[44] 我们已经在《美狄亚》中看到过了：美狄亚将分娩和打仗对立起来，而这里，分娩和狩猎归来的并置也不仅是两种带有生命危险的活动的并置，而是定义女性和男性本质差别的概念的对立。狩猎代表着年轻男性成长为一个男人（*aner*）的过程中的重要转变，而结婚和生子也代表了女性从女孩到女人的转折点。

这几行诗最后对阿尔忒弥斯的呼唤是很有意思的。如果在开场时阿芙洛狄忒和阿尔忒弥斯的对立是一清二楚的（一个

122

---

〔43〕 Vernant 1980，23.

〔44〕 见 Loraux 1981c。

是性意义上的生命创造者，一个是处女猎神），这里阿尔忒弥斯与分娩的联系足以混淆任何有性和无性的简单对立。因为，阿尔忒弥斯是处女猎神的同时，也是掌管分娩的女神。[45]分娩也不是女人的生活中唯一受阿尔忒弥斯影响的瞬间。就像近期许多研究都讨论到的，布劳隆（Brauron）的阿尔忒弥斯节日对雅典女性生活中不同阶段的相关观念有重要影响。[46]哈珀克拉提翁（Harpocration）告诉我们，女孩"必须在结婚前变成熊，以纪念穆倪克亚（Mounychia）或布劳隆的阿尔忒弥斯"。[47]关于这项仪式的细节我们不得而知。它也许包括了从雅典出发的游行（女性离开城市，跨越边界），在布劳隆的阿尔忒弥斯祭坛停留一段时间，作为婚前的隔离和准备。在关于这项仪式的神话中，"最初是一些男孩杀死了一头熊，作为补偿，开始要用人献祭，后来以少女扮成熊的表演来代替"。[48]维达尔-纳凯注意，这个神话实际上具有某种"入会"的特征（initiatory quality），并做出了以下分析："杀死野兽意味着一种文化上的优越，这是人类的责任；作为交换，女孩们必须在结婚前——实际上是在发育之前——经历一段仪式性的'野化'。"[49]因而，女性生命中的阶段转换都与掌管荒野的女神阿尔忒弥斯相

---

〔45〕 关于从流血来定义女性和阿尔忒弥斯的关系，见 King 1983。

〔46〕 近期相关材料的概览见 Lloyd-Jones 1983。

〔47〕 小规模的祭台则说明，这项仪式不能包括当年所有特定年龄的雅典女孩。见 Lloyd-Jones 1983，93。

〔48〕 Vidal-Naquet 1981d，179.

〔49〕 1981d，179。Osborne 1985，162-6 指出，熊用后肢走路，也有其他像人的特征，因此也许不能简单地归入"野性"的定义。

关，就像男性的狩猎与她的关联那样，这种关联代表着一种从文化到野蛮的转换，城邦在这之间通过他者来定义自我。

女性在基本的生物学功能意义上与自然世界的联系，即分娩，展现了在特定的意识形态构造中，女性如何倾向于在希腊城邦中占据一种不稳定的、局限的地位。女性似乎并不能作为一种文化理想（除了女人的必要角色之外）而被当作城邦的正式成员看待，但她们也并不是外部世界的、荒野中的生物。的确，在许多文本[50]中的一系列等级对立里，我们可以看到，女性相对于主要的公共美德，就如同黑暗之于光明，左之于右，奇数之于偶数，以及像我依然在关注的这段合唱歌中，非理性之于理性——总之，如同无序与秩序的对立。通过这些对立，女性被概念化为被贬低的、几乎被排除在外的人群。在《酒神的伴侣》中，狄俄尼索斯的侍女们半裸着身体，披着兽皮，徒手撕裂动物甚至人类，她们就是女性地位的贬低在悲剧里得到表现的一个例子——她们超越了边界，进入一种极其野蛮的境地。而阿里斯托芬的《公民大会妇女》（*Ecclesiazusae*）中，集会的女人们用另一种方式颠覆了男性的公共角色，构建了一个喜剧性的反面秩序。

女性在生物、宗教和祭仪方面与生殖和分娩的联系，表明了她们的必要地位以及与男性的分离。但在这种往往被描述为等级分离的情况中，她们在任何情况下都被认为应当处于"内部"，因此，在转换和超越的时刻，她们就越过城邦

---

123

〔50〕 见 Lloyd 1966。

秩序的边界，趋向未知领域的极限。女性侵略性、僭越性的行动不仅是由她们进入城邦的外部世界来表明的——她们自己就是一种 *dustropos harmonia*，难以协调的"各部分的平衡"！

然而这里我依然需要强调，内部和外部的区分像我在第3章中指出的那样，并不是严格的、完全物理性的地形学。由年轻女人组成的歌队一开始就出去打水，这一点便说明内部和外部的对立的严格性值得商榷，假如"内部"被人们想象为房子内部"东方式的隔离"——除非歌队的这种自由是在强调前五世纪的文化与悲剧的古风世界的区别。但尽管学者们在不同阶层[51]、不同背景的女性离开家门的具体限制和权利上争论不休，女性在习惯上与内部的联系和她们走向外部时的危险对于规范的性别话语而言是极为重要的。不管前五世纪的雅典的真实情况如何——许多证据表明，女人，尤其是她们中出身较为低微的，会更多地参与家门外的劳作[52]——将女人留在"内部"的要求总是频繁而且明确地出现。就像俄瑞斯忒斯对克吕泰墨涅斯特拉的指责一样（*Cho.* 919–21），美狄亚提到男人声称他们在外打仗，而女人待在家里的时候，也让人想起雅典作家们的普遍态度。

菲德拉与乳母的入场就明显地表现了由内向外的移动——这点在阿提卡戏剧中很常见[53]（179–82）：

---

〔51〕 这些讨论见 Gould 1980，尤其 47–51。

〔52〕 例子见 Gould 1980，47–51。另见 Jameson 1977。

〔53〕 Gould 1980，40 中指出，女性在舞台上的自由有时并不像人们理解得那么绝对。

> 我把你带到户外了，
>
> 连同你卧病的床榻。
>
> 你一直念叨着要出来，
>
> 但很快就会急着要回房去的。

　　果然，菲德拉想要把遮盖头部的面纱拿开，接着（208-11）表达了她逃离家宅和城市去过田园生活的渴望，"在白杨树底下，青草丛生的地方"。"未割过的草地"，即未经男人涉足的处女地，是开场时希波吕托斯带回猎物献祭阿尔忒弥斯的地方（73-4）。菲德拉不断膨胀的愿望超出了适度，她狂热地要求将她带到山里去捕猎（215-21）：

> 带我到山里去！我要去山里，
>
> 在松林间，那里猎人的狗群
>
> 紧紧地跟踪追赶着花斑的牡鹿。
>
> 神可做证，我多想让这些猎犬狂吠起来！
>
> 手握特萨利亚的矛，将它往后拉向
>
> 金色头发的鬓边——
>
> 我会手握带铁矛的标枪。

　　菲德拉的病症在于她对外部世界的越界的欲望，这是希波吕托斯身处的、狩猎的世界。她确实呼唤了阿尔忒弥斯（228-31），但与歌队强调女神与分娩和女性的联系不同，她将阿尔忒弥斯当作猎神和驯马者。这次呼唤不仅表现了她越界的欲望，也表现了阿尔忒弥斯在男性和女性观念中不同形象的并置，这使人想到，希波吕托斯自己对阿尔忒弥斯的崇拜只是一种单方面的看法。"正是因为诸如阿芙洛狄忒、阿尔忒弥斯、波塞冬这样的神灵的复杂性……和他们对人的相互矛盾的作用，这种简单的看法是注定要失败的。"[54] 从这点来看，歌队在猜测菲德拉的抑郁寡欢时将狄克图娜（Diktynna）作为可能的原因之一就十分有趣了。狄克图娜是克里特的女神（这与菲德拉很相称，剧中稍后强调她来自克里特），她在后面的剧情中（以及其他地方）[55] 被等同于阿尔忒弥斯，在她与野兽的关系上更是如此。她们提及这位女神，不仅仅是要凸显阿尔忒弥斯作为荒野女神的角色，如同巴雷特（Barrett）指出的那样，也暗示了阿尔忒弥斯崇拜在祭仪和名字上的一种变体，以及这位女神的形象中关于两种性别的不同含义。

听到菲德拉想去野外打猎的愿望，乳母叫道："完全的疯狂让你说出了这些话，错乱难解，让人晕眩。"（231）在病中，菲德拉外出打猎的渴望达到了极致——她想完全摒弃自己的女性角色，离开城市，像酒神的侍女一样冲进山里捕猎。这是一个女人的精神错乱，她的"疯狂"。她的发作不只是"渴望希波吕托斯的歇斯底里的表现"，[56] 也与这部剧

_____

〔54〕 Segal 1965, 140.

〔55〕 见 1130。也见于 *I. T.* 126ff.；Ar. Fr. 1359。进一步的讨论见 Barrett 的相应部分。

〔56〕 Knox 1952, 6.

中处于危险境地的自我定义相交织。野性，疯狂，女人的欲望——这些都是社会必须定义和控制的危险。

与《希波吕托斯》中内部与外部之间的变动紧密交织的，是言说与沉默的相互作用。菲德拉被带到室外后，人们劝她说出藏在心中的隐秘愿望，这些愿望主导了之后的场景。乳母听到这些之后便溜回屋子深处，将王后的爱情告诉希波吕托斯，后者则在著名的第三场冲出房屋，威胁要把这事告诉所有人。这使菲德拉被迫回到屋内并自杀——但在这之前，她留下了一封信，信的内容一经曝光，希波吕托斯就受到了提修斯（Theseus）的指责。年轻人面对这份强奸控告的沉默，使他被赶下舞台，离开城邦。而他的死也正是提修斯说出这些的结果。如果说菲德拉的悲剧是她的坦白导致的，那么希波吕托斯的沉默也同样加速了他的死亡。"在言说与沉默之间的选择"，诺克斯（Knox）在他经典的文章中写道，"将这四个角色置于极为关键的联系中。这种选择的变换和组合十分复杂——菲德拉一开始选择沉默，然后说了出来，而乳母一开始选择言说，之后却沉默了，接着又说了出来，然后又是沉默，希波吕托斯一开始说出来，接着沉默，歌队始终保持沉默，而提修斯则在说话——几乎穷尽了人类愿望所有可能的排列组合。"[57]的确，在内与外的交替中，阿芙洛狄忒的计划显然得到了顺利实施，而这就暗示，追求行动的结果和道德抉择的逻辑往往是不确定的，甚至是徒劳的。更进一

––––––––––––––

[57] Knox 1952，5–6.

126

步，就像我们会看到的那样，在这一系列事件中，这场言说与沉默之间的竞赛也点出了语言本身令人困惑的地位。使用什么语言，以及是否要使用语言的不确定性，构成了本剧的一个关键动力。

菲德拉和乳母之间的对话一开始围绕着乳母试图让菲德拉说出自己的心事而展开。诺克斯指出，在乳母看来，"没有什么是不能被言辞解决的"[58]（295–9）：

> 如果你的痛苦是可以和人说的，
> 就说出来吧，这样医生就能想办法。
> ——还是不说话吗？为什么就是不告诉我！
> 在沉默中不能得救，我的孩子！

然而，在犹豫、逼问和诱导之后，菲德拉的秘密终于暴露，乳母一开始吃惊得无言以对，后来则只好离开舞台，哀悼阿芙洛狄忒为这个家庭带来的灾难。而菲德拉被留下，卸下了秘密的包袱，开始向歌队倾诉她的处境。在这段以模糊和高贵著名的对话中，菲德拉详细解释了她的想法。她被厄洛斯打击了，这是一种外部力量。她的第一反应是固守沉默："因为人言不可信。"（395）只有绝对的沉默才能对抗语言的双重性和模糊性。之后，她打算坚持展示 *sophrosune* 的品质来战胜自己堕落的状态（*anoa*，"疯狂"），这是一种能

---

[58] Knox 1952, 7.

够挽救（*sozo*）她的心智（*phren*）的品质——自制、有秩序、社会的、受约束的态度。就如我们将在下一章和第 7 章中看到的，*sophrosune* 和其他相关词语在阿提卡戏剧中构成了一组道德评价——以及挪用——的关键词汇。最后，她终于决定去死。

　　这里，菲德拉的思索很好地反映了人们对一个雅典上层社会女人的期待。她表现出一种自我彰显的厌女情绪（"我知道我是个女人，被世人厌恶"），而这种厌女情绪又与在一夫一妻制度中保持贞操、抗拒危险欲望的需要相对应（"那些玷污了丈夫的婚床、与陌生人寻欢作乐的妻子，真是罪该万死！"）。对父权的恐惧也同样是对继承权的不确定和对家庭经济秩序和持续性的担忧。而对以男性继承为保障的家庭绵延，也是与认为女性在性的问题上难以控制（歇斯底里、非理性）的信念相混合的，这使人们认为，对女性实施性和社会方面的严格控制是必要的。当女性被控制在内部，父权被破坏的危险就会减少。在婚姻中，女性经过男性的安排被给予和交换，而她们的可流动性和不可侵犯性对维持社会所有物的组织和边界来说至关重要，也就是说，各人拥有自己的东西。通奸则恰恰威胁了这种社会纽带和联系，而不仅是夫妻间的关系。[59] 家庭作为社会和经济的基本单位，通过产生合法的子女来继承财富、延续父系家族并永久存在下去，在这个过程中，女性的贞洁始终是关键因素。

127

---

[59] 见 Tanner 1980——一篇卓越的相关研究。

而从这个角度上说，希波吕托斯是私生子的事实就显得很有意思了。他是提修斯和被他打败的阿玛宗（Amazon）女王希波吕特（Hippolyta）的儿子。阿玛宗女人是一群擅长作战和狩猎的女战士，她们极大地混淆了男女性别区分的边界。并且，她们在两种极端中转换：对男性处女般的拒斥，以及为了种族繁衍而必需的乱交。她们的眼中没有婚姻和社会的纽带与羁绊——或者说，这些女性对城邦政制而言，是永久的超越性存在。提修斯对这些女人的征服是雅典人的一种自我投射，就像拉庇泰人打败半人半兽的肯陶尔（centaurs）一样——另一场保卫婚姻不可侵犯性的战斗。[60]提修斯和拉庇泰人战胜蛮族专制力量和性别角色堕落的故事，都是城邦建造的庙宇雕塑上十分受欢迎的题材：就像现代的政治壁画，战胜强大的军队意味着城邦对自身和自己意识形态的夸耀。阿玛宗和肯陶尔都属于生活的反面形式的假设的一部分，城邦借此为自己划定边界。他们"通过展示反面例子的不可行性，确定了男性、公民、重装步兵、农民士兵的规范价值"。[61]

　　因此，私生子希波吕托斯（一个"自然之子"）身处这些规范价值的边缘，不仅因为他对性的拒斥，也因为他的出生便是越轨的性行为导致的。作为私生的继子，他在家庭中的地位相当不稳定。[62]菲德拉的出身也并不清白。她的母

---

〔60〕肯陶尔在拉庇泰国王的婚礼上前来进犯并带走新娘。见 du Bois 1984。

〔61〕Segal 1981，30–1。另见 du Bois 1984；Tyrrel 1984。

〔62〕关于私生子，见 Vernant 1980，50–1；Hansen 1985，73–6。

亲是帕西法埃（Pasiphae），因为触怒了神灵而被迫爱上了一头公牛，并生出了米诺陶（Minotaur）。在人们的期待中，世代绵延的道德模型有多高的秩序和规范，此处的历史便有多大程度的越轨和混乱。菲德拉也许会说，"无论多么坚强的人都会变成奴隶，当他知道自己父母的耻辱时"（424–5）。父罪子承……

乳母重新上台的时候，与菲德拉展开了辩论："不知怎的，还是后来的想法（second thoughts）比较明智。"她的争辩与菲德拉的道德坚持放在一起，更凸显出了诡辩的迷惑性力量，而相比于上一场中她出于绝望的失语，这次她又开始相信事情"没有思考和理性不能解决的"。通过言辞（logos）的迷惑性力量，乳母进一步结合了传统道德和宗教的词汇与神话意象，为的是让菲德拉忘掉道德和宗教——以至于她说，既然神明是神圣的、不可战胜的，试图与厄洛斯神争斗便是僭越行为。不屈服于自己的激情，就是对神的力量和权威的怠慢。

她总结道："如果不是我们女人想出某种办法，男人是要很久才找得到的。"她模糊地评价了使用迷惑的言辞和机关达到目的的能力——奥德修斯最为著名的特征——这种立场是与女性，尤其是女性的言辞相连接的。确实，魅惑而多变的交谈、迂回曲折的行动，这些在价值等级中往往被认为是女性的品质——就像《俄瑞斯忒亚》中的克吕泰墨涅斯特拉。既然雅典的话语体系试图将女性置于边缘，人们也就确实认为女性的话语和行动模糊了适当行为的界限和边缘。而菲德拉的信作为欺骗性的机关，转变了整个情节。

尽管被乳母的话吓了一大跳，菲德拉却慢慢发现，用某种行动挽救自己生命的"实际需求"正在从基础上动摇她头脑中"好名声"的概念——这从根本上扭转了菲德拉之前的概念里"中听的语言"与实际道德观念的对立。乳母在她的话中为菲德拉开出了一剂药方（pharmakon），最终却被证明是毒药，这突出了这个词的反讽意味——它既可以指好药，也能指有害的药剂。的确，乳母显然绕过了王后让她千万不要告诉希波吕托斯的请求，并离开了舞台，在菲德拉——同样也是观众——的心中留下了某种预感。在这个充满张力和不确定性的叙事顶点，歌队唱起了关于厄洛斯的毁灭性力量的颂歌。

因而，从菲德拉的病因被揭开到乳母揭露秘密并导致灾难性后果之间的这个关节点，歌队展开了对厄洛斯的危险影响的思考。有趣的是，在这里，女人越界的欲望未被当作人际关系崩塌的罪魁祸首，像埃斯库罗斯在《奠酒人》的厄洛斯颂歌中展现的那样。相反，在这里的描述中，外部化的厄洛斯的力量在攻击着人类，而神话中伊奥勒（Iole）和塞墨勒（Semele）的例子则展现了女性遭受的毁灭、卑贱和痛苦，这些都是因为男性在厄洛斯影响下强烈的侵犯性。但诸如希波吕托斯和提修斯的狂怒和侵犯性——这些难道是阿芙洛狄忒影响所致的典型行动吗？

激情的有害影响很快就有了结果。希波吕托斯冲出屋子，宣称自己的纯洁被他听到的话玷污了。他的狂怒扩展成了对整个女性族类的长篇诽谤，并与我讨论过的性别话语密切相关。他希望将女人的必要性完全抹去；婚姻作为产生子女的方式，完全可以被从神庙里购买孩子取代。他尤其抗拒聪明的女人（也就是那个中了阿芙洛狄忒花招的人）。而在希波吕托斯看来，正是情欲导致了这种堕落的聪明，这是阿芙洛狄忒的武器（642-4）：

> ……对于聪明女人，
> 情欲会带来灾难。智力有限的女人
> 却因愚蠢而得免于荒淫的欢乐。

　　只有愚蠢才能阻止所有的女人踏上聪明人的不归路。希波吕托斯还要更进一步：他反对任何女人的交流，因为语言对她们而言就是越轨的方式和内容（646-7）：

> ……女人只可让野兽与她们做伴，
> 野兽无言而又麻木……它们只会咬人，不能交流。

　　猎人希波吕托斯对女人永恒的憎恶（664），就这样使他将女性贬低到了野兽的地位。
　　因此，希波吕托斯对女人的诽谤就像美狄亚关于女性的话一样，可以从我之前提出的话语来解读。女人是必需的，因为她们能生产合法的子女，但她们的欲望也能对家宅和财产构成挑战，因而她们必须被一夫一妻的严格婚姻制度约束；女人在文明的生活（在她们口中，语言和交流会变成欺骗和引诱）和超越城邦秩序的野蛮倾向中都是危险的。但这篇演说也同样指出，将某个关于厌女主义的特定表达解读为欧里庇得斯或者希腊观众对此的清晰观点，会造成多大的困难。我们应该将希波吕托斯对女人的完全拒斥看作他自己易走极端的倾向吗？而既然他的诽谤是如此扭曲，我们是否该认为它指出了这样一种普通雅典男性所持的极端观点的危 险性？或者，它是否是正常现状的反面，从明显过激的观点来反映日常现实的规范？又或者，这场演说是要通过这种男性观点的反证（*reductio ad absurdum*）来质疑正常现状？这与菲德拉为了保持荣誉而做的挣扎又怎样联系起来看呢？又如何联系到乳母的诡辩和操纵、歌队同情的闪烁其词？尽管欧里庇得斯在古代素有厌女者的名声，我们却很难抛开本剧的辩证法，将这篇演说看作观察"男性态度"（诗人的，或者观众的）的一个优越视角。

130

然而，正是女性的交流和诡计导致希波吕托斯必须在他狂怒的父亲面前为强奸的指控自我辩护。而他的父亲提修斯以及父亲的父亲波塞冬的决定，将使他被驱逐出自己的祖国，并走向他注定的厄运——被自己的马匹撕碎。

许多批评家，尤其是我们后弗洛伊德时代的学者，都对海中公牛的意象十分敏感，因为它对剧中的性别话语而言至关重要；但这场悲剧性灾难带来的反转和分裂也在更广泛的意义上强调了城邦语言中人际关系的系统。因为，父亲的诅咒杀死了孩子（这是对世代绵延的可能性的否定），这个诅咒带来了这头公牛——作为农业家畜，畜群的父亲，用它的祭祀通常是最为重要，也最受规范和约束的。而这头怪物般的牛却向猎人和他的畜群进犯，结果则是，畜群反过来毁灭了它们的主人，也就是猎人。他的尸体被自己的马群带了回来，仿佛是它们自己的猎物——这个场景以悲剧的基调，照映了[63]希波吕托斯的第一次出场。我们在这部剧中看到的秩序的反转和僭越，男女差异在社会和语言中的自我定位的混乱，都反映在公牛（tauron）的矛盾意象中——它是"奇异的野兽"（agrion teras）（1214），"一头公牛，一个来自野外的怪物"：必须被圈养以服务农业的危险动物，现在却处于野蛮状态（因此是"怪物""异象"）；猎人自己却被猎捕；并且毁灭在他自己豢养的动物手下，这些动物本来是他所以成为猎人和主人的凭借——他自己的马群。海中公牛的形象使人想起的不仅是菲德拉的母亲那怪异的激情，也是性别角色借以表达的一系列相互交织的意象。

至此，通过性别话语以及它与城邦中其他语言的内在联系，我从男女性别角色、性欲和性的实现的角度，为本剧131提供了一种解读。我们看到了猎人希波吕托斯与阿尔忒弥斯的联系如何重新定义了他对自己作为一个（年轻）人的认识：他对性的拒斥包含在他的角色在家庭的错位中（这也许反映了他作为"自然之子"的地位），同时，他特殊的狩猎

---

[63] 参照 Taplin 1978，134–5，其中认为希波吕托斯被逐之后的退场也是他第一次出场的"镜像场景"。

生活也与城邦组织的模型格格不入。而对菲德拉来说，神在她身上激发的、针对继子的激情破坏了她贞洁的角色，使她不再能够保护作为社会单元的家庭的经济、性别和空间边界，而是被迫为保护自己的价值而斗争，一边应对着厄洛斯的袭击，另一边则是乳母智术师般的修辞；但面对希波吕托斯对所有女性粗鲁的贬损，她下定决心去死，同时报复他的无理。而神圣的阿芙洛狄忒在决定惩罚一个人的时候，也同时引起了所有的怀疑和反转、误读和错谬、过度决定（over-determined）的因果关系，这一切刻画出了剧中人物关系的特征。每一个角色都在扭曲其他人的性别角色，而自己也在被其他人扭曲。的确，剧中除了困难的和谐（*dustropos harmonia*）之外，再没有展示别的可能性。希波吕托斯的厌女情绪不仅是他扭曲态度的标志，也是一种特殊的悲剧世界观（*Weltanschauung*）的征兆。

然而，这个解释的过程还有一层转折，使我们必须中止现在的讨论，而转向我在本章开头提出的，如何解读一个性别对话的问题。

《希波吕托斯》在现存悲剧中的特殊之处在于，我们现有的文本是同一作者写的第二个版本。第一版《希波吕托斯》只有零星的片段留存，我们也知道它并未获得成功。在这个第一版本中，菲德拉似乎在舞台上意图明显地引诱了她的继子，后者则因羞耻而逃离，并将自己的头盖住——这个行动便是该剧标题的由来：*Hippolytus Kaluptomenos*（"掩面的希波吕托斯"）。剧本的其他部分已几乎无法确知，但确定的是，菲德拉的形象是尤其无耻和粗暴的，而该剧也引起了公愤。第二版的《希波吕托斯》则刻画了一个有德性的菲德拉，并获得了头奖。

哪怕是从仅存的一些片段来看，也能知道这两个版本之间有着具体的照应。菲德拉将她的头盖住，后来又揭开面纱；她的床被搬出屋外，又被搬进去——她为道德原则的反复挣扎似乎与第一版中的希波吕托斯面对直接的性接触而产生的义愤有关联。同样，希波吕托斯最后死在舞台上时盖住了自己的头（1458），这个悲剧性的场景也使人想起他在第一版中对厄洛斯的断然拒斥：最终，正义的菲德拉与她在第一版中不道德的形象造成的后果都是相同的。而在具体的文本方面，第一版留存至今的开头几行在我们看到的《希波吕托斯》中也得到了有趣的重复和改动。例如，片段430（Nauck）中说，当一个人面对无助的情境时，厄洛斯是教授鲁莽（tolma）和大胆（thrasos）的最好的老师。"鲁莽"对应的词是 tolma，通常指一种僭越的精神，邪恶的冲动，也指忍耐的力量。人们一般认为这个片段描绘的是菲德拉做好了接近希波吕托斯的准备。而在第二版《希波吕托斯》中，菲德拉的乳母——像厄洛斯一样的、无助的菲德拉的教师——试图以一种显著的模糊性教育菲德拉："tolma d'erosa"，她劝道。这句话意指"忍耐你的激情""承受你的爱"，但也可以指"勇敢些，大胆实践你的爱情吧"。乳母作为语言的操纵者，采用了第一版中的菲德拉的语言，来说服她有德性的女主人。而提修斯也对希波吕托斯喊道（937）："人的无耻简直无边无界！"；"什么是鲁莽和大胆的尽头呢？"在有德性的菲德拉实施报复的转折点上，他对希波吕托斯的指控讽刺地照应着旧版本的菲德拉引诱希波吕托斯时的话语。

这些具体联系还有很多例子，但我接下来想指出的是这个互文关系中更广泛意义上的讽刺。我已经讨论过本剧对语言本身的关注，也具体关注了在天神的安排下，言说与沉默的交替怎样展示了人类控制交流和选择的尝试以混乱告终的结果。现在，我想转向对语言方面的关注，并聚焦于道德和性约束的词汇。

在第1章和第2章中，我已经讨论了语言本身自我指涉的特点，以及挪用的修辞的效果，它使语言变为意义的纷争，而非清楚传达意义的媒介。而在《希波吕托斯》中，"欧里庇得斯相当清楚，我们赖以指导生活的道德概念具有怎样的模糊性和'多变性'（protean）……这从他对诸如 *semnos* 和 *sophron* 这些词语的意义变换的关注中就能明显看出。"[64] 的确，纯洁和自制的概念一方面关系到一个人对自我的认识，另一方面则是道德行动的概念（如果两者能够分开的话），而这两方面不仅能产生人与人之间的各种张力（比如《希波吕托斯》的开场），也为天神提供了思考安排的动机。比如阿芙洛狄忒就在她的开场白中表达了她对一些人的看法："对我的态度大胆而傲慢"（*phronousin eis hemas mega*）。这个想法也体现在随后出场的仆人口中。在希波吕托斯拒绝

---

〔64〕Segal 1970，278.

敬奉（*time* 107）阿芙洛狄忒之后［如女神自己说的，"被那些敬神的人所尊重（*timomenon*）"，8］，这位仆人向阿芙洛狄忒祈祷，责备年轻人"有这样的态度"（*phronountas houtos*）。菲德拉也用相似的词语描述了自己恢复平静状态的尝试［376，378，390，412 这几行都有 *phren* 这个词根的重复，意思是"心智"（mind）］。而乳母与菲德拉的辩论、她的"后来的想法"（*phrontides*），也呼应了阿芙洛狄忒对那些以"高傲、狂妄的态度"对待女神的人们。在格林的翻译中，希波吕托斯对女性的诽谤以呼吁女人应当"贞洁"而结尾。但这个动词实际上是 *sophronein*（它也是名词 *sophrosune* 和形容词 *sophron* 的来源）。*sophronein* 的词源构造是 *sos phren*："稳定、清醒的头脑"；比起"身体的贞洁"，它的意思接近于"清醒的态度""自我约束"和"对限度应有的察觉"。

菲德拉的最后一句话与她的继子的最终爆发形成了讽刺的呼应。我依然引用格林的译文："他将感受到和我一样的、凡人的病痛，并懂得什么是节制的贞洁。""节制的贞洁"这个古怪的词组，实际上仍然是 *sophronein* 这个词在同一格律位置的替换。菲德拉也用同样的威胁回敬了希波吕托斯，预言他会学到相同的品质。

之后的合唱歌中，歌队坚定地认为悲剧就发生在"头脑"里（*phren*）（765，775，格林将其译为"精神"和"心"）。更进一步，接下来提修斯与希波吕托斯的争论，也同样以围绕着 *phren* 的对话开始（919–22）：

提修斯：

　　有一件事你［人类］从来没去争取过——向
愚蠢的人教授智慧（wisdom）。
希波吕托斯：

　　了不起的聪明人才能使愚人变得明智。

　　"智慧"（920）一词原文是 phronein，我之前将其译为
"处在特定的心智状态中"。希波吕托斯的回答延续了提修斯
挖苦的讽刺，但又使其意义变得更具体。"愚人"的希腊语
是 tous me phronountas，即那些无法 phronein 的人们。而"变
得明智"是 eu phronein——不仅有 phronein 的能力，还以副
词 eu（"好"）加以限定。这句话是说："一个聪明的老师，
才能使不能思考的人善于思考。"

　　父子间刻薄的争辩，从一开始就纠缠在对彼此心智状
态的指责和关注上。phren 和相关的词语在 926、930、983
行（格林在其中没能给出精确翻译）以及 936、969 行得到
重复。确实，希波吕托斯坚持宣称没有其他人比他自己"更
有节制（sophron）"（995）。将其翻译为"贞洁"依旧会使其
含义模糊：这个词实际上是描述头脑清醒的常用词语，或者
说，是希波吕托斯用以形容事物的界限和秩序，以服务于自
己的目的的词语，而不是童贞或纯洁这些绝对品质的直接表
达。受他的誓言约束，希波吕托斯无法讲出真相——但在他
希望有所暗示的两难处境中，关于 sophronein 的语言却发生
了自我分裂。在接下来的诗行中，sophron 被译为"有德性的"

134

（virtuous）（1034–5）：

> 她虽没有德性却做得有德性（in deed），
> 我虽然有德性却落得不幸。

在这里，关于 *sophronein* 的词汇展示的是一种分裂和破坏的力量，而非与道德品质相联系的、判断行动的积极价值。

我希望，以上这些太过简略的分析能够说明，正确的心理态度，以及遵守 *sophronein* 和 *phronein* 这些词汇所划定的边界和约束，是这部剧作中性别和自我的话语极为重要的组成部分。但正确的 *sophronein* 是不存在的，只能通过不同的、互相冲突的说法组成的体系被假设出来。作为挪用和错置的对象，道德术语在剧中反而消减了统一的道德说教的效果（除非这种信息关注的是道德话语的错位）。确实，在最后的场景中，阿尔忒弥斯对在场的角色解释了真相，并异乎寻常地称呼希波吕托斯为 *sophron*（1402）。如果说这部剧中有什么人的 *sophronein* 在一开始便面临危机，那就是希波吕托斯。但在结尾，女神却在他毁灭的时刻承认了他有这种品质。就算由神明搭建的剧情框架和父子最终的和解多少给了人们一些安全与和谐感，这种和谐也无法扩展至道德词汇的明确约束和清晰边界。阿尔忒弥斯说，希波吕托斯展示了自己的"*sophron*"，但因此招致了阿芙洛狄忒的憎恨，我们又该如何理解这种评价呢？语言的开放性解读拒绝任何安慰性的调和。关于遵循适当约束的词汇再次出现，却不仅仅是突出菲德拉的高贵，而是与其自身形成了反讽，并一再变得模糊。

菲德拉自己也在一段著名的对话中（338ff.）讨论了另一个重要概念的模糊性，这就是羞耻（*aidos*）。现在，我不想对这种模糊性的解释讨论太多，[65] 但我希望考虑的是她用以表达语言的两重性的词汇。这是我自己的翻译（385-7）：

> 羞耻分两种，一种并不坏，
>
> 另一种却是家庭的负担。如果正确的界限是清晰的，
>
> 那么这两者本就不应该用一个名称。

道德语言的模糊性，在这里被词语表现形式的模糊性表达出来：一个词表示了两种不同的意思。这便使"正确的界限""命中目标"的清晰性受到了破坏。

乳母在对王后说的话中提起了写下的古老文字（old written texts）[66]（451）对宙斯爱上塞墨勒的描绘。她用这个例子来说明，人必须对爱情让步，因为它是不可征服的。因此，在下一首合唱歌中重提这个故事（555-64）便显得十分重要：歌队以同一个故事来说明激情有着残忍的、毁灭性的

---

〔65〕例如 Barrett 各处；Segal 1970；Avery 1968；Willink 1968，都解释了这些诗行。

〔66〕Graphai 可以指绘画或者文字。巴雷特参照多兹（Dodds）的看法，认为此处的意思只能是文字。

力量——紧接着，便传来希波吕托斯愤怒的喊叫。乳母援引的文字证据，因其与歌队对这个神话的解读并置而引发了双重的怀疑。

菲德拉的信，是误读文字的可能性的重要例子（包括写作和解读两个过程）。这封信的文字"大声地哭诉"（877），其中有"一首歌"（880），它是一份"明确的指控"（1057–8）。与之相反，希波吕托斯寻求家宅来为他见证（1074），却被提修斯尖刻地反驳回去，称其为"聪明地求助于不说话的证人"（1076）。写下的文字有一种理所当然的确定性，引得提修斯发出了不可挽回的、口头的诅咒。而正是这种不确定性、这种文字作为表义媒介的双重性，使他徒劳地希望收回诅咒。

从这个方面看，剧中最为著名的、冒犯了雅典观众的台词展示了语言和思想、道德选择、理智决定之间的完全断裂，这点是很有意思的——它也显示了某种确定性解读的不可能："我的舌头发了誓，但头脑（phren）没有。"希波吕托斯没有说出真相，而是坚守致命的誓言，这一点并没有完全掩饰语言作为宗教功能的恐怖性，它完全与意图、清晰性和真相分离开来。一方面是提修斯的诅咒，这是表述行为的清晰语言，没有错误，在表达中展现了所有的意图（尽管他的意图也是错误的）；另一方面则是语言和它所表达的东西之间完全的断裂。因此，菲德拉认为人言不可信，这一点不足为怪。

有人认为，菲德拉告发信的设置"一定是这个版本独有的"。[67]那样的话，这段情节的书写如何与整部《希波吕托斯》的重写，也就是对这个神话的再次改写（解读）关联起来？第二个版本因其对女主角的改写遵循了传统道德对"好女人"的定义而获得了一等奖，但这不单是"纠正了第一版中十分令人不适的不当之处"。[68]因为，它不仅将道德约束的词汇置于可疑的地位，引导我们去重新理解它们（就像 sophronein），也通过将道德观念与玩世不恭的诡辩修辞的并置以及对神的世界的混乱描述（对传统道德原则的认可），挑战和破坏了这种道德观念的地位。更进一步，"第二种想法更明智"的观念经由智术师般的乳母在剧中提出，正是为了能够正当地挑战传统道德观念，而重读菲德拉书信的需求、乳母援引的写下的故事、道德话语的片言只字，全都在向我们暗示文本解读过程的不确定性。误读，是《希波吕托斯》一剧的关键动力。

在强调误读与变换误导性的语言之间，欧里庇得斯悲剧的解释者所处的位置可以说十分飘忽不定。语言和解读的倒转是如此扭曲而充满讽刺，一个解释者若总是被证明可能出错，他的立足之地又在哪里？换句话讲，第二版《希波吕托斯》并不是对第一版所表现的堕落女性特质的简单矫正，而是通过"改写"这个行动本身，重新强调了语言和话语的差异与分歧，而这使得性别、社会和理性的边界和秩序失去

---

〔67〕 Barrett 1964, 38.

〔68〕 译自该剧的前言（hypothesis）（Ⅱ, 6–7）。

了正确、固定的特性。两版《希波吕托斯》的相互联系远没有使道德语言趋于稳定，相反却只能使其不稳定性进一步得到强调。重写和重新解读只能更加凸显出重复过程中的差别。差异和分歧在这两个版本的关系上反复被强调，即便认为第二版是对第一版的矫正，差异和分歧也依然存在。而第二版中加入的菲德拉的告发信——这段文本中的文本，是一段书写下来的，指向欺骗、解读和重读的文字，它本身便暗示着，文本信息的倒转可能使交流过程充满"打滑"的危险。

因而，在这部悲剧中处于关键地位的，或许不是"道德"，而是"道德"与"非道德"之间的区分。欧里庇得斯的戏剧似乎在质疑雅典人的判断——他们在此剧第二次问世时将它评为一等奖，却对第一版所张扬的道德观大为不满。

欧里庇得斯剧作中这些反讽的倒转，导致定义道德与非道德的相互关系变得困难，这点是我们解读《希波吕托斯》中的性别话语时必须注意的。从雅典人定义两性关系的不同观念体系入手固然是必要的，但这部悲剧本身却也挑战了这 ¹³⁷ 个观念体系的定义和划界。这部悲剧的语言不仅反映了一种性别话语，也挑战、讽刺和削弱了使用这种话语的安全感，尤为明显的是它对分类、阅读、解释这些确认差别、决定和规则的过程的挑战。性别话语无法提供一个框架体系，来使这部悲剧适当地容纳其中并得到规范和控制。一些弗洛伊德主义和人类学的解读可能会认为它提供了一个解释框架，然而，性别差异的语言和逻辑实际上只是重新定义了悲剧文本中意义的差异与分歧。

因此，这部剧作中始终存在着显性表述、隐性知识，以及悲剧文本所挑起的问题之间的辩证关系。我们的阅读需要联系具体文化的性别话语，也需要关注欧里庇得斯分解性的、使人目眩的反讽，这两种必要性之间的张力意味着必须不断进行重新解释，不断回归自身（oneself），反观自我（one's self）。性别的道德和社会语言的最终确定，在欧里庇得斯的文本中被完全颠覆。面对不断的重新书写，我们能做的只有重新解读⋯⋯

第6章　文本与传统

追寻光荣的云彩……

——华兹华斯

杰弗里·哈特曼（Geoffrey Hartman）写道："读一首诗就像走在寂静之上——火山的寂静。我们感受到历史的土地；还有被掩埋的文字的生命。"[1]这种深不可测、难以探知的感觉，没有比希腊悲剧与早期文本传统的关系更明显的了。尽管三大悲剧家的作品中只有较少一部分故事直接取自荷马史诗，并且悲剧的诗体语言也不直接效仿荷马的用语（有些文体却是如此），[2]我们依然不能抛开荷马和赫西俄德在悲剧文本中的呼应和回响来理解这些悲剧作品，这些重要的影响是多层次、多种多样的。在第4章和第5章，我已经提到了面向城邦公民演出、却将背景设置在英雄时代

---

[1]　1970, 342–3.

[2]　Gould 1983, 32–3 提出了这个观点，但情况没有那么绝对。关于抒情诗，见 Harvey 1957；关于希腊化时期诗歌，见例如 Giangrande 1970，以及新近的研究，Bulloch 1985；Hopkinson 1984。

的悲剧如何引发过去与现在的复杂辩证关系，[3] 而在第 1 章中我也讨论了一个具体的民主化改写的例子，即《俄瑞斯忒亚》中关于法庭建立的描述如何对赫西俄德不要给出歪曲判断的训诫进行了改写。在这章中，我希望在篇幅允许的情况下尽可能详细地讨论希腊悲剧文本与其传统的关系，这种传统是悲剧写作和被解读的依据，但同时也受到了悲剧的挑战。据称，埃斯库罗斯曾说自己的作品是"荷马筵席上的盘菜"[4]（尽管我们不清楚，这是指吃剩的还是精心选择的菜），而"索福克勒斯对自己的作品，一定也像埃斯库罗斯这样认为"。[5] 欧里庇得斯也一样，阅读他的剧作不能离开对英雄传统与在超越文学的背景下改写荷马的理解。这一章将着重关注的，就是悲剧文本在对传统的承袭和挑战中，看待和运用过去（尤其是荷马）的不同态度。

139 我的主题本身与过去以及学术研究的传统有很深的联系：正如我们将要看到的，不仅荷马研究是古希腊研究和教学的基础，悲剧与荷马的联系这个具体问题当然也是传统的。最近的文学研究已经为我们勾勒出了早期对这个主题的探讨的不足之处。大多数维多利亚时代希腊戏剧的编辑和翻译——还有将这些维多利亚方法视为典范的现代作品——都

---

[3]　一个小的例外是埃斯库罗斯的《波斯人》。但它仍然将背景设置在外国，而且在某种程度上被"神话化"；见 Winnington-Ingram 1983，1–16。关于弗律尼科斯（Phrynichus）的《米利都的陷落》（*Sack of Miletus*）我们所知甚少，但它被认为处理了一个当代题材。

[4]　Athen. 8.347e.

[5]　Knox 1964，52.

满足于枚举悲剧和史诗在"情节"上的区别，却极少尝试去解释或分析这样的变化为何形成，或者从中可以领悟到什么重要的问题。同样，尽管它们都例行公事般地提到了荷马史诗中的具体呼应，也很少在提及这些细节之外尝试解释或分析，为何一个特定的荷马史诗片段会被悲剧某个特定部分借用。然而，最近有诺克斯[6]和温宁顿–英格拉姆[7]等学者提出了关于索福克勒斯的主人公的分析，并从英雄时代的过往与民主的、当代的社会规范之间的关系来进入这个问题；而韦尔南提出的"悲剧时刻"（tragic moment）概念也围绕着英雄的、传统的规范与流动的社会中新出现的法制和公共价值之间的张力展开。[8]以上提到的每一位批评家在下一章中都会重点讨论。但是，尽管悲剧文本经常被用在研究希腊世界的思想史上，从悲剧与更早的希腊文学之间的关系入手对这个主题进行的探讨却少得令人惊讶。[9]

在悲剧的写作和阅读过程中，传统的角色总是较少得到研究，这种缺失与希腊悲剧以外领域的研究情况形成了鲜明对比。本章的题记来自一位浪漫主义诗人，这不是没有原因的。因为，正是浪漫派诗人对文学传统的依赖和移位（dislocation），以及后来的现代作家们对浪漫派及其他作者的反应，构成了一个微妙而影响深远的学术传统。从艾略特、

---

〔6〕 1964，尤其 50ff.。

〔7〕 1980，尤其 15ff.，60ff.。

〔8〕 Vernant and Vidal-Naquet 1981，1–5.

〔9〕 例如 Solmsen 1949，我并不觉得它有太大帮助。

利维斯对传统的教诲的不同定义，到更接近当代的布鲁姆、哈特曼、克里斯蒂娃（Kristeva）的作品，都以各种方式分析了不同文本以及文本与传统之间的关系，这些方法极大地发展了"影响""呼应"和"参照"的概念。我希望，这些批评家的方法能够同样帮助我们理清悲剧文本和早期作品间的关系。

在整个前五世纪，荷马一直被尊为"最好和最神圣的诗人"，正如柏拉图所描述的那样。[10] 然而，这个判断并不是古代审美的通常观念。荷马的价值不仅在于其诗歌贡献，或者可以说，诗歌在古代雅典社会的价值远远不同于它在现代文化中的定义。在古代雅典，诗歌被视作最重要的教育媒介而被人们使用。从儿童教育到更为广泛的思想、政策、观念传播，诗歌在雅典文化中有着重要的社会功能。在最简单的层面上，艺术（Muses）学习——诗歌、音乐、舞蹈——与体操训练并列，是儿童教育的两个根基。诗歌提供了学习的文本，而荷马则构成了传统教育中尤为重要的一个领域。举个例子，阿里斯托芬最早的喜剧《宴会》（*Daitales*）的一个片段中就描写了一堂课，老师就荷马史诗的古风词汇向一个男孩提问；[11] 诗歌和音乐甚至在柏拉图的《理想国》和《法篇》中激进的改革蓝图里都被作为必要的教育基础，而总的说来，"缺少歌唱、舞蹈和诗歌的训练，就是缺少教育的同

---

〔10〕 *Ion* 530b9–10.

〔11〕 Fr 222 K. 关于这类教学的图片，见 Beck 1975，尤其是柏林的学校场景瓶画（Berlin School Cup）（14–15）。

义词"。[12]人们通常认为，阿里斯托芬的喜剧总是将"训练"（discipline）当作老式的、正在消失的东西，这类训练与智术师的新方法相比显得保守和陈旧，[13]尽管我们从中确实得到了这样的印象，音乐、舞蹈和诗歌，尤其是荷马，依然在前五世纪和前四世纪的早期教育中持续占有着重要位置。[14]

　　最近的研究者已经在尝试分析诗歌和音乐在希腊文化中的重要性在历史上是如何发展的。[15]其中，年轻人，尤其是青少年合唱队的训练和表演，在前六世纪更广泛的社会意义上扮演了有趣的教育功能——同其他许多与少年和青年时期相关的制度一样。青年歌队表演的训练不仅是教授歌舞的场合，更是整个教育过程中的一个重要部分，在这种训练中，诗人和他的诗歌得以转化社会的文化遗产。诗人的特殊功能便是"保护和转化一整套伦理价值体系和基于共同体生活延续性的神话集合"。[16]在这个意义上，诗人是"最卓越的教育者"[17]——"真理的掌握者"（master of truth）。[18]不管是诗歌那常常被提起的欺骗性和危险性，[19]还是诗人自称的神灵附体和通过诗歌传唱使记忆不朽的能力，我们都必须

141

---

[12] *Achreutos apaideutos*（*Laws* 654a）。当然，柏拉图接下来便区分了诗歌和音乐的好坏。

[13] 尤其在 *Clouds* 961ff.。关于智术师，见本书第 9 章。

[14] 见 Marrou 1956，41ff.。荷马在教育中的显要地位在莎草文书中也能找到证据。

[15] Calame 1977；Detienne 1967；Svenbro 1976.

[16] Calame 1977，399.

[17] 同上。

[18] 这是德蒂安的说法。

[19] 正如 Detienne 1967，72ff. 强调的。另见 Pucci 1977。

从诗歌重要的教育意义出发来探究。在诗歌中有一种特殊的力量。前五世纪及以后的诗人宣称他们自己为"公民的教育者",这是与神灵感召、通过诗歌教授神话和价值的诗人传统联系在一起的。

因此,在整个前五世纪和前四世纪,对诗歌的学习和实践一直与体操并列,被当作儿童教育的关键部分。[20]但诗歌的教育力量也超越了年轻人的教学。巴门尼德、色诺芬尼(Xenophanes)等有影响的哲学家都用诗体写作,同样还有梭伦这样的伟大改革家和政治领袖,以及忒奥格尼斯(Theognis)这样的教诲诗人。当古代雅典的诗人称自己为城邦的教育者时,他们也将自己与梭伦这样的人物联系了起来,后者进行的政治、社会和道德改革奠定了他作为民主城邦伟大改革家之一的地位。[21]诗歌不仅是一门秘传的技艺或者单纯的娱乐,对城邦来说更是重要、普遍和真实的语言媒介,这种概念也与作为公众性场合的悲剧节庆制度紧密相关。

同样,荷马这位"最好和最神圣"的诗人,其作品也被公开地表演和朗诵。被称作"吟诵者"(rhapsodes)(也就是"缝合诗歌的人们")的专业歌手常常在各地漫游,朗诵诗歌,并定期举办吟诵比赛。泛雅典娜节,如它的名字所表示的,是另一个雅典全城庆祝的节日,其中就包括朗诵荷马作品的比赛(同样也有武装的赛马会和火炬游行)。吟诵者需要在

---

〔20〕 见 Marrou 1956, 46ff.。

〔21〕 关于梭伦和民主意识形态的关系,见 Mossé 1979;Fuks 1953, 84–101;David 1984 讨论了在城邦事务上反对中立的立法;Manville 1980。

142

前一位歌手停下的地方接着朗诵——这就意味着或许他们必须将整部荷马史诗熟记于心。[22] 确实有故事说，有的年轻人被要求背诵整部荷马史诗以"变得更好"，[23] 尽管在色诺芬笔下，这些吟诵者依旧是最蠢的一群人！关于吟诵者及其技艺，更加全面的观点可以在柏拉图的《伊翁》(*Ion*) 这篇短小而诙谐的对话中看到，其中，苏格拉底以他惯常的讽刺与伊翁这位有名的吟诵者展开了辩论。伊翁被迫承认，他自己声称从钻研荷马——他的教育者——学到的广泛知识，和任何一个有一技之长的人相比都要逊色一筹。最后，这位吟诵者似乎陷入了一个选择，要么被认为受了神灵启示，要么被称作骗子，伊翁干脆地选择了前者。这位吟诵诗人收回了他的观点，即诗歌在各个方面教育了他，而柏拉图在《理想国》中将会进一步证明，哲学应取代诗歌作为"真理的掌握者"——并在他的理想城邦中驱逐诗人。柏拉图对诗歌长篇而严峻的批评，至少部分源于诗人和诗歌在前五世纪至前四世纪的雅典社会与真理和教育相关的、持续的显赫地位。

因而，荷马的文本不仅对于实际的教育过程，也对雅典社会观念和思想的构造而言至关重要，它是知识、行为和伦理的首要来源和权威。人们常常引用荷马文本来支持他们的观点（对其他诗人也一样，只是引用得更少），荷马故事中的角色为人们提供行为的榜样，[24] 而荷马文本中多种多样

---

[22] 见 Xen. *Sym*. 3.5–6；Plat. *Hipp*. 228b；Diog. Laer. 1.57。

[23] 比如 Xen. *Sym*. 3.6 中，这个人声称自己每天都听人朗诵荷马作品。

[24] 例 Plat. *Hipp. Min*. 365b。

的话题和语气，使人们得以在几乎任何情境下引用荷马。荷马史诗被称为"希腊的圣经"在这方面是有理由的。他被称作"'诗人'（the poet）……以种种方式创造了人类经验真实、正确而永恒的图像，并以技巧和智慧教育了埃斯库罗斯、索福克勒斯和欧里庇得斯"。[25]

然而，针对荷马的批评也由来已久。色诺芬尼是一个声望极高的吟游诗人，曾经漫游在公元前六世纪末的希腊语世界。[26]他吟唱自创的诗歌，在其中攻击荷马和赫西俄德，因为他们"将人类的耻辱和罪责强加到神身上……违法的事：偷窃、通奸、互相欺骗"。[27]色诺芬尼像荷马一样用六音步写作，他的语言也显然在极大程度上借鉴了荷马的用词和风格。但他在道德上对荷马诗歌中神人同形同性特征的拒斥，一方面证明关于荷马的学问的确源远流长，另一方面也证明诗歌中对神的观点也会遭到反对。

他对荷马的质疑很快就遭到了利吉姆的忒阿格尼斯（Theagenis of Rhegium）的反驳。后者据称创立了寓意解经法，用以解释例如诸神之战这样的场景，他也同样创立了荷马文本的语法和语文学研究。[28]前五世纪的智术师发展了这种对古代诗歌的语言研究，[29]也承袭和发扬了对传统神学观念价

143

---

〔25〕 Gould 1983, 45.

〔26〕 Pfeiffer 1968, 8 认为他可能生于 565 年。

〔27〕 DK 21B11—12.

〔28〕 例如 Pfeiffer 1968, 11—12。另见 Clarke 1981, 60—105。

〔29〕 比较 Kerferd 1981, 68ff.。

值的质疑。[30] 质疑荷马对众神的描绘和塑造形成了一种传统，当欧里庇得斯的《希波吕托斯》中的男主人公对神说道："你们应该比人更明智，既然你们是神"，这种传统似乎也在此处得到了呼应。

而斯忒西科洛斯（Stesichorus），最著名的抒情诗人之一，也对荷马权威的方方面面和诗歌所传达的真实提出了新的观点。据柏拉图的说法，斯忒西科洛斯曾写过一首关于海伦的诗，其中说海伦是特洛伊战争的罪魁祸首，而他因为这次"诽谤"而双目失明。[31] 他意识到了致盲的原因，并写作了一首改正前诗观点的"翻案诗"（palinode），开头说道："那个故事不是真的；你没有踏上那艘有好甲板的船，也没到过特洛伊的城楼。"这个新版故事认为，希腊将士们为之苦战的是一个幽灵，一个幻影（eidolon），一个空虚的图像，但他们并不知情；海伦本人则去了埃及。不管柏拉图所引述的故事是否准确，斯忒西科洛斯诗作的片段确实证明了苏达辞书的记载，[32] 其中说斯忒西科洛斯给出了荷马和赫西俄德所讲故事的新版本。这首翻案诗带有文学改写的双重性，而且强调希腊人是在为"图像"和"象征"（representation）而战——这使我们很难简单地将其与神灵启示的吟游诗人传统协调一致，这种困难也指出了希腊文学传统中，对诗歌的看法有着复杂的发展过程。与过去的文本相对立的，不仅是悲

---

〔30〕 比较 Kerferd 1981，163ff.。

〔31〕 *Phaedr.* 243a.

〔32〕 193，17—18。苏达辞书（The Suda）是一部较晚的参考书（A. D. c. 1000）。

剧诗人的质问，或者善于怀疑的哲学家们所写的作品。传统的权威本身就伴随着广泛的挑战和创新。

尽管荷马的文本在前六世纪就享受着极高的权威，同时遭受着诗人和哲学家的挑战，在前五世纪雅典的民主社会，却有一种十分特殊的障碍影响着人们对传统英雄传说的理解，尽管荷马依然被看作"最好和最神圣的诗人"。在第3章中，我试图描述在前五世纪后期的雅典当一个公民意味着什么。在其中，我尤其强调了共同体的特殊概念，这是一种归属感，一种参与社会和政治进程的感受。法律面前的平等、法庭和公民大会等机构的重要性、军队在保卫城邦中的作用，使公民身份成为判断一个男性社会地位的标准。但当我们转向荷马或赫西俄德，就会明显感觉到其中的差异。平民构成的公民群体被个人主义的英雄无视甚至蔑视。在集会上发言是领导者的特权，在《奥德赛》的开卷，伊塔卡的公民集会因为奥德修斯的缺席，已有十九年未曾召开。在转而探究悲剧与荷马的比较之前，我想讨论的是前五世纪的民主理念与荷马史诗理想的社会图景中两个具体的领域上的差异；两者都与悲剧的解读有很大关系，也在最近得到了许多学者的探讨。

第一个具体的领域是军事活动中的理念对立——这乍看起来是个不同寻常的话题。但就如我在第3章中论证的，在民主雅典，作为一个公民是与作为一名士兵的概念紧密联系在一起的。戴维斯写道："战争……使相当大一部分自由的成年男性人口参与其中……它深深地嵌在从《伊利亚特》到赫拉克勒斯的苦役再到马拉松、萨拉米斯和普拉提亚战役的神话和历史传统里，从中产生了一套关于勇敢行动的共同理念，以及道德准则中主要部分的基本框架。"[33]然而，前五世纪民主城邦的重装步兵的共同理念，却与荷马的理念在几个方面有很大不同。在荷马作品中，英雄就是全部。个体的战士掌控着战场和作战的话语，他的周围则聚集着更加弱小的支持者们。在《伊利亚特》中，阿基琉斯从战场退出的决定造成了希腊人运气的反转。他们一直被逼退到自己的船上。当阿基琉斯被帕特罗克洛斯之死动摇，决定重新返回战场时，他个人的冲锋陷阵为特洛伊军队带来了一场大屠杀，而这场屠杀以他在与赫克托尔一对一的决斗中胜出而结束。在荷马的战争史诗中，一个接一个的遇难者被提及名字，他们死亡的惨状被一遍遍地描述；英雄们彼此角斗，交换名字，互相自夸，并为个人的荣誉和胜利而战斗。就连赫克托尔，"城市的壁垒"，也对他的妻子解释说，他作战是为了他自己和父亲的荣誉和名声。作为最好的特洛伊人，不去作战是可耻的，即便他知道这场战斗的结果也许已经注定。阿基琉斯拒绝作战，是因为他感到，以自己的声名和荣誉，他所应得的尊敬遭到了怠慢。但之后他回到了战场，尽管他从女神母亲那里知道自己将不会长命，并将死在特洛伊的土地上。阿基琉斯的著名选择，在以短暂的生命获得永久的个人荣誉和一个长久、平稳而没有荣誉的人生之间选取了前者，这其中包含了《伊利亚特》的叙事中描述"最好的阿开奥斯

---

[33] 1978，31。另见 Ehrenberg 1960，80ff.；Vernant 1968 各处。

人"时至关重要的悲剧性自我毁灭倾向。阿基琉斯是唯一一个在战斗中清楚地知道自己必死的英雄。在参与特洛伊战争的英雄们之间有一个按照勇气和声望而划分的等级：所有人都为了提高自己在其中的地位而战斗。阿基琉斯是最好的阿开奥斯人，他将对个人光荣的渴望推行到了极致，以至于牺牲了未来的人生来换取身后荣誉长存。个人在战斗和荣誉上对自我的重视，是《伊利亚特》中一个常见而关键的主题。

而前五世纪的战士则面临着截然不同的要求。当然，有些理想的品质是一贯的，与荷马笔下的战士一样，比如力量、拒绝逃跑和胜利。但这种对个人英勇的要求却有相当不同的组织方式。重装步兵作战时，要排成一个封闭的方阵（phalanx）。它由一个团队的士兵紧密排列而组成，这些人接受的是以固定、密集的队形进行平地作战的训练。相比于对个人力量或即兴发挥的倚重，方阵依靠的是集体的、事先计划的能力。不仅每个士兵持矛的右臂都受到身边伙伴的盾牌掩护，任何行动的胜利也都依靠着大家共同守住阵线的能力。一个方阵一旦被冲垮，就极容易被另一个完整的方阵击溃。同理，三列桨战船上的桨手们或输或赢，都是作为一个集体。一个战士的价值必然与集体的努力关联在一起。

的确，在我已经提到过的、为阵亡将士举行的葬礼演说中，死者的名字甚至从未被宣布，而葬礼本身也属于城邦的公共事件。这场仪式清楚地显示了前五世纪的军事意识形态及其在一个更大的公共思想体系中发挥的作用与荷马史诗中的观念的差异。荷马的英雄参与战斗，是为了使他们的名字不朽，为了他们个人的地位和荣誉，但与此相反，前五世纪的重装步兵是在城邦的联合行动中战斗的。他为城邦而战，死后则作为光荣但非个体化的城邦英雄中的一员而被埋葬。自我的意识由此包含在城邦的延续中。

因此，尽管初看起来，关于战争的词汇和伦理从荷马到前五世纪的世界有着一定的连贯性——勇敢、美德、士气（morale）一直都是评价和描述军事行为的词语——在如何分类和从理想军事行动的层面理解这些价值的问题上，它们依然经历了剧烈的转向。

这种从个人英雄主义到集体合作的转向，在我想要简单讨论的第二部分的差异中也有体现，这个差异就是道德词汇和关注点的转变。在之前几章中，我常常将 dikē 和 sophronein 以及它们的同源词作为人与人之间关系的表达，或悲剧文本中对行为的评价来讨论，这些基本的表达同时又十分模糊。我们可以注意到，这些术语在荷马的词汇中都不146是特别常见，尽管都出现过。[34] 这不仅是因为现存证据的类型发生了变化：相反，悲剧重新讲述荷马的故事，相当于在前五世纪的关注焦点之下将这些叙事进行了重新演绎。就如我们将在第 7 章看到的，在《埃阿斯》中，用以评价埃阿斯的行为的是 sophronein 这个概念，这与荷马史诗中很不一样；埃阿斯的行动挑战了正常行为的法则，这点就是通过

---

[34] 关于 dike，见 Havelock 1978，与之相反的观点见 Lloyd-Jones 1971。关于 sophronein，见 North 1966，1ff.，也见 Winnington-Ingram 1980，69–70。

sophronein 的价值表达出来的：这是自我控制、屈服和平衡的价值，与埃阿斯的自我强调的、极度的狂热是那么不同。就如我们将看到的，这部悲剧似乎在强调埃阿斯无法适应社会法则，也无法将他的自我融入军队这个世界的等级和秩序。我想强调的是，在这里，英雄与周遭社会的张力主要是通过前五世纪伦理观念的语言建构起来的——这套观念反映了城邦的社会生活中关于献身和参与的民主意识形态。城邦生活的意识形态对个人通过军事行动确定自我意识而言至关重要，也对伦理法则的理解有极大影响。对诸如 *sophronein* 这类概念的新的强调，是由生活在民主城邦的一种特定态度发展起来的。在这章的后面我们会看到，从荷马到前五世纪的世界所发生的变化，在悲剧中有着不同而又复杂的描述。如果说荷马不知道"安静"（quiet）或"协作"（co-operative）的美德，[35]或者荷马对追求个人声名和荣誉以表达自我的描写在后世的希腊文化中就此消失，[36]这些假设都过于简单，甚至是不正确的。悲剧对古代传说的改写发展出了一套特殊的公元前五世纪的自我意识，以及对荷马的价值体系的追问。如果说悲剧表达了一种"撕裂的意识、一种对造成自我分裂的矛盾的认识"，[37]那么悲剧节庆就近似于将一个生活在前五世纪的人从他所全心归属的古代文本和价值中撕裂的暴力过程。

---

〔35〕 阿德金斯（Adkins）的术语。

〔36〕 见例如 Dover 1974，226ff.。

〔37〕 Vernant and Vidal-Naquet 1981，2–3.

的确，韦尔南将公民群体的集体价值与英雄（即演员）的自我表达之间的对立看作悲剧形式结构中的关键要素。他认为，歌队提供了"一个无名的、集体的存在，其作用是通过自身的恐惧、希望和判断来表达构成这个公民共同体的观者的感受"。[38] 而演员提供的则是"一个个体形象，其行动构成了戏剧的中心。他被看作来自另一个时代的英雄，对正常的公民处境而言，总是多少有些陌生"。[39] 我们在第11章会看到，这个笼统的说法需要一些限定；但它的确指出了，个人与共同体、英雄与城邦之间的关系运作始终是悲剧文本和表演中的重要关切。

我希望首先考虑的是，一个在荷马史诗中占据很长篇幅的故事，其叙事是如何在前五世纪的特殊语境中被采用、改写和发展的；我想以《俄瑞斯忒亚》来开始我的讨论。对批评界而言，比较三位悲剧作家改写俄瑞斯忒斯故事的不同版本早就习以为常，但总体而言，《俄瑞斯忒亚》与《奥德赛》之间的重要关系却没有得到充分讨论。[40] 毕竟，《俄瑞斯忒亚》中讲述了一次的故事，在《奥德赛》的前十二卷被反复讲述了九次，在后几卷里也有几次提及，这一点是尤其让人惊讶的。通常的解释是，《奥德赛》中不断讲述俄瑞斯忒斯的故事，是因为奥德修斯的儿子忒勒马科斯正遭到佩涅罗佩的求婚者的围困和威胁，而俄瑞斯忒斯实施

---

〔38〕 1981, 2.

〔39〕 同上。

〔40〕 有限的讨论见 Goldhill 1984a, 183ff.; Gould 1983, 32–4。

报复的行为可以为他树立一个榜样。然而，这两个平行的故事所发挥的复杂作用远远大于一种简单的激励模式。一方面，确实存在着一定的模式：两个年轻人作为继承者的身份都受到了威胁。两人也同样受到了性的挑战——一面是埃吉斯托斯通过引诱和谋杀而篡夺地位，另一面是特勒马科斯对佩涅罗佩屈服于某个放荡的求婚人的担忧，这些求婚人的淫乱无度在诗中不止一次被提到，他们也同时在谋划杀死特勒马科斯。另一方面，特勒马科斯和俄瑞斯忒斯的处境也有相当的不同。在俄瑞斯忒斯这方面，正确行动的指示被描述得非常直接。他被一个男性篡权者剥夺了自己的地位，而这位男性篡权者必须得到报复。在《奥德赛》的开篇，宙斯就指出埃吉斯托斯要为自己的死负全部责任，因为他忽视了神的明确指示，而雅典娜也称赞俄瑞斯忒斯的行动，认为这是年轻人的榜样。这里并没有提及弑母的罪行，也没有考虑围绕着弑母行为的道德上的不确定性：事实上，埃吉斯托斯一人谋划和实施了杀死国王的行动——王后仅仅提供了女性的狡猾和欺骗——而且就连克吕泰墨涅斯特拉之死，这一埃斯库罗斯戏剧中的重要瞬间，在《奥德赛》里也没有任何地方提及。有一处提到了埃吉斯托斯和克吕泰墨涅斯特拉的合葬，但即便是这里都没有指明克吕泰墨涅斯特拉究竟经历了什么："在这之后的第八年，神样的俄瑞斯忒斯从雅典回来，杀掉了谋杀者，那位杀死了他著名父亲的、狡诈的埃吉斯托斯。将他杀死之后，他邀请阿尔戈斯的长老来参加他那可憎的母亲和懦

148

夫埃吉斯托斯的葬礼。"[41]从"将他杀死之后"中表示复仇对象的阳性单数代词，到两个人的葬礼，这里显然存在着复仇叙事的跳跃。

这一跳跃不仅是提供一个"干净"的俄瑞斯忒斯形象，并以此来作为特勒马科斯的道德典范的尝试。它对理解特勒马科斯和俄瑞斯忒斯之间的平行关系也相当关键。特勒马科斯的双亲都在人世，这对他来说十分重要。和俄瑞斯忒斯不同，特勒马科斯无法成为家宅唯一而且光荣的管理者。当奥德修斯返回之后，特勒马科斯会处在什么地位？这个儿子与他的父母的关系又将如何？在父亲的缺席所造成的身份不确定中，他到底应当如何行事？俄瑞斯忒斯地位的确定性，在这里与围绕着特勒马科斯的犹疑不定形成了强烈对比。

特勒马科斯与俄瑞斯忒斯之间的相似与不同，和《奥德赛》中的性别话语高度相关。奥德修斯一直旅行在与佩涅罗佩恢复夫妻关系的路途上，而特勒马科斯的旅程也被描绘为通向成熟之路，同时也是他在家中相比于父母的地位的重新定义。确实，在《奥德赛》的叙事结构中，奥德修斯多数时候是在费埃克斯的王宫里以倒序叙说他的流浪，而这与史诗开头部分特勒马科斯踏上旅程寻找父亲，以及最后奥德修斯返回伊塔卡的叙事是平行的。父子二人在这种平行关系中重新整合了家庭。

近来许多研究都关注到了这种重新整合，它是奥德修

---

[41] *Od.* 3.307–10.

斯在回家，或者说返乡（*nostos*）过程中的重要概念。[42]奥德修斯和特勒马科斯途经的这些社会和种族为他们的故乡伊塔卡提供了不同角度的写照，这些景象是碎片化的、混乱的，正像伊塔卡因为国王的缺席和求婚者的行为而处于失序状态。随着复仇叙事的进行，奥德修斯逐渐建立起了，或者说被重新纳入了一系列定义他在家中角色的关系。

家庭中的性别关系对家庭的定义而言至关重要；在第3章和第5章里，我曾对 *oikos* 在世代延续上的必要性与性行为的约束之间的关系做过讨论。男性与女性之间正确的性别关系和世代延续的问题都是《奥德赛》中归乡叙事的重要结构。奥德修斯拒绝了多位与他发生过性关系的女性，理由是他想回到家乡的秩序中去。奥德修斯和卡吕普索待在一起七年，却没有生孩子，也不是住在家宅里，而是住在洞穴中。他还明确地将佩涅罗佩和这位女神做比较；尽管他的妻子外貌和才能都不如女神，他还是选择回家，而不是接受女神许诺他的永生。在卡吕普索的世界里，奥德修斯没有身处在一个社会中。这也是他必须回家的首要原因。类似地，基尔克，这位往往被认为象征着欲望的女神，将奥德修斯留下来住了一年，但最后奥德修斯也以思念家乡和他身为家宅之首的责任为由拒绝了她。在瑙西卡娅那里，她的父亲为奥德修斯提供了一个家，*oikos*，如果奥德修斯愿意留下来。但"父邦"（*fatherland*）才是奥德修斯最想回去的地方——*oikos* 是一个有

---

〔42〕Segal 1962b；1967；Vidal-Naquet 1981b；Goldhill 1984a，183ff.

过去也有未来的地方，这是奥德修斯对它的定义的关键。

在奥德修斯的家中，求婚者在许多方面为这个家宅带来了威胁：他们破坏着它的经济和社会稳定性。但作为求婚者，他们所构成的危险最主要来自他们的性别角色。许多批评家都注意到，这些求婚者实际上与埃吉斯托斯构成了平行关系。像埃吉斯托斯那样，他们想引诱王后，颠覆家庭的继承线索，同时从另一个男人那里将妻子偷走。在重正家宅秩序的过程中，不但求婚者们被杀死了，那些与他们通奸的女仆也遭到了同样下场。在家庭中，女人的性自由导致了混乱，也遭到了残酷的惩罚，史诗中对这些惩罚的描述十分生动。[43] 家庭秩序的重建也包括了对性别角色的规范。

在此我们应该考察一下奥德修斯在其中赢回佩涅罗佩的弯弓择偶情节；我在这里希望转向特勒马科斯在这场争夺他母亲的比赛中的角色。这场比赛很明显是为了将奥德修斯与在场的求婚人进行比较而设立的。实际上，求婚人怕的并不是失去与佩涅罗佩结婚的机会，而是怕在其他人面前证明自己不如奥德修斯——这是我之前提到的、处在荷马伦理中心地位的外在"荣誉"评价在起作用。特勒马科斯也参加了比赛，还为他参加比赛的原因提出了一个有趣的解释，毕竟他是不可能在比赛中获胜并迎娶自己的母亲的！然而，他的解释在句法和意涵上都格外模糊。[44] 依照里欧（Rieu）的

---

〔43〕 *Od.* 22.461ff.

〔44〕 *Od.* 21.113–17.

翻译，他的解释是："如果我也能安弦放箭，射穿铁斧，我的母亲就能告别这座房子，同另一个男人离开，我也不会担心，她留我在这里，我将为自己终于有同样的能力使用我父亲强大的武器而满意。"在这种解读中，特勒马科斯若能证明自己是一个足以掌管家宅的男人，便会让他的母亲离开。但这句话也可以依照梅里（Merry）的翻译："但如果我安弦射箭……我的母亲便不必离开这座房子，同另一个主人一起，使我深深地伤心，既然我留在这里，尽管还年轻，却已有能力赢得我的祖先的奖品。"在这种解读中，儿子能够做到和父亲一样，便可以使他的母亲留在家里，阻止她嫁给另一个男人。在儿子的表达中存在着一个明显的模糊，也就是，到底是拒绝还是拥有他的母亲，而这种模棱两可只有在他参与争夺"父亲的财产"的比赛，并知道他的父亲就在一旁看着的时候才显得合适。

确实，特勒马科斯参与射箭比赛的尝试，在某种重要的意义上既是对他自己男子气概的证明，也是对他的父亲的服从。他走到门槛边，"三次使力，颤悠悠地引拉弦绳，三次都放弃努力，尽管他心中希望安上弓弦，一箭穿过所有的铁斧。他第四次尽力拉弓，眼看就要安上，若不是奥德修斯摇头向他示意，阻止了他"。站在门槛上的特勒马科斯本可以证明自己有和父亲一样的能力，显示自己已经能够掌管家宅，但当父亲说"不"的时候，他还是服从了；他接受了父亲的权威，尽管他正站在成熟的门槛上证明自己。

俄瑞斯忒斯所经历的是老一代人的正义的毁灭，他们在性行为方面的不端使他们无法继续做家宅的主人。特勒马科斯通过毁灭求婚人在性和社会方面的威胁来扶正这个家庭，但他也同时被描绘为一个正在成长和获得男性能力与权威的人。《奥德赛》的叙事所描述的，是这位羽翼渐丰的年轻人如何通过接受父亲的权威——也通过父亲的恢复青春和始终强大的力量——而被纳入家庭秩序。儿子一定会接替父亲的权力——这是"代际延续"的意义所在，但这种传递并不是理所当然的。《奥德赛》就是在俄瑞斯忒斯和特勒马科斯的平行叙事中描绘了关于这种传递的两种不同观点。俄瑞斯忒斯对特勒马科斯的榜样作用突出了两人处境的差异，却也强调了显而易见的相似性。在很大程度上，《奥德赛》关注的是，身为一个在社会中的人（human being）意味着什么；这一主题在史诗开篇第一个词"男人"（the man）中便得到了表达。但"男人"的意义，在某种程度上就是由家庭中他与儿子的关系，以及家庭的代际延续目的而构成的。奥德修斯返回家庭的过程和特勒马科斯成人的过程是一对平行要素，有助于我们理解家庭的存在，尽管这种存在必然是暂时的。

当我们转向《俄瑞斯忒亚》时，一些叙事上的不同便立刻显现出来。杀害国王是由克吕泰墨涅斯特拉计划、主导和实施的。俄瑞斯忒斯复仇行为的重点也同样聚焦于克吕泰墨涅斯特拉，以及弑母行为的模棱两可。埃吉斯托斯只是简单地被打发走了。而埃里倪斯追踪俄瑞斯忒斯以及法庭审判的情节，在荷马史诗中没有提到。这些叙事上的差异究竟意味着什么，又有怎样的效果？前五世纪的故事为何与先前的故事有如此大的区别？

首先，我想更加具体地定义一下《俄瑞斯忒亚》所展现的东西与荷马有多大程度的区别和呼应。有一位注释者在这部三连剧的开篇评论说，这里提到的看守是阿伽门农的人。[45]这并不只是一位注释者以他无谓的热情指出的某个显而易见的事实。《奥德赛》中讲到埃吉斯托斯雇了一个看守来提醒他阿伽门农的归期，以使他有时间策划谋杀。当《阿伽门农》中的看守声明自己是由一个女人派来等待信号的，当他表达了见到国王平安归来的忠诚希望时，强调的重点已经大大改变了。不仅克吕泰墨涅斯特拉成了家庭中最可能为家庭带来危险的人，此处更重要的，是从荷马以来的叙事中性别决定因素的转变。

性别强调的转变在整部《俄瑞斯忒亚》中都有重要发展。关于这点，我已经提到了三连剧中性别意象的反复出现和性别术语的冲突。而三连剧的叙事本身与荷马的性别话语相比也有了重要的转变。在荷马那里，俄瑞斯忒斯是在家中经历了一场男人间力量的较量才将埃吉斯托斯杀死的。而故事中的女人（她也许被引诱了，也许还是贞洁的）只是被家中混乱秩序的制造者，或者说家庭秩序的掌控者败坏了而已。在奥德修斯所游历的世界里，他经历了各种失序的危险和反

---

〔45〕 美第奇抄本（Medicean scholiast）第 5 行。这里需要注意的是，我们现在看不到斯忒西科洛斯的《俄瑞斯忒亚》，这个版本原可以作为荷马和埃斯库罗斯作品之间的重要连接。

转，也以各种不同的方式被许多强大的女性威胁，或者屈从和臣服于她们——卡吕普索、基尔克、瑙西卡娅、阿瑞塔（Arete）、斯库拉（Scylla），等等。在这一系列男性与女性的关系中，女性被描绘为力量和控制权的潜在掌握者，而奥德修斯的归返则是以一个男人和统治者的身份回到他在家中适当的地位。但在荷马那里，不管是佩涅罗佩还是克吕泰墨涅斯特拉都不曾通过家庭中的社会生活的权力斗争来谋求或得到统治的权威。就如年轻的男性特勒马科斯所强调的那样："在家中权威／权力（kratos）属于男人。"

《阿伽门农》中的歌队在迎接克吕泰墨涅斯特拉第一次入场时说："克吕泰墨涅斯特拉，我怀着对您的权力的敬畏而来。"对一个女人使用 kratos，这其中的奇怪之处接下来便得到了性别语词的解释。歌队说道："当男性离开，国王的宝座虚位空缺的时候，尊重统治者的妻子是正确的（dikē）。"克吕泰墨涅斯特拉的僭越表现在，她想在家中获得永久的权力，颠覆家庭中的性别等级。*152*

的确，就像评论者们所说的，《俄瑞斯忒亚》的叙事构建了一整套男性—女性的对立。[46] 阿伽门农被迫亲手杀死女儿，为了替自己的兄弟报仇。女神阿尔忒弥斯要求祭祀，而男神宙斯则要求复仇。克吕泰墨涅斯特拉为了替女儿复仇，杀死了自己的丈夫。就如我们看到的，地毯场景中的言语争端也直接以性别语词的形式体现出来。俄瑞斯忒斯回到

〔46〕 尤其见 Zeitlin 1978；Goldhill 1984a 以及之前的第 2 章。

家，为了替父亲报仇而杀死了母亲。对弑母行为的关注是悲剧与荷马史诗叙事最大的差异，而这对重新构建男女性别对立而言至关重要。俄瑞斯忒斯遭到女性的埃里倪斯追逐，而受到男性的阿波罗保护，这两方在法庭中的较量和争辩也明显是从性别等级的角度展开的。男人和女人，哪方应该处在更高的位置？父亲和母亲，哪个才是真正的家长？雅典娜把票投给俄瑞斯忒斯的理由，依靠的也是她如何理解自己的出身以及这对她而言的意义。就像我们在第2章中看到的，三连剧的结尾常常被明确地解读为城邦中两性的和解，以及埃里倪斯的回归。

性别地位的叙事也影响了埃吉斯托斯和埃勒克特拉的人物塑造。埃吉斯托斯在荷马史诗中是主导角色，但在这里却被描绘成一个无法坚持自己主张的人。歌队和俄瑞斯忒斯都称他是"女人"，并公开鄙视他。就如克吕泰墨涅斯特拉以她的权力和僭越的冲动主导着舞台，埃吉斯托斯以同样的程度和效果成了一个附属的、边缘化的角色。埃勒克特拉在《奠酒人》的开篇有短暂出场，因而全剧对母亲和儿子之间的冲突的强调没有减弱。埃勒克特拉随后被派回屋里（女人的地盘），但这是在她认出俄瑞斯忒斯以后。在一段与安德罗马克对赫克托尔的请求（*Il.* 6.429–30）相呼应的发言中，埃勒克特拉说，俄瑞斯忒斯现在是她的父亲和母亲了。埃勒克特拉将俄瑞斯忒斯当作她将要在其中生活的、恢复秩序的家庭的权威。她的全部希望，只是回归男性主导的家庭中的女儿身份。

性别对立的叙事也同样与我之前提到的"公民话语"有联系。在每一次紧张和对立中，女性的立场和观点都倾向于支持家庭的价值和血缘纽带，并以此对抗社会纽带，而男性则倾向于支持更大范围内不同家庭在社会中的关系，并因此拒斥来自家庭和血缘的呼声。因此阿伽门农献祭了自己的女儿，"家庭的珍宝"，为的是能让希腊联军顺利出航。他为了维护自己作为这场跨国远征的领导者和国王的地位而拒斥了自己作为父亲的责任，而他为之复仇的行为，也是对主客之谊和婚姻关系的社会纽带的僭越。而克吕泰墨涅斯特拉拒斥婚姻这条社会关系的纽带，这不仅体现在她杀了自己的丈夫，更体现在她在婚姻制度的约束之外给自己另找了一个性欲的对象。俄瑞斯忒斯则拒斥那看起来最"自然"的血缘纽带，即母子关系，为的是重新获得继承权，并将家庭从混乱中恢复秩序。随着叙事转向更广的视角，将这件争端作为一个案子带到城邦的长老面前，阿波罗，这位城邦的宗教之神，来自德尔斐的文明教化者，站在俄瑞斯忒斯一边，而埃里倪斯被描绘成非自然的、恐怖的女性，她们追踪那些杀死自己血亲的人们，并无视一切来自社会的呼声。

我们在第2章中已经看到，三连剧的最后场景已经超越了男性—女性对立的局限。在公民陪审员做出的审判之后，城邦本身来到了一个关键时刻，而俄瑞斯忒斯获释离开。因此，最后的和解是埃里倪斯与城邦秩序的和解，而最后的游行场面则是城邦某种自我标榜的胜利。我们能看到，文明进程的胜利是三连剧发展的一个关键部分，是城

153

邦建构的起源神话，而更进一步，也能看到这个发展进程在三连剧中是通过性别对立的语言构建起来的。这个结局发展自一系列男性—女性对立的语言，这些话语构成了三连剧中的各种冲突。这个结局不仅是爱国的体现，或是一个松散地附加于俄瑞斯忒斯故事之后的桥段，而是一个由整部悲剧的叙事中不断发展变化的厌女主义推进而来的结果。

因此，三连剧对《奥德赛》中的俄瑞斯忒斯叙事进行了如此大的改变，对公共语言的发展至关重要。剧中对克吕泰墨涅斯特拉的强调关联着对叙事方向的理解，城邦与埃里倪斯的相互接受、俄瑞斯忒斯与阿波罗在最后场景中的离场，以及更重要的，悲剧以之结束的祝福和赞美歌也都是如此。《俄瑞斯忒亚》构建了对一个社会中的人，或者说城邦中的公民的新的理解，以及对僭越的不同理解。《奥德赛》多数时候关注的是家庭中的性别关系，以此来定义家庭。而在《俄瑞斯忒亚》里，家庭与城邦（polis）有至关重要的连接。家庭中的内部纽带要通过它们与城邦中更广泛的社会联系来定义。

　　因此，《俄瑞斯忒亚》这部展现在城邦面前的剧作是无法离开它对《奥德赛》叙事的转换来理解的。这不仅是情节的变化，更是对公民的意义的重新书写，它重新解释了对俄瑞斯忒斯的故事被用作道德、社会和政治方面的榜样的意义。这种语言和叙事结构的转换，以及它对自我之于社会的理解的影响，被克里斯蒂娃称作"互文性"，这个术语在创造之初就被应用到各种较为松散的影响上。[47]《俄瑞斯忒亚》与《奥德赛》的关系表明，悲剧扎根于史诗，同时又与史诗割裂：《俄瑞斯忒亚》表达了一种对其自身的文本传统和创新的独特认知。它通过荷马而得以创作，但在其中又处处显示出，它的起源在于前五世纪的城邦话语。

在克里斯蒂娃看来，"互文性"的"不稳定的、充满疑问的历程"尤其与"社会的突变、更新和革命"的时期相联系，而存有疑问的是"一个人用以定义自身的社会框架"。这一"不稳定的、充满疑问的历程"，在那些最为关心好与坏的评价问题的悲剧文本中展现得尤其生动；在这些问题中，偏向传统的阶层与新的价值之间的互动恰恰证实，前五世纪的雅典社会正在经历信仰系统的剧烈转变和极大的张力。关于我在第3章中讲到的个人与共同体之间的关系网络，尤其是荷马史诗中对于英雄式个人的理解和前五世纪伦理对参与公共生活的理解，索福克勒斯的文本提供了许多有趣之处，许多最近的批评也在关注索福克勒斯的英雄形象。在前五世纪的雅典，英雄是人们崇拜的对象，而甚至在一个民主城邦中，英雄的出现也会给人带来一种与过去相连的感觉，类似一种史诗的世界与当代城邦的可见的连接。人们在安葬他们的地方（有的是真实的，有的是假托）举行祭祀；"英雄"这

----

〔47〕 克里斯蒂娃自己的定义用的是结构语言学的术语：她注释道，互文性是"一个或多个符号系统转换到另一个系统，同时发生表达和外延位置的重新组织"。对此以及克里斯蒂娃的其他观点，Roudiez 1980 提供了一个有用的介绍。

个不仅包括了史诗英雄，也包括城邦建造者、本土的鬼魂、治愈的力量等等，在得到平息和满足时是力量和繁荣的源泉，在被忽视时便成为危险的来源："英雄崇拜比其他任何祈福的模式都重要；它取悦的是强大的、总是易于发怒的死者。"[48]英雄异于常人的力量使他们在希腊的宗教经验中占有一席之地。根据索福克勒斯的传记，[49]这位诗人是某个英雄崇拜中的祭司，他还为另一个英雄设立了祭坛，自己也在死后被他的城邦的公民当作英雄来祭拜。这些故事至少证明，索福克勒斯和城邦宗教生活中的英雄崇拜之间有一定的关联。的确，索福克勒斯的每一部现存悲剧都由一个或几个英雄形象主导，他们试图遵照英雄信仰的生活图式，却面临着巨大的反对。我们已经看到，安提戈涅如何沿着她坚决、自发地对抗城邦统治者的道路走向了灾难结局。我也讨论过，并且会在下一章继续探究埃阿斯的行为如何建立在他对自我之于社会的理解上。的确，诺克斯就认为，这种英雄式的观点是索福克勒斯写作技巧和图景的重要组成部分："索福克勒斯描绘伟大的、不愿接受人之为人的界限的个体，以此与这种界限抗争。"[50]每一个索福克勒斯的英雄都曾面临过屈服和退缩，但"这些英雄总是拒绝屈服"；[51]确实，"劝

---

〔48〕 Nilsson 1925，194.

〔49〕 古代传记作为资料来源的重要性，见 Lefkowitz 1981。关于这点，古代铭文中也有一些可供佐证。见 I. G. Ⅱ/Ⅲ² 1252 和 1253。

〔50〕 1964，6.

〔51〕 1964，17.

一个英雄屈服是很难的，事实上，告诉他任何事情都是很难的，他听不进去"。[52]更进一步，"尝试使他们屈服或阻止他们，只能激发他们的愤怒；他们都是愤怒的英雄"。[53]"对世上其他人来说，英雄们固执的脾气显得非常'没头脑'和欠考虑。"[54]英雄总是不会改变，而时间也无法如人们所愿地教育这些英雄："时间及其带来的必要的改变……恰恰是这些索福克勒斯的英雄所鄙视的。"[55]这些性格特性使英雄们离他们身处的环境越来越远：他们孤独、受不到尊重，而这使得"英雄背离了生活本身，并转而渴求死亡"。[56]诺克斯指出，这种奇怪而伟大的形象是索福克勒斯戏剧的主导形象："一旦做了决定，就无法动摇；他对请求、劝说、斥责和威胁统统无视；他越是违反规则，就越固执，直到他没有任何人可以对话，除了冷酷无情的布景；他对周遭的世界所认定的失败带来的轻视和嘲笑感到苦涩，祈求复仇，诅咒他的敌人，并迎接那可预见的、他的不妥协必然导致的死亡。"[57]

然而，索福克勒斯的英雄如何与荷马史诗中的原型联系起来？荷马史诗中的主角形象埃阿斯是如何在前五世纪的悲剧中得到呈现的？诺克斯这样写道："埃阿斯是被作为最后一个英雄呈现给我们的。他的死亡是旧的荷马式的（尤

---

〔52〕 1964, 18.
〔53〕 1964, 21.
〔54〕 同上。
〔55〕 1964, 27.
〔56〕 1964, 34.
〔57〕 1964, 44.

156

其是阿基琉斯式的）个人伦理的死亡，这种伦理在几个世纪的贵族政治中一直是人的高尚和行动的主导理想，但在前五世纪却被成功地挑战，并在很大程度上被超越了。"[58] 诺克斯认为，《埃阿斯》中异常丰富的荷马伦理的存留，是在有意使人关注这种埃阿斯在生活中遵从、最后也为之死去的荷马特质。悲剧最后的场景通过奥德修斯之口展现了新的"审慎"（sophronein）伦理，因而，整部悲剧关注的是更加现代的观念与在当时的雅典社会依然有着某种强大力量的荷马伦理的分裂。

温宁顿–英格拉姆尽管很大程度上沿用了诺克斯对埃阿斯的描述，[59] 却显著地批评了他关于索福克勒斯和荷马的埃阿斯的关联的观点。[60] 他同意，索福克勒斯不但将荷马的埃阿斯当作他写作的原型，埃阿斯损失荣誉之后的激烈反应更是使人们想起阿基琉斯从他为之作战的希腊军队中退出的事情。但温宁顿–英格拉姆也进一步指出了这位荷马的英雄和索福克勒斯的英雄之间的区别。具体来说，他提到埃阿斯明确拒绝神明的帮助，这似乎是个极其不协调的音符："埃阿斯——也只有埃阿斯，索福克勒斯的埃阿斯，认为接受神的帮助会降低他的声誉……埃阿斯拒绝了……对神明的依赖，通常情况下，荷马英雄的傲气会因为这种依赖而减轻。"[61] 荷马英雄的信条强调的是个人的膂力、外在的荣

---

[58] 1961, 20f.

[59] 1980, 304ff.

[60] 现在可参 Easterling 1984 对此的细致研究。

[61] 1980, 18.

誉标志和人们的尊重，"对于生活在危险的竞争关系中的人们来说，这是一个严酷的信条，但它自身也包括了对这种严酷性的缓和"。[62] 埃阿斯正是在无视这种缓和的同时跨越了英雄伦理的正常界限。"每一次，我们都看到埃阿斯——索福克勒斯的埃阿斯——拒绝了那些可能使他对声誉的强烈追求、维护和恢复得到平息的事物。"[63] 埃阿斯拒绝了特克墨萨和其他支持者的请求。在《伊利亚特》中，阿基琉斯也明确地拒绝了类似的请求，甚至是垂死的赫克托尔的请求。[64] 他在愤怒中凌辱了赫克托尔的尸体，并拒绝将其归还下葬。但在史诗最后的感人场景中，赫克托尔的父亲普里阿摩斯拜访了这个杀死他儿子的人，两人最终都感动落泪，阿基琉斯答应将尸体归还敌人。阿基琉斯最后让步了。但索福克勒斯剧中的埃阿斯甚至没有接受这种意义上的最终的平息，在自杀时依然没有原谅敌人，还诅咒了他们。埃阿斯是英雄伦理的一个极端呈现，"他将这种英雄伦理的含义推到了极致，在荷马那里……也没有人这样做过"。[65] 索福克勒斯的英雄不仅反映了荷马的原型，也提供了一种极端而扭曲的特殊形象。

让我们以埃阿斯呈现的这种极端为参照来看看希腊军队中的其他人物。墨涅拉奥斯和阿伽门农是《伊利亚特》和《奥德赛》中的两位杰出人物。他们作为国王，率领了前往

157

---

[62] 1980, 18–19.
[63] 1980, 19.
[64] 参见 *Il.* 22.337–60。
[65] Winnington-Ingram 1980, 19.

第6章 文本与传统 **253**

特洛伊的远征。然而，索福克勒斯悲剧在表现他们时采用了一种相当不同的方式。墨涅拉奥斯第一个提出埃阿斯不能被埋葬，但他以一长段发言表达了他的判断，这段包含着政治理论的离题话使其完全离开了英雄史诗的背景。墨涅拉奥斯像《安提戈涅》中的克瑞翁那样争辩说，军队像一个城邦那样，必须有自己的等级和秩序。作为统治者，他希望自己被服从，而恐惧是僭越行为的必要约束。透克罗斯的回答驳斥了墨涅拉奥斯自己宣称的最高统治权，并强调埃阿斯是带着自己的军队来到特洛伊的，并不附属于任何人——这种自主的特性，我们在悲剧对埃阿斯的呈现中已经看见过。透克罗斯的回应是如此激烈，连埃阿斯的水手们组成的歌队都吃了一惊，他们说："在不幸中，我没法对这样莽撞的话语表示赞同。"一开始还依靠某些原则的争论很快演变成了个人的攻击和争吵。就像温宁顿–英格拉姆写道："透克罗斯的回应激怒了原本就吝啬而傲慢的墨涅拉奥斯，引他说出了粗俗的话语。"[66]在对透克罗斯的攻击中，墨涅拉奥斯甚至提起了弓箭手和重装步兵之间的古老争端；透克罗斯是一个弓箭手，不是"真正的战士"。令人惊讶的是，温宁顿–英格拉姆认为这一评价"与悲剧焦点全不相关，令人疑惑"。[67]但这个最后场景中的争辩，转向的恰恰是如何从军事上的表现来评价一个人的问题，而墨涅拉奥斯提出这种价值判断，

---

〔66〕 1980, 64.

〔67〕 同上。

不仅标志着这场争辩从对埃阿斯的讨论转向了个人琐事的争执，更展现了评价埃阿斯这样一位人物的复杂性与墨涅拉奥斯和（后来的）阿伽门农对此事的简单偏见之间的距离。走向极端的埃阿斯将荷马伦理中的观念体系的内在矛盾展现在观众面前，墨涅拉奥斯对他的描绘则提供了一种极为倾斜的贵族评价视角。墨涅拉奥斯，这位史诗中的英雄人物，在这里只是以一种过于简化的形式重复着当代政治中关于秩序的辩论，同时相信他的评价既能维护他自己的权威，又能使禁止埋葬埃阿斯的决定正当化。他没有援引荷马史诗中对个人荣誉和声名的价值判断，即战斗中的勇猛和好斗的欲望，而是以他那番平庸的前五世纪说辞，展现了贵族政治的遗产如何在他对埃阿斯的评价中化为势利和愚蠢的语言。我们对这一场景的理解，恰恰是通过荷马中的墨涅拉奥斯和墨涅拉奥斯在此处的争论之间的差距而得到发展的。在言辞和形象方面，这位前五世纪的墨涅拉奥斯与荷马史诗中的墨涅拉奥斯都有着对照。

158

阿伽门农与他的兄弟也非常相似。在《伊利亚特》里，正是他拿阿基琉斯的战利品做补偿的傲慢要求点燃了阿基琉斯的怒火，而这位伟大的国王也不止一次暴露出，他缺乏自己的身份所要求的权威。但这些特点在《埃阿斯》中以一种全新的方式得到了发展。像墨涅拉奥斯一样，他也通过宣称自身的优越性和正当人群的统治需要来证明自己的权威——也就是说，通过划分"血统"和智识的范畴将透克罗斯和埃阿斯排除在外。更进一步，埃阿斯的膂力一旦离开军队和首

第6章　文本与传统　**255**

领们的统治，便会被认为是无用的。透克罗斯以阿特柔斯两子祖上的各种罪恶来回敬阿伽门农对他出身低下的嘲笑，并指出，当阿伽门农自己最不愿出战时，恰恰是埃阿斯作战最为勇猛。就像墨涅拉奥斯和透克罗斯之间对话的结束一样，这场对话也迅速转向了暴力和过分简化的互相指责。对阿伽门农而言，埃阿斯是一头"笨重的牛"，他"宽大的肩膀"并不能提升一个人的价值。但对透克罗斯而言，埃阿斯是军队的英雄，他宽阔的肩膀拯救了阿伽门农和所有希腊人。人们到底应该怎么看埃阿斯呢？就像批评家们一直在以不同方式评价他一样，剧中的最后场景也突出了这个在一系列过度简化的价值冲突中评价这位英雄的过程。

奥德修斯则通过操纵言辞找到了化解僵局的办法；他所利用的正是透克罗斯和阿特柔斯之子这两方过于简单的观点。他认定，埃阿斯是阿基琉斯之后最伟大的希腊战士——尽管使埃阿斯发怒的正是奥德修斯获得票数超过埃阿斯，并获得了阿基琉斯的武器这个事实。他认为埃阿斯是"好的"和"强大的"，同时也是"高贵的"——这联系到奥德修斯加入这场争吵时，阿伽门农和透克罗斯正在争论不休的出身问题。我们在第 4 章中也看到，奥德修斯是怎样玩弄关于责任和评价的语言的；在奥德修斯的语言中，"好的"和"高贵的"这些语词是与"朋友""敌人"这样的词语联系在一起的，于是便超越，或者说化解了透克罗斯与希腊国王们之间的两极冲突。在荷马这里，连同他的其他特点，奥德修斯首先是一个出类拔萃的政治家。雅典娜曾对她说（*Od.*

159

13.297f. ），"你在凡人中最善于谋略和演说"，而他的演说的确被描述为技艺高超的、充满巧妙心机的修辞，比如他被冲上费埃克斯的海滩，被迫暴露在年轻的瑙西卡娅面前时的讲辞。在《伊利亚特》中，奥德修斯能用语言的力量控制众多军人，而希腊人也常常信任他的建议和修辞。特洛伊人安特诺尔这样令人印象深刻地描述他在公共集会上的表现（ Il. 3.216–21 ）："每当足智多谋的奥德修斯站起来说话，他都站得很稳，眼睛朝下盯着地面，从不来回摇动权杖，而是像一个无知的家伙那样紧紧握住它。你也许会觉得他是个沉闷而愚钝的家伙。但是，当他从胸腔中发出洪亮的声音，这些声音好像冬天的暴风雪，没有凡人再能与奥德修斯抗衡。"看起来，在荷马对他的描述中，正是这一面在索福克勒斯的奥德修斯中最为突出。但与此同时，索福克勒斯笔下的奥德修斯又完全不是一位英雄，尤其与埃阿斯相对立。在开篇的场景中，奥德修斯并不愿与他的敌人相遇，而他对道德价值转变的觉察和利用、他那种最终将他与"审慎"品质联系起来的普遍的怜悯和人道主义，都使他看上去也同时像一个符合前五世纪启蒙思潮、并受到其塑造的人。

然而，荷马的奥德修斯还有另一面，对其性格塑造也至关重要。雅典娜也这样描述她最喜爱的人（ Od. 13.293ff. ），"我固执的朋友奥德修斯，巧于诡诈的机灵鬼，即使回到故乡的土地也难放弃那些他打心里喜欢的欺骗伎俩"。奥德修斯不仅最擅长政治家的修辞艺术，也极其擅长说谎、隐瞒、欺骗——他的祖父奥托吕古斯（ Autolycus ）便是他那一代最为突出的小偷和骗子。奥德修斯的这一面也在希腊悲剧中得到了表现，尤其是在欧里庇得斯悲剧中，[68] 奥德修斯常常被表现为寡廉鲜耻的政治家的代表，为了获得利益而不惜颠倒黑白。同样，在索福克勒斯的《菲罗克忒忒斯》中，奥德修斯被描绘为一个口齿伶俐、反伦理、反英雄的机会主义者。[69] 对奥德修斯这位英雄的这两种不同呈现，连同它们所指向的问题，即我们很难假设从荷马的世界到前五世纪的转换有着简单、直接的模式，一定也影响了《埃阿斯》中奥德修斯的塑造。因为，奥德修斯善于欺骗、玩弄把戏的一面让位给了他在多变的事物面前表现出的道德上的犹豫，正是这一变化使荷马史诗中这个已经得到充分发展的人物在索福克勒斯的改写中体现出了特殊性。奥德修斯对道德和人际关系的相对性与变化的认识不仅与埃阿斯的顽固、不善改变和透克罗斯以及阿特柔斯之子天真的"确定性"相对立，而且也必须从英雄的特性上来看待，因为这里的奥德修斯正是那个擅长多变的伪装者的直系继承人。

160   阿伽门农向奥德修斯屈服了，同时仍然表示，对埃阿斯的恨意没有消退；透克罗斯不愿接受奥德修斯在葬礼上的帮助，但同时也称他为"最好的"和"高贵的"（1399）。像我们之前看到的一样，这个悲剧远未结束在简单的道德明确性上。一方面是埃阿斯史诗中的伟大形象和纯粹的卓越，另

〔68〕 例子可见《赫卡柏》《特洛伊妇女》。
〔69〕 参见 Segal 1981，第 9、10 章，以及他的参考书目。

一方面则是透克罗斯、阿伽门农和墨涅拉奥斯之间目光短浅的偏执和口角以及他们与奥德修斯之间关于评价埃阿斯的争吵，这两者的对立强化了埃阿斯地位的矛盾性。在这场不断回溯的、关于定义埃阿斯的辩论中，尽管地位并不稳定，这位英雄的形象依然越来越突出地与那些跟从他或就对他的评价进行争论的人们形成了对比。这一悖论关联着希腊宗教思想中英雄的本质。由于其超人的伟大，英雄最多能成为一个模棱两可的典范，而且对普通的社会而言往往是充满危险的。[70]"他在人们创造的真实世界中无法成为生活的榜样，在他自己理想中的城邦里也不行。"[71]伟大使他成了一个局外人，也正是这种伟大突出了人类规范的局限。正因为这种伟大无法在常人的生活中保持下去，伟大的（自我）毁灭性质产生了许多读者在这部索福克勒斯悲剧的结尾感受到的那种失落。

因此，《埃阿斯》通过它与荷马文本的相互关联，引出了对道德和个人评价过程的复杂追问。埃阿斯极端而执迷的英雄的自尊导致了他社会地位的不稳定，并最终导向了他的自我毁灭。但在埃阿斯身上有一种特别的伟大，它尤其与墨涅拉奥斯和阿伽门农形成对立，而后者在前五世纪的典型争论中显示了他们在荷马中的庄严和更加当代的贵族主义、独裁主义的姿态之间的断裂。但透克罗斯对埃阿斯的极力支持

---

〔70〕 参见 Knox 1964，54–8。Crotty 1982 对品达诗中的这一方面有一些有趣的观察。

〔71〕 Knox 1964，57.

也只能在与他们富有攻击性的过度简化相比时显得略胜一筹。奥德修斯，这位史诗中的政治家和骗术师，利用道德评价的不确定性使埃阿斯的葬礼成为可能。史诗人物的展现以及英雄们之间的联系是索福克勒斯呈现过去的故事时必然的动力之一。这部剧中的每一个角色、每一场争吵和每一次立场的形成，都是从对过去英雄时代的理解中发展而来的。但尽管今天没有多少学者仍然认同"荷马的索福克勒斯"这种一度时髦的说法——"在一个衰落的世界面前嫌恶地转过身去，享受意气相投的英雄们的陪伴"[72]——将索福克勒斯想成一个完全反对荷马的价值观或是古代世界的诗人，也是一个过于简单的结论。悲剧中的奥德修斯就既借鉴了荷马对埃阿斯的刻画，又引入了当代对"审慎"这种品德的关注，为埃阿斯这位走向极端而自杀的英雄下了一个积极的价值判断。奥德修斯能够与墨涅拉奥斯和阿伽门农做出相反的价值判断，他们对埃阿斯的简单分类显然是不充分的。正如埃阿斯的自我评价值得商榷但充满光荣，阿特柔斯之子专制的、社会性的观点也显示了埃阿斯的艰难处境和他的追随者们的局限和狭隘。在一个社会背景中评价人和人的行为的问题，在荷马与当代价值、联系和曲解的线索与张力之网中得到了发展。正是这种思想的互相渗透，以及英雄时代与当代世界的价值和特征的相互冲击、削弱和映照，使索福克勒斯悲剧

---

[72] Winnington-Ingram 1980，307。Easterling 1984，8 则将其解读成"一个悖论：一位作者通过阅读另一个人的著作而找到对其特殊创造性的表达"。

中的道德和社会价值显得如此复杂。在索福克勒斯悲剧中，关于正确的行动和道德判断的问题是通过悲剧与荷马文本的相互关联而得到发展的。互文性"不稳定的、充满疑问的历程"正体现在索福克勒斯的悲剧中。我们可以将索福克勒斯与荷马互参，不论是一致还是相对，但永远不能离开荷马来阅读索福克勒斯。

欧里庇得斯是最常被人们与创新的力量联系起来的悲剧诗人。他愿意对已被接受的神话版本进行大规模改造，使用智者的争辩方式，写作那些明显有反战主题的剧本，这些都有力地证明他对传统与现代的复杂态度。在第 9 章中，我会更细致地讨论智者与欧里庇得斯悲剧的具体关系。而在这一章的结尾，我想简要地探讨欧里庇得斯文本与荷马史诗关联的两个方面，希望能从传统与现代的问题上看到悲剧的发展历程。

关于欧里庇得斯悲剧，有一个被持续关注的方面就是其中道德和社会评价的灵活多变——就如我们在第 5 章中看到的"审慎"的品质以及性别话语的规范体现出来的一样。然而，有关传统与现代的问题，欧里庇得斯对围绕着"高贵性"的词汇的关注尤其值得注意。"高贵性"和"高贵"在希腊语中（*eugeneia / eugenes*）既表达对出身的评价——这些词的词源都是"出身高贵"的意思——同时也是关于行为和行动的评价（比如说，就像维多利亚时代的英国人说"绅士"一样）。在某种传统观念的预设下，对出身和道德品质的评价是没有分别的，正如在贵族政治中，出身和统治的权

162

威之间是直接关联的。而早在前六世纪，在忒奥格尼斯的诗作中，这位似乎对一切财富和权力从传统贵族统治者那里的转移都表示反对的诗人已经显露出了富有和贫穷、高贵和低贱之间的两极张力，以及社会的动荡和变化。的确，民主制的兴起在古代和现代的历史学家那里都被描绘为权力从传统的持有者那里的转移。但"穷人""高贵者""最好的人""少数人""幸运者""农民"这样两极对立的词汇不只是一个保守的善辩者的修辞，在民主社会中也依然在使用。甚至在亚里士多德的《政治学》里，尽管"中等阶层"被认为是这种两极对立之间的理想状态，作者依然认为这种"中间部分"更大程度上是一种构造而非社会事实。"在许多城邦里，中间阶层都是很小的；结果便是，只要两个主要阶层之一——财富拥有者或是大众掌握了优势，他们就会越过中间部分而将政治制度往自己的方向发展，最后变成民主制度或是寡头制度。"[73] 在这个两极分化的表达系统里，道德、财富和地位互相渗透，这个系统一直是希腊社会语言的一个组织原则。

　　在欧里庇得斯那里，对建立稳定的价值话语的挑战，是同时由文学传统和大众的信念构成的。在《埃勒克特拉》中（我将在第 9 章和第 10 章详细讨论这部悲剧），埃勒克特拉被嫁给了一个阿尔戈斯远郊的穷苦农民。这一剧情的大幅度转变在农民的开场白中得到了解释。埃勒克特拉被许多希腊的"上等人"追求过，但埃吉斯托斯担心如果有"上等人"

---

〔73〕 *Pol.* 1295b23ff.

的孩子出生，这位后裔便会为阿伽门农复仇。埃吉斯托斯收回了只是杀死埃勒克特拉的想法，而是将她嫁给了一个农民做妻子。这位农民，照他自己说的，是个血统纯正的迈锡尼人，但因为缺乏财富，他的"高贵"（*eugeneia*）最终被摧毁了——传统上，财富与高贵的地位就是相连的。因为他认为自己"在出身上不配"，他从未与这位"富有的人"的女儿真正结婚。当乔装打扮的俄瑞斯忒斯在埃勒克特拉那里听到这件事时，他的反应是："真是不寻常！你描述了一个高贵的人，他应当得到好好的对待"——这之后埃勒克特拉就向眼前的人解释说，她的婚姻实际上是为了产生无力量的后裔。甚至农民自己在评论他的微贱出身和并不卑贱的性格时也说："虽然我生来贫穷，我在自己的心性上并不低贱／卑微。"（362–3）

俄瑞斯忒斯在遇到农夫后的反应是一长段关于评价一个人的不确定性的说辞，这段话以高度修辞的形式对传统的评价方式（出身、财富、力量）提出了质问，并认为它不应胜过以性格、性情、行为来判断一个人高贵与否这种超越通常分类的方式。这段话似乎也非常讽刺地反映出了说话者的一些弱点：俄瑞斯忒斯的弱点在整部剧中都有强调，尤其是在他没能满足姐姐的期待时。他来到阿尔戈斯，但随时准备撤退；他几乎没想过如何计划和实施复仇；最后他以一种可耻的方式实施了谋杀，也没有像荷马史诗中一样被获准留在阿尔戈斯，为市民们操办葬礼宴会并继位为王，而是被狄奥斯库里（Dioscuri）送到雅典，让其他人来处理后事（1267ff.）。

身为高贵父亲的儿子，的确不能保证一个人的高贵。

因此，俄瑞斯忒斯接受了这位贫穷农民的接待，伴随着一段令注解者们感到难解的话。[74]"但既然他是值得尊敬的，我们为了在这里的和不在这里的阿伽门农之子而来，就接受这屋子的招待吧。"（391-3）俄瑞斯忒斯依然是乔装的，我们可以将这句话理解成"在场的人"（也就是俄瑞斯忒斯所扮演的说话者）和"不在场的俄瑞斯忒斯自己"，两人都"值得"这里提供的招待。然而，这句话也常常被理解为一个特殊的双关语："你认为不在这里、其实却在场的阿伽门农之子"。但在这里，关于"值得尊敬的"阿伽门农之子的在场与不在场的表达，也指向了本剧在语义上更广的含义。我指的不仅仅是要时时衡量扮演俄瑞斯忒斯的角色在他的行动中是否当得起"值得尊敬"这个形容词——阿伽门农之子在舞台上的表现并不"值得"，许多读者对此早已有心理准备。在荷马那里，俄瑞斯忒斯是可以被当作一个道德典范加以夸赞的。埃斯库罗斯在俄瑞斯忒斯的行动中营造出了一种悲剧性的分裂感，但这个弑母行为的合理性是通过雅典娜在投票时的解释得以确定的。而在欧里庇得斯这里，甚至俄瑞斯忒斯采取行动的神意支持也被削弱为狄奥斯库里在那段著名而惊人的发言中表达的指责：智慧的阿波罗发布了并不明智的神谕（1245-6）。就像我将在第 10 章中说明的，欧里庇得斯的《埃勒克特拉》自始至终都保持着它对自己在文学传统中

---

[74] 参见丹尼斯顿（Denniston）的讨论，散见各处。（Denniston 1939）

的位置的自觉，而对俄瑞斯忒斯的呈现在一定程度上也依赖对先前形象的大胆转变。

俄瑞斯忒斯接受农人微薄的款待之后的合唱歌，以一个特殊的对比展开了传统的回响与欧里庇得斯的现代性之间的关系。在衣衫破旧的埃勒克特拉责怪丈夫自我标榜的清贫的高贵之后，在俄瑞斯忒斯那段相当现代的、关于高贵的思考之后，歌队转而唱起了关于特洛伊战争，尤其是关于阿基琉斯之盾的歌曲。在《伊利亚特》中，当阿基琉斯决定返回战场，接受他既定的命运时，他的母亲让赫菲斯托斯为自己的儿子打造了一副新的盔甲，而其中的盾牌用了大约两百行来描述。这是史诗中对一件艺术制品相当复杂的描述。[75] 盾牌中的许多场景描绘了这个世界和人类社会的各个方面——和平和农业劳作的秩序世界，还有战争——这些是阿基琉斯为了自己不朽的声名曾经拒绝过的选项。他的战斗武器上并没有戈尔工或其他怪物的纹饰，相反却描绘了他最后没有选择的那种生活。这位"最好的阿开奥斯人"带着的武器是与他的伟大相照应的。荷马的这段描写在后世的文学中一次又一次地得到呼应。欧里庇得斯在这里对这幅艺术作品中的艺术作品的呈现，不仅仅在细节、长度和格律上与荷马不同，尽管以上这些与荷马的差别已经相当大了。欧里庇得斯这部剧中的行动，连同婚姻的权宜之计、充满疑问的谋划、道德的模棱两可、角色的不确定性，都与英雄战争的荣耀的

---

[75] 关于盾牌描写的作用，见 du Bois 1982。

回音形成了对比：美丽的海中女神为毫无争议的"最好的阿开奥斯人"带来了非凡的武器——这一对比似乎有意地突出了欧里庇得斯版本的俄瑞斯忒斯故事与荷马和埃斯库罗斯的神话版本之间的差异。在这个不复存在的荷马的世界，现实的价值依然依托它而得到衡量。荷马和史诗传统提供了看待这些事件的另一种图景，也突出了过去与现在、传统与现代性的不协调。这首合唱歌似乎看向了一个已经逝去的世界，一个逝去的价值和思想体系，另一个文学中的世界。而这首艺术作品中的艺术作品，连同它与荷马史诗的呼应和差异，也强调了另一种视野，即欧里庇得斯的文学构建中的现代性。[76]我在本章中已经说过，悲剧往往以不同的方式强调着它自身与英雄传统的分离。而欧里庇得斯，似乎比索福克勒斯和埃斯库罗斯更着意地将这种分离建构成，或者说尝试建构成一种彻底的断裂。古老的故事，古老的价值，古老的角色，这些都只是作为不在场的旧标准而存在。"在眼前的"和"不在场的"俄瑞斯忒斯之间，确实隔着一条明显的鸿沟。"诗人使用了各种技巧来传达一种历史的不连贯感，其中明显的模糊性表现了从传统中的解放，同时也表现了未能继承传统的失落。"[77]

关于欧里庇得斯戏剧的第二个也是最后一个方面，我想简要地思考一下荷马的位置：尽管始终作为一个文学上的

165

---

[76] 关于这首合唱歌，见 O'Brien 1964；Walsh 1977；King 1980。
[77] Zeitlin 1980, 51.

先导而存在，他也能产生一种他者的、隔离的效果。这第二个方面关乎军事行为与自我意识之间的关联，我在本章的开头已经从这个角度讨论过荷马与悲剧的关系。欧里庇得斯在二十世纪的一个主要研究分支即是他关于特洛伊战争后续事件的剧作，它们常常被认为是阿里斯托芬的反战观点在悲剧中的对照。尽管许多批评家对《特洛伊妇女》评价很低，它也曾一度是最常上演的欧里庇得斯剧目之一。

怜悯、尊敬和恐惧在荷马那里往往是由具体的暴力战斗、一个士兵面临死亡的命运，或者妻子面临强暴或奴役的情节产生的。然而，就像我已经说过的，荷马的伦理像前五世纪的公共意识形态那样，也通过军事行动的语言和实践来探索生而为人的意义这个问题。然而，欧里庇得斯却以各种方式对这种军事行动的确定意义提出了挑战，这在《赫卡柏》和《特洛伊妇女》中体现得很明显。两部悲剧都从与史诗文学不同的焦点来关注妇女的遭遇。它们表现的都是特洛伊陷落之后、希腊军队离开之前发生的事——这也更加强调了遭遇、凌辱和支持这种行为的论调，而不是战场上光荣的英雄行为。更进一步，这些女主角的遭遇被看作男性的行动的直接后果，他们的动机、观点和责任都被表现为各种令人不悦的、卑劣的伪装。在《伊利亚特》里，阿基琉斯、阿伽门农等人的确带来了许多悲惨结局，但他们依然是"最好的阿开奥斯人"。在《赫卡柏》一剧中，赫卡柏要为自己的儿子复仇，他在客居异邦时被主人出于贪财而谋杀了；但她依旧没能阻止希腊人抓她的女儿去献祭——这是为了安抚阿基琉斯的鬼魂而采取的一种暴力而野蛮的方式，由诡计多端、令人生厌的奥德修斯实施，这个人用尽他的修辞伎俩，以他对这位曾经救过他性命的王后的尊敬和感激做搪塞，却使全部计划都得到完成。由战争失败带来的权力和地位的转换，使剧中的行动和观点被扭曲为一种胜利者和受害者之间的苦难与借口的陈述。的确，在《特洛伊妇女》中，能预知真实的卡珊德拉就以一种非凡的、典型的智者修辞论述道，希腊人获得的胜利不是胜利，因为他们远离家乡整整十年，也毁掉了他们在祖国的生活的全部可能（379ff.）：

> 家里一切都混乱了：
> 妻子早已是寡妇，膝下无子的父母
> 白费了养育儿子的辛苦，
> 再没有人活下来祭奠他们的坟墓……
> 如果这是成功，就恭喜希腊人吧。

卡珊德拉还预言她与阿伽门农的婚姻将会为他带来毁灭，而可恶的奥德修斯则会经历多年的漂泊——因此他会常常觉得自己的命运还不如那些战败的人们。相比于这些胜利者，特洛伊人在保卫国家的战争中光荣地死去——这是一种特殊的荣誉——而她自己将为她最为憎恨的人带去毁灭。出于这个原因，她以大胆的、出乎意料的胜利者的语调开始她的这番话："母亲啊，请把胜利的花冠戴在我头上吧。"

这一观点针对的正是无可置疑的军事话语规则，而它所引起的疑问——胜利的好处以及失败的恐惧——在这位传统上无人理解或相信的、预言真理的女先知口中获得了加倍的效果。如果她看似矛盾的观点所表现的大胆的修辞能力使读者或观众感到疑惑或难以置信，这种难以置信也正是故事中那些不相信卡珊德拉的人们所经历的——而这往往会引发灾难。欧里庇得斯以一种与埃斯库罗斯截然不同的方式设计了这位女先知以及她无人相信的真理的情节，以此来挑战传统的军事话语的稳定性。与一场海外战争的代价相比，胜利的价值遭到了质问。对许多生活在强大的雅典帝国的人们来说，这个真理的声音必定是极为难以置信的。

因此，欧里庇得斯不仅通过将战场上的观点和功绩的焦点转移到其最终的后果，以及将他笔下的主人公描绘得全无英雄时代的伟大，也通过质疑狂热的战争话语能否应用于它所产生的情状，对前五世纪的军事精神和荷马的英雄主义之间的直接联系提出了挑战。欧里庇得斯利用特洛伊战争的故事，指出了希腊的军事价值观发展中的不连贯性。

因此，三位悲剧诗人以同一个传统作为根基，悲剧文本通过这个传统、有时也针对这个传统，但永远是在其中得到创作。每一个特定的名称，以及庞大的悲剧词汇呼应着它们的历史和联系，为荷马的声音增加了显著的深度，也呈现了它的碎片化。我在第 2 章中曾讨论过，看待悲剧冲突中化用的修辞之间的种种对立，需要不同层次的解读。悲剧文本与它们的传统之间的间隔和关联组成了一个互文的网络，而这是阅读前五世纪悲剧时必须要考虑的。这些戏剧扎根于过去，同时又与之断裂。然而，文本与传统的辩证关系不能被简单地化约为"背景"或"影响"的问题，因为它包含着对过去作为当代世界的影响和背景的积极追问与探讨，这是一个不断重写的行为。在前五世纪雅典的社会变革中，对过去的重写在现实的城邦里扮演着极为重要的角色。

第7章 心智与疯狂

仿佛人是他自己的作者。

——莎士比亚

在第4章和第5章，我思考的是悲剧文本如何表现和讨论个体立身于社会的方式，首先涉及的是通过 *philos* 和 *ekhthros* 这类词汇所表达的家庭关系和公民纽带，其次涉及的是两性间的差异。这两章被安插在两个部分中间，前一个部分与当时的意识形态和城市结构相关，是对它们之于悲剧文本的含义所做的较为一般性的考察，后一个部分则是第6章，探究的是荷马史诗为阿提卡戏剧的创作提供重要文本背景的方式。而在这一章中，我打算考察"性格"和"心智"这类相关且重要的主题，以此来接续这个关于可能会被称为"自我概念"的广泛讨论，"性格"和"心智"不仅仅在古典研究中，同时也在现代语言哲学的研究中，尤其是在阅读和批评的理论中被抬到显要位置上，在前者那里，悲剧文本长期以来成为与"性格"一词有关的激烈辩论[1]的对象，而在

---

[1] Winnington-Ingram 1980，5–56；Easterling 1973；1977；Garton 1957；Gellie 1963；Gould 1978；Jones 1962，以上著作在该问题上有特别的兴趣。现在可见 Pelling 1988。另见 Simon 1978。

后者这里，"性格"一词和"自我""主体"的概念对小说解读的适用性和意义一直是研究兴趣的焦点。[2]

在性格概念的发展中，悲剧文本经常被认为构成了一个特殊而重要的历史时刻。例如，布鲁诺·施奈尔（Bruno Snell）颇具影响力的研究就试图把悲剧视为荷马和后期自我观念之间的转折点。"在荷马的作品中，"他写道，"没有真正的反思，没有灵魂和它自己的对话。"[3]他将这种内在化的缺乏与自我，尤其是一种身体性自我的观念联系了起来，这种身体性自我的观念似乎没有统一的意涵：施奈尔指出，在荷马那里没有指代身体的词，只有指代身体或尸体的某部分的词。这种对于个体的态度在荷马与公元前五世纪之间的古风时期发生了变化，在那个时代的抒情诗歌中，人们可以看到个体性概念和性格概念的发展，施奈尔更是称其与荷马的世界观截然不同。在埃斯库罗斯的悲剧中，"个人决断是一个中心主题"[4]，而到欧里庇得斯创作的时候，"关于人和自我的知识则成了反思的主要任务"。[5]因此，对于施奈尔来说，悲剧为新的理智意涵和性格意涵的兴起，以及自我概念趋于成熟、统一的转变提供了一个具体的指引。施奈尔的分析在其他许多著作中引起了回响。

---

[2]　关于"性格"，参见例 Bayley 1974；Cixoux 1974；关于"自我"和"主体"的总体介绍和参考文献，参见例 Coward and Ellis 1977；Silverman 1983。

[3]　1953, 19.

[4]　1953, 105.

[5]　1953, 111.

多兹（E. R. Dodds）在一本具有同等影响力的著作（1951）中就试图把古希腊悲剧标识为"耻感文化"（shame culture）向"罪感文化"（guilt culture）转变的反映。决定和怀疑是这些剧作中许多戏剧行为的主要特点，对此的强调反映了一种不断内化的普遍文化进程，也反映了对于个人在社会中的社会价值和社会地位的看法的转变。相比于行善、成功、责任这些表现了荷马式英雄渴望"荣誉"和"声名"的外在特征，多兹论证道，在悲剧那里，我们开始看到一种对于内在品性的内在价值评判，伴随着"罪感"和"净化内心"的诸多可能性——一种从"耻感文化"到"罪感文化"的转变。

这两位学者所提出的显著对立以及清晰一贯的发展观念，使他们的著作均受到了攻击。被称为"罪感文化"或"内在生活"的要素早已在荷马史诗中被解读了出来，只是由于在古希腊人的作品和社会生活的方方面面，明显延续着一种公共的、外在的评价方式，才使多兹所描述的"罪感文化"的价值受到了严重的削弱。一些批评家也是如此，他们不愿意断言西方文学的源头基于一种支离破碎的、不统一的自我概念。

尽管这些观点因其过度僵化的对立和过于简化的代际发展概念而受到批评，希腊悲剧的历史性意义仍然保留了通常从演进或变化的特定视角来讨论的一面，例如，韦尔南将悲剧的主题准确地描述为个人受困于"一面是法律和政治的思想，一面是神话和英雄的传统"的对立所构成的冲突之中。[6]戏剧描绘了"个人实际上生活在这种冲突之中，被迫要去做一个决定性的选择，被迫要在一个没有什么是永远牢固或模棱两可的、价值模糊的宇宙中确定自己的行动方向"。[7]但是，韦尔南论证道，悲剧的转折点不仅仅反映了这样一种社会经验核心处的分立，它同时也影响着人自身的概念。他写道，这是由于悲剧行为有两个方面："一方面，它涉及反思，要权衡利弊，尽可能准确地预见过程和结果；另一方面，它将一个人的赌注押在未知和不可理解的事物上，使他在一个始终无法理解的领域上进行冒险，参与到一场与超自然力量（对抗）的竞赛之中……"[8]悲剧人物无法逃脱这种决定论的辩证法；他们为争得个人的表达和对自己的掌控而奋斗，确实，他们看起来似乎是由这种个人责任与外在强制力的相互作用构成的。因此，对于韦尔南来说，悲剧描述的是一种人自身内部的冲突。

这些批评家的分析目的在于，在"性格"和"心智"的意涵的发展上，提供一些与阿提卡悲剧的特定历史意义相关的看法，在我自己关于城邦与荷马，以及个体在城邦和家庭中的关联与关系的章节里，我曾试图将这些更多是基于人类学的洞察部分转化为我自己关于悲剧节庆制度的复杂性的讨论。不过，也存在着另一种基于不同立场的悠久的批评传统，这种批评从一个更加独特的文学视角来处理性格问题。

---

〔6〕   Vernant and Vidal-Naquet 1981, 4.

〔7〕   1981, 4.

〔8〕   1980, 20.

在本世纪，后浪漫主义的影响对布莱德利（Bradley）至关重要（例如，他的莎士比亚批评），许多这种影响也同样引发了处理古希腊悲剧的类似倾向。尽管如今已很少能见到关于古希腊戏剧角色的"性格研究"的大部头专著，也很少有版本认为有必要在开头对每个角色的心理史做一个简短的介绍［埃勒克特拉（Electra）身上的柔弱与坚强自始至终都观察得到……］，但是仍然有人继续基于性格这一视角做出决定性判断，这种判断也仍然有人继续与之争论。一个明显的例子就是《俄瑞斯忒亚》中的地毯场景，对于这一幕，两个最有名的现代版本在试图解释阿伽门农为何会踏上花毯时得出了截然相反的原因：一种是认为他太过绅士以致无法拒绝他妻子的请求（Fraenkel），另一种则认为他因为傲慢自负而乐于犯下此等暴行（Denniston-Page）。因为缺乏任何清楚的动机，阿伽门农的每一句台词都被拿来证明关于其性格的某种观点——许多关于这一场景中的台词的解读由于其"不谈性格"的立场而被摒弃，对悲剧中其他场景的解读也是如此。

这种学术争论引发了各种各样的对立。维拉莫维茨［Tycho von Wilamowitz，维多利亚时期著名学者乌尔里希·冯·维拉莫维茨（Ulrich von Wilamowitz）之子，他的研究经常包含这种人物性格评价］所采取的立场就认为：索福克勒斯对戏剧角色的性格一致性没有任何兴趣，而是通过大胆多样的变化有意操纵观众的期待，使每一个场景的演出都能取得最大化的戏剧效果。任何试图统一性格的尝试都注定会失败，并且都注定歪曲作者的意图和观众的渴望或关注点。霍华德

（Howald）沿着这条思路提出：观众既不希望也没有能力在个体当下的经历中思考之前或之后的事。这些极端的标准，在随后的每一代人中都可以找到它们各自的辩护者，[9]通过压抑文本本身对心智各种状态的强调（同时也压抑任何关于不同意义的叙事或建构），这些标准似乎变成了一种和它们所反对的立场一样扭曲的观点。尽管如此，这些观点仍然提供了一种重要的提醒，对于建立在小说和心理研究上的性格定见，它们能够提醒我们警惕简单的假设。例如，琼斯（J. Jones）经常被当作"无性格"观点的支持者，他撰写了一系列重要的关于亚里士多德的评注和适用于各种悲剧的人物描述（并且被他很好地应用了）。尤其是，他否认亚里士多德会喜欢后世亚里士多德主义者的"悲剧英雄"概念，同时他也怀疑人们对这样一种人物的"缺点"会有所谓的兴趣。他回忆了《诗学》中一个重要论点：悲剧不是对人类的模仿，而是对行动和生活的模仿。例如，在《俄瑞斯忒亚》的地毯场景中，琼斯明智地讨论了家庭的作用，尤其是家庭对经济连续性的渴望对（阿伽门农）决心踏上地毯这一行动的作用，这种对行动而非对性格或假定的动机的强调，在索福克勒斯和欧里庇得斯的文本中以不同的方式得到了贯彻。对琼斯来说，这种学术论点在舞台上的补充证明就是面具，他认为，面具抵制了各种内倾化的可能性。"它的外在特征已经完全

---

〔9〕 Dawe 1963, Lloyd-Jones 1972 以不同方式为偶然论（Tychoism）辩护；对 Dawe 的批评参见 Goldhill 1984a，70–2。

表现了其本质"。[10]的确，琼斯和其他人已经为它建立了某种新的正统观念，用一种对小维拉莫维茨的观点更加有力的表达来说，就是："心理的揭示对于戏剧场景的主要戏剧目的而言是次要的。"[11]

然而，与这种新的正统观点相对，一些学者最近试图就"人的方面"重申古希腊戏剧中人物性格的"可理解性"，这种尝试不只是一种对布莱德利式观点的重复。伊斯特林（P. E. Easterling）就曾提出，我们仍然可以"信任"这些戏剧中的人物。她认同我们有必要"谨慎对待我们自然而然带有的具有个人特质的先入之见，有必要怀疑那套建构出一种'有趣性格'的现代观点"，[12]但是她也同时指出存在着"一些容易受深浅不同的解释影响的语词和行动"，[13]并且"那些可以做多样解释的行为有着巨大的戏剧潜力"。[14]动机的不确定性和模糊性并不意味着动机不存在或缺少对性格的兴趣，而是对本就由多种因素决定的生活的一种现实主义的再现。缺少对动机的明确讨论并不必然意味着对内在生活没有兴趣。她总结道，索福克勒斯和现代剧作家在人物刻画上的本质区别经常被过分强调了，而事实上，"希腊人对于作为共同体一部分的个人的兴趣远胜于对个人的独特经历的兴

172

---

〔10〕 1962，45。反对 Jones 面具理论的观点，见 Vickers 1973，54–6。
〔11〕 Taplin 1977，312.
〔12〕 1977，123.
〔13〕 1977，126.
〔14〕 同上。

趣，这种不同的态度有时很难为我们分享和欣赏"，[15]这样的说法并不意味着性格不重要，而是说我们必须重新理解什么是性格。

约翰·古尔德（John Gould）对这种重新理解做了进一步发展，他既重新强调语言和话语——一个"隐喻的世界"——如何发展虚构人物的性格，同时也进一步对"人类的可理解性"的共同基础提出疑问，这一表述仿佛带着几分天真的现实主义意味，像是一种对真实人物的真实行为方式的再现："诗是一种复杂的东西：它既像，又不像我们的经验。"[16]有一种信念认为：虚构人物只是"现实生活中的人"或应该和"现实生活中的人"一样，就此而言还有一种假设，即认为"现实生活中的人"只是一个简单的、自明的建构，古尔德认为，这种信念或是这种假设导出的观点，是对诗剧解读复杂性的一种相当幼稚的蔑视，尤其对那些其角色很大程度上取材于远古史诗世界和神话世界的诗剧来说更是如此。古尔德略带迟疑地总结道，即使一个"角色"不能完全同戏剧的"世界"相分离，不能从"遍布整个戏剧语言的隐喻色彩"[17]中分离出来，性格的概念也不能被摒弃。

关于该问题的争论，尤其当我们考虑到对这种性格观念的重组时其中一个最重要的观点认为：在公元前五世纪的希腊语中没有对应于今天似乎在文学批评中最为常用的"性

---

[15] 1977, 129.

[16] 1978, 62.

[17] 1978, 60.

格"的词。尽管索福克勒斯传记中一段非常著名的章节经常被翻译为"他只用半行诗或一个短语便创造出了一种性格"（21）。而且，据普鲁塔克说，索福克勒斯把自己成熟的戏剧风格描述为"对性格有着最佳的表现力"（ *de prof. in virt.* 7），如同经常会发生的那样，这种翻译曲解了其希腊文原意。那个被翻译为"性格"的希腊词是 *ethos*，尽管这个词当然隐含着一套态度或一种独特的性情，但是在 *ethos* 和通常意义上的"性格"之间仍存在着一个非常重要的差别。正如琼斯所说，*ethos* "没有包容一切的企图"，[18] *ethos* 并不试图如"性格"在其现代用法中经常做的那样去表达一种完整的个性或一种心灵的构成。例如，亚里士多德写道，"悲剧中的 *ethos* 揭示了一种道德抉择"（ *Poet.* 50b7–8），并且，对他来说，悲剧可以"没有'性格'"——但这并不是指某些现代主义者在抽象戏剧上的尝试。

我在这里想要做的，就是重新思考约翰·古尔德关于性格和戏剧话语之间相互作用的不确定性，与此同时，我还打算从两种进路对我所勾勒的各种正统学说之间对立的本质进行研究。首先，为了从主流古典研究以外的视角来继续目前这种理论综述工作，我打算通过罗兰·巴特等人的著作来提供一种关于性格的更深层次的整体视角。其次，我打算考察索福克勒斯的两部悲剧——再次考察《安提戈涅》，以及更深入地考察《埃阿斯》，从而看出这种关于性格的观点的多

173

---

[18] 1962, 32.

样性如何与文本本身关联在一起。我并不是要用这种方法来制定我批评的战线，仅仅表明我在这项学术争论中的立场，当然，我也不是要在这个明显有着多元立场和权威的论题上提出另一种有决定意义的观点。相反，即使只是简略重复一下这些批评立场也是很重要的，部分因为它仍然是一个复杂且重要的讨论领域，在这个领域中，古代文本经常给现代读者的期待带来惊异和挫败，部分因为我希望我对戏剧的分析不是继承诸多观点中的一个却以忽略所有其他观点为代价，而是能有助于展现某种引发这样的多元性态度的条件。正如我们已经看到的，悲剧文本呈现了城邦中关于人际关系的语言自相矛盾的状态，这点以相互冲突的挪用的修辞为标志；我们也看到，人与人之间交流的语言饱受分歧与不和的困扰；另外，处在这些悲剧张力和对立中的解释者的立场也受到牵连，其确定性也受到了严重威胁，同样，关于个性的语言也与敌对的声明和谴责、怀疑以及错置的确定性相交织。在这些悲剧关于心智的语言中，失序和僭越是无法割裂的因素。

罗兰·巴特的作品《S/Z》对巴尔扎克的短篇小说《萨拉辛》（Sarrasine）做了精妙的长篇分析，而他对性格描写的关注自然集中在有关小说的散文技法的问题上，这种散文十分不同于古希腊悲剧这样的公共诗歌。尽管如此，他对语言和性格之间的相互作用的洞察似乎尤其贴合我在上文所勾勒的重要辩论。巴特从"性格"和"话语"的对立开始讲起。如果我们对性格持一种现实的观点，我们就会为文本中所有令人惊讶的断裂或明显的前后不一致寻找动因。例如，在《俄狄浦斯王》中，当忒瑞西阿斯第一次揭示俄狄浦斯的身份时，他为何没有听进去？是因为他当时太过激动、愤怒、傲慢、愚蠢，等等，以致无法听信关于他自己身份的真相吗？另一方面，如果我们对话语持一种现实观点，那么我们会说，为了让戏剧的叙事继续进行，为了让无知与知识、偶然与可控的辩证法继续发展，为了让这种辩证得到戏剧性的表现，俄狄浦斯一定不能听到真相。但是巴特不允许这种观点的对立如此简单地成立。"尽管这两种观点源自不同的可能性并且原则上相互独立（甚至对立），现在它们却互相支持：一个 ₁₇₄ 普通的句子写出来，却意外地包含着各种语言的要素。"〔19〕俄狄浦斯是"激动的"，因为对话不能停止；对话能够继续，因为俄狄浦斯不听真相地说着。"这两个循环必然是不可判定的。而好的叙事性书写都具有这种高度的不可判定性。"〔20〕因此，对于巴特而言，随着我们意识到文学语言的多元功能，"性格"和"话语"的这种关键性对立就自我崩塌了。从一种批判的视角来看，抑制性格的做法和把一个角色从文本中抽取出来并将其转化为一种完全心理学意义上的具有可能动机、情感和潜意识的人格一样，都是完全错误的做法。"性格和话语是彼此的同谋：话语在性格中创造了它自己的同谋：这是一种奇迹般的分离形式，就像上帝神话般地为自己制造一个属民，为人类制造一个助手，而一旦这些助手被

---

〔19〕 1975，178.

〔20〕 同上。

创造出来，其相对独立性就得以自我展现。"[21] 确实，我们尤其在《埃阿斯》中可以看到，关于心智术语的词汇和处理私人关系的方式的词汇如何被不同的戏剧人物调动起来，以及，不同角色的话语和性格的话语如何在多元的声音中相互作用。

这些关于"性格"的最初评论以及批评家们力求在这些悲剧文本中确定"性格"之作用的方式，将会通过接下来的分析在许多方面得到发展和澄清。不过，在此不妨对目前为止的论证做一个总结。对于悲剧文本中"性格"的强调似乎相当不同于，例如说，一种维多利亚时期小说家的视角。那种公共的、戴着面具的角色并没有显示出一种对于个人性格特质的关注，现代的"性格"概念是一种包容性的概念，一些批评的目的或阐述方法就建立在这种视"性格"为个体整全人格的概念基础上，由此这些批评似乎就忽视了"自我"概念中的张力，也忽视了这些戏剧中"性格"和"话语"之间的张力。确实，在公元前五世纪的希腊语中似乎并不存在任何能够充分反映"性格"的包容性意义的概念。在阿提卡戏剧中，不管"性格"的意涵是什么，它一定有着不同的边界和基准。但是这些必要的谨慎并不意味着古希腊戏剧中不存在任何对其戏剧角色的内在生活的兴趣。正如我们会看到的，古希腊戏剧对某些表达了这样一种内在存在、心态和性情的语词仍抱着相当大的关注。由此，重新思考文本中这样

---

[21] 1975，178.

一种心智话语的结构化和戏剧角色之间的交流，以便探究那种"性格"概念的重组，此刻也就成了一个问题。这些戏剧是如何表现一种内在态度和心智状态的呢？

当我在第4章相当详细地考察《安提戈涅》中的一些对立的时候，某种意义上我们就接近了这一关于"心智"的问题。例如，在开场行将结束时，随着安提戈涅首先离场前去完成埋葬，伊斯墨涅送她离开并说了下面这句话（98-9）：

> 既然你要去，那就去吧。但有一点你要知道：
>
> 虽然你去得鲁莽，但你却为那些爱（philos）你的人所钟爱（philos）。

我们看到，安提戈涅的行动的矛盾含义，通过"鲁莽""愚蠢"这些词得到了强调，标志的是一种思考过程的败坏，即使这是出于对某种虔敬的过度渴望。克瑞翁的第一次讲话延续了这种对于"性情"的强调，其中清楚地表达了"端正的精神态度"的政治含义；他把公民对拉伊俄斯王权（他所假定的权威）的尊崇描述为"坚贞不渝的态度"（169）。"态度"一词七行后又再次被提起，许多人认为，这段话以一种反讽的方式，总结了克瑞翁自己对权力的悲剧性态度（175-7）：

> 你无法认识任何人的灵魂、

心智以及意图，直到他显示出

他在统治和法律上的实际作为。

在这部悲剧里，似乎正是这几行诗将克瑞翁作为统治者的心态放在突出的位置。克瑞翁随后以与他谈论心智态度同样的话语总结了关于自己地位的第一次陈述："这就是我的想法（mind）。"（207）对于他来说，对城邦"心智健全"的人（209）将会受到褒奖。正如安提戈涅的态度由伊斯墨涅按照 nous，即"心智"的术语来加以界定，现在克瑞翁也同样通过与城邦相关的"心智"语言来界定他基于政治立场的价值体系。

因此，当安提戈涅作为违反城邦律法的犯罪者而"在干傻事时被抓"（382），并通过诉诸神法的著名行为为自己辩护时，克瑞翁对这番辩词的反应再次运用了"心智态度"的措辞（472–9）：

要懂得太高傲的性格（attitudes）

最容易受到压抑……

做了邻人的奴隶，谁还会变得傲慢（pride）？

"傲慢"（pride）一词的希腊文短语为 *mega phronein*，即"野心勃勃"，这个词语我们曾经在《希波吕托斯》中讨论过，而在这个剧中，我们也看到了一种对于心智和态度的语言的辩论，这种语言尤其在关于性行为的问题上起着突出的作用。它使用关于态度（*phronema*）的词语的方式，在克瑞翁和海蒙对话的场景中将会极其重要。[22]这是因为 *phronein* 这个具有广阔意义范围的词，其含义从"具有一种独特的心性"转到了"思考"和"明智"。一个行动过程中的智慧就意味着一种性情、一种情绪。安提戈涅也借用了克瑞翁对她的举动的回应，也就是将其看作一种心智的态度，并通过回应这样一种 *phronein* 的特质来与伊斯墨涅划清界限（557）：

> 一些人会认为你更明智，另一些人则不这么认为。

对于姐妹两人的这番争执，克瑞翁将她们都称为"缺乏理智的"（561-2）：

> 这两个女孩都缺乏理智，
> 一个刚刚失去了它，另一个则生来就没有。

正如伊斯墨涅此前曾把安提戈涅称为"缺乏理智的"，现在克瑞翁也把同样的措辞用在这两姐妹身上，因为她们都站在他的对立面。接着，伊斯墨涅反驳道（563-4）：

> 国王啊，你说得对。当人遭到深重的苦难时，
> 他们天生的理智就会离开，不会逗留。

---

[22] 关于《安提戈涅》中的 *phronein*，见 Kirkwood 1958，233-9。

克瑞翁认为这样一种心智状态会导致厄运，而在伊斯墨涅这里，这种厄运是"健全理智"之所以缺失的根源。[23]克瑞翁判定他的反对者"缺乏理智"，而他的反对者则诉诸一种更高的、或者至少是不同的态度，两者之间产生了冲突，在这里，对统治者的心智状态的考验也通过这种冲突得到延续。

歌队对这一场景的反应是咏叹俄狄浦斯家的灾难，他们将眼下的灾祸归因于地下神祇血腥的威胁，以及"言语的愚蠢和心智的疯狂"（603）。语言的理性力量和思想的进程是相互败坏的，而此前对话中的冲突正是据此得到描绘。在"人颂"（Ode on Man）中，歌队称颂道（354-5）：

> 语言和快如风的思想（phronema）
> 以及所有构成这个法治城邦的情绪。

他们对使得城邦秩序得以建立的语言和思想能力的热情赞颂，在下一场景中却变成了对俄狄浦斯家族破败的绝望。他们回忆起一句著名谚语——"对于一个心智被神引向灾难的人而言，在某些时候他会把祸看成是福"，以此结束这个诗节（622-4）。拉布达科斯家族（Labdacids）一代又一代的悲剧性灾祸被归结为神把人的"心智"引向鲁莽。对于

---

〔23〕 North 1966, 100-16 论述了修昔底德观点的重要性，即人的态度会被灾难性事件扭曲。

海蒙和克瑞翁的争论而言，这是一个重要的序曲，因为前者
又再一次质疑了掌权者的"灵魂、心智以及意图"。

出于维护法律和秩序的等级结构的需要，克瑞翁在他的论证中要求海蒙不要允许他的心智被他对女人的渴望所扭曲（648-9），而歌队总结道，国王说得很明智（*phron*）。但是，海蒙质疑的恰恰是克瑞翁作为"思考者"的姿态。海蒙在回答的一开始表示，拥有好的心智是诸神赋予人的最好礼物，随后他就把矛头转向父亲的性格（705-9）：

> 因此，望你别固执己见（*ethos*），别认为
> 只有你的意见才是正确的。
> 因为，如果有人认为，只有自己智慧
> 无论他的说话还是思想，别人都不能比，
> 这种人一旦揭开，常被发现头脑空空如也。

海蒙根据"智慧、语言和灵魂"三者而对固执己见所做的否定似乎是克瑞翁早先的一个观念的变体，即一个人的"灵魂、心智和意图"在尚未在权力的压迫下被看到之前是无法得到考验的，这个观念变体不仅是对克瑞翁执政观点的继续考验，同时也特别指向了对一种特殊心智状态下的暴政、过度和挑衅的描述。

但克瑞翁也同样斥责他儿子的性情（*ethos*）（"噢你那可憎的性格"，746），正如我们在第 4 章中看到的，这场争论就此退化为对彼此缺乏理智的指责（754-5）：

克瑞翁：

　　没有理智（*phren*）的人指教（*phren-*）有智慧的人，你要后悔的。

海蒙：

　　你要不是我父亲，我已经说你头脑不灵光（*phronein*）了。

　　在秩序和统治的来源问题上，父亲和儿子发生了冲突，其中对相同词根的词语的三次使用强调的是，处在戏剧冲突关键时刻的不只有"行为"和"行动"；社会、政治以及心理学意义上的"心智态度"也被置于危急关头。[24]

　　歌唱爱若斯的颂歌同样清楚地凸显出人类心智中的非理性力量（791-2）——正如先前歌队所警告的（623-4），这是一个将人的心智引向灾祸的神，这句话现在不只适合于克瑞翁，也完全适合海蒙。安提戈涅被押往石窟后，克瑞翁和忒瑞西阿斯的谈话进一步强调了一种精神态度如何作用于国王的灾难性结局。忒瑞西阿斯明显把城邦现在的瘟疫归咎于克瑞翁的心智："出于你的意志（*phre-*），城邦遭到了污染。"（1015）接着，先知忠告他"想想（*phron-*）这些事吧"（1023）。先知在考验这位统治者的心智的同时，也对他提出了严厉的批评。但是紧接着，在两人的辩论中，克瑞翁也对先知提出了谴责，关于心智的词汇中一再出现的张力在这里

---

〔24〕 关于 *sophronein* 一词在当时政治中的广泛使用，见 North 1966，85—149。

得到了进一步强调。忒瑞西阿斯说（1050），有益的忠告是最好的财宝（1051）。克瑞翁则反驳道："不明智（*phronein*）会造成最大的伤害。"（1051）克瑞翁以一种反讽的方式重复了关于智慧的重要性的传统智慧，看起来像是接受了忒瑞西阿斯的忠告，既保持了理智又反思了他的心智。但实际上，克瑞翁是在反对忒瑞西阿斯对他的权威的质疑，这种质疑恰恰与心智的态度有关（1063）：

> 要知道，你可不能利用我的心智（*phren-*）

忒瑞西阿斯表示，克瑞翁的心智是城邦骚乱的根源，但对于克瑞翁来说，他的心智、意愿以及性情恰恰是最不容置疑的。

忒瑞西阿斯退场了，而他最后那段振聋发聩的话却有力地呼应着关于心智的词汇（1087–90）：

> 童子，带我回家去。让他去向比我年轻的人
> 发泄他的怒火，让他学会使自己的舌头冷静一点，
> 也让他学会比现在更理智。

再一次，我们在其中听到了克瑞翁的意愿的呼应，他想在自己的权力地位中让他的灵魂、心智和意图经受考验，但是现在，他正在这样一次考验中处在失败的转折点上。

忒瑞西阿斯一离开，克瑞翁便承认，他的心里感到恐

慌（1095），随后，他接受了歌队关于"性情（*phron-*）邪恶之人"（1104）将遭到众神惩罚的警告。这是他第一次放下独断专行的身段转而询问并接受其他人的意见。但是从他的心智扩散出来的灾难已经铺开，即使他现在匆匆奔向处决安提戈涅的石窟，意图阻止灾难的发生，也已回天乏术。

在我们以上讨论的背景下，悲剧中歌队最后的话十分引人关注（1347–53）：

> 我们的幸福自始至终有赖于智慧
> 对神的虔敬一定不能违背。
> 傲慢者的狂妄之言
> 必将带来强有力的打击作为回礼。
> 这种教训使得人年老变得智慧。

一方面，在这些感悟中可能蕴含着相当大的力量，对智慧或一种特殊态度的渴望被恰当地描述为幸福的花朵，而对神的崇敬当然是这种智慧的一部分。剧中主要人物过激的言辞或态度，以及他们的激烈观点，带来了死亡和毁灭的巨大苦难。无论是安提戈涅诉诸家庭的特殊激情，还是克瑞翁对城邦秩序和城邦结构同样强烈的信念，都是按照一种过激的语言、高傲的观点，尤其是按照一种过激的"思维模式"来刻画的。在这部充满诸多对立的悲剧中，最后只剩下歌队来做这样一种总结性的概括："他以出自歌队之口的道德劝谕收尾，告诫大家应该思考什么。"[25] 而另一方面，人们可以像科尔曼（Coleman）那样说，"它们毫无裨益，因为这里的每一个人都赞同这些劝谕"。[26] 确实，我们可以看到，克瑞翁和海蒙以互不相容的方式表达的，正是对于健全理智（phronein）之必要性的看法。通过诉诸一种心智的语言，克瑞翁在城邦的等级结构和社会秩序中建构了"理智"（good sense）和"智慧"（wisdom），同样，通过诉诸一种心智的语言，安提戈涅得以将她的不服从以及不惜一切代价埋葬她哥哥的渴望正当化。这种冲突将歌队看起来简单而精辟的话语推向了关键地位。歌队并非高居行动之上，相反，他们像批评家一样，从一个既不高高在上，也不匍匐于下，既不舒适地处在这种挪用（心灵语言）的修辞之中，也不离它的边界太远的立场来发表言论。这些总结性言论似乎是剧中幸存的公民对作为听众的公民全体的最后劝告。然而，歌队是否只是重复了我刚才所追溯的态度和心智的语言？在怎样的意义上，歌队的语言才能被看作既可靠又具体地表达了一种权威的或者作者的意见？

在《安提戈涅》里，正如我们在这个仓促的总结中所看到的，心智的词汇和冲突的话语紧密相连。克瑞翁和安提戈涅两人走极端的倾向由他们在态度上的特征表现出来——"没有头脑""不理智的"，诸如此类——但是，这些性格刻

---

[25] Bowra 1944，66.
[26] 1972，26.

画本身就是相互冲突的，因为关于这种心智语言的词汇本身已经经历了挪用的修辞，这种修辞主导了整部戏剧的冲突。这部戏剧对于城邦与家庭中相互冲突的纽带和关系的关注同样也体现在态度和"心智"这些词上：与其说这是对一个人本身性格特点的兴趣，重点更在于对这种关系的态度，在于对于其他人、其他观念的态度。"智慧"这一概念，"明智"这一优良品质，都不是绝对的，相反，它们处于某种特殊观念的系统里，在其中，这些观念抵制和对抗着个体的自我在社会中的界限。人们可能会把心智和态度看作发展性格意识的一种基本途径，而关于它们的语言也被不断整合进更为广阔的社会话语体系。也许，我们最好将《安提戈涅》中对心智状态的兴趣看作对精神态度方面互相冲突的语言的揭示；这些态度处处体现在社会生活的具体秩序和越界之中。在悲剧中，似乎既不存在一种关于心智的稳定词汇，也不存在一种牢固的关于心智与行动之间的两极分化。

对与"心智"相关的"秩序"和"越界"的兴趣，确实是古希腊悲剧中一个反复出现的主题。举例而言，在《俄瑞斯忒亚》的《奠酒人》中，处于中心位置的合唱歌是关于妇女的胆大妄为的，它的第一个诗节就聚焦在与"心智""态度"相关的欲望及其对社会生活秩序的作用上。同样，我们在《希波吕托斯》中看到，"心智""傲慢""自制"这些用语和引向一种悲剧结局的性别话语相互交织。在两部悲剧里，正如在《安提戈涅》中，"情节"与"性格"、"行动"与"心理"（这种对立对我们的核心讨论非常重要，我正是以这种对立来开始我这一章的讨论的）之间的对立似乎无法维持一种严格的两极分化。对"特殊性格"本身的缺少关注似乎意味着，这并不是对"性格"的全面压抑，而是"行动"——既在其社会行为意义上，也在一种特定行动的意义上——不断体现在"心智"的词汇中：正如与心智有关的词汇，尤其在互相关联的意义上，是不能简单地从行为和行动的模式中分离出来的。有关心灵内在生活的词汇与关于行动的词汇之间的联系告诉我们，"情节"与"性格"、"心理"与"行动"的简单划分和二元对立是不成立的。

对某种在特定的心理状态中做出的越界行为的关注，在索福克勒斯的戏剧里尤为重要。心理状态与作为一个"英雄"的联系长久以来被认为是索福克勒斯悲剧作品中一个首要的主题，[27]《菲罗克忒忒斯》中的菲罗克忒忒斯以及《特拉基斯少女》中赫拉克勒斯的恶疾就深入地展示了一种痛苦的身体状态施加在戏剧人物身上的灾难性影响。埃阿斯在我们的讨论中也占据着一个特殊地位，他作为一个极其重要的典型，不仅显示出索福克勒斯在极端心理状态上的兴趣，同时也显示出了索福克勒斯在舞台上展现疯狂的特殊兴趣（三大悲剧诗人都有这个兴趣），这一章的余下部分，我正想转入对《埃阿斯》的探讨。

对于埃阿斯的"心智"或"性格"的兴趣近期在古典学

---

〔27〕 尤其见 Knox 1964；Kirkwood 1958。

界引发了一次极其广泛的辩论。[28]这场辩论已逐渐集中到了关于"欺骗演说"（deception speech）的辩论上，埃阿斯这段著名而优美的诗歌使歌队和特克墨萨以为他们的主人已经放弃了自杀意向。早期批评家关于埃阿斯是否曾改变决心的辩论已逐渐固定为一个总体看法，即埃阿斯想要自杀的意向从未动摇；由此，讨论就集中在埃阿斯为何会想要欺骗他至亲至近的人，或者他是否真的想做这件事。稍后我们将看到，在这部持续关注着埃阿斯的心理状态的悲剧中，这番演说究竟如何与剧中的话语紧密交织在一起，以及歌队试图理解他们主人的尝试如何反映了解读埃阿斯内心态度的尝试。

开始的场景中，雅典娜将处在疯狂中的埃阿斯的所作所为展示给他的仇敌奥德修斯观看。在荷马史诗中，正如多兹强调的，精神状态或心理变化的责任通常都被明确地归为外部的强制力或神明的控制。例如，在《伊利亚特》开篇的那场争执中，阿伽门农偷走了阿基琉斯的情妇，他的战利品，而正是雅典娜发话制止了阿基琉斯；因为阿伽门农的无耻行径，他最初的反应是杀死这位全希腊人的领袖。同样地，阿伽门农最后为他的行为道歉时说，一定是宙斯、摩伊拉（Moria）和埃里倪斯在那时偷走了他的智慧（*Il.* 19.87）。凡世生活的灾难、计划的差错和成功、人类情感的冲动，都不是通过人的内心（psyche），而是通过外在神圣力量进入

---

〔28〕 参见例如 Hester 1971；Knox 1961；Moore 1977；Sicherl 1977；Simpson 1969；Taplin 1978, 127–31。

人的内心而得到表达的。所以在《埃阿斯》中，悲剧明确地宣称埃阿斯陷入迷幻的原因就是雅典娜。因此，这种外部动因的机械论看上去似乎反对任何一种心理学体系或任何一种性格的描绘。但是，正如我们将看到的，索福克勒斯不仅是在模仿古人。这部悲剧的余下部分，便开始建构埃阿斯极端的心理状态的图景，而这种展现方式限制了雅典娜对埃阿斯特殊的视觉幻觉的介入，这个幻觉使埃阿斯没有杀死希腊的将领，而是屠杀了羊群。正如韦尔南所描绘的，悲剧人物处在他的内心决断、个人责任以及"与超自然力量的较量"中，所以雅典娜的责任，即对埃阿斯心理的外在控制，就与大量有关内在决断的词汇产生了张力，而人们认为内在决断正是通向解读埃阿斯的意图的一条路径；例如，在"欺骗演说"中，埃阿斯的内在思维活动、他的意向和态度似乎得到了最强的聚焦。索福克勒斯在他的戏剧中很少在舞台上引入神的角色。在《菲罗克忒忒斯》一剧的末尾，赫拉克勒斯的出现 *182*用一席最终成为定局的话解决了不可调和的对立力量，这是我们现存的索福克勒斯悲剧中除《埃阿斯》之外唯一一个有神降临在舞台上的例子。而且赫拉克勒斯很可能只是一个极其强大的英雄而不是一位神。这一点当然十分不同于欧里庇得斯和埃斯库罗斯，尽管如果我们能看到更多保存下来的戏剧，就或许需要改变这种普遍的观点。神对人间事务最显著、最直接的影响与索福克勒斯悲剧中对内省最为复杂的描写，在《埃阿斯》一剧中似乎处在某种张力之下：在荷马那里早已有之的、构成人的内在和外在要素之间的张力，现在在这部剧中也以戏剧的方式得到了强有力的表现。在个人性格应当多大程度上为自己的行为负责这个问题上，个性的界限总是在神对心理和物理行动的过度决定中被不断质疑。

悲剧的开场展示了埃阿斯发疯时的景象。毫无疑问，剧中所有人物都认为埃阿斯的人格超出了任何正常人格所应有的界限。雅典娜把他描述为疯狂（59，81）和病态的（59，66），并嘲笑奥德修斯害怕看见这样一个疯子。奥德修斯反驳道，如果埃阿斯"神志清醒"（82），那么他根本不会害怕。但是，埃阿斯在哪些方面可以被说成是疯狂的？这一点批评家们长期以来争论不休。这是一个双重问题，并且和性格问题联系紧密。首先，雅典娜将她的干涉仅仅描述为"在他的眼中投下难以忍受的幻象，一种狂野的快乐的幻象"（51-2）。接下来我们就不得不探讨疯狂与视觉的相互关系。其次，正如我们会看到的，悲剧接下来仍有一系列对埃阿斯心智的描绘，而他的心智似乎难以将他之前神志清醒的状态与他现在暂时的疯狂以及他之后的重新清醒三者结合成一幅统一的画面，结果就是，批评家们为之甚至掀起了两极化的立场之争："埃阿斯在整部悲剧中都是疯狂的"以及"严格意义上，埃阿斯在这部悲剧中的任何时候都从未疯过"。[29]尤其要注意的是，这些关于埃阿斯精神状态的描述不仅提出了对埃阿斯的内在性格理解上存在的问题，同时也对埃阿斯

---

〔29〕 这种极端的观点见 Vandvik 1942；Adams 1955。大多数研究者都正确地拒斥这样过度简化的观点。

的屠杀行为以及与此相关的心智态度提出了质疑。正如我们在《安提戈涅》中看到的，这不只是一个关于精神态度的问题，更关键的是与行动相关的态度问题。首先，让我们来思考一下视觉和疯狂的相互关系。

《埃阿斯》的第一幕以一种非同寻常的方式强调了视觉。雅典娜在一开始注视着奥德修斯说（1–3）：

> 奥德修斯，我多次看到你，并注意到你
> 潜行追踪，（想找一个有利的时机）突袭你的敌人。
> 而现在我看到你……

但是，与神的视觉形成对照的是，奥德修斯说他看不 ₁₈₃ 见雅典娜。[30] 他听到的是一个无形的声音（14–16）：

> 雅典娜，这是你的声音，这是诸神之中，
> 我最爱听的话——虽然我看不见你，
> 但是我心中无比清晰地听见了你的话语。

这马上就提出了一个舞台表演的问题。雅典娜对于观

---

〔30〕 有些人（Taplin 1978，40 n. 12；Ferguson 1970）看出此处存在某种模糊性，不仅因为"看不见"（unseen）这个词在希腊晚期也有"被注视（stared at）"、"明显（evident）"的意思，也因为一些人认为奥德修斯只是暂时看不见雅典娜。尽管这个说法与这里的句法和对声音的强调不相符（见 Jebb 相关位置），我关注的却正是这一场景中可见与不可见之间的模糊性。

众来说是可见还是不可见？大多数批评家假定她是可见的，并且也假定，按照惯例，对观众来说她也本应是不可见的，就像奥德修斯看不见她一样。[31] 还有一些批评家争论说，在这一幕中，雅典娜自始至终对于所有人都是不可见的，她只是从后台说话，[32] 这一方案牵涉到的有关视觉效果的解释问题确实比较少。因为当埃阿斯出场时，没有迹象表明舞台上有什么特殊的情形（同样，先前奥德修斯致敬女神时也没有）。埃阿斯只是说"万福！雅典娜，宙斯之女。我为你欢呼，并欢迎你的到来。你能站在我这一边真是太好了"（91–2）。观众们认为埃阿斯看得见雅典娜吗？奥德修斯此时也仍然在舞台上，但是埃阿斯看不见他（83–5）：

雅典娜：

虽然他将站在你旁边，但他却看不见你。

奥德修斯：

如果他还是用同一双眼睛来看，这怎么可能发生？

雅典娜：

我能使哪怕是最明亮的视觉变得昏暗。

所以，观众们能看到埃阿斯无法看见奥德修斯，埃阿

---

〔31〕 杰布（Jebb）强烈支持这个观点。塔普林（Taplin）则认为她对所有人，包括奥德修斯，都是可见的。

〔32〕 Kitto 1967 和 Gellie 1972 强烈支持这个观点。

斯处在疯狂状态下的视力已经被神力扭曲，但是观众们也看到，奥德修斯同样无法看见雅典娜。而且，特克墨萨进一步描述了这一场景（301–3）：

> 末了，他冲到门外，说出
>
> 野蛮、撕心裂肺的话，径直地对着某些幻影
>
> 狂喜地发出刺耳笑声……

她认为她看到了什么？一个幽灵？一个影子？……或者她指的是埃阿斯内心的一个幻影？在黎明的微光中，因为雅典娜对视觉做了手脚，使之发生了微妙的扭曲，事物就并非它们看上去的那样。这一场景无与伦比的舞台艺术，通过对舞台惯例中可见与不可见的操纵，以容易扭曲的视觉功能发展了戏剧人物之间倾斜的关系。即使是为一个特定的场景选择一种特殊的表演方式，也无法最终移除开场这一幕所表达的视觉的模糊性和不确定性。

然而，当埃阿斯返回到他的营帐内时，雅典娜再次向 ¹⁸⁴ 奥德修斯说话（118–20）：

> 奥德修斯，你看到神的力量有多大了吗？
>
> 你认为，有谁比这个人
>
> 更富有洞察力，或更有能力果敢行事？

但是奥德修斯回答道（121–6）：

据我所知，没人比得上。虽然他是我的仇敌，
但我还是怜悯他的不幸。因为，他是
命中注定不由自主地走向毁灭。
我注意到了（look to）他的处境，也注意到了我自
己的。
因为我看到我们所有活着的凡人的真正的本质。
我们都不外是幻形和虚影。

从词源学上看，"我知道"（*oida*）这个词是"看见"一词的完成时形态。[33] 奥德修斯"注意到"（looks to）他自己的处境，正如当雅典娜问，"你是否看到了"诸神的力量时，他回答道"我看到了"人的脆弱——存在的影子（the *shadows* of existence）。这段女神与凡人之间的对话标志着，在古希腊语中，表示视觉的词与表示知识的词之间有紧密的关联。正如在英语中，人们"察看"（look at）一个论点，"明白"（see）一种观点，拥有一种"洞察"（insight），期待某种"明晰"（clarity）。剧场——"剧场"这个词意为观看之地——中开场的这一幕也是如此，它的表演基于有选择的不可见的惯例，所以剧中对知识的逐渐接近也是以同样的视觉词汇来表达的。奥德修斯理智的洞察不能简单地和埃阿斯视觉上的盲目分开来看。确实，表示视觉和表示知识的词语之间的相互渗透将剧中各式各样的角色联结起来，这既体现在

---

[33] 关于"知道（knowing）"和"看见（seeing）"的进一步讨论，见第 8 章。

他们将清晰作为确定、将知识作为洞察的追求上，也体现在他们狭隘的视野以及带有偏见的观点中，从而使全剧有了一定的连续性。开场这一幕对身体和知识意义上视觉的强调，不只与埃阿斯的疯狂这个悬而未决的定义相关，在更广的意义上，它也在心理状态、身体的征兆与行动之间架起了重要的联系。

因此，在关于埃阿斯的性格和疯狂的界定中，视觉的作用不能从关于埃阿斯的心理状态、智力构成的更广泛含义中分离出来，也不能从关于知识和洞察的话语中脱离出来，这一点对于这部悲剧以及对它的批评相当重要。身体和精神在一套共享的知觉和观念的词汇中互相指涉。当我们尝试将雅典娜对埃阿斯性格的干预局限于对他的视觉能力的干涉，我们将再次回到关于心理状态的讨论中。在这部悲剧的语言和话语中，很难轻易区分性格、行动和责任。

歌队和特克墨萨都认为埃阿斯染上了疯病。歌队十分 ₁₈₅惊愕：到底是哪个神（171–82）使他冲进羊群之中："因为，特拉蒙之子啊，如果你理智健全，你永远不会对羊群下手。"（183–5）确实，特克墨萨把埃阿斯的突然发作叫作"疯狂"："疯狂俘虏了我们高贵的埃阿斯"（216），但现在，她告诉水手们（歌队）他已经恢复了理智，现在的他"神志清醒"（259），接着她就描述埃阿斯是如何恢复健康的。歌队还在思考这件事时，就听到了埃阿斯在帐篷里的哭喊。但是歌队立刻表现出他们对埃阿斯的心理状态的不确定，正如他们之前对埃阿斯失常的原因所显示出的不确定一样（337–8）：

我想，也许他的理智还没恢复，也有可能是：

他看到刚才发病时做下的这一切无法忍受。

当埃阿斯说出第一句可以辨认的话时，[34]歌队对此的疑问似乎冰释了——尽管他们对埃阿斯话中表面意思的轻信在悲剧结尾被证明是错误的（344）：

不，他看来似乎神志清楚。快，把门打开！

埃阿斯连同被他杀死的牲畜——他的疯狂的标志——出现在歌队面前，正如雅典娜给奥德修斯展现的一样。歌队提到主人的心智作为回应（355）：

事实证明，他确实神志不清。

当埃阿斯哀叹他的不幸时，他们劝告他恭顺一点，明智一点（371）。在埃阿斯充满激情的吟唱和歌队抑扬格诗句的交替中，歌队对埃阿斯现在和过去的神智状态的关心，以及埃阿斯自己对他的精神和视觉失常的认识，都对埃阿斯的心智和行为中正常状态的界限提出了犹疑的追问。正是向理智的回归在疯狂与理智的边界四周编织着不确定性。

---

[34] 在 20 世纪，语言往往被视为精神失常的场所（locus）（见 McCabe 1981；Forrester 1980）。但在古代世界似乎并不是这样；视觉的错乱才被视为精神失常的征兆。见 Padel（forthcoming）。

在接下来的场景中，我们可以看到，关于人物与正常状态之界限的关系的认识有了重要的发展。首先，埃阿斯将他的精神错乱和视觉上的错乱联系在了一起，但没有任何迹象表明他对他原来的谋杀计划有任何悔意（447-9）：

> ……如果我的眼睛和心智没有眩晕地跳跃
>
> 远远地偏离我的目标，那么那两个人绝不会再有机会
>
> 以他们的奖赏和投票欺骗任何人。

但他也认识到雅典娜是造成这种心智和眼睛的双重眩 *186* 晕背后的原因（450-2）：

> 但是，相反，那目光吓人的不可战胜的
>
> 宙斯的女儿，在我已经武装起来
>
> 正要去攻击他们的当口，挡住了我，
>
> 使我心神错乱发了疯病……

在埃阿斯对他自己的神智错乱的承认中，随着重点转移到埃阿斯的心理状态上，心理的原因也被置于性格之外，仿佛他不用对自己的行动负责，或者他的行动和他的心智的自主性没有什么关系。这种关于埃阿斯的心智状态的不确定性在剧中因果关系的过度决定论中得到了反映。

在我前面对《埃阿斯》的讨论中，我们已经看到，埃

阿斯和特克墨萨以及歌队之间的交流是怎样把埃阿斯的社会角色定位为伟大英雄、家庭首领、他的旁系家族和他的仆人们生活中最重要的人，以及埃阿斯如何拒绝这样一种社会角色。我们同样也看到，埃阿斯对于荣誉的诉求，以及他对自己的态度是如何重于他和他自己身为其中如此重要一员的共同体之间的纽带关系。确实，在我用以开篇的概述，我已经将通过社会角色和人际关系来定义个人的理解看作界定性格时的一个主要差别（与通过一个角色的特性来界定性格正好相反）。但在这里还不只这些。因为，正如人们早已以某种微妙的方式认识到并加以讨论的那样，[35] 在这整个场景中，有一系列对荷马史诗中一位英雄和他的妻儿之间发生的相似场景的引用和重演，这就是《伊利亚特》中的一个著名段落（6. 390 ff.）：安德洛玛克试图说服赫克托尔不要去打仗。尽管对荷马史诗中这一段落的重演表明某种情况的相似性，尤其在妇女对于她们的军事保护者的依赖这一方面，但更重要的是，它们的差异在这一对话中创造了一种显著的张力。在最简单的层面上，赫克托尔前去战斗是为了保护他的家庭和家族，他冒着自我牺牲的风险抵御希腊联军，而埃阿斯的威胁性行动是自杀，他自知这将会是对他的家族和家庭的抛弃。但是这种差别同样也涉及作为英雄的态度。埃阿斯这种朝向自我毁灭的自觉行动显示出，他对于他所属共同体的态度不同于赫克托尔，也就是说，在一个依靠互惠关系来维持

---

〔35〕 Adams 1955；Brown 1965-6；Kirkwood 1965 对此有讨论。

运转的共同体内，英雄的一意孤行与这个共同体之间存在着某种张力。正如我们已经看到的，英雄的价值本身就与城邦意识形态和戏剧的作用有些许冲突，但是埃阿斯似乎拒斥了赫克托尔——特洛伊最伟大的英雄——为之战斗的那种紧密纽带，并把英雄的个人主义推向了一种孤立和自我依赖的极端。"埃阿斯……不仅仅是典型的荷马式，阿基琉斯式的英雄，他更是将英雄准则带向了最大的极端"[36]——这个极端展示了在一个关系共同体中自我依赖的内在张力。这个场景同样展现了埃阿斯对于他的家庭的不同态度。当赫克托尔的孩子被他父亲头盔上摇动的鬃毛吓到时，赫克托尔脱下了他的头盔，莞尔而笑，并在向男孩告别之前将它放在地上。埃阿斯则声称他的儿子不会惧怕血和屠杀，如果男孩的本性真的是他父亲的延续的话。确实，他想要他的儿子在任何方面都和他一样，除了运气（550-1）以外，而且要和他父亲一样按照"严厉的规矩"来生活（548）。"严厉的"（hard）这个词同样用于"生"肉的"生"（raw），以及"狂野"（wild）、"野蛮"（uncivilized）的价值。它与"规矩"（laws, *nomoi*），也就是"法律""习俗"形成了矛盾的修辞。有趣的是，"原始"（rawness）也是《安提戈涅》中用在安提戈涅和俄狄浦斯身上以表达父女之间一种相似的野性的词（471-2）。[37]在《伊利亚特》中，阿基琉斯在他狂怒的顶点渴望"生"吃

---

[36] Winnington-Ingram 1980, 19.
[37] 见 Segal 1981, 191。

赫克托尔的肉。这是一个和野兽的世界联系在一起的词，也是与社会中人的行为规范相矛盾的词。埃阿斯在他自我申辩的时刻所试图通过他的儿子传达的，正是这种完全自我依赖的、反社会的"原始法律"（raw laws）。

埃阿斯对于他儿子童年的思考也显示出一种对心理状态的有趣态度。这位伟大的战士断言：无知，在任何情况下都不要"审慎"（phronein）是最好的。对于这个行动果断的人而言，他的心智确实导致了他今天的不幸，因此一个无思无虑的童年看起来似乎是很吸引人的。但是，正是通过这种对"审慎"的拒绝，埃阿斯的疯狂才得到表达，理智的缺失是由于缺少审慎的品质，正如《安提戈涅》中的克瑞翁展示了理智的过度。埃阿斯思考的是一个摆脱了心智上的麻烦的世界，但还是难免重复那使他沦落到这个地步的理智的扭曲。[38]

特克墨萨越来越强烈地希望阻止埃阿斯的意图，而他最后的台词再次强调了心理状态和性格（594–5）：

> 你的想法（phronein）很愚蠢
> 如果你想在这最后关头驯化我的脾气（nature；ethos）。

埃阿斯的"本性"（nature）、"性格"（character）、"性

---

〔38〕 有趣的是，特克墨萨说她"强烈地感受到"（too mindful of）悲哀（942）。埃阿斯的 meden phronein 在这里可以与她的 agan phronein 呼应。

情"（disposition）正是在这一场景中得到了表现（这也在他回归清醒的集中描写中得到说明），其中，关于思想的语词不断重复，提示着贯穿整部剧的意向和态度的冲突。但是再一次，就如我们对内在生活以及与个人行动相关的态度的强调一样，我们也应该质疑对个人性格的简单划界。如果说我们无法将一个人物从作为心理实体的戏剧语言中分离出来看待，那么埃阿斯的心态在某种程度上便可以根据这个文本与荷马文本的关系得到一些确定。悲剧情节很大程度上依赖于神话和更早的史诗的素材，但并不是说这种依赖就丧失了对个体性格的兴趣，也不是说"戏剧人物"和他们的名字一样传统，更不意味着除了埃勒克特拉多种多样的形象之外，悲剧人物都是简单的"创造物"。（就埃阿斯的情况来看）索福克勒斯"所描绘的埃阿斯乃是直接取材于《伊利亚特》……他突出和发展了荷马笔下的埃阿斯身上那些有助于促成他想要去创造的那种悲剧图景的特征"，[39] 但是，这个"突出和发展"的过程，这样一个人物在一部公元前五世纪悲剧中的设定，对于追问荷马史诗以及这部悲剧所依托的公元前五世纪的生活这两者的价值观念来说至关重要，尤其是通过那些引向埃阿斯自杀的场景之间的关联以及接下来围绕他的尸体而起的争论。即使是对荷马特征的重复，在这个新的场景设定中，它也呈现了一种新的面貌。因此，作为文学性的虚构，希腊悲剧中的人物吸收了其他文本的内容，通过其他文

---

[39] Kirkwood 1965，62.

本来界定他们自己，并在他们与其他文本的关联中得到发展。文本之外，这些人物可能没有心理意义上的过去或未来，但他们身上携带着他们口耳相传的过去、早期的阅读以及早期作品的回响。这种界定性的互文差异使性格的界限以及不同性格之间的界限不断被超越。除了其他文本不断扩大的语境之外，埃阿斯对自我的坚持甚至在"态度"层面上也难以被理解。正如神的介入，这种文本性恰恰在悲剧人物宣称他们的自主性时挑战着自主性。

温宁顿–英格拉姆很好地分析了随之而来的第一合唱歌。[40]他论证说：时间和疾病这两大主题相互关联，而在对埃阿斯的精神失常随着时间而发展的追问中，两者最终汇流到一起。开头的诗节回顾了时间作用在疲倦的歌队身上的那种令人疲倦的效果，以及歌队想要逃离他们当前的痛苦的渴望。这一点使歌队在接下来的对唱诗节中引入了埃阿斯的疾病："埃阿斯患上了不治之症，他无动于衷，神降的疯狂成了他的伴侣。"温宁顿–英格拉姆评论道："那种一开始用来说明他为何攻击家畜的解释现在变成了对他的自杀情绪的描述，这种自杀情绪正是源于他受挫的复仇以及关于阿基琉斯盔甲的评判。"[41]"疯狂"一词现在不再用于雅典娜的明确干预，而是用于埃阿斯想要自杀的渴望——尽管它仍然被描述为"神降的"（god-sent）、"神圣的"（holy）疯狂。他们将

---

[40] 1980, 33-8.
[41] 1980, 34.

他早年战斗的英勇和现状做了对比，现在"他将自己的思绪锁在孤独之中，使他的朋友悲伤"（614–16）。歌队再次谈到了埃阿斯的理智。歌队曾经说，埃阿斯屠杀羊群的时候不可能是清醒的，但在埃阿斯做了第一次关于自杀的演讲之后，他们断定"没有人能够指责你说的话是假话，也没有人能称这些话不是你心里的想法"（481–2）。然而，此刻，他的态度再次被描述为"疯狂"，再次被描述为关于他孤独心智的沉思。他的离群索居令他的朋友们（philoi）感到悲痛。他切断了与社会的联系，为阿特柔斯的儿子们（Atreidae）激怒，只与疯狂为伴：现在，正是埃阿斯的沉思、内省以及反社会的姿态构成了一种对正常精神状态的违反。

确实，歌队通过想象"当埃阿斯的母亲听到埃阿斯精神失常的消息"将会怎样哭泣而继续第一合唱歌，接着他们开始唱最后一个对照乐节，暗示"既然埃阿斯精神已经失常"，倒不如死了一了百了对他比较好。因为"他已经不再保有我们所知的那颗坚定的心灵，而是放任自己在外漫游"。不同于埃阿斯本人宣称自己持有的那种固定的心性（ethos），歌队断言：他超出了常规，极端地说，不再展示出他曾经受过教育的那种品性。在这一合唱歌的两个对照乐节中，歌队都试图"描述英雄病态的心智状态。在这两个乐节中，他都被视为已经把自己排除在某一范围之外了"[42]——将自己排除在社会纽带之外，将自己封闭在他自己的精神世界中，超出

〔42〕 Winnington-Ingram 1980，38.

了他正常心态的界限。这两个对照乐节描绘了他不止一种的精神失常。

正如温宁顿–英格拉姆写道，用前后一致的描写来调和关于埃阿斯的心智状态的各种不同描述已经很困难，而关于埃阿斯的心智状态及其与埃阿斯的行动之间的关系，会产生更多的疑问。我们必须从这个角度来解读接下来这篇著名的"欺骗演说"。因为在批评家们关于埃阿斯的意图，或者更笼统地讲，关于他的心态改变的讨论中，产生疑问的正是心智与行动之间的关系。这段欺骗性演讲既延续了我们已经讨论过的话语，也极大地发展了这种话语。

这篇"欺骗演说"中遍布着一系列持续的、含混不清的表达。例如，许多批评家已经勾勒出埃阿斯在"把他的剑埋藏在没人能再看见它的地方"这句话中的双重含义，或者是他渴望找到"安全之所"（safety）的双重含义。弗格森（Ferguson）甚至进一步断言"模糊性才是这部剧的主题"，[43] 塔普林（Taplin）也写道："整个关键的场景都有意处理得模糊不清、悬而未决。"[44]（尽管他相信随着叙事发展它将变得更加清晰。）这些模糊性强有力地影响了我们对这部剧中"性格"的意义的看法。埃阿斯一开始对于事物易变性的反思——正如我们将会看到的，主要由"清晰性"和"公开"这些词汇来表达——转向了心智的无常（649–51）：

---

〔43〕 1970, 30.
〔44〕 1978, 131.

> 强大的誓言和固执的想法都崩溃瓦解了。
>
> 因为我的意志，不久前还强大而坚定，
>
> 如淬火的剑一般强硬，而今却已丧失了它的锋芒。

"因为"这个词点明了这场演说中第一个被提出的解释：一次次地，埃阿斯似乎提供了他做这样一个决定背后的理由——性格（*ethos*）揭示了一种道德上的选择。在这里，他表达了对他妻儿的于心不忍，"[一想到她]被撇下在我的敌人中间，成为寡妇"（653），但是这一解释的结论又重新回到了模糊和疑问之中（654–5）：

> 但现在我要去海滨的浴场
>
> 和海岸边的牧场，去那里净化我的污秽。

在这里，模糊性的来源不仅是"净化"这个词。这个解释和随之而来的行动之间的联系同样是不确定的。被译为"但"的这个词可以表示一种转折的效果，就好像这个修辞的结构是"虽然我怜悯她，但是我仍然要走……"。但这种关联也可以表示一种正面的鼓励，这是一种在翻译中丢失了的语意："[因为]我怜悯她，所以我要离去，然后……"句法和随后解释中语义的模糊性遮蔽了解释的清晰性，这一模式在这篇演说中以不同的方式一再出现。这种修辞似乎建立了一种解释，仿佛它指明埃阿斯的情感、想法和理由，只是为了限制从语词到思想的转移，而总是返回到语言的保守和犹疑。

所以埃阿斯问道："我怎能不学如何站队和明智（wisdom；
sophronein）？"（677）在他丧失理智、性格蒙上疑云之后，
sophronein（尤其就这个词"心智健全、可靠"的词源意义而言）
似乎正是埃阿斯所缺乏和需要的品质。许多人从这个问题出
发，认为埃阿斯已经认识到了他在事物秩序中难以维持的位
置，或者认为由这个问题可以看出埃阿斯想从他极端主义的
态度中撤离的意愿，或者至少为了社会中的其他人而接受了
必要的节制。但值得注意的是，这个修辞上的问题是关于将
来的，他关于未来的知识被修辞性地放在这个问题之下——
正如他此前在这篇演讲中所声明的，"我将学习顺从诸神，并
懂得尊重阿特柔斯的两个儿子"（666-7）。这些关于未来将如
何做的认识推迟了这种知识变成现实；而我们再次看到埃阿
斯时，他正准备自杀，带着对希腊联军首领的诅咒，在他极
端的仇恨态度和对荣誉的尊重中，没有丝毫犹疑的迹象。如
果说埃阿斯对于他的心智态度有一种全新而深刻的洞察，那
么"正因为他的死亡消解了'以这种知识能够做什么'这个
问题，也就因而逃避了悲剧性的洞察"。[45]又或者说，他的
死亡重新提出了知识与行动的关系以及埃阿斯的语言与他的
心智秩序的关系的问题。关于他可能的未来知识的修辞问题
与他的未来行动和未来表达产生了张力：再一次，这个修辞
似乎建立了某种解释，却无法以可靠的解释结束。

　　这种欺骗的修辞使埃阿斯对特克墨萨的嘱咐显得格外

---

[45] Dollimore 1984，50.

具有误导性（685–6）：

> 不断热诚地向诸神祈求吧，
>
> 求他们让我的心愿圆满实现。

埃阿斯似乎特别突出了想要解读他的"心灵愿望"的困难。确实，歌队接下来欢乐的颂歌渲染了他们对埃阿斯演讲的误读。这一点尤其在合唱歌的结尾以一种有趣的方式显示出来：歌队明显重复了埃阿斯在他的演讲开头所说的话。埃阿斯在他著名而优美的诗句中说道（646–7）：

> 漫长无尽的岁月，
>
> 照亮了所有昏暗之物，
>
> 复又隐匿了显露之物。

这种在清晰性和模糊性之间的摇摆不定似乎与埃阿斯的欺骗中的掩饰性修辞呼应，它被重新提起时，不只反映在歌队的语言中（714）：

> 伟大的时间能熄灭一切。[46]

---

〔46〕我在这里的理解与 O. C. T., Jebb 和 Teubner（Dawe）相同。抄本原文作"熄灭和照亮"（extinguish and set alight），与这个诗节应有的格律不相称。通常认为"和照亮"这几个字是后人为了照应歌队对埃阿斯的评论而加上去的。如果按照抄本的文字来理解（就如 Knox 和 Kamerbeek），这行诗便不再是歌队误解埃阿斯的一个特殊例子。但这并不影响此处的总体论证，即这支欢乐的合唱歌突出了歌队对埃阿斯的演说的误解。

与其说是一种更替，是隐藏和显现的不断轮换，歌队把时间的效力看作一种单一的消灭行动。这种对埃阿斯的双重语言的单义解读导致了他们的误解，这点可以在他们对埃阿斯的时间隐喻的简化中看到，也体现在他们对埃阿斯话中"变化"的复杂含义的消减。歌队在整个过程中的评论创造出了一整套关于埃阿斯心智状态的注脚，也创造了一系列困难的解读；而埃阿斯的复杂语言和歌队的反应的对比也展现出，在另一个人的表达中发现其意图，总是一个误读和误解的过程。再一次，文本中辩证的表达和反馈聚焦于语言中的心智之谜，也就是将语言和意图联系起来的困难。掩饰的修辞和对它们的误读之间的这种戏剧化的交流，难道不是对那些旨在将这种交流简化为一种对埃阿斯心智的单义解读（像歌队所做的那样）的批评家们的质疑吗？即使像诺克斯这样一位敏锐的批评家也试图维持埃阿斯心智的统一性和直接性，他的做法是断言这篇"欺骗演说"应被设想为一篇独白——好像将其视为独白便可以澄清这篇演讲中一贯模棱两可的双关意思，使其变为单一的意图。这个谜团本身就是精神态度和行动之间悬而未决的关系的一个重要部分，而整部悲剧正是围绕着这个关系而展开的。

报信人的场景分隔了埃阿斯关于欺骗和诅咒的两大段演说，这一场景也为心智的语言增添了一个更深层次的重要曲折。通过报信人转述的先知卡尔卡斯的话，人们对埃阿斯出格态度的看法回溯到了他从萨拉米斯离开前往特洛伊的时候。他的异常表现从他对羊群的屠杀延伸到他那晚的所有行为，延伸到了想要自杀的痛苦，现在也延伸到了他在特洛伊战争开始前的言语和心态。构成关于他的异常心态之证明的行为或者举止的界限似乎在不断地变动。埃阿斯动身奔赴战场的景象，被描绘成了一个"不根据人的限度进行思考"（761）以致陷入危险的范例。确实，埃阿斯被描述为"愚昧的"（a-nous）（763），"愚蠢的"（a-phron）（766），他自吹自擂地说在战争中不需要神的帮助，这一点最终被描述成"不根据人的限度进行思考"，而这正是卡尔卡斯开始他的演说时的措辞。温宁顿–英格拉姆写道："这一回溯的视角现在被带回到最初与之相关的场景，以便向我们展示一个甚至在他动身离家前往特洛伊之前就早已不正常，早已愚昧、愚蠢，早已妄自尊大的埃阿斯。"〔47〕他精神的失常绝非仅仅因为他没能赢得阿基琉斯的武装，使他感到他的荣誉受了轻视；同时，在叙事中，关于心智的僭越态度的相同词汇也已经以不同的方式进入了对埃阿斯每一处的性格刻画——只有在雅典娜的观点中出现了两次例外，她将埃阿斯早先的本性描述为最富有"远见"以及"有判断力地行动"的能力（119–20），这与荷马对这位英雄的描述相同，〔48〕也是他的朋友们想起他从前对他们的保护和照料时的评价。我们如何可能调和这两种（相异的）描述？又如何可能压抑前五世纪的戏剧中描述英雄人物时的矛盾？评价埃阿斯的态度时的这种疑问，不只

193

〔47〕 1980，40-1.

〔48〕 例如，North 1966 以及 Adams 1955 就在卡尔卡斯的评论之外，以雅典娜的评价展示了埃阿斯总体上的高贵性。

是某种"性格描绘的不一致性",也正是这部剧的一个基本标志。

难道卡尔卡斯的描述意味着埃阿斯可能始终被认为是不正常的,甚至疯狂的吗?温宁顿–英格拉姆回应说:"这只是一个措辞问题。"[49]没错,这确实是措辞问题,但是这种措辞间充满矛盾的相互作用似乎并不能起到任何简单的"对心智的揭示"作用。[50]相反,埃阿斯的英雄心态在社会规范中的位置是不确定的,而在对这点持续而不断变化的暗示中,我们看到了对于"正常""适于人类限度"与"超出人类极限""僭越""疯狂"之间的界限的追问。"措辞问题",也即定义的问题,既是这部剧本身的问题,也是研究者们的问题。

报信人的场景进一步追问了埃阿斯的态度在事物秩序当中的位置,这一场景也在叙事中被意味深长地设置为埃阿斯孤独自杀场景的序幕;在自杀场景中,埃阿斯重新采用了永远憎恨敌人的伦理观,而这似乎动摇了他在"欺骗演说"中暗含的洞见。譬如,对于拉铁摩尔而言,这一自杀场景发生在"一种非理智的、野蛮的、逻辑无法涉足的、充满原始激情的氛围之中",[51]而这一点必定与"欺骗演说"中埃阿斯对于顺从和审慎的反思以及先知对于埃阿斯早年态度的描述形成巨大的张力。一方面,埃阿斯在"欺骗演说"中对未来的知识提出了修辞性的追问;另一方面,自杀演说则废

---

〔49〕 1980, 41.

〔50〕 1980, 57.

〔51〕 1958, 77.

除，或者说质疑了这一修辞。就其中的张力而言，埃阿斯的最后一句台词提供了一个有趣的注解："剩下的事我将向那些居于冥府的人谈论了。"（865）《奥德赛》中有一个设置在冥府的著名场景，其中奥德修斯看见了死去的埃阿斯并试图上去与他交谈。而即使在冥府里，埃阿斯也囚困在永久的憎恨中，他的鬼魂对奥德修斯的举动置之不理，在骄傲的沉默中转身离开。索福克勒斯笔下的埃阿斯临终前最后一句话——"我将在冥府谈论"——颇为讽刺地照应了他在荷马笔下带着永恒敌意的沉默。

对于埃阿斯性格的界限及其越界有众多不同的描述，而讨论它们的一个结果是，研究者们不得不一再回到这部剧中的 sophronein 这个概念上。就这个词的"理智健全""自我控制"的意义来说，sophronein 似乎提供了一种最典型的与我们一直密切关注的越界状态相反的对立面。为了从这部悲剧中寻找正面的衡量标准，一种常见的评论就必须将奥德修斯的"启蒙的人道主义"与埃阿斯极端的英雄情感主义以及争夺尸体时所发生的理性主义争论（或者说卑鄙的争论）进行对比：奥德修斯在舞台上的短暂露面架构起了这些行动，而他也被当成了一个 sophronein 的典范；正是这部剧着意要去表现的东西，而这在《安提戈涅》中却是相当缺乏的。[52] 特克墨萨也被认为是这部剧中具有这种品质的女

194

---

〔52〕 参见例如 Kitto 1961 对此观点的有力陈述。

性代表，[53]尽管埃阿斯也对她说："不要探查，也不要追问，克制（restrained; *sophronein*）于你而言才是合适的"（586），看起来更像是对于该词的内部分歧的反讽性认识，而不像是对于妻子所应遵守的妇道的简单规劝。即使埃阿斯自己也因展现过 *sophronein* 而被称赞：埃阿斯"是——而且倘若没有这个恶劣的不正义行为，就仍然还是——一个拥有最高的 *sophrosyne* 的人"。[54]诺斯（North）[55]也注意到了阿伽门农对该词政治化的运用，这点我会在接下来进行讨论，同时她也将该词保守化和民主化的运用类比为一种雅典的政治标语。对每一种运用的解释，她都援引雅典娜用以结束第一幕时所说的话作为支持："诸神友爱（*phil-*）心智沉稳（*sophron-*）的人，厌恶愚昧者。"（132–3）对于博拉（Bowra）以及其他许多人而言，这一说法"表达得如此坚决，是一个如此清晰地来自人和神的启示，以致我们不得不接受它，就好像它是由诗人给出的权威判断（*ex cathedra*）一样"。[56]它当然是一个来自女神的坚决而不容置疑的声明，但是它"清晰"吗？当然，它的句法和观点乍看起来似乎很直白。但是在这部悲剧对精神态度的界限和规范的追问中，*sophronein* 始终是处在紧要关头的一项品质；悲剧用戏剧化的手法表现了这个词含义上的冲突。所以，女神对友爱关系做出的严格确定，正

---

〔53〕 见 North 1966，59–69。

〔54〕 Adams 1955, 25.

〔55〕 1966, 61ff.

〔56〕 1944, 38.

是埃阿斯的洞察和奥德修斯身上的审慎品质所要颠覆的。对于奥德修斯来说，在最后一幕中，对"卑鄙"（或"高贵"，或"伟大"）与否的确定是一个道德问题，阿伽门农憎恨的价值因这个道德问题受到了质疑。雅典娜表达她的声明，重点依据的正是这部剧质疑的那些词汇；因此也难怪这么多批评家要引用这些诗行来支持他们对 sophronein 的重要性的信念，但在这个词的意义以及它在实际例子中的运用上却有着相当的不同。正如在《希波吕托斯》中，以凡人的语言向人类道出的神圣禁令无法避免语言充满悲剧性的混乱，也无法避免语言的意义和使用之间的张力和疑问。如果说奥德修斯作为女神的追随者，将她的劝告付诸行动，那么他正是通过他的花言巧语做到了这一点，而这就显示出神的警告的语词变化。智慧女神本人使用的是有关道德规范的语言，这种语言本身无法超越道德语言中挪用的、错乱的逻辑。正如批评家们对雅典娜那句话各种各样的应用表明的，"心智健全"除了是一种挪用的修辞外，还能是什么呢？

如果说这部悲剧的第一部分主要关注的似乎是埃阿斯的英雄态度以及他将一种行为准则推至的极端，由此显现出荷马人物的性格中社会和个人的心态之间的固有矛盾，那么在悲剧余下的场景中所发生的、关于埃阿斯尸体的争论，则主要从前五世纪的人物描写这一角度得到讨论。墨涅拉奥斯和阿伽门农，尤其是阿伽门农，似乎远远偏离了他们在荷马史诗中的形象，阿伽门农的论辩和《安提戈涅》中克瑞翁的论辩极为相似，在这部剧中，我们注意到这位国王正是极为

195

热衷于公元前五世纪的政治态度以及当时有关社会秩序的分析方法。[57] 阿伽门农对社会秩序的诉求所诉诸的道德系统，显然是一个不同于埃阿斯或荷马的伦理道德系统。同样，许多研究者也感觉到这场争论显示了一种与走极端的埃阿斯的伟大形成对比的心态上的卑鄙和刻板。例如，博拉就称透克罗斯（Teucer）"不够聪明"，而托兰斯（Torrance）则写道"即便我们同情透克罗斯，他却不是一个令人肃然起敬的人物。他太渺小、太刻板、也太刻薄了；他缺少视野以及人格上的高度"。[58] 墨涅拉奥斯，人称其心胸狭小、斤斤计较、冥顽不灵。他和阿伽门农兄弟俩都被称作"庸俗的"。但是如果说这些人物身上似乎带着前五世纪的市场（agora）印记的话，正如我们在第4章中见到的，我们也可以说他们采用的论证依赖于传统价值，例如"扶友损敌"这一道德主张。公元前五世纪与荷马时期在价值观和心态上构成的张力正是这一文本中一个重要而又复杂的结构安排，这在埃阿斯死前与死后场景的对比中尤其明显。尤其是在埃阿斯那令人难以接受的极端举动之后，这个对比看起来被赋予了某种庄严色彩，使我们对这位英雄的评价变得更为复杂。而且，奥德修斯作为调停者的角色也在本剧末尾与其他人物的争吵和口角形成了对比。不过，尽管在这些人物以及他们对埃阿斯的看法之间有这种复杂的相互影响，我现在却并不想过多关注他们观点

---

〔57〕 关于观众对墨涅拉奥斯和阿伽门农的反应的观点，见 Whitman 1951。
〔58〕 1965，279.

上的冲突。相反，我想简单探讨的是，关于心智的词汇在这种观点的碰撞中发生了什么变化。我们已经讨论过奥德修斯所使用的那种有趣的修辞方法，正因如此，奥德修斯才将允许埃阿斯得到安葬的行动与阿伽门农的恨意分离开来——现在，对于这一修辞，我们可以根据我们对这部剧中行动与精神态度之间的关系的讨论来领会。我们也讨论了许多关注这个场景中的精神态度的批评家们所采用的方法，他们将 *sophronein* 的观念发展为一种积极价值，并通常将其与奥德修斯和他调解争端的尝试联系起来。对于这两个经常被讨论的主题而言，重要的是不断变化的、与精神态度相关的词汇，这一点在最后的场景中没有得到应有的重视，尤其从这一场景与这部剧的整体结构的关系来看。随着戏剧越来越多地转 向言辞上的交流，将言辞当成重要的行动，甚至将言辞当成斗争的武器，[59] 与疯狂相关的支离破碎的词汇也显得越发重要，而我正希望就此展开考察。

　　举例来说，在墨涅拉奥斯关于统治国家和军队需要恐惧和服从的论证中，他用来表达正确的统治秩序的词恰恰就是 *sophronein*（1075）。于他而言，*sophronein* 是确保军队的等级结构能够得到维持的一种应有品质。因而，受到透克罗斯的斥责后，墨涅拉奥斯回击道（1120）：

---

〔59〕 Torrence 1965 注意到了剧中的最后场景对言辞和语言的强调——正如我们看到的，这是公元前五世纪的普遍关注。

这个弓箭手看起来野心勃勃啊〔think（*phronein*）big〕。

用来形容"傲慢""出位僭言"的这个词重复了之前对于埃阿斯的描述，但是现在，在这个完全属于凡人口角的语境中，这种傲慢似乎并不能和那位拒绝神的援助的英雄的傲慢相提并论。

阿伽门农也挪用了这个与心智有关的词，并将它放在自己的论证中。对他来说，"思考（*phronein*）周全"的人在哪里都是统治者（1252）：

理智的人总是占有优势。

理智和智慧这些词汇呼应着之前用来描述埃阿斯心智失常时的词汇。阿伽门农抱怨道（1259）：

难道你学不会克制吗？

这里，表示克制的词正是 *sophronein*。或许，现在我们终于认识到了埃阿斯的"难道我学不会克制（*sophronein*）？"这一发问的力量了。在阿特柔斯的两子所属阶层的语言中，这种"克制"意味着认清自己所处的服从地位。和《安提戈涅》一样，对埃阿斯神志正常与否有过众多的担忧和怀疑，而这使心智的语言愈发显著地被赋予了一种政治和社会意义上的重要性。

歌队也用同样的词汇驳斥透克罗斯和阿伽门农（1264）：

我希望你们两人都学得克制一点。

在一种"正确"态度的意义上认识自己的地位，仍然属于最后这些场景的争吵和挑衅中的挪用修辞。正如这部剧的结尾依托的是与埃阿斯的英雄姿态互相阐发的态度冲突，关于态度、心智以及认清一个人所处位置的词汇在有关性格的话语中造成了分裂的张力。

因此，尽管有人认为，从文本背后发现一种总的心理人格的概念是无法解决问题的，但我们已经看到，在这部悲剧中，压制"性格"的观念完全是不恰当的。因为这部悲剧既对精神状态，也对精神状态与行动之间的关系抱有相当大的关注。但我们同样也看到，与心智和态度有关的语言怎样追问着人格的界限，怎样追问着自我意识的标准。我们也看到了神的原因对心理活动的过度决定性的影响如何对那种将动机简单内在化的处理提出了疑问；我们还看到早期文本，尤其是荷马史诗，如何在人物塑造上树立了一系列预期和差异，而古希腊悲剧中的这些同名角色便承载了这些希望和差异。确实，本剧的一个基本辩证关系便是两种态度之间的张力：走向极端的英雄的崇高与争夺埃阿斯尸体时的那些争吵；对于理解埃阿斯的个人主义的内在矛盾以及态度和行动之间的关系，这一点非常重要。此外，因为人物不能脱离语言所构筑的文本世界，也不能脱离他们过往的故事，所以这部悲剧特有的语言似乎唤起了一种重视心智语汇的阅读方式，但同时也阻断了通过语言来揭示思想、意图以及精神生活的进路——这不仅发生在"欺骗演说"的句法和措辞的模糊性上，也发生在对埃阿斯走向极端的回溯性视角中。关于埃阿斯僭越的限度，不同的描述相互冲突，由此对社会情境中关于心智的语言提出了一系列问题，这些问题在接下来关于埃阿斯尸体的争论中也得到了延续。对于处在社会情境中的心智态度，歌队、特克墨萨、埃阿斯、阿伽门农、墨涅拉奥斯、透克罗斯以及奥德修斯各自都提供了迥然不同的视角。这部悲剧的关键标志，或者说性格话语，正是凭借并通过各种不同角色的话语而发展起来的：试图理解埃阿斯在欺骗性演说中的精神态度的尝试被编织进了这部剧的话语之中（尤其是歌队对这段演说的模糊性的误读），而且这种尝试也不仅是一个属于批评家的问题。通过这种性格话语，这部剧表现了语言在定义处于悲剧冲突中的"自我"界限时经历的断裂和混乱。

在维多利亚和后维多利亚时期的文学批评中常见的关于古希腊悲剧的判断，往往发源于或致力于阐释意义深远而恒久不变的人性真理。人们不需要阅读多少关于《埃阿斯》的二手材料（甚至也不用读《埃阿斯》本身），就能找到一种诉诸普遍"人性"的观点："任何人感觉它是什么，它就是什么。"但是"人性"并不是一个跨文化的"本质真理"，虽说"本性""人性"与"本质真理"观念的亲和性可能会让人难以理解这一点。许多研究者在关于性格的讨论中依赖于他们所认定的"人性"

或"自然"，这种不加疑问的天真既扭曲了不同文化的文本中对自我的不同态度，也曲解了悲剧所产生的自我的僭越和混乱。如果"性格""心智""人性"只是简单地从批判性研究中被排除出去，又或者只是简单地被当成一种自明的讨论主题，这种讨论便难以正确处理阿提卡戏剧的复杂性。因为正是凭借有关"天性"和"人"的限度与僭越的话语，凭借在一个变动不居的社会中各种不断变化的精神态度之间的相互作用，公元前五世纪的剧场才得以上演这些悲剧。化用福柯的话说，人性是一种发明，古希腊悲剧以及对它的批评正凸显了这种发明的力量与扭曲。

第8章　盲目与洞见

知识的原罪。

——黑格尔

在整个公元前五世纪，雅典为那些构成了被人们称作前五世纪启蒙的观念提供了讨论、传播和发展的焦点。游走四方的智术师、诵诗人、教师和各种艺人都被吸引到雅典：雅典不仅在文化上，也在政治上宣称拥有领导权，而雅典社会也为智识追求提供了最广泛的机会。"总而言之，我断言我们的城邦是希腊的教化所在。"在修昔底德的《伯罗奔尼撒战争史》中[1]，伯里克利如此说道，它是一种典范，也是一间学校。纵观修昔底德的整部战争史，雅典人因其智识上的独创性和早熟而明显区别于他们的盟友和敌人。[2] 而对希罗多德而言，雅典人以其才智闻名于世是老生常谈；[3] 雅典是希腊智慧[4]的 *prytaneion*，即议事

---

[1]　2.41.

[2]　参照例如 1.71；1.144；2.40 ff.。

[3]　1.60.

[4]　柏拉图（Plato），《普罗塔戈拉》（*Protagoras*），337d ——这句评论出自一位到访的智术师希琵阿斯（Hippias）之口。

厅——思想和辩论的聚集之所。

公元前五世纪的启蒙所带来的知识革命是一个非常复杂的主题，我将在下一章进行讨论，但简要地提一下那些我之后打算更深入讨论的特殊因素，将对本章的论证十分必要。对此，格思里（Guthrie）认为：公元前五世纪的哲学家和早期哲学家之间一个最显著的差别就是，公元前五世纪的哲学家越来越"专注于人类事务"〔5〕。尽管早期作家当然也对人类社会和行为表现出了极大兴趣，例如，前苏格拉底时期的哲学家们也确实探究过诸如感觉的可靠性之类的问题，然而，格思里认为，扩大化的政治、伦理和法律辩论主导着公元前五世纪绝大部分探索和研究，而这构成了智识活动范式中一个主要的转变，人们的关注点落在了人类交往的相互作用上。这便在人与探究或理解过程之间的关系中引出了一种有趣的发展。比如，不同于赫西俄德的文本，公元前五世纪的写作形成了一种人类努力尝试的特殊自我投射或图景，其中展现出一种对于人类的能力和成就，尤其是对科学和哲学探究的异常乐观态度。例如，《论古代医学》（*On Ancient Medicine*）这部医学论著的作者写道〔6〕："医学不像某些探索的分支那样，一切都依赖于一个无法被证明的假设。医学已经发现了一种原则和方法，长期以来，通过这种原则和方法，探究者们已经做出了许多伟大的发现，而如果探究者有

200

---

〔5〕 1962–81. Vol. III, 15.

〔6〕 *V. M.* 2. 关于此论文的当代立场之争，参见 Lloyd 1963，以及 Festugière 1984，特别是 xv–xviii。

能力，知道曾经有过哪些发现并以之为自己探索征程的起点，那么剩下的那些没被发现的东西也终将被发现。"然而，这段话涉及的是实际的医学实践，它不仅表明了对人类之可能性的信心，更确切地说，它也表明了一种对于人类理性探究进程的信念，一种相信人类有能力发问并回答各种有关世界的问题的信念。它也展现了人类在朝向整全知识和掌控万物这一终极目标上的不断进步———一种通过精确的理智的不懈奋斗带来的进步。[7]

这种对人类理性活动力量的信心也反映在政治史众多不同的领域中，以及雅典人的自我投射中。修昔底德笔下的伯里克利在他的政治演说中展现了一种"非凡的自信"[8]："因此，当你们冲向敌人的时候，鼓舞着你们的不仅仅是勇气，还有你们现实的优越感。甚至懦夫也能感受到那种出自无知和好运相混合的自信，但只有在像我们这样拥有真实理由去获知自己处于比对手更加有利地位的人，才能产生这种优越感。而且，当双方机会均等的时候，正是理智确保了勇气——这种理智使人能够藐视他的对手，而且它不是依靠希冀最好的结果……而是去估计事实是什么，并由此对将会发生的事有一个更加清晰的预见。"[9]

对修昔底德而言，在他对雅典帝国失败的叙事伊始，

---

〔7〕 费斯蒂吉埃（Festugière）写道（1984，xvi）："正是《论古代医学》的作者证明了科学人的真实品质。"（我的翻译）

〔8〕 Knox 1957，71.

〔9〕 Thuc. 2.26.

正是雅典人特有的知识的力量，他们估量事实与机遇的能力，以及"真正得以认知的理性"造就了他们的优越感和自信心。正是在公民个体和公民集体进行理性探究和推理的能力之中，掌控的可能性才得以扎根。

与此同时，随着对人类的力量和进步的信心逐渐提升——这一点通过诸多不同方式得以体现——人类在智力探究进程中的重要作用也引起了人们对这种探究的可靠性的特殊哲学追问。普罗塔戈拉写道："人是万物的尺度"；如果柏拉图和亚里士多德是对的，[10] 那么普罗塔戈拉便是打算通过这一格言提出一种在价值判断过程中重要的相对主义——在其中人再次处于中心位置。同样，对于诸神，普罗塔戈拉也持一种不可知论立场："关于诸神，我不知道他们是否存在，也不知道他们在外形上是什么样；因为阻碍我认识到这一点的事情太多，例如问题晦涩，人寿短促。"这一论证合乎逻辑的怀疑提出了一套与《论古代医学》相似的探究术语，却得出了一个十分不同的结论。普罗塔戈拉的相对主义和不可知论对当时某些道德和政治辩论的确定性——人如何能声称自己知道？——提出了挑战，但是这并没有妨碍他成为一位教授政治和道德问题的著名教师。[11] 这种对于人及其认识

201

---

[10] 关于这一点有许多争议。参见 Levi 1940a；1940b；Kerferd 1981，83-11；Moser and Kustas 1966；Versenyi 1962；Guthrie 1962-81，Vol. III，164-192；尤其是 Burnyeat 1976a and 1976b。

[11] 在柏拉图的《普罗塔戈拉》中得到讨论的一个明显悖论。参见 Guthrie 1962-1981，Vol. III，64ff.；Burnyeat 1976b。

对象的怀疑常常是极端的。例如，高尔吉亚（Gorgias）宣称：
无物存在，即使确实有物存在，人们也无法理解它，即使人
们能理解它，人们也无法向其他人表达它；高尔吉亚其实是
在用他杰出的修辞才能反对巴门尼德（Parmenides）关于存
在的著名论证，同时也反对在当时的辩论中关于人处在中心
地位这一主张的可靠性。这种完全自我否定的论证——它令
人回想起赫拉克利特残篇的开篇辞：人们总是无法理解逻各
斯——仍然困扰着学者们：这究竟是一种机智的归谬还是一
种愚蠢的修辞游戏？[12]事实上，智术师修辞术的这种自信
常被用来挑战人在道德、政治以及认识论讨论中的稳定地位。
因此，我的第一个观点便是：在公元前五世纪，出现了一种
特殊的对于人与世界、人与知识之间关系的关注，这种关注
既反映在人们对于理性探究发展的极端自信的立场，也反映
在反对这种自信主张的可靠性的全新的修辞论证中。

　　任何关于公元前五世纪启蒙的讨论，其中心都是作为
研究和传授对象的修辞术的兴起。高尔吉亚和普罗塔戈拉都
以倡导修辞术闻名。普罗塔戈拉因其宣称可以使弱的论证
变强而恶名昭著[13]（阿里斯托芬的《云》中对此有辛辣的讽
刺），[14]柏拉图以讽刺的口吻称赞高尔吉亚，说他只宣称教
人怎样成为更好的演说者而没有声称能教人美德。[15]正如

---

[12]　参见 Segal 1962a；Calogero 1957；de Romilly 1973。

[13]　DK A21。参见 Kerferd 1981，83ff.。

[14]　参照本书第 1 章。

[15]　《美诺》（*Meno*），95c。在柏拉图的对话中，这一说法往往很难评价。参
　　　照 Harrison 1964，尤其是 188ff.。

上文中他的观点，高尔吉亚对"交流媒介作为一种媒介的独特性质"[16]表现出一种明显的反讽意识，而且据称，他是第一个将"修辞术"作为一门学科引入雅典的人。语言、劝说和辩论在社会的制度和等级中的重要性意味着"logos 的技艺是通往最高权力的道路"，[17]并且公元前五世纪的教师们都声称，通过他们提供的专业技能训练，人们将能轻松地踏上这条通向权力的道路。尽管高尔吉亚和普罗塔戈拉表面上持怀疑和不可知论的观点，但是他们都通过有意识地操控语言的力量而提供了控制的可能性。他们传授能获得好处和利益的讲话方法。对许多打算涉足公民大会和法庭生活的人来说，这种在语言、修辞和文学研究上的训练成了他们进入这种生活前的必要准备，大量的修辞学教科书和修辞手册，[18]以及专业演讲稿写手的出现表明：这一时期对语词使用的态度发生了重大而深远的改变。因而，我的第二个论点便是，既在相信理性进步的意义上，也在相对性和传统秩序解体的意义上指出修辞学——对语词的控制和操纵——对塑造前五世纪的话语的重要性。

人类通过理性探究而进步的自信感，新近发展的技巧和训练，以及诸如修辞等领域的专业化探究，所有这些在许多方面是相互联系的。例如，*technē*[19]这个概念为经历变革

---

〔16〕 Segal 1962a，109.

〔17〕 Guthrie 1962–81，Vol. III，271。参见 Lloyd 1979，81ff.。

〔18〕 参见 Lloyd 1979，81ff.。

〔19〕 参见 Heinimann 1976。

的不同领域提供了一种重要的连接。它意指一种"技巧"，一种"专业技艺"或一个"研究领域"，一种"设计"——"科技"（techonology）、"技术"（technique）、"技术的"（technical）这些英语词汇正是派生于它。尽管这个词在荷马作品中是用来描述人和神的工作，[20]但在公元前五世纪，它成了众多话语中一种尤为重要的价值。这个词既被用来描述新兴的修辞技艺以及与之相关的教科书，也被用来描述医学科学的新进展以及诸如农耕、航海、手工艺这些多种多样的人类专业技术领域。同时，它也适用于智术师教授的政治技巧："治邦术"。最后，还可以与各种负面的限定性形容词连用来暗指"欺骗的技艺"，一种诡诈的"设计"。柏拉图经常将 technē 与真正的知识对立起来——那种学来的技巧或策略与哲人从对真理的辩证探索中得来的真正理解完全相反。确实，在人们的描述中，医生、智术师、修辞学家既在 technē，即在"技巧""成就"上相互竞争，也在他们教授那种 technē 的能力上相互竞争。[21]但是，与 18 世纪和 19 世纪的"科学"一词类似，technē 在公元前五世纪也成了人们表达对知识和世界的态度的一个关键词。正是通过 technē，人才能取得进步，人才能设想人自身的优越性。

我选择讨论的这些特殊因素只给这个经受着复杂变化的时代勾勒出了一个大致轮廓，在下一章中，它们还需要相当

---

〔20〕 参照《奥德赛》，3.433；6.234；《伊利亚特》，3.61。

〔21〕 参见 Lloyd 1983，118–119，166，208–209。

多的限定和扩充阐释。但在这一章中我将说明，这个轮廓何以成为我对索福克勒斯的专门探讨的必要前奏。我在第 4 章中已经提到过《安提戈涅》中那首著名的"人颂"，它对人的非凡特性的称颂在人最卓越的成就，也就是城邦中达到了顶点。可以看出，这首合唱歌明显地吸收了公元前五世纪的特殊思想观念。合唱歌的首节（331—41）集中歌颂了人穿越海洋以及翻耕土地使之长出食物的成功。这两方面是人类文明成就的一个传统标志。例如，在《奥德赛》中，对于强暴野蛮的巨人库克罗普斯，奥德修斯详细地描述了他们怎样不懂得造船和耕地，以致虽然临近他们领地的一块岛屿土地肥沃，却始终没有得到开发和利用。[22]紧接着人的这些成就，合唱歌次节（342—52）开始歌颂人通过狩猎、放牧及上轭驯养的方式凌驾于各种天空、陆地和海洋的动物之上的支配地位。人被描述为"极度小心谨慎"，并"通过他的发明创造、他的智谋获得了力量"（347—8）。尽管这种对农业、狩猎和航海的描述很可能反映了传统的文化因素，但正如许多评论家注意到的，与此相关的是，这一叙述也沿袭了一系列流行于公元前五世纪的思想，这种想法描述了人通过逐渐习得专业技术而从蛮荒迈向城邦建立的过程。这些思想中最重要[23]的一种来自普罗塔戈拉，据柏拉图描述——普罗塔戈拉本人的著作

[22]《奥德赛》, 9.116ff.。参见 Austin 1975, 145ff.; Vidal-Naquet 1981b, 尤其是 84ff.。

[23] 参见 Kerferd 1981, 44。

已经遗失[24]——他讲述了一个神话故事，在这个故事中，宙斯为下面的世界送来了"正义"和"羞耻"（dikē 和 aidōs，这两个词作为社会秩序的基本准则，我之前已经讨论过了），正是因为人类之前缺乏共同生活所必需的政治技艺。[25]

204　　在合唱歌的第三节，歌队的颂歌与这些当代讨论的联系变得愈发清晰（353-64）：

> 他教会了自己怎样运用语言和快如风的思想，
> 怎样养成社会生活的习性，
> 怎样在不利于露宿的时候躲避风霜和雨雪。
> 对所有事情无所不能，对未来的事也并非无能为力，
> 只有面对死亡，他无法逃脱。
> 虽然面对难以医治的疾病他也能设法避免。

　　人"教会了自己"——这种自立和自信我们已经在我之前所引用的修昔底德和医学作者的段落中看到——这种人类语言和思想的本质特征，被当成人类抵御自然力量的屏障以维护城市生活的秩序。"无所不能"和"无能为力"这两个形容词的并置，再次强调了人类创造力的作用，也再次强调了人类寻求摆脱困境的方法或途径的能力——人总能找到答案。确实，只有死亡才规定了人类的限度。正

---

[24] 关于这一证据的二手性的一些疑难之处，参见 Guthrie 1962-198, III, 64（关于这方面的学术概况，参见 n. 1）。

[25] 更加全面的考察，参见 Kerferd 1981, 133ff.。我们将在之后对此讨论。

当我们以为死亡的局限会在这里成为一个悲剧论调的总结时，这里又进一步提及了人类战胜疾病的成功，以医学战胜"无法治愈""无可救药"的疾病的成功。人类的进步，以及日益增长的对万物秩序的控制能力，这些成就皆由人在智识活动上的不懈努力带来。因此，这首"人颂"同样也在歌颂由理智带来的进步。

这种成就在合唱歌第四节的开头得到了总结，然而也伴随着警示意味（365-7）：

> 他有发明技艺的才能，
>
> 聪明超过了想象，
>
> 有时交好运，有时走厄运。

在这里，对人的"技艺"的最终总结就是 *technē*，其含义就是我已经讨论过的理性、理智或科学上的能力。这里被翻译成"发明的"（inventive）一词就是上一节中用来形容疾病的否定性形容词——"无法治愈的""不可能找到解救方法"——的肯定形式，意指成功找到一种克服明显困难的手段和策略。该节的第一个词是 *sophos*，即"智慧""聪明""理智"，"智术师"（sophist）和"哲学家"（philosopher）这两个词即是从这个词派生而出。在希腊文化对"有知识的人"的描述中，这是一个关键词，特别适用于（但不限于）诗人、预言家、医生、政治领袖——那些拥有特殊的 *technē* 的人。*sophos* 和它的同源词构成了"真理掌握者"这个概念的基本表达，尤其是在公元前五世纪，对知识的占有、传播和重组引起了传统社会结构和约束中的张力和变革，而 *sophos* 和它的同源词所表达的"智慧"的含义成了一个不确定且往往被挪用的重要对象。因而，歌队对人的各种能力的总体描述，吸收了公元前五世纪关于人类进步的具体看法的词汇和叙事。然而，合唱歌的结尾也谈到了误用这种智识进步的成就可能导致的灾难，首先体现在"有时交好运，有时走厄运"这一总体评价中，之后又在"在城邦身居高位"和我们前面讨论过的"没有城邦"的极端对立中得到表达。合唱歌始于对人的奇异和非凡的模糊评价，最后来到了僭越与秩序在城邦及其观念形态上的两极分化。与"进步"相伴随的是"走得过头"，即"僭越"。因而，这首合唱歌与《安提戈涅》有重要的关联——正如我已论证过的，它明确有力地提出了一系列城邦语境下关于秩序与僭越、传统与革新、自我依赖与共同体价值的问题。[26] 在《安提戈涅》中，对人类的进步和成就的颂歌其实就是人类妄自尊大的毁灭性悲剧的前奏。

作为一个关于文明的典型叙事，"人颂"为《俄狄浦斯王》(*Oedipus Tyrannus*) 提供了一个有趣的序曲，而《俄狄浦斯王》也正是我想在本章余下部分重点关注的剧作。因为"希腊戏剧中没有哪一个角色比俄狄浦斯更强烈、也更悲剧性地体现了人类文明力量的诸多悖论"。[27] 因为解开了一个

---

〔26〕 关于这首合唱歌与该剧的关系，参见 Segal 1964。

〔27〕 Segal 1981, 207.

谜语，俄狄浦斯战胜了怪兽斯芬克斯（Sphinx）并由此成为忒拜城的统治者；他展示了一个人从公元前五世纪的技艺中所获得的智力、才能和早慧：修辞术、智术和治邦术。然而，索福克勒斯的文本描绘的恰恰是，俄狄浦斯在城邦秩序中无法立足，正是他自己对文明社会的结构中的规范和界限提出了激烈的否定。

俄狄浦斯的形象由一系列比喻构成，它们与"人颂"中对人类发展的叙事平行："俄狄浦斯……被描述成征服大海的舵手，征服土地的农夫，和一个追捕并驯化野性的猎人。"[28]对杀害拉伊俄斯（Laius）的凶手的追捕，是用一种狩猎术语来描述的：在回答神对寻找凶手的第一个命令时，俄狄浦斯惊呼："这旧罪难以追踪，上哪去寻找它的踪迹（track）？"（108-9）这位国王宣布他的搜查决定时，"踪迹"这个用来表达动物的踪迹或足迹的词再次出现："如果我独自一人追查，又没有一点线索，我恐怕追不了很远……"（220-1）最后，当忒瑞西阿斯指控俄狄浦斯就是他自己所要追捕的猎物时（事实的确如此），俄狄浦斯怒不可遏地回应道"做出（started up）这种辱骂，你简直无耻至极"（354）。"做出"这个词也用来表达"驱赶出猎物"（to flush out game）的意思。当克瑞翁也遭到俄狄浦斯的指控时，他被说成一个企图"在既没有党羽，也没有朋友——这是'夺取'王位的唯一手段——的情况下猎取王权"的愚蠢的人（541-2）。搜

²⁰⁶

---

[28] Knox 1957, 111.

查和指控的表达模式都形象地采用了狩猎的语言。正如我在第5章所论证的,狩猎提供了一种再现人与野性自然和城邦之间的关系的方式,是自我定义的逻辑的一部分。俄狄浦斯的搜查,结果是一个倒转:国王自己变成了他的调查追踪的对象,由此,他的搜查也意味深长地使用了一整套秩序和分类的词汇,以此表达俄狄浦斯无法归类的自我定义所揭露的失序。

这种意象的倒转和颠覆还有一个相似的模式,它指向了自然与文化秩序的内在价值;这种模式可以在与"人颂"首节平行的另两个意象网络中找到,这就是关于海洋和农业的语言。城邦被比喻为国家之船:"像一艘失事的航船在海里颠簸,它已无法抬起它的船头 / 以脱离深渊,摆脱血红的巨浪。"(22-4)而俄狄浦斯则是那个"为国家掌舵"的人(104),是"在亲爱的国土遭遇危难之际,曾经正确地为它领航"的人(694-5),也是那个现在可能"显示出出色的领航才干"的人(696)。因为身为"舵手"的俄狄浦斯感到恐惧,伊奥卡斯特(Jocasta)开始向神明祈求:"如今,看见他恐惧,我们也害怕;就像船上的乘客看见舵手恐惧时一样。"(922-3)国王的灾难最终被歌队比喻为波涛汹涌的大海:"可看他现在,那可怕的灾难的波浪已经吞没了他。"(1528)"灾难之海"这一传统用语在本剧的语言网络中呈现出了新的意涵。确实,除了舵手被抛到汹涌的波涛中这一反转之外,充满灾难的航行这一意象还有特殊的性的意涵。忒瑞西阿斯曾经警告:"哪里不会成为你哭声的港湾?……当你知道你婚姻的秘密，当你发现你家里的婚姻原来是你一路幸运航行之后驶进的不幸港湾。"（420-3）俄狄浦斯为躲避诅咒而开始的那段旅程，也将他引入了犯罪的境地，最终这段旅程将导致他开始流浪，每一个地方都将成为他哀号和哭泣的"港湾"。俄狄浦斯不可避免地重返母亲的怀抱，这一受诅咒的旅程的无法逃避通过控制大海的语言得到了反讽的强调。对海上航行的精通并没有体现在俄狄浦斯的旅程中，反而将他自己的家变成了一个虚假的港湾。此外，当俄狄浦斯的性关系变得清楚之后，歌队明确指出了这一航海意象中的性含义——正是他的婚姻破坏了家的港湾："哎呀，俄狄浦斯，大名鼎鼎的国王啊，那同一个宽阔的港口经历了生育的折磨，你从那里出来成为儿子，又进那里成为父亲。"（1207-9）伊奥卡斯特既是俄狄浦斯由之起航也是他的航行到达的港湾。旅行中的掌控和秩序的意象转而表达了命中注定的对启程之地的归返。

和英语中的情况一样，用农业术语来表达性关系在希腊文学中也很常见（"子宫的果实""腹中的种子"，等等），而这种语言在本剧中"被推向了它内涵所能达到的最大程度"。[29]歌队对于被分享的"宽阔港口"的惊恐仍在继续，"哎呀，你父亲耕种的土地怎能够，怎能够容许你耕种了这么久……"（1210）这个女人是俄狄浦斯和拉伊俄斯都曾耕作和播种过的土地："啊，婚姻呀婚姻，你生了我，将我养大，

---

[29] Knox 1957, 114.

又给我生了孩子……"（1403-5）安提戈涅将要承受的嘲讽是，她父亲"把种子撒在他自己的生身母亲那里"（1497-8）。当俄狄浦斯首次表达他和死去的拉伊俄斯的关系时，这一播种的语言显示出了一种相当的反讽和暧昧，一种难以翻译的暧昧［但在格林（Grene）的翻译里踪迹全无］。俄狄浦斯声称，他现在占有了拉伊俄斯的床榻和妻子，这里他对他妻子的称呼是 homosporos，在这里的表面意思是"被我俩都播种过"；接着俄狄浦斯继续说，然而，拉伊俄斯的种子没有结果。但是，homosporos 一词通常指的是"兄弟姐妹"——也就是"被相同的父母播种"。忒瑞西阿斯在预言凶手便是他父亲的 homosporos 时，以更奇怪的方式重复了这个词："在同一地方播种"（460）。这不仅重新提起了俄狄浦斯关于他自己和拉伊俄斯的关系的奇怪表达，从而指明了王室所要追查的真相，同时还指向了俄狄浦斯特殊的二重性：他既是他父亲的儿子，也是他父亲的妻子的丈夫，既是他自己子女的父亲，同时也是他们的兄弟。农业用语原本是用来表现人在世界中得到教化并传播文明的角色，这里却被用来表现俄狄浦斯畸形的性关系。形容词 homosporos 同时以主动和被动的意味，精确地表现了在俄狄浦斯的生育中播种和被播种的悖论。

此外，在该剧的开场，忒拜正遭受瘟疫的折磨，庄稼、动物和孩子的生育都处在痛苦的折磨中（25-7）：

田间多产的庄稼枯萎了，

牧场上成群的牲畜死亡了，

我们临产的妇女也流产了。

生育后代和开花结果，这些相互关联的正常周期被俄狄浦斯未受惩罚的罪行所导致的瘟疫破坏了。农业用语所描述的破坏不只是一个比喻。俄狄浦斯对文明秩序的界限和结构的扭曲影响了文明整体的繁衍。

开场的瘟疫同样也把俄狄浦斯塑造成了一个医治者、一个医生。俄狄浦斯曾成功使城邦摆脱了斯芬克斯，因此祭司来找这位国王，向他求救。俄狄浦斯的回答使用了医疗救治的语言："我知道你们大家都生病了……经过检查，我发现只有一种治疗办法，并且我已将这一疗法付诸实行。"（59-68）尽管此时并没有必要使用一种专门的、单独的医学的专业术语，但正如诺克斯指出的，索福克勒斯在这部剧中依然使用了很多医学文献中的重要术语。[30]但是，当这位医治者发现他自己也病了，而且"病得深重以至于难以承受"（1293）时，这位救世主弄瞎了自己的双眼，毁坏了他自己的感官，此时那些医学词汇也就发生了反转。确实，甚至在俄狄浦斯第一次谈到城邦疾病的那番话中——"我知道你们大家都病了，但尽管你们有病，却没有一个人的病和我相同"（60-1）——某种意义上就隐含了他的疾病。最终他发现了自己深重的罪过，发现自己才是这场瘟疫的起因——他

208

---

〔30〕 1957，139-47。亦见 Collinge 1962。

的确是病得最重的人——俄狄浦斯为自己的邦民而病，这番话不仅被证明是真的，其中"平等""相同"的表达——"病得和我相同""像我一样有病"——在国王最后发现他和自己的孩子也在混乱的谱系中处于"平等""相同"时得到了印证——"他生了你，从他自己出生的地方"（1498-9）——这位国王也最终实现了忒瑞西阿斯的预言："你将与你自己的孩子建立悲惨的平等。"（424-5）俄狄浦斯关于疾病的表达，既反讽地暗示他是一个生病的人，也暗示了他所得疾病的本质。[31]

此外，"人教会自己"的观念——通过理性探索实现人类进步的"世俗"观念——以及足智多谋之人寻找答案的观念，对俄狄浦斯来说就如它们对"人颂"本身一样重要。面对谜语，俄狄浦斯找到了答案，从而挽救了城邦："你做到这一点，凭借的并非是我们能给你的知识，也并非是任何的教导。"（37-8）尽管这意味着人们相信俄狄浦斯能成为城邦的救星是因为得到了神的援助，但祭司还是求助于他，这位"最高贵的人""所有人眼中最富有经验的人"。确实，从克瑞翁带回神要求找出凶手的命令时起，俄狄浦斯便不顾忒瑞西阿斯、伊奥卡斯特以及牧人的警告，开始着手调查，首先是谋杀的情况，然后是他自己的身世之谜——这两个调查在俄狄浦斯认识到真相的那一刻恐怖地重合在了一起——并

---

[31] 关于"平等"（equity）可进一步参考 Goldhill 1984c；Segal 1981，212ff.。Knox 1957，147ff. 认为数学计算的语言把俄狄浦斯变成了数学家——另一种颠覆文明成就的模式。

且，他的调查是通过他自己的检验能力所引导的推理过程而进行的。这是一次自我推动、自我引导的调查。

诺克斯对这种探究的用语的分析在这里同样有指导意 义。[32]"悲剧中的这一行动，不计后果、坚持到底追查痛苦真相的行为，反映了那个时代的科学探索。"[33]这种反映可以在用来描绘俄狄浦斯的追查的词汇中看到。诺克斯尤其强调了科学、法律以及哲学术语的使用。"搜寻""探究""检查""证明""推论""推断""教导""学习"，[34]这些词的使用遍布希腊作品，但在公元前五世纪则尤其被挪用于智性的人文探究。俄狄浦斯的知识便是这一颠倒和反转模式的一部分。才智超凡、明察秋毫如他，也不得不承认这一事实——他就像他自己轻蔑描述的那样，是"无知的俄狄浦斯"（397）。他破解斯芬克斯之谜的谜底"靠的仅仅是我自己的智慧，而不是从飞鸟那里得来的知识"（398），但眼下这个他费尽心力要去破解的谜题，其谜底同样指向自身，它印证了俄狄浦斯先前所说的无知，尤其是他对于他自己、对他的自我的无知。伊奥卡斯特曾拼命试图阻止俄狄浦斯继续寻找她刚刚意识到的真相，但也只能说，"神向你隐瞒你是谁的知识"（1068），而俄狄浦斯对王

---

〔32〕 1957，116-138.

〔33〕 1957，116.

〔34〕 *zetema*，*skopein*，*historein*，*tekmairesthai*，*gignoskein*，*manthanein*，*didasko*. 参见 Knox 1957，116ff.，该书提供了本剧中对这些术语的进一步分析。

后悲痛欲绝的离场不予理会，并发誓在最终"找出我出身的秘密"之前绝不会犹豫退缩（1085）。他"对于揭示存在（being）的热情"[35]将揭开剧中的这些谜题，而这些谜底又恰使俄狄浦斯王转而对立于"他作为城邦领导者应该成为的每一个方面——社会、宗教、人类——……"。[36]对俄狄浦斯来说，这一发现就是一个突转（peripeteia），知识确证的不是身份，而是没有身份，不是权位，而是一个难以维持、难以名状的位置。国王的智谋使秩序走向崩塌，他的解决方法导致了他自己的毁灭。就此而言，克瑞翁最后的评论（1522-3）充满了高度警示的意味：

> ……不要妄想掌控一切；
> 因为你所掌控的东西，并不能伴你终生。

在"人颂"中，人是"无所不能"的。在俄狄浦斯寻找凶手时，他曾经力图调查"每一个……描述"（291），"做一切事"（145），"尝试所有的方法"（265）。的确，他还曾被称为"掌握一切的人"（46）：但即使是掌握一切的人也不能精通或掌控一切事物。这部剧的结尾所要挑战的正是这种人能拥有整全的、包罗一切的智谋，或知识，或掌控力的可能性。俄狄浦斯的反转极力声言的正是在进步和知识获取的叙

---

[35] Heidegger 1959, 107.
[36] Vernant and Vidal-Naquet 1981, 92.

事中，人的定位的不确定性。

于是，俄狄浦斯经受了一系列极端的反转：从科林斯的异乡人到忒拜的公民，又从第一公民沦落为被放逐者；从正义的分配者到罪犯，从城邦的先知先觉者和救星成为盲目的谜题、给城邦带来瘟疫的人；从最好、最有权力、最为富有和著名的人沦为最不幸、最坏的人，污秽且令人惊恐。他曾居于城邦的最高位置，是命令和匡正国家的领导者，如今却变成了一个四处流浪的放逐者，无法归类，不可触碰，不能和任何人共同分担城邦或家庭的祭仪和责任。俄狄浦斯活在"人颂"末尾展现的张力之中：在 hupsipolis 和 apolis 之间，即"在城邦身居高位"和"没有城邦"之间。俄狄浦斯的发现和突转，界定了参与城邦和疏远城邦的两极。

确实，韦尔南已经有力地论证过，在这部"自身就构成一个谜"的悲剧中，正是俄狄浦斯作为"tyrannos"和"国王"的形象与作为必须被驱逐的、肿脚的、城邦的污秽（pharmakos）的形象结合在了同一人物身上，才构成了两个极端，随即形成了反转结构的悲剧二重性。"神圣的国王和污秽者：俄狄浦斯身上的这两面相结合，使他成了一个谜，这两个形象彼此相反，就像一个双重含义的程式。"[37]的确，韦尔南还在一个微妙的阐述中论证道：tyrannos 和 pharmakos 这两个范畴是对称互补的，代表着希腊文化中一个重要的思想结构。超人和非人这两个范畴旨在"为受 nomoi（法律，

---

〔37〕 Vernant and Vidal-Naquet 1981，103.

规范）体系塑造并由之界定的人类生活领域的具体特点给出一个更加精确的描绘"。[38]超人和非人规定了两个极限，凡人被包含和限定在这两个界限之间。但在俄狄浦斯身上，超人和非人汇集并混合到一起。但在作为人的典型的俄狄浦斯身上（1188-96），"限定人类生活，并使之能够明确建立起它的地位的界限被彻底摧毁了"。[39]俄狄浦斯的双重视野对于这部剧模糊和反转的结构来说十分关键。"剧情的反转和语义的模糊反映了人类境况的二元性，它就像一个谜，适用于两种截然相反的解释。"[40]对韦尔南来说，俄狄浦斯提供的既不是一个心理学模型也不是一个宿命论模型，相反，这部剧所提供的是一个关于人的具体的悲剧图景，人在自我分裂中对抗自己，最后成了一个完全不能加以描述和定义的存在，人成为"一个问题，一个有着无穷无尽的双重意味的谜"。[41]

211　　　"人颂"中还有一个需要进一步解释的因素与《俄狄浦斯王》相关，也就是第三节的开头："语言和快如风的思想……"俄狄浦斯思维能力的敏捷很容易得到证明。祭司前来求援，发现俄狄浦斯说他已经想到了一个解决办法，并且已经将它付诸行动，而且歌队关于召来忒瑞西阿斯的建议，他也已经预料到了："甚至在这件事上，我的行动也没有怠

<hr>

[38] 1981，103.
[39] 1981，110
[40] 1981，93.
[41] 1981，94.

慢。"（287）他还以极快的速度得出了忒瑞西阿斯和克瑞翁共谋不轨的结论。惠特曼（Whitman）评论说，"我想敏锐的雅典人会……赞赏他在嗅出一种阴谋时的机敏"，[42]诺克斯似乎也会同意这一点——尽管在本剧中，正是这种机敏导致了灾难性的结果。

就像《俄瑞斯忒亚》和《希波吕托斯》，在《俄狄浦斯王》中，语言的功能和人在语言中的位置都是悲剧的模糊和反转结构的基础。"没有任何一部剧比《俄狄浦斯王》更突出语言。"[43]俄狄浦斯是这样一种人，他凭自己有能力破译一个具有双重含义的谜语而走向伟大，但是同时，他也是一个早已被阿波罗的神谕局限的人。这个谜语提供了一个有待揭示的隐藏含义；第一个神谕（他将玷污他母亲的床榻，并杀死他自己的生身父亲，789-93）给出了一种可怕的明晰性，而这驱使俄狄浦斯从科林斯逃到忒拜，并在那里反讽地实现了预言，而第二个神谕，"将这片土地上培育出来的污染清除出去"（97），隐藏了与俄狄浦斯的特定关联，并导致俄狄浦斯诅咒自己将来成为一个没有城邦、流离失所的人。解读——以及误读——各种迹象，是俄狄浦斯的叙事的一个主要部分。本剧结构中搜索和解决问题的主要模式便是一个有着双重或隐含意义的谜语，连同一个假定的答案。但是，像隐喻或双关语一样，谜语为一系列迹象提供了不止一种

---

[42]　1951，268 n. 31.

[43]　Segal 1981，241.

含义，这种方式一方面挑战了语言在定义和区分过程中的角色，另一方面也挑战了语言在意义、类别、概念上的分隔和确定。语言没有成为一件秩序的工具，反而成了一张充满瑕疵和裂隙的网。例如，当俄狄浦斯声称，正是他，"无知的俄狄浦斯"的出现才解开了谜语，并借此嘲笑忒瑞西阿斯的时候，我们已经可以见到这种语言上潜在的双重性。在俄狄浦斯修辞的讥讽中，他已不经意揭示了关于自己身份的认知的真实状态。忒瑞西阿斯也是如此，他迫于俄狄浦斯的指控而大声说出的话对整件事情的真相做了隐晦的描述。他全部采用第三人称做的揭示——"这个凶手……他就在这里。名义上他是公民中的一名异乡人，但很快……他将被证明是一名公民，一名真正的土生土长的忒拜人，而他将不会为这一发现而感到高兴"——都是对国王说的，但国王并没有将自己和忒瑞西阿斯在这一预言中所描述的那个人联系起来。确实，尽管俄狄浦斯迅速理解了先知的言外之意是指控他犯了叛国罪，但他的解释显然误读了先知话中潜藏的意思。忒瑞西阿斯的预言在语言上所具有的掩饰性和双义性，就像德尔斐的神谕一样，要求对各种迹象进行解读，但同样像德尔斐神谕一样，使它们面对着误读的危险。

误读语言之谜的危险在斯芬克斯这个形象上得到了鲜明的刻画，这个被称为"出谜语的弯爪少女"（1200）、"残忍的歌女"（36）、"说谜语的歌女"（130）、"诵诗的狗"（格林将此处译为"黑暗歌者"，丧失了将斯芬克斯之谜比作诵诗者之诗歌的反讽意味）。每一个错误解读了斯芬克斯之谜的人都赔上了自己的性命。俄狄浦斯找到了答案，因此杀死了斯芬克斯。斯芬克斯是一个半人半兽的怪物，她的谜语问的是：什么东西同时是两只脚、三只脚和四只脚的？这个怪物集鸟、狮子、女人这三个不同物种的生物特征于一身，而她的问题也将人的不同世代结合到一个生物中。这个谜语和它的谜底与俄狄浦斯的相关性，不仅体现在谜底就是他之后在调查中得出的答案——是他自己；是人；同时也体现在人的生命的三代结构的颠倒恰恰是俄狄浦斯的性关系带来的结果，他使母亲成为妻子，孩子成为兄妹。斯芬克斯之谜的真相不只在一个层面。如同剧中的神谕，斯芬克斯之谜为确定俄狄浦斯的身份和位置提供了一种本质的洞见，正如它在俄狄浦斯的发迹和倾覆的叙事中也是一个基本构成要素。"谜语和神谕越来越像是彼此的镜像。当两者被恰当地'解答'之际……它们也预示着俄狄浦斯的毁灭。"[44]斯芬克斯之谜，一方面挡住了俄狄浦斯去忒拜城中实现神谕的道路，另一方面却也为俄狄浦斯规划了通往灾难的命定的必然通道。

预言和谜语的这种镜像关系突出表现在忒瑞西阿斯和俄狄浦斯最后的对话中：

俄狄浦斯：

你老挂在嘴边的究竟是些什么谜语，是些什

---

[44] Segal 1981，238.

么模糊不清的话！

忒瑞西阿斯：

你不是最精熟于破解谜语吗？

俄狄浦斯：

是的，尽管嘲笑我吧，你终究会从这里发现我的伟大。

忒瑞西阿斯：

正是这种幸运毁掉了你。

俄狄浦斯：

我压根不在乎，只要它能够拯救城邦。

忒瑞西阿斯的预言就像谜语，而俄狄浦斯这位解谜者却被嘲笑没有本事找出这个谜语的答案。俄狄浦斯反驳说，这个本领正是他的伟大的来源和本质，而忒瑞西阿斯却强调俄狄浦斯的双重性的悖论，并指出正是这种幸运（fortune）、这种运气（luck）摧毁了这位国王。俄狄浦斯对斯芬克斯之谜的解读，就像他对德尔斐神谕的解读一样，尽管表面上解决了它，也显得可靠，但事实上正是他的这种解读引起了当前的恐怖，一种为神谕所明言、为斯芬克斯之谜所暗示的恐怖。然而，对于俄狄浦斯来说，如果他可以拯救城邦，他自己的毁灭就根本不是他担心的事情。这套个人自我服从城邦命令的漂亮修辞也点出了 tyrannos / pharmakos 的悖论，他是一位伟大人物，同时也污秽至极，他被驱逐确实能够拯救城邦。俄狄浦斯对斯芬克斯的回答使他获得了今天作为城邦的救星和国王的地位，但也正是他的这一回答使得城邦遭受了由瘟疫带来的污染。放逐俄狄浦斯这位僭越了城邦秩序的人物也的确是对城邦的拯救。

忒瑞西阿斯的预言在揭示真相与掩盖真相之间摇摆不定，他起初并不愿意被牵扯进来发表预言（315–50），也拒绝对此做出解释，但最终还是让自己传达了信息。而当他说出来的时候，我们却发现这个预言伴随着一段永远不要再使用语言的劝诫："我警告你，你要忠实地遵守你自己宣布的命令，从此不许再跟这些长老说话，也不许跟我说话；因为你就是这片土地上不洁的污染。"（350–3）他拒绝言说，这一点不能简单地归结为他不愿讲述俄狄浦斯的可怕命运，因为其中似乎还有一种更广泛的对滥用和误用语言的恐惧："我看到即使是你自己说出的话，也是言不及义；因此我必须顾虑自己的言辞。"（324–5）俄狄浦斯对先知话中含义的回应，一开始便指向了强加的沉默、语词的危险与预言中的二重性："啊，忒瑞西阿斯，天地间一切可教的以及不可言说的事情你都通晓。"（300–1）在接下来的场景中，忒瑞西阿斯先是宣称他将不会说出他所知道的真相，但接着又送给俄狄浦斯一些未被接受的训诫。俄狄浦斯与之对抗的话语则再次反讽地指向了一个看不见的未来。在宗教语境中，"不可说的事情""不能言说的"这种措辞通常用来表示神秘宗教中的秘密或出于恐惧而不能言说的罪行——因为这些词语将会污染说话者。这些表达不可言说之事的语言，在忒瑞西阿斯离开之后，歌队思考凶手是谁时再次出现："谁是那颂发神示的德尔斐石穴所宣告的、双手沾满了血腥的凶手，做出了不可言说之事中最不可言说的罪行？"（463-6）而在报信人追问俄狄浦斯提到过的神谕时，他的话也再次令人回想起这些语言："这是可以说的吗？还是说神圣的法律禁止它让其他人知道？"（993）神谕确实是可以说的，而俄狄浦斯告诉报信人时，报信人便可以解除他的恐惧——并造成了一系列知识的灾难。这些关于宗教表达的正确言说方式的问题显然是适当而标准的，正是它们指向了俄狄浦斯的叙述中言说与沉默的相互关系。由于俄狄浦斯渴望完全弄清楚这个醉酒的异乡人偶然间说出的话，他才说出了那个神谕。而正是俄狄浦斯想要将一切直说出来的欲望使他最终发现了自己身上那不可言说的恐怖。在发现和突转的时刻，关于俄狄浦斯身份的不可言说的本质在第二个报信人的话中得到了显示（1287-9）：

> ……他大声叫人
>
> 把宫门打开，让全体忒拜人
>
> 看看他父亲的凶手，
>
> 他母亲的——不，这个词语是不能说出口的，
>
> 它是不干净的（unholy）……

当俄狄浦斯从宫中出来时，他问道："我的声音在风中飘荡，飞到何处？"（1310-1）而他那可怕的"秘密"则被他称作"不可说出的访客"（1314）。正是俄狄浦斯，这位强

迫使瑞西阿斯说出他本不愿说出的话，并误读了谜语、神谕和他人言辞中那些不可言说部分的人，最终表达和表现了那些不可言说之事。

然而，"不可言说"的意涵所牵涉的，并不仅仅是一种笼统的"恐怖"概念。因为，正如克雷（Clay，1982）已经论述过的，在公元前四世纪，有一条反对人身攻击的法律禁止人们说出与家庭暴力或杀害、侮辱同胞相关的特殊词语，公元前五世纪也可确定大致如此。这类被禁止的词汇所描述的，包括弑父、谋杀和乱伦——在雅典人中，"由于受到家庭和城邦的紧密纽带的约束，它们［这些词语］相当于棍棒和石头"。[45]当这些词语用于人身攻击时，它们的力量足够危险，因此需要城邦的法律对它加以防范。绝对不能说的是那类受到社会管控的、具有潜在颠覆力量的语言。我们看到，俄狄浦斯最终用清晰的语言公开宣布他自己就是那个有罪的弑父者，而在这一供认的时刻之前，"弑父者"这个词语一直处在"引而不发"的状态，[46]虽然有所暗示，却从未被清晰地说出。[47]而且，即使俄狄浦斯公开自我羞辱的时候，他与母亲的行为也依然无法表达。因而，表达俄狄浦斯的行为时产生的那种恐惧是与城邦中语言的使用和误用相关的。恰恰是在城邦的公民和法律话语的意义上，俄狄浦斯的罪行是"不可言说"的，而他的悲剧也恰恰是在城邦面前上演。

---

〔45〕 Clay 1982，283.
〔46〕 Clay 1982，285.
〔47〕 Clay 1982，284–288.

俄狄浦斯追根究底，毫不犹疑地寻找谜题、无心之语和神谕的答案，使得没说出的东西得以言说，他的这种意愿不仅与忒瑞西阿斯的沉默寡言，或与伊奥卡斯特和报信人力图隐瞒俄狄浦斯身份的企望形成对比；同时，这种意愿也与克瑞翁的谨慎态度形成了对比。面对俄狄浦斯的指控，克瑞翁回应道："我不知道，而当我不知道的时候，我习惯保持沉默"（569）——这就与俄狄浦斯向无知的蒙昧做迅捷有力的探寻形成了鲜明的对比。然而，克瑞翁自我防卫的语言在悲剧结尾他与俄狄浦斯的交谈中意味深长地再次出现。俄狄浦斯祈求流放。而克瑞翁则说，他得等待神的指示。俄狄浦斯称他自己是诸神最为憎恨的人，克瑞翁便推断——而不是承诺——俄狄浦斯的恳求将很快获得应允。俄狄浦斯问道："那么你同意了？"克瑞翁则回应道："当我不知道的时候，我不喜欢白说。"（1519）这句话放在一开始，像是面对俄狄浦斯的愤怒盘问的无效自我防卫，现在看来则成了使一位幸存者得以自保的犹豫。正是克瑞翁不愿大胆地和盘托出，不愿带着自信、自主的决定追根究底，他才与盲目的、令人憎恶的俄狄浦斯形象形成了对比。俄狄浦斯拒绝逃避调查、坚持说出真相，即便他对此一无所知，正是这点构成了叙事的重要推动力。在俄狄浦斯通往自我认识和突转的道路上，得到强调的正是这种大胆表达的危险以及知识的风险。

然而，"不可言说"并非只是在表达由俄狄浦斯的罪行引起的特定的社会恐慌。更确切地说，它指的乃是：由俄狄浦斯的性关系所包含的亲属关系术语的混乱最终使得各种称呼之间可以相互转换，差异性由此消失，语言不再能够准确地命名："噢，婚姻啊，婚姻……你创造了父亲、兄弟、孩子、血缘的姻亲、新娘、妻子、母亲。"（1405–7）[48] 他的婚姻的确"不是婚姻"（1214），他的妻子也"不是妻子"（1256）。"兄弟""孩子""妻子""母亲"这些词语不再能够恰当地界定这个家庭里的各种关系。俄狄浦斯的处境确实是"无法言说的"。全剧的第一个词是俄狄浦斯以国王的口吻对他的邦民的称呼："孩子们……"；从一开始，俄狄浦斯就宣告了自己作为一个父亲的角色。在他与克瑞翁的最后交谈中，他说的最后一句话，就是一个污秽的国王在恳求将他的孩子们留在身边（1521–2）：

> 克瑞翁：
>> 走吧，放了孩子们！
> 俄狄浦斯：
>> 不要将他们从我这里带走。

在这里，悲剧指向的是俄狄浦斯失去了那些他可以简单称之为"孩子们"的人，失去了开场时称呼邦民时的那种简单。这位国王，他的邦民和家庭的父亲，最终沦落到要苦苦哀求留下同样是他的兄弟的孩子们，同时也恳求他能够从

216

---

〔48〕 这里有一行莫名其妙地被格林遗漏了！被译为"血缘的姻亲"（a blood kinship）的词也可以译为"亲人的血"（the blood of kin），例如家庭中的谋杀。

公民中被放逐，因为他作为一个父亲污染了这些公民的城邦。俄狄浦斯不再能用城邦中那些用来表达血缘和性关系的常规语言来表达自己，或者被别人表达。

王后在最后一次离开舞台时也指出了这种命名的破坏（1071-2）：

> 噢，噢，不幸的人啊；我只能这么称呼你
> 这也是我对你说的最后的话，以后不再有了。

当王后发现真相时，她也同时意识到俄狄浦斯已无法被命名，除了以他的不幸来称呼这个不幸的人。格林在他的翻译中加入了"俄狄浦斯"这个名字（噢，俄狄浦斯，不幸的俄狄浦斯，我只能这么称呼你……），显得对剧中的语言相当迟钝。毕竟，那些关于定义的、最反讽的扭转正是围绕着这个名字——"俄狄浦斯"这个词而展开的。正如我们在第1章中看到的，名字给出了一种预言性的洞见，命名的过程不仅是这种社会进行分类和区分的手段——"不是在命名，而是在归类"，[49]又或者如柏拉图所说，"名字是关于真实的教导，是区分真实的不同部分的工具"[50]——而且一个人的名字本身也能构成一个预兆，一个关于身份的预言。父亲为孩子命名，这件事本身就可构成一种尝试，即试图通过预言

---

〔49〕 见 Lévi-Strauss 1966，161 及以下，尤其是 185 页。
〔50〕 *Cratylus* 388b13–c1.

来控制与预示孩子未来的生活。而在这里，命名是由俄狄浦斯的一位养父完成的，而且，正如我们将会看到的，俄狄浦斯的养父为他命名的时刻就像这部剧中许多得自父亲的东西一样，也是一个危险的礼物（1034–8）：

> 报信人：
>
> 　　我解开了你——那时候你的左右脚踝被刺穿了，钉在一起。

> 俄狄浦斯：
>
> 　　那是襁褓时期为我留下的一个莫大的耻辱。

> 报信人：
>
> 　　正是由于这样你才被叫作现在这个名字。

> 俄狄浦斯：
>
> 　　这件事是我父亲还是我母亲做的？看在天神面上，告诉我。

> 报信人：
>
> 　　我不知道，那把你给我的人比我知道得多。

报信人的"解开"——俄狄浦斯的解脱[51]——解释了俄狄浦斯名字的由来。这一点涉及这个名字的词源："肿脚"（*pous* 这个词意为"脚"，而 *oideō* 意为"肿胀"）。他的名字

---

〔51〕 关于松开、释放、解决，参见 Segal 1981，232ff.。

标志着他曾经被遗弃，这是他早年"莫大的耻辱"。"脚"这个词的词源在全剧许多处有重要的呼应。[52]例如，忒瑞西阿斯就曾预言："一个长着可怕的脚的诅咒将驱使你离开。"（418）"长着可怕的脚"（*deinopous*）这个词本身就指向报信人所拥有的重要知识，即俄狄浦斯的双脚能给出关于他身份的线索，正如这个诅咒不仅指向俄狄浦斯将要遭遇的流放，也指向更早的诅咒，俄狄浦斯肿胀的双脚上还保留着它的痕迹。斯芬克斯之谜同样也用"脚"来表示人："什么生物会有两只脚、三只脚、四只脚……？"俄狄浦斯的"肿脚"可以指示他的行为对代际区分造成的混乱，但是表示"两只脚"的词是 *dipous*。*Oidipous*（"Oedipus"）也可以在词源上被解释为"唉，两只脚的人啊"（*oi-dipous*）。从他自己解开的这个谜语来看，俄狄浦斯的名字不仅带着一种不幸的征兆，同时也昭示着他作为一个人的位置的扭曲。

俄狄浦斯非常渴望（"看在神的份儿上，告诉我"）从报信人那里知道：究竟是他母亲还是他父亲造成了那个耻辱的标记。报信人回答说他毫不知情，然而，这一回答却反讽地指向了国王名字的更深层的词源。报信人说"我不知道"（*ouk oida*），这个回答指向了一系列由国王的名字（源于"我知道"，*oida* 这个词上）引申出的文字游戏。随着报信人进场，俄狄浦斯名字的意涵在一系列无法翻译的双关语中得到了强调。对这三行台词，格林做了以下翻译："先生，请问

---

〔52〕 参照 Vernant and Vidal-Naquet 1981，96；Hay 1978 等处。

您知道俄狄浦斯的家在哪儿吗？或者，如果您知道的话，您最好能告诉我国王本人在哪儿？"（924–6）然而，如果将这三行台词直接转写，我们会发现每一行的结尾都押一个奇怪的韵：mathoim'hopou（"我能否知道在哪里"），Oidipou（"俄狄浦斯的"），katisth'hopou（"你知道在哪里"）。正如韦尔南所说，这部剧被塑造成了一个谜语；剧中设置了一系列对于知识的搜寻，一系列人类关于知识获取的语言的反转和倒置，而在这里，俄狄浦斯的名字被赋予了"知道在哪里"［oid-（a）pou］的暗示意义。俄狄浦斯的知识和位置的状况都可以在这个名字中听到。之前我曾引用过国王对忒瑞西阿斯的挖苦，"我，俄狄浦斯，一无所知"（397），这句话不仅是对他未能意识到自己的无知的反讽，也是在对这位国王的名字做进一步发挥——这个名字本身是在宣示自己的知识。

然而，在戏剧开场，祭司在祈求俄狄浦斯的帮助时对他说"也许你从某人那里知道了什么……"（43）。"也许你知道"（oistha pou）这个短语指向了"oida pou"这个词源的另一个的意思。当 pou 这个词带有重音符号时，它表示"哪里"（于是 oida pou 就是"我知道在哪里"），而当它不带重音符号时，比如在祭司的话中，它就指"某地""也许""我觉得"。国王名字的词源也在质疑对知识的断言。正如在剧中，这场调查的叙事和语言不断颠覆和扭转着对理解的寻求和宣示，国王名字的词源也同样以不确定性和假设挑战着对知识和位置的断言。作为知识的一种表达，俄狄浦斯的名字在其核心处有一种不确定性。

　　　然而，关于名字的游戏并没有就此结束。［斯坦福（Stanford）就曾语气冷淡地评论道："希腊人有时文字游戏玩得太过。"］[53] 报信人对俄狄浦斯名字的由来的解释以他声明自己无知而结束，正如他慷慨而天真地提供了这么多信息，却进一步导向了意外的、灾难性的认知："我不知道，那个把你给我的人比我知道得多。"这一行的前半部分展现了进一步的暗示性："*ouk oid'ho dous*"。"我知道；给予者"，*oid ho dous*，这听起来似乎是俄狄浦斯这个名字的回响，在前几行，报信人和国王已经清楚地讨论过了它的命名和意义。"我（不）知道；给的人知道"——这句话指出了叙事中产生怀疑的主要原因。一次次地，在这部剧的交流过程中，给予者——信息、答案、名字、生命的给予者——都似乎不知道自己行动的实际意义。那么，给予者能否确信他所拥有的知识？但在这里还有更重要的呼应。*ho dous* 这两个音节也可以拼读成古希腊语中的"路"这个词。"我（不）知道路"关联着俄狄浦斯的故事，不仅体现在他没有认识到他在三岔路口的谋杀意味着什么，也体现在他本是决心踏上这条路以避免乱伦和弑父的可能性，结果却发现恰恰是这条路将他引向了那些暴行。俄狄浦斯没能认清道路，没能认清他的旅行的意义与方向，这种失败恰恰在报信人无意说出的话中得到了揭露。

---

〔53〕 1939, 61.

国王名字中这些复杂多重的含义还能进一步延展。[54]在俄狄浦斯的例子中，名字（name），或者说名词（noun）（古希腊语中的 *onoma*，与法语中的 *nom* 一样，同时具有"名字"和"名词"这两种含义）与其说构成了一套参照、分类、区分的牢靠手段，还不如说反映了国王自己不确定的状态。国王的名字是由多种因素决定的，有着非常丰富的意义。俄狄浦斯是谜语和问题的解决者，也是征兆和消息的解读者：在寻找凶手时，他声称要调查"每一个词"（every *logos*）。但至少有一个词是俄狄浦斯无法解读的，那就是他自己的名字。这位国王无法解读他的名字所引出的，关于他的模糊身份的模糊且多种多样的迹象。可以说，国王的不确定的状态恰恰表现为他的名字的不确定性。索福克勒斯对人与知识和真理关系的追问在名字的难以捉摸中得到了淋漓尽致的表现。

古希腊语中，表示知识的术语和表示视觉的术语有着密切的联系。"我知道"（*oida*）这个词和"我看见"这个词有相同的词根——引用标准辞典对 *oida* 的解释："我看见或觉察到了，即我知道。"[55]许多与调查相关的术语同样与观察或看的过程有联系，就像英语中从"洞察"（insight）到"理论"（theory）这些相关的词语。我们已在第 1 章中看到，《俄瑞斯忒亚》的文本语言并非只是单纯从"清晰""光明"这

---

〔54〕 参见 Goldhill 1984；Hay 1978。哈特曼写道："语言作为语言所带来的焦虑在于，这种互相呼应的运动无法化简。"（1981，111）

〔55〕 LSJ *εἰδω B1.

样积极的意义来联系知识和视觉的价值；相反，其中关于视觉能力的不确定性也在人的认知方面有相当程度的体现，集中在"幻觉""梦境"以及"表象"的错误。

在《俄狄浦斯王》中，这种视觉和知识的语言在模糊和反转的动态进程中扮演了至关重要的角色。对"清晰性"的信念和宣示在俄狄浦斯寻找确定的知识时一再得到重复。俄狄浦斯许诺他将"揭示出"（bring to light）（132）那些目前还"不清晰"（131）的事，正如伊奥卡斯特也许诺她将"揭示出"（710）那些能证明预言术失败的证据。国王发誓说，既然他已经掌握了这么多关于他自己身份的证据，他一定能够"揭示出"他自己的起源。尽管俄狄浦斯发现忒瑞西阿斯的预言"并不清晰"（439），并对忒瑞西阿斯是否能称得上是一名"高明可靠的先知"（390）表示质疑，但忒瑞西阿斯还是做出预言说凶手"将被揭示是个土生土长的忒拜人"（453）。在认识到真相的时刻，沮丧的俄狄浦斯令人动容地终结了自己对清晰性和确定性的寻求："哎呀，哎呀，哎呀，一切最终都清楚了。"（1182）

但在这个一切都变得清楚的时刻，国王却继续说道："天光啊，今天让我再看你最后一眼，我，发现自己生于我本不应从那出生的……"（1183-4）他所得到的清晰的知识使他刺瞎了自己的双眼。他刺瞎他自己，以便不再能够看或被看（1273-5，1369-90），于是，他发现真相的能力，以及在社会上被人问候和接纳的可能性也都被摧毁了。黑暗和故意失明的恐怖充满了比喻意义，使他记忆的苦难加倍

（1313—20）。俄狄浦斯的失明令人回想起他之前对先知的指控，也令人回想起他对"清晰性"的追求（370—5）：

> 俄狄浦斯：
>
> > ［真相］对你没有任何力量
> >
> > 因为你又聋又瞎又昏聩。
>
> 忒瑞西阿斯：
>
> > 你这可怜虫，用这种难听的侮辱人的话嘲弄我
> >
> > 不久所有人就会用同样的话来回敬你。
>
> 俄狄浦斯：
>
> > 漫长的黑夜笼罩着你的一生，所以你伤害不了我，
> >
> > 或任何看得见阳光的人。

　　"真理"和"清晰性"的关联——正如诺克斯评论的那样，是"所有启蒙时代的特征"[56]——意味着忒瑞西阿斯的"盲"，从他的眼睛延伸到了他的精神以及听觉能力上，并（在俄狄浦斯看来）阻碍他得到真理的庇佑。然而，对忒瑞西阿斯而言，这种侮辱仅仅是俄狄浦斯对他自己结局的一种预言，而确实，俄狄浦斯终将声称，如果有什么办法能够"把听觉这个通道也堵死，那么我一定会毫不犹豫地亲手将这可怜的身体封闭起来，使我既看不见，也听不见任何东西"

---

[56] 1957，133.

（1386-9）。但在这里，俄狄浦斯只是对忒瑞西阿斯重申了自己的权力，因为他不像先知生活在黑夜里，而是有能力看见光亮。然而，俄狄浦斯终将由他对推理能力的清晰性和启蒙性的盲目信任转变成一个在知识上盲目的人。盲人忒瑞西阿斯宣告了这种反转："虽然你现在有如此直接的眼力，黑暗终将罩上你的双眼"（454）；而在这位国王命运的反转之外，俄狄浦斯的盲目也显示了他关于视觉的语言的反转，以及他自信的探究话语的反转。俄狄浦斯发现自己的扭曲天性之后的自残行为，正体现出他语言基础的崩塌，而他先前正是凭借这套语言才把自己界定为一个理性的、强有力的、能掌控自己和管理他人的人。他的盲目撼动了那些他声称是"知识"和"洞察"的词语。在视觉与启蒙的术语中，俄狄浦斯的语言和知识遭到了反转，真相的认识需要盲目。

此外，失明的俄狄浦斯再次进场时，第二个报信人哭喊道"你将会看到那样一个景象，即使你对它感到恐怖也会对它产生怜悯之情"（1295-6），歌队则回复道"这一景象，叫人看了害怕……我很同情你，尽管我想问你许多事，想向你打听许多事，想看到许多事，但我不敢看你一眼"（1297-1305）。当俄狄浦斯谈到他的不幸，并问起他的声音将被带往何方时，歌队回答说："将被带往一个可怕的地方，在那里，人们的耳朵听不到它，人们的眼睛也看不见它。"（1312）确实，俄狄浦斯要求把他丢弃到一个"永远不能被你们看见的地方"（1412）。在这个戏剧场景中，俄狄浦斯是一个不能被人看见的污染。俄狄浦斯不可言说的秘密已经从长久的沉默中暴露，而这不能被看见的污染也展现在歌队和剧场的观众眼前。《俄狄浦斯王》对视觉语言作为知识或探究的基础的可靠性提出了质疑，而它似乎同时也在质疑剧场中听众或观众的位置——"观看的位置"的可靠性。《俄狄浦斯王》不仅在质疑公元前五世纪人们对语言、科学、修辞的控制和研究——人们对知识进步的信心，同时也在质疑戏剧体验借以表述自身的那套视觉和语言的术语。这样一部剧似乎将视觉与无知等同，将语言与隐藏的危险，以及受多重因素决定的意义相联系，并有力地抨击幻象中的世界和语言，那么，对于一名观众来说，观看或是聆听这样一部戏剧意味着什么？对于这个文本的观众来说，看见所看，听见所听，绝不是一个简单的过程。

就算是批评家也没能跳出这部作品的悖论。以怎样的问题接近一部剧作，必然决定了他将得到何种的答案。俄狄浦斯的调查令人惊异地体现了这一程序中的循环，即调查者调查出的正是他自己。确实，一个又一个的批评家不过是在模仿俄狄浦斯那具有洞察力和清晰性的语言，以期能够像这位国王一样"控制所有事物"，就好像根本不需要谨慎，或者至少注意到这部剧在断言理解和知识的进步性、确定性或绝对性上存在某种反讽，而这部剧强调的正是人在追求洞察的进程中的失败、不确定性以及无足轻重，并以其自身的含混、过度和僭越挑战着完全严格或面面俱到的解释。"也许我们可以确定的是……"，[57]当这部剧最新的编者以这样的

〔57〕 Dawe 1982，873；这个表述本身甚至也被 Austin 1984 质疑。

修辞提出他的一个最具争议性解释时，除了重蹈剧中错置的信念、无意的狂妄和失败的知识之外，还能做什么呢？

在言说与沉默、武断解释与反讽的隐秘真相、洞察与盲目的相互关联中，《俄狄浦斯王》提出了一种矛盾的范式，在其中，一个人和他的知识不仅挑战着前五世纪或现代对人的智性进程精确、确定、完整的看法，也挑战着阅读过程本身，也就是想要为一个文本或一个词语寻找和限定精确、固定而绝对的意义的尝试。雅典悲剧一次次地追问人在事物秩序当中的角色和位置；而在人的知识与智性追求的对象和进程方面，《俄狄浦斯王》提出了一种批评，它不仅与前五世纪的启蒙及其关于人的进步与成就的观点相关，也与后世对这部剧的解读以及这部剧的读者相关。多兹写道："某种意义上说，俄狄浦斯就是每一个人，而每一个人也都潜在地是俄狄浦斯。"[58]他还引用了弗洛伊德的话："俄狄浦斯的命运之所以打动我们，只是因为它也可能是我们自己的命运。"俄狄浦斯，作为各种迹象的解释者、各种谜语的解决者，作为通过理性探究来寻求知识的自信的追求者，作为寻求洞察力、清晰性和理解的探索者，确实为我们的批评体系提供了一个模型。而作为读者和作者，俄狄浦斯的僭越范式也在我们这里潜在地实现了。

---

〔58〕 1966，48.

第9章　智术，哲学，修辞

222

真相发生了什么并没有记录。

——朱利安·巴恩斯

"我说啊，智术的技艺其实古已有之，古人中从事这技艺的人由于害怕招致敌意，就采取了掩饰，遮掩自己，比如荷马、赫西俄德、西蒙尼德，另一些则搞秘仪和神谕歌谣，有些甚至搞健身术……音乐也被许多人用来作为掩饰。我呢，可不与所有人在这一点上为伍。毕竟，我认为，他们没有实现自己所愿：没逃脱各个城邦中那些有权力的人，恰恰为了这些人才有掩饰的必要；至于众人，压根儿就毫无感觉，有权力的人宣讲什么，他们跟着唱什么……我呢，采取的是与这些人完全相反的做法。我既承认自己是智者（sophist），也承认我教育人们。"[1]

这段引文取自柏拉图对普罗塔戈拉的描写，它为我们在讨论智者时会牵涉的问题范围提供了一个绝佳的介绍，我经常在本书中提到这帮人，并把他们看成理解公元前五世纪

---

[1]　Plato, *Prot.* 317a–b.

的思想和戏剧的主要因素。在第6章，我就讨论了诗人享有通往真理以及塑造公民教育的特权这个观念。我论证说，柏拉图之所以对诗人和诗歌怀有长期的敌意，其中一个原因就在于他意识到哲学要与诗歌争夺真理的所有权，这是一个至今仍有待解决的冲突。在用来形容这种特殊的诗歌知识以及它的展示者的形容词中，最常见的一个词是 *sophos*，它既是"智者"同时也是"哲学家"的词根，经常被翻译成"明智""聪明""智慧"。从木匠活到修辞学，任何一位拥有某种特殊技能或知识的人都能配得上"*sophos*"这个头衔。苏格拉底在《申辩》中就描绘了他自己试图寻找谁才是 *sophos* 的经历，他先是找了一系列专业的聪明人——预言家或教师，他们在城邦中都以 *sophos* 著称；接着他找了诗人；最后又去找了手艺人。[2] 每一群人都给出了一个可能被称作 *sophos* 的例子。而所有这些自称是 *sophos* 的断言都被一个著名的结论胜过了，也就是：苏格拉底才是最有智慧的人，因为他一无所知。正如我在先前的章节中曾论证到的，不管是对知识的各种不确定以及相互冲突的断言还是对知识在社会中的位置，*sophos* 都是一个用来表达它们的关键术语，这一点尤其强烈地体现在对苏格拉底的审判和处决上，同时也体现在许多悲剧的情节中。[3] 自公元前五世纪以来，"智者"这个词就被用在一系列拥有超出常人所有知识的人身上，尤其是诗人、

223

---

[2]　*Apo.* 20d6ff.

[3]　关于 *sophos* 的讨论尤其与《酒神的伴侣》相关。见 Segal 1982 的索引 *sophia*，*sophos*，以及参考书目，27，77，226，尤其是229。

先知、预言家和贤哲，也包括"七贤"（Seven Wise Men）中的成员。[4] 在上面所引段落中，普罗塔戈拉被刻画成了一个宣称自己和这样一种传统有着密切联系的人。他表明，他的身份将使他与赫西俄德、荷马、西蒙尼德——这些作为教师和知识掌控者的诗人们——属于一类，同时也使他与音乐和体育这两个我先前讨论过的古希腊教育的其他领域密切联系在一起。像宗教中的先知、祭仪中的创始人一样，作为智者的普罗塔戈拉也使人们能够接触到一种不同的、特殊的学问。希琵阿斯和高尔吉亚两人据说就曾身穿紫袍——游吟诗人的传统服装——来发表他们的修辞作品，这似乎强调了他们与传播 sophos 的知识的古老方法之间的联系。[5] 正是因为智者促进了公元前五世纪的智性发展，也因为他们作为教师的社会地位，他们对于理解雅典和它的剧场来说是必不可少的要素。智者和教师，正是普罗塔戈拉宣称自己拥有的两个头衔。

普罗塔戈拉总是公开宣称自己是一名智者，这初看难免令人感到惊讶——他接着说道，自己已经教授这门技艺并受到尊敬四十余年了——与此同时，他还设想："智者"这个词理所当然会招来"敌意"，甚至连荷马、赫西俄德以及其他许多人本质上也全都是智者。普罗塔戈拉是在用一种自嘲的反讽口吻说这些吗？他被描绘成诗人、体育教师和音乐

---

[4]　参见 Kerferd 1950。
[5]　参见 DK 82A9。

教师的同类，是为了支持柏拉图关于哲学作为实现美德的最高手段的定论吗？这个描绘是否多少再现了某种历史上准确或只是可能的智者的观点？诸如此类的问题和犹豫一直困扰着关于智者的研究。毕竟，在讨论这些作者和教师时，其中一个最为持续而尴尬的问题便来自我们必须当作数据采用以帮助理解的那些材料。只有极少数较短的智者论著和若干论述的残篇存留于世，而且这些材料中有好几篇的作者已无从查考。关于智者的信息，最广泛的资源来自其他作家对他们的作品的反应和描述。我们所拥有的信息很大一部分都已经过二手或三手引用的过滤。柏拉图本人大量描写了有关智者的事，但也正是柏拉图——以及亚里士多德——对智者抱持着众所周知的、持续和毁灭性的敌意，这种敌意曾是评价智者在前五世纪历史和哲学发展中的地位和重要性时的基本要素。在几个对话中，柏拉图攻击了智者们的论证、目的和方法；大体而言，在最好的情况下，他将他们的作品贬低为看起来聪明的修辞，而在最坏的情况下，则诋毁它们是迎合暴民的偏见、伪装成专业技巧的危险之物。在一篇名为《智者》的对话中，柏拉图总共给出了七种关于"智者"这个词的定义，其中除了一个可能的例外，其他都是极具贬义的。[6] 更重要的是，所有这七个定义全都和修辞以及智者对青年人的

224

---

〔6〕 苏格拉底说他自己并不确定，但是"盘诘法"（*elenchus*），一种提问的特殊形式，在给一个人指出他的知识缺陷方面有一些价值。关于苏格拉底式的 *elenchus* 与智者的 *elenchus* 有何不同，有非常多的讨论，参见 Vlastos 1971，尤其是 78–157。

教师这一身份的滥用有关。在这一过程中，对话没有提到其他那些在当时得到讨论、创造和扩展的广泛主题，例如数学、医学、物理科学、天文学、地理学、人类学和文学。柏拉图力图把他的对手贬低为只是擅于玩弄修辞的文字操纵者。尤其是，他否认智者的工作能被冠以哲学头衔——之后许多批评家遵循的都是柏拉图的这一解释。

然而，评价的困难不仅由于我们的主要材料来源因其厌恶或反对智者而显著地带有偏见，同时也由于戏剧对话的形式因其巧妙的描写和哲学论证的辩证法而能够容许多重争论。这些被放入柏拉图对话中的智者人物口中的论证，多大程度上是对一位智者所说和所写的东西公平或真实的展现？苏格拉底与不同的智者争辩的情节，就其自身而言在多大程度上是被设计成用来支撑柏拉图的观点的？由于我们甚至无法将任何一个智者的作品与其柏拉图版本相比较，评价它在多大程度上发生了"失真"，本身就是充满争议的问题。

然而，柏拉图的文学技巧和哲学力量两者的叠加效果对智者造成了毁灭性的攻击，并且代代相传。据说，智者们曾经"用堕落的教学来毒害雅典的道德品格并使之精神萎靡"[7]——而许多尝试放弃这样一种极端看法的人往往陷入局限，或者同意乔伊特（Jowett）的说法，认为柏拉图的批评和攻击只是在哲学的掩饰下反思当时对这些危险的新观点的回应，或者同意黑格尔，认为智者写作中的具体观点

_____

〔7〕 Grote 1888, Vol. vii, 52——当然，他引用的是一个他不同意的观点。

是西方思想发展的必要阶段，但只是在被柏拉图和亚里士多德超越的意义上才必要——这种历史叙事将柏拉图和亚里士多德对智者的看法当作早期哲学试图达到的顶点。就最近的研究来看，格思里[8]、克拉森（Classen）[9]和柯尔费德（Kerferd）[10]代表了为智者平反的广泛尝试，他们认为智者对思想史的一段关键时期做出过实质而严肃的贡献，因此理应恢复他们的这一名誉。但对许多文学批评家来说，尤其出于欧里庇得斯对智者修辞的特殊爱好，这种对智者的平反还需要更进一步。

其实，柏拉图对智者燃起敌意还有更深层的原因。柏拉图的老师苏格拉底被雅典法庭判处了死刑，因此，柏拉图许多作品的根本关切就在于将苏格拉底从与他同时代的智术师中分离出来。的确，苏格拉底是一个汇集了评价和再现问题的形象。柏拉图将他描绘成智术师及其所代表事物的死敌。确实，通过柏拉图的描绘，几个世纪以来，苏格拉底一直被作为一个殉道者的重要形象，一个代表着坚守原则、质疑权力，以及采取理智立场反抗暴力、无知与偏见的中心人物。[11]一场殉道需要"圣人传"来加以记录，而其主要的叙事正是由柏拉图的书写建构的。[12]尽管如此，苏格拉底被

---

〔8〕　1962–81，Vol.III 各处。

〔9〕　1976.

〔10〕　1981。参考书目见 Classen 1976，641–710。

〔11〕　这点是我从埃尔森（H.Elsom）博士那里学到的。

〔12〕　然而也不仅是柏拉图。见 Xen. Mem. 各处。

雅典陪审团处死恰恰是因为那些被归于智术师的罪行——不信城邦的神以及败坏青年。阿里斯托芬在其喜剧《云》中将苏格拉底描绘成头号智术教师，他收取学费并开办学校——这两项活动正是柏拉图极力替他老师否认的——而在阿里斯托芬这部剧作的最后，剧中的校舍被暴力摧毁，门徒也四散逃逸。的确，在柏拉图的作品中，苏格拉底也常常与当时主要的智术师以及他们的徒弟辩论。在《回忆苏格拉底》（*Memorabilia*）中，色诺芬通过他的回忆提供了关于苏格拉底在哲学和社会方面的道德说教的远为平实的看法。从柏拉图、阿里斯托芬以及其他同时代或接近于同时代的人所提供的大量可供选择的形象描述来看，似乎显而易见的是，这些描述都包含着一定程度的变形、偏见以及美化，尽管像格思里一样，还是有人想否认这些描述"实际上从未意图成为某种证据而全都只是虚构"。[13]但恰恰是因为难以确定"失真的程度"才导致了最广泛的分歧。苏格拉底当然要被看作"正直地身处同时代智术师的世界"[14]，但在柏拉图对他的总体描绘中，他引人注意的、讽刺的、自我贬低的形象使我们必然会在将他与智术师划清界限的尝试中犹疑不定。苏格拉 *226* 底是这样一位反讽地挑战公认真理的人，以文学和哲学方式对他的再现也必定要像真理的再现一样，经历挑战和反复的质问。

---

〔13〕 1962–81，Vol.III，326.

〔14〕 Guthrie 1962–81，Vol.III，325.

因此，描述或评价这些身为智术师的作者有特别的困难，不仅因为他们的观点只能不断以缩短而失真的形式出现，同时也是因为对话这一形式本就是柏拉图借许多人的声音说话，而我们掌握的材料中，大量都经过了对话形式的文学和哲学棱镜的过滤。某种程度上，柏拉图和亚里士多德对智术师事业的边缘化给解释带来了一些困难，但不管有多少困难，仅就智术师从公元前五世纪以来在雅典的重要性，我们也仍然要关注他们。

正如本章开篇的引文指出的，智者之所以重要，首先因为他们乃是教师。社会的许多不同领域逐渐感受到了他们对知识的掌控、规划以及传播所施加的革命性影响。智者是四处游走的教师，尽管他们中的很多人似乎聚集到了雅典，并以外邦人的身份在那里居留了许多年。他们的服务是有偿的，任何人都可以用钱来买他们的服务。尽管诗人们也会因为创作受人推崇的诗歌而得到报酬，医生和手艺人也会对他们的服务进行收费，但智者以教师身份收取学费以及他们所奉行的"谁都可以买到他们的服务"的收徒原则才是他们遭到同时代作家们控诉的一个普遍根源。而柏拉图，正如我所说的，一直强调苏格拉底不收取任何学费。[15]这种抱怨部分地来自一个有强大世袭贵族基础的社会对赚钱行为的保守和不满态度。对那些财富与社会地位相关联的阶层来说，有

---

〔15〕 在前四世纪，赚钱这件事不再那么令人担忧了，当然，还是会有人控告其他人赚得太多！参见 Isoc. 15. 155ff.；13.3ff.。

人可以从传统的土地所有权以外的方式来获取财富，就意味着社会流动或失序。而且，智者吸引到的学生，的确多数都来自更加富裕并且传统上更为保守的社会领域。但是，这种对智者与赚钱之间的联系的具体的控诉，同样反映了人们对教育与金钱之间的关系的特殊疑问。在最传统的对于教育的认识中，教育一般会被认为是提供了某种延续和秩序。不仅是价值、职业和知识在父子之间代代相传，就像我在第6章讨论的一样，诗歌、音乐和体操等更广泛的教育过程在很大程度上也是共同事务：在共同体的公共世界中，一群年轻人受到共同体的一员或多个成员的教导。教育构成了一种将年轻人整合进共同体的方式。而智者的职业化，以及他们倾向于怀疑论的新探究方法，可被视为破坏了这样一种过程。教师不再是传播共同体文化价值的共同体成员；他们是外来者。教师与受教的学生之间关系的第一基础变成了金钱，而不再是社会。根据许多材料显示，智者所教的东西仍然披着和以前的教育相同的名义——美德、卓越——但这是一种将学习者与他之前所处的社会责任规范分离开来的私人性课程。智者因其教育年轻人推翻宗教、政治以及信念中的古老价值而备受指责。知识和权力之间的关系就被这种选择性的、不受控制的创新式教导破坏了。由此看来，在一个社会变迁如此剧烈的时代，保守人士对于智者赚钱之道的厌恶也可以视为他们对这个时代的恐惧和不确定性的一种表达。

去找智者学习的年轻人期望的可能是一套广泛的学习课程，这点我随后会勾勒出来，但首先，更重要的是探究这种学习的目标，因为这一点也将同样有助于我们理解智者的社会影响。智者对政治所做的各种各样的探究是为一个男人的政治生活做准备。他们的理论著作发展出了一套用于理解和讨论社会事务的词汇；他们的修辞技巧训练了那些要在这个"言辞的城邦"的法律和政治舞台上发表演说的人；伦理和社会的讨论不仅与辩论相关，同时也指向社会行动和活动。前五世纪无数关于公共政治制度的辩论是与一系列改革、冲突甚至革命的行动同时出现的，它为这些行动提供了理论基础——政治研究和政治实践是相辅相成的。雅典经历了两次由寡头武装势力发动的短暂政变：公元前411年政变，以及伯罗奔尼撒战争末期由三十僭主发动的政变。克里提阿（Critias）是三十僭主中最残忍的一个，他对政治的精通和观点一直被认为是以智术训练为基础的。[16]作为一种对于暴政或心理病态行为的解释，这无疑是不充分的，但这个说法其实是在强调政治世界中理论和实践之间可感知的紧密关联。成为民主政治中的权威，需要经过一系列步骤和程序，而智者提供的新式教育被认为给出了一种达成这些步骤的全新技能。确实，"前五世纪的年轻人之所以结交智者，主要是因为他们怀着成为政治领袖的希望"，[17]也就是怀着在雅典的政治和法律舞台中获得成功与权力的希望。

然而，智术师的显著影响并不只限于那些将在成年后

---

〔16〕 参见例如 Guthrie 1962–81，Vol.III，298–304。
〔17〕 Wilcox 1942，131.

参与城邦政治生活的年轻人。伯里克利自己似乎就花了大量时间与理论作家在一起，尤其是曾经教过他的阿那克萨戈拉，还有普罗塔戈拉。[18] 尽管伯里克利的敌人显然会指责²²⁸并大肆宣扬他与外邦顾问过从甚密，但学者们从未真正怀疑他的确曾介入并积极鼓励研究治邦术。[19] 甚至还有传言称有人起诉阿那克萨戈拉，以此攻击伯里克利本人。[20] 卡利阿斯（Callias）也是这样，柏拉图对话《普罗塔戈拉》的戏剧场景就设在此人的府邸，在对话的描述中，他花费了大量金钱来聆听各式各样的智术师的谈话和教导，而在富人中，更普遍的赞助是与特定的教学任务或演说联系在一起的，智术师以此谋生。公共讲演同样提供了收入和宣传的来源。进行固定的授课或演讲，或就各种各样的话题发表针对听众的问题的演讲，都是智者们炫示修辞，甚至是智者之间进行竞赛的机会——而毫无疑问，这类事情也在相当程度上涉及大众娱乐。人们得以接触诡辩的修辞，不只是通过修辞术的手册或者法庭或集会的正式场合。对于亚里士多德来说，这种炫示的演说（epideixeis）构成了三种修辞类型中的一种，而它们对于悲剧中的辩论（agon）里的长篇演讲有显著影响。例如，在欧里庇得斯的悲剧《埃勒克特拉》中，俄瑞斯忒斯

---

[18] 参见 Plut. *Per.* 4^{vi}-6；8ⁱ；16^{vii-ix}；Isoc.15.235；Plato, *Phaedr.* 270a；Alc. *Mai.* 118c。关于普罗塔戈拉，参见 Plut. *Per.* 36.^v。

[19] 参见例如 Kerferd 1981，18-19；Davison 1953；Guthrie 1962-81，Vol.III，21，78，263；Ehrenberg 1954，92ff.。

[20] 关于对知识分子的攻击，参见 Dover 1975。

在发表那番关于高贵和血统的演讲时——这一演讲我在第6章提过——遵循的是一系列由智者发展出来的论证步骤，使用的是一系列在智者语言中反复出现的词汇。确实，在这番演说中，俄瑞斯忒斯一开始对勇敢和高贵的概念做出的判断就是由诡辩修辞中常见的平行和反转结构形成的：[21] 贵族会显示出精神上的贫穷，而贫民也会显示出灵魂上的高贵。这个论证伴随着对思想进行精确区分的欲望，它提出一系列选项，随即又反驳它们：财富是一个充分的标准吗？或者贫穷才是？抑或战斗的勇力？这种看似穷尽了所有可能性并系统地对其进行反驳的技术也是一个标准的诡辩修辞方法，[22] 它使用的关于"区分""准确"的术语，以及辩论的主题本身——人的自然与他的社会行为和评价之间的关系，都说明了这一点。然而，这段演说并不只是为了时髦才重复这种诡辩的论证。[23] 俄瑞斯忒斯没能意识到他的这番论证也恰好适用于他自己的高贵出身和他的行为，这是典型的欧里庇得斯式讽刺，它指出语词和世界的距离有多么遥远。这位以现代方式接受教育的年轻人因此成了他自己论证的例子。

除了教授、展示政治科学技艺，智者们还积极参与城邦事务，不只是给伯里克利这样的领导人当顾问。高尔吉亚最著名的一次对雅典的访问就是作为他自己的城邦莱翁

---

〔21〕 最完整的解释依然是 Gomperz 1965。

〔22〕 见 Solmsen 1975, 10–46。

〔23〕 Wilamowitz 删掉了这几行。Reeve 1973 和其他编者删掉了这篇演讲的大部分。Goldhill 1986 对其进行了辩护。

蒂尼（Leontini）的一名使者，而且，据说正是他在雅典公民大会的政治场合中发表演讲之后，修辞术才首次进入雅典。据柏拉图的再现，希琵阿斯同样吹嘘自己是他的城邦伊利斯（Elis）的正式使者，普罗塔戈拉则为雅典在条立爱（Thurii）新建的殖民地起草了法律；[24] 关于法律的地位以及社会的正确本性的辩论不只是一场哲学辩论，同时也是关于政治应用的辩论。这个新殖民地的街道布局由希波达姆斯（Hippodamus）操刀设计，他是一名政治理论家，也是负责雅典港口比雷埃夫斯港的街道网格布局的设计师。智者的影响力可以触及到政治生活的各个层面。

　　到目前为止，我阐明了自公元前五世纪以来智者广泛的社会影响。这一点之所以重要，不仅是因为关于智者的很大一部分材料都倾向于强调智者的哲学问题或他们如何无关紧要，极少关注那些教师和修辞学家之于城邦生活架构的关系（除非是断言或否认智者是雅典道德滑坡的原因或征兆）。强调智者问题之所以重要还在于：它有助于阐明智者和悲剧之间的相互关系不只是一个施加在文学作者身上的"哲学影响"问题，就好像人们谈论伯格森对于普鲁斯特产生过智性影响那样；更不用说，它也不仅仅是一种由智者化的欧里庇得斯表现出来的时髦新奇的消遣，正如人们不时指出的那样。因为尽管智者和悲剧作家——还有许多像希琵阿斯那样

----

〔24〕 关于条立爱，参见 Ehrenberg 1948；关于希琵阿斯，参见 Guthrie 1962–81, Vol. III, 269ff.；关于高尔吉亚，参见 Guthrie 1962–81, Vol. III, 280ff.。

既是智术师又是悲剧作家的人——都由于他们的技艺而被认为是掌握语言和论证技巧的人，但正是他们对于人与城邦的关系问题、对于那些关系话语得以在其中形成的语言问题的共同回应，才连接起了各种各样自称是"城邦的教育者"的"智者"和"教师"。智者们之所以共享着公元前五世纪雅典的精神生活，不是因为他们是高级技艺和低级修辞的支持者，而是因为他们都是对人在语言和社会中的位置的平等探究者。

然而，我们对于智者的社会影响的理解绝大部分是通过大致同时代的人对他们的论证和论证方法的反应形成的，而我想要探究的正是公元前五世纪智者影响的智识基础。目前为止，我每提到智者时，就好像他们已经形成了一个连贯而统一的群体。尽管在柏拉图以及其他有敌意的作家那里，有时确实存在着将一系列个体的、有差异的教师一般化的倾向，仿佛他们的思想构成了一个统一的规划，但事实上在各式各样的教师和哲学家之间同样存在着重要而显著的不同，因此，设想这些智术师构成了一个"学派"是完全不合适的。确实，像柏拉图所给出的这样一种关于"智者"的总体定义和识别，当然更多是出于论证策略上的建构而不是简单的事实描述。正如我们看到的，许多人物——医生、自然哲学家、数学家、博物学者、诗人以及修辞学家——都被卷入了可能使自己被称作智者的智识活动中。尽管如此，在本章有限的篇幅中，我仍然希望将注意力放在几位作家关心的一系列问题上，而如果这一必然非常宽泛的轮廓会阻碍我呈现不同智术师的相互关系以及不同作家对这些问题的特殊处理方式，我仍然希望这一图景的展示也许能有助于理解前五世纪的希腊，尤其是雅典的复杂智识活动。

我已经提到过作为智者兴趣范围一部分的"名称的正确"问题，即对词语准确而恰当的形式、用法和说明的研究。我也讨论过文学，尤其是修辞学研究的发展，将其看作语言使用方法的一种本质转变。在第1章中，我讨论了阿里斯托芬通过"正义的 logos"和"不义的 logos"之间的辩论对"使弱的论证变强"的讽刺，以此作为前五世纪的"语言学转向"的一个例子。我想首先探讨的就是这种关于对立的言辞（logoi）的意识。因为，"使弱的论证变强"不只是修辞教师的力量的一种表达，也关联到一系列关于语言和修辞的本质的讨论，它们对智术师的许多事业至关重要。"给出一个 logos"，也意指做一次演讲，或讲一个故事，或进行一次论证，它还有一个更加特殊的含义，尤其与哲学话语相关，意指给出对某物的一种解释、定义、描述或原理阐述。对于柏拉图来说，"给出一个 logos"的能力也是知识的基本部分，是决定理解的一个要素。作为最早且最有影响力的一名智者，普罗塔戈拉声称"关于万事万物有两种 logoi，彼此对立"，[25]并写了两卷被称为"Antilogies"的著作，书中很可能展示或阐明了这一原则。普罗塔戈拉的话为公元前五世纪的许多讨论定下了一个基调。更早的哲学家，比如赫拉克 *231*

---

〔25〕 DK 80A1.

利特，就已经关心过矛盾的可能性问题，尤其在关于物理世界的评价上——物理世界的性质如何能以不同的方式被看到和表达：同样的物体如何能对一个人显现为冷而对另一个人显现为热？不管是感官知觉的性质，还是现象世界的性质都开始被追问。普罗塔戈拉继承了这些问题，并且正如我们看到的，他似乎坚持一种建立在人们对事物的不同感知基础上的相对主义。[26] 然而，就万事万物存在着两种对立的 *logoi*，并且彼此对立这一主张而言，它似乎表明了一种更准确的关于人和现象世界的物体之间的关系。对更早的哲学家，比如芝诺来说，这种将两个完全对立的描述，如"冷"和"热"赋予同一物体的可能性是很成问题的，在关于确定一种非矛盾原则的论证中尤其如此。对于普罗塔戈拉而言，人将其对语言的使用作为一种与现象世界相连的方式，这种方式必然会卷入不同 *logoi* 的对立，也即差异和矛盾之中。一个人尝试"给出一个 *logos*"，也就是对事物给出解释和阐述的过程本身，便内在地含有一种分裂。

这一观念的含义和分支不可胜数。它的影响尤其可以在公共修辞领域中看到；新的论证技巧在法庭这类场所中的发展，正是《云》中的主人公找智者学习的原因。再一次，智者的兴趣发展与前五世纪社会的道德和社会性发展产生了互动。公共舞台中渐渐发展出了一种将论证反转和双重

---

[26] 这种相对主义的具体性质有许多讨论。见例如 Versényi 1962；Moser and Kustas 1966；Sinclair 1976；Levi 1940a；1940b；Burnyeat 1976a；1976b。

化的可能性，重新组织了对真理、可能性和证明的评判。安提丰的"四部曲"（*Tetralogies*）就是这一进程的一个有趣的例子。"四部曲"中的每一部都由四个演说构成：控方的演说、被诉方的回复，接着是每一方进行第二次演说。"四部曲"中的第二部讨论了当一名男孩作为体育场中的观众意外被标枪击中的追责问题；据说，为了给这个话题找出最正确的 *logos*，伯里克利和普罗塔戈拉花了一整天时间来讨论。[27] 是男孩该负责任，因为他对他所走的地方没有应有的小心？还是投手应该负责任，因为毕竟是他扔出的标枪？这种成对的立场为学习者提供了学习论证类型的案例，也构成了一个关于原因和责任的案例研究示范。这位智术师在这里构建并论述了这种对立论证（*logoi*）的系统。

然而，这种双重性并没有导致困惑，而"使弱的论证变强"的主张更是指向了修辞的（可耻）能力，它能颠倒事物的正常秩序，并使用语言获得一种优势地位。普罗塔戈拉的著名论断不仅显示了与智术师的修辞相联系的"自愿悖论"的影响——苏格拉底最著名的格言之一就是一个明显的悖论：没有人自愿做坏事——也强调这种双重的、对立的 *logoi* 使人们通过言辞（*logos*）寻求控制。这种我称之为智术修辞特有的对立和反转结构不只是一种表面的效应，也是一种论证的策略。

很显然，智者并不是第一个处理对立论证和对立逻辑

232

---

[27] DK 80A10.

的：他们的兴趣乃是从早期的哲学和修辞那里生发出来的，而他们回应的是前五世纪雅典社会的需求。[28] 但是确实，正是智者以最强劲和最成熟的方式将对立论证的概念阐发为一条与哲学和修辞相关的准则。因为，正如柏拉图所说（*Phaedr.* 216c4ff.），对立论证的技巧并不只限于法庭或公共演说，同时也适用于人们谈论的任何事。例如，在修昔底德的历史中所载的政治讨论就体现了这种重要的发展，其中精心安排的对立派别的重要辩论源于有关政治策略、伦理或目标的不同原则或立场。这些辩论不管是词汇还是论证都广泛显示出与智术修辞训练中的成熟论证平行发展的态势。[29] 在伦理讨论中，通过确定什么是好来确定正确行为的可能性，同样成了一种以强有力的对立论证和论断为突出标志的辩论。柏拉图自己选择以"对话"（*dialogos*）作为论证形式，通过将相反的 *logoi* 戏剧化的方式构建了自己的哲学。在悲剧中，正如我们将看到的，*agon* 这种辩论形式一再反映出法律和政治机构的修辞以及人们为此接受的训练。在所有这些领域中，就像诡辩、修辞和哲学训练一样，人们都能感受到普罗塔戈拉关于 *logoi* 的双重性和对立性的评论。

这种新的修辞研究对公元前五世纪的智性探究的影响可以用最一般的形式总结为"认识到言辞与事实情况之间

---

[28] 见 Guthrie 1962-81 的评价，Vol. III，181 n. 3。关于运用对立逻辑的历史，见 Lloyd 1966。

[29] 见 Solmsen 1975；Macleod 1983，52-158，尤其是 68-87。

的关系远非如此简单"。[30] 高尔吉亚写道，"倘若能够通过 *logoi* 使得事实的真相对于听者来说纯粹和清楚，那么判断就会变得很容易，只要根据先前所说来进行推断即可；既然这是不可能的……"[31] 那么，*logoi* 和世界之间的关系就以233各种各样的方式受到质疑。[32] 在对"名称的正确"的寻求中，我们看到了一种向"自然主义"形式靠拢的规划，即以一种自然而恰当的方式把词语和事物联系起来。但是，像对柏拉图来说，这种规划的许多论证方法他都是反对的，因为在言辞与世界之间必然会引进不确定性，因为通过语言来理解现实的希望必然面临挑战。这种将价值建立在可能性和或然性而不是真实基础上的做法，正是一种特殊的论证策略，受到了柏拉图等人的攻击。[33] 在一起对殴打提起诉讼的案例中，安提丰对双方的观点做了以下论证：较弱小的人声称他不太可能会去攻击一个明显比他强壮的人，因为他知道自己会被打败；而较强大的人也貌似有理地声称他不会攻击一个明显比他弱小的人，因为他知道罪责一定很有可能落在他头上。在双方这些对立的论证中，论证关心的并不是去证明实际发生了什么，而是在所有可能性中理应发生什么。这种论断背后的哲学假设可能是真相和知识的虚幻性，但对柏拉图来说，这种论证创造了一层修辞的面纱，它不仅会掩盖真

---

[30] Kerferd 1981，78.

[31] DK 11A35.

[32] 见 Graeser 1977。

[33] 参照例如 *Phaedr.* 267a。

相，也会阻止对真相的探寻。

在欧里庇得斯的戏剧《希波吕托斯》中，希波吕托斯面对强奸指控所做的抗辩就可以清楚地显示这种利用"可能"和"大概"来构建一个论证的方式。他不习惯"当众说话"（986），但是情势所迫，他必须冒险尝试。[34] 在直率地表明自己的贞洁和正直之后，这位年轻人开始给出一个论证，它对现代读者来说可能显得有些怪异，但是从诡辩的论证策略来看就很容易理解："那么你应该说明我是怎样堕落的。是她长得比世界上别的任何女人都漂亮吗？还是我希望在你身后娶得你的遗孀，继承你的王权，住在你的王宫？如果我曾梦想过这种事，那我真成了一个傻子，或者完全成了个疯子。难道统治是那么的甜美？我告诉你，提修斯，对明智的人来说绝不是这样……"（1008–13）希波吕托斯将他的论证建立在他强奸了继母的可能性上。他似乎是在把被认为可能的原因统斥为明显荒谬的，从而将其消解。既不是提修斯的亡妻过于美丽以至于他经不住诱惑，也不是因为他可能想攫取实权。而且，没有一个明智的人会欲求提修斯拥有的这种权力。这些动机中，唯一他觉得需要做进一步解释的就是他没有独裁的欲望，尽管这很可能是一份标准的修辞抗辩最清楚的例子——这种修辞抗辩克瑞翁在《俄狄浦斯王》中也使用过。希波吕托斯的论证对提修斯没有起到什么作用，而

〔34〕 这是一个标准的开场白，Barrett 1964 在此处指出，在这种情况下，这种说辞会反过来对希波吕托斯自己不利；他的"精英主义"会引发敌视。

这场戏剧对话展现出的讽刺的复杂性带有欧里庇得斯的典型特征。这位实际上说真话的年轻人，却因为诉诸可能性并采取了一种他并不能发挥好的修辞姿态而无法使人信服；但他又必须这样做，因为他不想违背自己起过的誓，否则他就可以说出另一个或许能解释情况的真相。那封捏造的信虽然是假的，但信的内容却显得更加可靠，并使提修斯确信无疑。而且，希波吕托斯的辩论修辞中展示的动机模式对于整部悲剧中错综复杂的因果和罪责网络而言，也显然是不充分的。诡辩不仅是塑造这位年轻人形象的一部分，也发展了关于言说与沉默、遮蔽与揭露真相之间的关键互动。关于这一点，我已将它作为这部剧的主题肌理的要素讨论过——这种主题肌理本身就与诡辩修辞对真相与可能性、言辞与世界之间关系的热衷紧密相连，尤其与道德要求相关。

　　logos 的威力在高尔吉亚的著作中得到了最有力的表达。在他的《海伦颂》（Encomium to Helen）中，他建构并随即否定了海伦离开家乡和丈夫，同帕里斯前往特洛伊的四个可能理由。海伦应该为她的行为受谴责吗？其中有三个论证是很容易理解的。第一，她出走是因为那是诸神和命运的旨意，而神生来就比人强大，由此可以得出应该怪罪的是神而不是人。相似的观点构成了他的第四个理由：所有的一切都是厄洛斯神作用的结果。这一立场在形式上与欧里庇得斯的《希波吕托斯》中乳母所说的话极其相似。这位乳母说，因为阿芙洛狄忒是一位女神，所以菲德拉如果不屈从于这位神所送来的爱欲，就会成为一种罪过。高尔吉亚和欧里庇得斯的写作中都有一种张力，一方面，传统的、拟人化的诸神形象作为外部力量对人的生活施加影响，另一方面则是逻辑的理性运用，在高尔吉亚那里用来寻求借口，在欧里庇得斯那里用来怂恿那些传统上看来是犯罪的事。传统的对于神圣世界的描述以一种高度非传统的方式转而反对它自身。高尔吉亚提出的第二个可能性是，海伦是被迫离开的。那么，在这种情形下，她应该得到的就不是责备而是同情，而诱拐她的野蛮人则要得到所有他应得的惩罚。在高尔吉亚提出的四个最后都被否定，从而使海伦免受指责的论证中，第三个需要高尔吉亚做更多的辩护。这个论证说的是，海伦出走是因为被 logos 的力量说服了。"劝说"何以使一个因为被劝说做了坏事的罪人得以解脱？高尔吉亚对这个问题的回答首先强调了 logos 的巨大力量。logos 能实现"神的行为"（8），并拥有一种神圣的强迫力。[35] logos 的神圣特质不仅支持了它具有不可抵抗的强制力的说法，也将高尔吉亚的"logos"与代表神圣声音的诗歌传统——通往真理的特权联系起来。"logos 几乎是一种独立的外在力量，它能迫使它的听者去实现它的意志。"[36] 它确实像一种毒品一样对人类的灵魂施加影响，能引起愉悦、痛苦、遗憾以及恐惧。正是因为 logos 能对心理产生这种力量，海伦才可以被说成是被迫做出行动的，也因此才可能免受传统上对她行为的指责。

---

〔35〕 见 Segal 1962a，11off.；de Romilly 1973。

〔36〕 Segal 1962a，121.

然而，高尔吉亚在将 *logos* 作为一种劝说力量的同时，也指出它能产生"欺骗"。而且，这种"欺骗"并不像人们以为的那样包含道德上的责备。在他的描述中，欺骗者——当他意识到悖论的存在——比不实施欺骗的人更加正义，而被欺骗的听众也比未被欺骗的听众更加智慧。这种关于 *logos* 的欺骗性的说法，某种程度上乃是吸收了赫西俄德的著名的论断，即缪斯女神既能够述说真事，也能够将种种谎言说得像是真的一样。但有一些学者认为，欺骗与语言之间的这种关联乃根植于一种更为广阔的对语言的哲学理论化。[37] *logos* 有某种自主性："言语不是事物的一种映象，也不是一种只用来描述的工具或奴隶，相反……它是它自己的主人。"[38] "逻各斯不是，也从来不会是外在持存着的实际对象……它甚至不是……展现外部现实的言辞，反而是外部事实给出了关于 *logos* 的信息。"[39] 由这些对于高尔吉亚的观念的重构可以得出：在语词和世界之间存在着一条不可逾越的鸿沟。言语和真实情况之间的关系总是断裂的。"如果某物存在，那么它就不能被理解；如果可以被理解，那么它就不能被表达。"

对于高尔吉亚这位修辞的教师来说，语言可以诉诸真理，可以宣称真理，但并不能达到真理。即使在解释自己的欺骗性时，*logos* 也依然富有欺骗性。韦尔南就这样描述悲

---

〔37〕 见 See Segal 1962a；de Romilly 1973；Rosenmeyer 1955；Guthrie 1962–81，Vol. III，192ff.；Kerferd 1981，79ff.。

〔38〕 Rosenmeyer 1955，231–2.

〔39〕 Kerferd 1981，80–1.

剧中自相矛盾的信息，"当它们被理解时，恰恰是因为在不透明和不能言传的人类领域之间发生着语词的交流"。[40] 而在高尔吉亚的写作中，一种相似的关于再现的讽刺被推至极端。人们如何表达那些妨碍他们安全地进行表达的鸿沟和屏障？在一个 *logos* 中，人们又如何能不带欺骗地宣称 *logos* 是欺骗性的？

重要的是，我们不要认为高尔吉亚的论证只是"智术师的文字游戏"或认为它与哲学是不相干的。因为，高尔吉亚——还有其他智术师——对 *logos* 的共同兴趣对一些与悲剧同时代的辩论表达了重要的洞见。*logos* 之间的对立；*logos* 尤其在说服和欺骗上的威力；语词与世界的关联；含义与指称的转换和控制；逐渐动摇了表达和信念的稳靠性的修辞冲突；语言的危险和力量；挑战对道德和行为的传统描述的论证运用，尤其关于责任和原因；所有这些都是我在本书中一再讨论的话题。但是智者运动并不只是简单构成了作为文学作品的悲剧的"哲学"或"思想"背景，悲剧的法律语言也并不只是反映了当时好辩的风气。倒不如说，在前五世纪的雅典所经历的时代剧变中，公共社会的话语出现了诸多分裂与分歧，而智者运动则代表了它们的征兆和原因，悲剧也同样证实了这一点。正如萨义德所说："'四部曲'所处的时刻，同时也是悲剧所处的时刻，实际上也正是虔敬……

---

[40] Vernant and Vidal-Naquet 1981，18.

与法律的领域之间的隔阂和对立最强烈地被感知的时刻。"[41]
理解世界的新旧方式之间的冲突，尤其是城邦中语言的位置
和应用，都是城邦语言内部张力的表达。对于公元前五世纪
的保守派来说，智者显得像是主动败坏年青一代的人，后者
看起来十分乐于接受智者们既娱乐又严肃的课程；对于公元
前三世纪和前四世纪的哲学家来说，智者们则显得像是玩弄
文字游戏的相对主义者，对理想的规划来说是一个威胁；但
正是他们对语言的不确定性的感知，以及对 logos 和过去的
传统中人的社会和伦理位置的意识，同样还有他们对这些问
题自信而有力的解释，使智术师与悲剧家在前五世纪的雅典
被作为"智者"（wise men）而联系起来。

　　我之前说过，在这一章中我会再次讨论《特洛伊妇女》
这部悲剧；许多批评家因这部剧指责欧里庇得斯是在卖弄一
系列几乎没有关联的修辞辩论片段。我已经提到过卡珊德拉
的论证，她争论道，战败者——较弱的论证——其实比战胜
者更幸福（巧妙的诡辩式反转）。这部剧的后半部分，在裁
判墨涅拉奥斯的面前，赫卡柏和海伦就海伦是否应该为特洛
伊战争负责起了争论——这恰恰就是高尔吉亚著名的《海伦
颂》的主题。确实，不管是海伦还是赫卡柏都是以固定的修
辞形式，用种种已经提出过的理由进行争论，也提出了对海
伦行为的评价问题，但伴随相互冲突的责任和道德主张，评
价的问题随后也被消解了。海伦一开始说，"你对我心怀敌 *237*

---

[41] 1978，191。我的翻译。

意，因此我的话听来不论有理没理，你或许都不会回答我。但是我要把我认为争论时你会提出的那些指控提出来，再拿出我的指控答复你的指控"（914–18）。仿佛身处法庭，海伦使用了正式的对立修辞来开始她的自我辩护。这是一个逐点论述的辩护，自身有一套逻辑，而这种对讲词的组织使她显得像是经历过修辞训练，还学习过高尔吉亚似的。首先她提出，赫卡柏，她的对手，才是特洛伊战争的真正原因，因为是她生了帕里斯。其次，普里阿摩斯也要被问责，因为他没能杀掉被诅咒的帕里斯。传统的特洛伊战争的叙述就是从这两个始点展开的。同样，像高尔吉亚一样，海伦认为对她的通奸行为的谴责应归于阿芙洛狄忒。她声称，她个人的灾难被证明给希腊人带来了巨大的好处，因为正是她的灾难才使希腊人能够记录下这场对蛮族特洛伊的巨大胜利。此外，像高尔吉亚一样，她还声称，在帕里斯死后，尽管她曾经想要返回到希腊人当中，却被武力阻止了。因此，她总结说，如果她受到惩罚那就是不公正的。"一方面我是被迫嫁给他的，另一方面我对我自己人的付出为我自己挣得并不是胜利的奖赏而是苦涩的奴役。你可以希望强过众神，但这只会显出你的愚蠢。"（962–5）

赫卡柏给出了一个有力且精彩的逐点论述的回应。她质疑的是海伦的论证中整个神意机制的构架。首先，用一种基于可能性原则的反证法，赫卡柏质疑了海伦所利用的标准神话。为什么这些女神会就美貌的问题发生争吵？难道赫拉会期望比她和诸神之王更好的婚姻？既然阿芙洛狄忒用不着离开天庭就可以将海伦带到特洛伊，为什么她还会去斯巴达？如果海伦是被迫的，那为什么她既不做任何反抗也不试着寻求帮助？此外，她还质疑海伦整个基于神意因果的论证是她为了掩盖淫欲而捏造的托词——"人的每一个淫荡的冲动都冒充成阿芙洛狄忒"（989）：海伦事实上是一个觊觎东方挥霍奢靡生活的投机分子。所以，赫卡柏总结道：正义要求海伦被处死，以便给所有的女人树立一个榜样。"为所有其他的女人订下这条法律：背夫者死。"

诗人赋予海伦几个高尔吉亚的论证使她为自己开脱；高尔吉亚的理性修辞在此处的呼应，对海伦为自己的通奸辩护时的论调至关重要。但是她被赫卡柏更优越的论证以及操纵修辞的更强技巧击败了。海伦可以声称诸神才要受到谴责，因为是他们引得她误入歧途，但是赫卡柏同样可以宣称这样一种论证只不过是对自愿犯罪的粉饰。然而，这种交流 ₂₃₈ 并非只是欧里庇得斯展示给雅典人的既现代又有趣的修辞姿态。它也不只是表明"一种智者的影响"，仿佛这已足以回答问题。欧里庇得斯与智者对特洛伊战争故事的继承、呈现和使用，之所以有如此重要的联系，正是因为他们共同关心着行动与责任之间的关联、道德和传统模式与对行为的解释，以及表达伦理和社会责任的语言。正如我们看到的，对前五世纪的荷马的读者来说——包括埃斯库罗斯和索福克勒斯——他对行为以及与之相关的道德的解释似乎不再是不言自明的。传统的伦理立场并不足以用于城邦的生活方式和态度。通过将荷马史诗中古老的故事和人物转移到一个充满诡辩修辞和技巧的辩论中，欧里庇得斯极尽尖锐地展现了其中的冲突。他有意在重述这些传统故事时将它们做年代错位的处理，由此带来了对战争、惩罚、责任和理性——以及诡辩论证——变化不定的态度：高尔吉亚的论证通过海伦之口被赫卡柏充满嘲讽的理性主义击败，但这种理性主义本身又与剧中开篇的场景产生了张力，其中两位神明，雅典娜和波塞冬，在为胜利的希腊人谋划灾难。[42] 在海伦和赫卡柏的辩论中，重要的绝不只是对修辞探究的反映，还包括对社会和伦理行为问题的态度，即如何讨论规范和犯罪的问题。

尽管诋毁智者的人经常指控智者不道德，指控他们是道德败坏的根源，但智者似乎确实很关心各种各样关于伦理和社会的辩论，它们对我们理解悲剧来说有着无以言表的重要性。在这里，我尤其想讨论两个主题。第一个就是"美德是否可教？"的问题，公元前五世纪对这个问题的辩论带有相当的紧迫性，而这个问题还与我在本章以及之前几章提到的几个主题紧密相关。传统上翻译为"美德"的这个词，可以被更具体地解释为使一个人变好并成功的特质，或者一个好的、成功的人所展现出来的品质，它也常常被译为"卓越"和"才能"。它也用于马、船、土地、泉水等，用来形

---

〔42〕 对于赫卡柏的胜利以及随后墨涅拉奥斯惩罚海伦的允诺而言，这是一个开放式的反讽。因为，在荷马的描绘中，海伦和墨涅拉奥斯在特洛伊战争结束后的第九年在斯巴达幸福地生活在一起。墨涅拉奥斯允诺的惩罚与文学传统形成的期待产生了矛盾。[伊斯特林（Easterling）夫人提醒了我这点。]

容它们与众不同的美好品质。关于教授美德的辩论有着显著的社会影响。从传统或保守的角度来看，正如公元前六世纪忒奥格尼斯所总结的那样，"美德"是由群体授予的；他给出的总体建议就是"与好人为伍"（27）。"美德"是一个特 239 定阶层的属性，组成一个好人的行为的品质被坚决认为是与那个阶层的利益等同的。所以当智者宣称他们要教的正是这种"美德"时，也就是说他们要教的乃是那种使人能够在社会上成功的品质。智者的这一宣称"对头脑保守的人来说简直惊世骇俗"。[43] 之前还是一个个人化的选择性过程，现在却对任何一个只要付了学费的人开放。确切来说，传授"美德"的问题是随着民主城邦的成长而出现的。关于教育的辩论被看成社会政治斗争的一部分，因为它不仅能使人获得知识，还能使人获得地位和权力。

关于这场辩论的论证千奇百怪，不可胜数。其中一部分以基本的形式被记述在不太重要的智者论著《双重论证》（*Dissoi Logoi*）中，书中认为美德不可教的立场是靠不住的——顺应了某些希望有人写点什么来支持这些新教师的期望。[44] 然而，柏拉图对该论题的发展也是该问题持续受到关注的一个主要原因。《美诺》（*Meno*）开篇就是，"你能告诉我吗，苏格拉底，美德是否可教？还是说它是一个自然天赋的问题，或者是别的什么？"首先，对于苏格拉底来说，

---

[43] Guthrie 1962–81, Vol.III, 250.
[44] 尤其参见第 7 章。参见 Kerferd 1981, 132ff.。

一定要通过进一步追问"美德"意味着什么才能接近答案，对话首先关注的问题就是"美德"这个道德和社会词汇中最主要的词语应如何定义。然而，在《普罗塔戈拉》中，可教性的问题才是最重要的；普罗塔戈拉做了一番精妙绝伦的长篇演讲，以此为他作为政治美德教师的身份正名。关于这个著名段落的论述可谓汗牛充栋，我之前在第8章就提到过，但是这篇论证的一个特殊的结构要素指向了我在本章想要讨论的第二个关于伦理和社会的辩论主题。普罗塔戈拉讲述了最早时候人处在自然状态中的故事，以此来解释城邦中诸种价值观念的生长——正如美诺曾问道的，"它是一个自然天赋的问题，或者是别的什么？"在智者的辩论中，一个主要的结构性对立就是 *nomos* 和 *phusis* 的对立。[45] 关于 *nomos*，我们之前已经讨论过了，尤其在第3章和第4章中，我们将它看作对城邦极为重要的法律原则。其意义范围要比单纯的法律更加宽广，它包含了"习俗"的概念，某种在一个文化体内部取得一致同意，但是在各个文化之间有所不同的东西，也是一种可以讨论和改变的原则，但总伴随着一种规范性的强力。至于 *phusis*，与之相关的是希腊语动词"生长"（to grow），通常被翻译成"自然"（nature），而且，像英语单词 nature 一样，*phusis* 不仅意味着世界如其所是的结构（经常带有一种尖锐的"自然的 / 不自然的"对立的规范意义），

---

〔45〕 关于这组对立，参见 Heinimann 1945；Pohlenz 1953。另见 Guthrie 1962-81，Vol.III，55ff.。

还有一种更特殊的含义，即一个特定存在或事物的内在形式。因此，*nomos* 和 *phusis* 的对立与现代的批评性词汇"自然 / 培育""自然 / 文化"有某种相似性。

在关于"美德"的可教性的辩论中，人们往往以两种截然不同的方式使用这个对立，以强化论证的结构。在其中一个极端，"美德"被认为是一个纯粹的品性（breeding）问题。它是不可教的，这是因为它是一个自然本性的问题，而自然本性是天生的。柏拉图笔下的苏格拉底为这个论证赋予了一个巧妙的（智者式）扭转，他声称这个论点并非如初看上去那样只是一个保守原则，实际上，它是雅典直接民主政治的潜在根本原则。[46] 这个民主城邦在需要专业技术的事务上（例如造船）使用的是专家，但在需要"政治美德"的一般性政策事务上，它允许任何人都有发言权。因此，在一个直接民主的政体中，美德一定要被认为是一种人普遍且天生就拥有的特性。而在另一个极端中，人的性格和价值观都可以由一个学习规划来进行训练和教育，以此为他参与城邦事务并在其中发挥作用做好准备。如果对柏拉图《普罗塔戈拉》中普罗塔戈拉长篇演讲的现代解释是对的，那么这位智术师所论证的是，尽管使人得以在城邦中与他人一起生活的能力是每个人天生就有的，这些品质也可以由他提供的教学得到发展和提高。[47] 甚至，即使"正义"这种能力是人能共同

---

〔46〕 Plato, *Prot.* 319ff.

〔47〕 参见上注〔26〕。普罗塔戈拉允许某些例外——那些出于某些原因没有这种能力的人必须被城邦拒之门外。

生存在城邦中的一个必要条件，一个人也可以通过教育变得"更加正义"。对普罗塔戈拉来说，*nomos* 和 *phusis* 的对立导向的似乎不是一种僵硬的两极对立，而是一种辩证的关系。

　　nomos 和 *phusis* 的对立构成了众多政治和伦理上的论证，批评家们也已经详细讨论过它们之间的对立。[48]柏拉图《理想国》中色拉叙马霍斯的观点十分有名，尤其是他喊出的"强权即公理"（Might is right）的口号。然而，他这一立场的基础是，强者拥有权力并使用权力是很自然的，而这就很容易与传统正义观所要求的节制发生对立。相似的论证出现在修昔底德所描述的一个直接政治场景中：雅典人首先在密提林辩论（Ⅲ 38-48）中，而后又在弥罗斯对话（Ⅴ 85-111）中辩护了处死叛乱城邦中的所有男性的做法，并且在弥罗斯事件中将其付诸实施。他们所用的论证基于雅典帝国的自我利益，而在弥罗斯对话中，双方都接受了这种自我利益的原则，以致弥罗斯人被迫论证道，否认对弱者的习俗上的正义与雅典人的利益无关。雅典人却不接受这个说法。他们宣称，如果一方有权力，那么自然法则便要求它统治："这并不是我们制定的法律，我们也不是在它制定出来以后第一个实施它的人。我们只是在发现它本就存在以后按照它的指导行事，并让它在未来永远存在下去。我们知道，你们或者其他任何人，假如有着和我们同样的力量，也会按照同

---

〔48〕 见上注〔45〕。

样的做法来行事。"〔49〕

这一为帝国主义的暴行所做的令人恐惧的正当性辩护，并不像有时人们宣称的那样只是一个"不道德"或"非道德"的论证。更确切地说，它提出了一种道德立场，这种道德立场拒斥那种基于 nomos 的道德而支持一种被认为建立在一种自然法则基础上的道德，也就是基于 phusis 的道德。按照自然行事也有一种正当性，这是与 nomos 的正当性相抗衡的。从这里，我们可以再次明显看出，智者作家的术语和论证不仅影响了哲学和文学，也对政治生活的实际事务的描述、制定和概念有重要影响。色拉叙马霍斯的论证，不仅仅是为一个乌托邦政体扫清障碍的开篇段落。

不管是在柏拉图哲学对话里的色拉叙马霍斯论证中，还是在修昔底德对其所处时代的政治修辞的描述中，nomos 和 phusis 的对立都是作为一种基本的解释原则在起作用，出现在各式各样的论证和不可胜数的话语中。一方面，尤其在诸如医学、伦理学或对社会、地理、历史进行考察的领域，这两个范畴之间的界限得到了活跃的辩论。什么对应于"自然"？什么又对应于"法律""习俗"？"自然"或"法律""习俗"拥有什么权威——或者分别应该拥有什么权威？在城邦及其技艺的发展中，它们之中每一个的相对影响又是什么？所有这些问题都一再回到辩论中。而另一方面，人们在使用 nomos 和 phusis 时，这两个概念似乎往往穷尽了所有选择。

---

〔49〕 5.105.4ff.

在法庭中——以及其他公共修辞的领域——诉诸 *nomos* 的自明要求，往往与 *phusis* 这一被宣称高于一切的自明原则截然对立。当前五世纪的作者们为自己或他人的行为或态度辩护时，当他们试图解释事件或政策，或是进行调查、做出判断或批评的时候，他们会一次次地提及 *nomos* 和 *phusis* 的互斥性对立，将其作为论证和语言的结构。它成了一种看待世界的方式。

　　nomos 和 *phusis* 的这种对立，其实可以以远为详细的篇幅再进行讨论，它对于悲剧文本来说尤其重要，不仅因为它是一种反复出现的修辞比喻，尤其是在欧里庇得斯的悲剧中，也因为它是对人在事物秩序中的位置的一种结构化表达。[50] 关于人类行为和处境中 *nomos* 和 *phusis* 的关系有着广泛的辩论，这些辩论不仅特别关心对社会生活中所用的词汇——如 *dikē*，*aidōs*，以及 *nomos* 本身，等等——的秩序和意义进行确定，同时也特别关心定义规范与越界的可能性。正如智术师们通过 *nomos* 与 *phusis* 的对立来辩论和质疑社会思想的传统模式，悲剧也通过相似的关注与词汇挑战和追问着人及其文明秩序的位置和本性。悲剧不断地将城邦的社会性世界呈现在危险之中，人在其中的行为总是走向两个极端——野蛮的越界以及对法律和秩序的渴望；悲剧文本就像智者的写作一样，不断回到公共关系的词汇，以及关于规范、错误和惩罚的术语中；像智者一样，悲剧作家也一次次

---

〔50〕 Segal 1981 中有一个关于索福克勒斯的重要论证。

通过对人和他的行为的定义来描述他们的关切。

　　智者和悲剧都对城邦主流的意识形态进行了批评，通过刻画它们之间的这些联系，我并不是意图抹去智者和悲剧家在社会功能和表现形式上的差异。悲剧是在一个公共节日里上演的，有着戏剧或宗教方面的特许——这是一种允许越界的有限自由。虽然某些戏剧会上演一些引起愤慨的故事，[51]但这个节日是由城邦支持并出席的。而智者往往来自城邦以外，与个人私下打交道，并且，不论公民中的特定阶层或群体对他们如何友善，智者的活动空间总是更少受管束而更加危险。欧里庇得斯可能震惊了城邦，但苏格拉底却被起诉并被判处了死刑。不管这次起诉或判决的动机和意图是什么，对苏格拉底的控告——不信城邦的神，引入新神，败坏青年——都表明了一种表面上针对苏格拉底作为一名公民而发的社会和道德论证。尽管不断有人主张剧场的社会和道德影响，但正是智术训练与参与挑战城邦社会秩序的人之间这种广为察觉的关联，才在某种程度上激起了对智者的敌意。剧场只是戏剧化地表演，而智者的种种计划却是要付诸实行的。智者通过教育对传统的秩序规范构成的挑战不仅激起了革命性观念，也同样激起了极端的反应。[52]

　　确实，自从智者出现在公元前五世纪，就一直被赋予

---

〔51〕例如欧里庇得斯的第一部《希波吕托斯》(*Hippolytos Kaluptomenos*)；佛律尼科斯 (Phrynichus) 的《米利都的陷落》。后者使观众受到极大触动，以至于作者被罚，而该剧被禁。

〔52〕关于这类反应，见 Dover 1975。

危险、丑闻和无序的论调。但如同萨特在谈论后世一个激发
了类似敌意的批评运动时写道的，"这些作家们……远不怕
制造丑闻，他们想要尽可能地激怒大家，因为丑闻的到来
一定会伴随着某种混乱"[53]——而变化（衰落）以及探索
（愤慨）正是在这种混乱中生根发芽的……

因而，在这一章中，我尝试为这一系列被称作智者的
人们在社会和智识方面的重要性勾勒一个大致轮廓，他们对
于我们理解公元前五世纪，尤其是前五世纪雅典城邦的意识
形态图景具有关键意义。我并不能够介绍所有的智者论证或
其主题——智者们的开放态度和广泛兴趣是人所共知的——
更无法处理关于智者或是其历史书写问题的完整历史。但通
过这些主要论题——对 *logos* 的态度，"美德"及其传授的问
题，*nomos* 和 *phusis* 的对立，连同我在先前章节中提到的对
价值相对主义的关注和对理性探究的自信——我试着展现，
智者不只是构成了当时的一种智识背景或影响了悲剧的文学
世界。更确切地说，悲剧和智者的写作一同证实了公元前五
世纪雅典城邦在语言和思想观念中存在的一系列激烈的张
力。对智者写作的理解有助于我们关注到，关于人在城邦的
社会和语言中的角色，有如此复杂而广泛的主张与怀疑；同
样，它也有助于我们理解这类问题的社会和智识影响。

柏拉图的《会饮》描述了一个在悲剧作家阿伽通
（Agathon）家中举办聚会的故事；客人包括苏格拉底、阿里

---

[53] 1973, 65.

斯托芬和阿尔西比亚德这个有着巨大政治影响力的年轻贵族。他们讨论爱、灵魂、自我以及欲望，这些与二十世纪对人在社会中的定义尤其相近的概念。对话的结构最终引向了苏格拉底对这个主题的哲学揭示，但它呈现了这些悲剧和喜剧诗人、处于政治影响力顶峰的年轻人，以及医生、阿伽通的年轻爱人、一位苏格拉底的学生之间的对话，这为城邦话语中的语言互动提供了一个直观的比喻。柏拉图要求在文学、智者和哲学语言之间做出区分，他需要这样做正是因为它们在前五世纪雅典的世界里是互相渗透的。一些智者也写作悲剧，[54]一些悲剧家也玩弄诡辩的修辞，这并不是偶然的兴趣重叠。身为一个城邦中的人意味着什么？——在前五世纪的雅典，这是一个（以民主的形式）共享的疑问。

---

〔54〕 例如希琵阿斯、克里提阿。

第10章 体裁与越界

> 霍尔瓦特（Horváth）：布莱希特总是喜欢让人们意
> 识到他们身处剧场。我对他说："不过，布莱希特，什
> 么使你认为他们会觉得自己身处别处？"
>
> ——汉普顿

　　欧里庇得斯后期富于创新性的剧作，自其首演之后就在批评家和读者中引起了分歧。阿里斯托芬的《蛙》中，埃斯库罗斯嘲笑欧里庇得斯将破衣烂衫的王室角色带上舞台，而欧里庇得斯对悲剧的"祛魅"一直都引发着激烈的讨论。[1]尤其是他的剧作所呈现的理性姿态，他在针锋相对的辩论中体现出的对智术修辞的特别青睐，以及他那十足的聪明劲儿，都一度为批评家们指责和惋惜。所以科拉德（Collard）最近写道："这位诗人的罪过在于他为了展示修辞的技巧而肆意跑题，牺牲了戏剧的连续性和关联性。"[2]温宁顿-英格拉姆也认为欧里庇得斯"能够抗拒任何东西，除了诱惑——

---

〔1〕 这是阿诺特（Arnott）的术语，1981，181。
〔2〕 1975，59.

显示自己聪明的诱惑"。[3] 的确，对欧里庇得斯的创新性进行非难已经是一个成为惯例的传统。[4] 尤其在前一章里，我已经努力说明智者和悲剧之间的联系不应仅仅被看作一种诡辩的修辞或一种错误的理性主义对诗歌施加的令人遗憾的影响，而更是将智者和悲剧关于人在事物秩序中的位置的问题联系起来的重要指引。在这一章中，我将考察悲剧中一个更加主要的创新领域，它尤其是我们评价和欣赏欧里庇得斯剧作时的重要工具——这就是诗人有意识地对悲剧体裁惯例进行的展示与操控。因为欧里庇得斯创新性的发展不仅体现在他在情节中引入的新素材，也不仅体现在他对抒情诗的实验性使用，或是他对神话的"祛魅"，同时也体现在他的悲剧对戏剧作为戏剧的自我指涉意识。

这种自我指涉经常与悲剧作为一种体裁的终结联系起来，欧里庇得斯甚至也经常被看作古典戏剧的摧毁者：那些 245 主张"艺术贵在隐藏艺术"，或是认为"真正的艺术的真正主题是真实的人与深厚情感"的批评家们也至少认为，欧里庇得斯的晚期剧作是"充满问题的"，但大多数时候就干脆是"坏的"或者"颓废的"。然而，最近的批评家们，出于一种二十世纪对文学文本的自我指涉的普遍兴趣，也由于对我在第6章谈到的文学传统的探究有了更多的关注，开始试图以更加复杂的方式描述和评价欧里庇得斯的体裁意识。蔡

---

[3] 　1969，138.

[4] 　参照 Arrowsmith 1968，29–33；Vickers 1973，17–23。

特琳这样评论批评家们采用的各种描述性词汇的共同基础：
"反讽的、颓废的、'现代的'，甚至'后现代的'：这些都是
通常套用的标签……某种意义上它们全都没有错，它们都以
这样或那样的方式坚持着对于一种传统的自觉意识，而这种
传统已经到达其有机发展的终点了。"[5] 在本书的最后两章，
我将重点结合两部晚期剧作来讨论欧里庇得斯戏剧的这种自
我指涉意识：首先是《埃勒克特拉》，它引起了极为广泛的
回应和批评，尽管——但或许是因为——它并不像《俄瑞斯
忒斯》或《海伦》那样[6]，被当作"审美的大胆……自我意
识以及作者的过度发挥"[7]的极端典范；第二部则是欧里庇
得斯最后的杰作《酒神的伴侣》（Bacchae），它逃过了欧里
庇得斯其他晚期剧作一般来说会遭受的责难，并且事实上也
被证明是无数批评家理解悲剧的中心文本，还被许多不同学
科的研究者加以利用。在最后一章中，我将重点通过《酒神
的伴侣》中歌队的使用来讨论剧场体验中表演的作用以及舞
台艺术的问题；而在这一章中，我首先考察的是《埃勒克特
拉》中的体裁意识。

从农夫开场的独白开始，欧里庇得斯的《埃勒克特拉》
就表现出与其所置身传统的不同。亚里士多德将开场白定义

---

〔5〕　1980，51.

〔6〕　关于《俄瑞斯忒斯》，见 Wolff 1968；Arrowsmith 1964；Zeitlin 1980。关
　　　于《海伦》，见 Zuntz 1958；Podlecki 1970；Segal 1971。

〔7〕　Zeitlin 1980，51.

为歌队首次进场前的言辞和行动；[8]然而，这样一种由一个戏剧人物来发表一段演讲的形式，虽然主要被看成一种阐述戏剧情境的手段，它也与后来发展成新喜剧的正式开场白的欧里庇得斯式技巧有一定关系。[9]像欧里庇得斯剧作中的许多开场一样，农夫的这篇讲词也宣告着它的创新性和它作为文学作品的身份。不同于《酒神的伴侣》《希波吕托斯》和《特洛伊妇女》[10]的开场，这篇讲词在开头的几行并没有清楚地讲明说话者的身份，而是首先概述了特洛伊战争的经过——阿伽门农的出征，特洛伊的陷落，阿伽门农的返乡，他因为王后的诡计、埃吉斯托斯的暴力而被杀（与荷马一致），埃吉斯托斯登上王位（也与荷马一致）。接着他转而开始讲述阿伽门农的子女，埃勒克特拉和俄瑞斯忒斯；至此，他的讲述仍然是简单而不出人意料的。俄瑞斯忒斯被送到福基斯（Phocis），埃勒克特拉则留在家中。故事的重点落在埃勒克特拉和埃吉斯托斯对待她的方式。这位篡位者的动机——尤其是他担心埃勒克特拉会秘密设法怀上一个小孩——在接下来的叙事基调中有所暗示，但直到第34行，说话人才开始介绍他自己以及他与埃勒克特拉的婚姻，直到这里，欧里庇得斯对戏剧情境的彻底修改才清楚地显示出来。

246

　　从农夫一开始的致意和叙述到他自己的故事，这其中

---

[8]　　*Poet.* 1452b19ff.

[9]　　见 Schadewaldt 1926, 105ff.；另见 Hamilton 1978, 和新近的 Erbse 1984。

[10]　所列仅为本书论及的剧作；此外还包括《乞援人》（*Suppl.*）、《赫拉克勒斯》（*Her.*）、《伊菲革涅亚在奥利斯》（*Iph. in Aul.*）、《腓尼基妇女》（*Phoen.*）、《赫卡柏》（*Hec.*）和《伊翁》（*Ion*）。

的转向连同农夫自己的道德评价以及埃勒克特拉的进场都显示出，这番开场白并非完全分离于戏剧行动。即使在一部像《希波吕托斯》这样的戏剧中，虽然阿芙洛狄忒再也没有重新出现在舞台上，这一开场依然与随后发生的戏剧情节紧密相关，这种相关性不仅是由于开场对之后一系列事件的范本式说明，[11]也体现在仆人和希波吕托斯曾在简短的第一幕中讨论了对待这位女神的正确方式，另外还体现在这部剧对激情和灾难的叙述中所贯穿的阿芙洛狄忒强大的神圣力量。与莎士比亚《亨利五世》这样的剧作不同，欧里庇得斯的开场白并不仅仅是一番针对观众的开场致辞。

许多批评家都认为，开场的主要功能乃在于它是一种快速摆出戏剧情境及该情境在神话背景中的位置的方式；确实，埃勒克特拉被安排的婚姻、悲剧的乡村背景，这些因素体现的创新性在说话者对自己身份的推迟介绍中得到了明显强调，欧里庇得斯的版本带来的新的扭转与前几行中高度遵循传统惯例的叙事立刻形成了对立。但是，尽管开场白与戏剧本身必定有关联，它也似乎与随后的情节保持着一定距离。比如说，不同于《安提戈涅》的开场，其中伊斯墨涅和安提戈涅将观众直接带入戏剧行动和"戏剧幻象"之中，开场白的设置——只对剧场中的观众说话[12]——也标志着戏

---

〔11〕 见 Fitzgerald 1973；另见 Hamilton 1978。

〔12〕 若文本无误，农夫的说辞是对阿耳戈斯（Argos）的河流所发。在这个意义上，许多序幕甚至连说话对象都没有。然而这些开场白从未明确承认观众的在场（像喜剧的情况一样）。见 Bain 1975，尤其是 22-3，虽然Hunter（1985, 25）指出，这并不意味着观众不会认为这些话是对他们说的。

剧本身对其所在的戏剧传统的意识和定位。它是一种戏剧设置。开场白使为观众提供必要信息的惯例得以形式化，并吸引了观众的注意。它强调戏剧是一种书写对象，是参照其他剧作、其他神话创作而成的。在欧里庇得斯对开场白的创新运用中，他所展现的创新情节表明，他的戏剧创作既植根于一种戏剧和神话传统，也反抗着这个传统。

在第6章，我花了一些篇幅讨论欧里庇得斯和荷马在讲述俄瑞斯忒斯的故事时的互文性。欧里庇得斯与埃斯库罗斯的《俄瑞斯忒亚》之间的联系对理解《埃勒克特拉》也极为重要，它强调了与戏剧传统相关的创作意识。正是在相认场景中，这些关系才得到了最为淋漓尽致的表现。老人抱着俄瑞斯忒斯已经秘密到来的信念来找埃勒克特拉时给出了三个证据，恰好对应埃勒克特拉在《奠酒人》中异乎寻常地用来证明她的弟弟已经现身的三个使她感到满意的证据。第一条证据，就像在埃斯库罗斯的戏剧中一样，老人拿出了一绺在阿伽门农的坟墓上找到的头发。和埃斯库罗斯笔下的埃勒克特拉一样，老人认为这绺头发不可能是一个阿尔戈斯人献上的，并说道："你看看那头发，把它和你自己头上的比比，/看它在颜色和切口上是不是和你的一样。/通常流在不同血管里的同一父亲的血总是/会使两具身体在外形上彼此如镜像一般。"（520-3）不管是在语言还是论证上，欧里庇得斯的描写都与埃斯库罗斯笔下动人的相认场景如出一辙。埃勒克特拉："可是这就是那绺头发，它的样子看起来非常像……我自己的头发。它几乎完全就像……"俄瑞斯忒斯：

"现在把这绺割下的头发对准它被割下来的地方／看看你弟弟的头发和我的头多么吻合。"（174-6，229-30）但是，欧里庇得斯的埃勒克特拉一点儿也不愿意大胆选择相信。首先，她认为她的弟弟如此"磊落勇敢"，不可能偷偷摸摸地回来，好像他害怕似的。接着她继续说（527-9）："另外，他的一绺头发怎么可能和我的一样呢？一绺来自一位在竞技场和无数竞赛中受尽艰苦磨砺的男子汉，另一绺则梳理齐整，带着女子气。"再者，她总结道，许多非亲非故的人也有着相似的头发。埃勒克特拉逐条反驳了她和她弟弟的头发之间存在某种相似的可能性，她的反驳中似乎诉诸了一种公元前五世纪的理性主义标准。这位年轻的女人以嘲讽的态度否认了老人口中那个旧时的埃勒克特拉的观点。但随着剧情发展，她对弟弟的英雄想象，以及她对自己推理能力的自信，都因为俄瑞斯忒斯的犹豫不决而遭到了动摇。这个场景不仅以一种"不适当的"自由主义或逻辑的态度来处理并嘲弄埃斯库罗斯笔下的桥段，同时也嘲弄了嘲弄者本人，因为她的逻辑推导出的只是错误的结论。

　　老人继续说道（532-3）：

　　　　孩子，至少你去把你的脚踩在他的狩猎靴踏出的鞋印上，

　　　　看看它是否与你的有所不同。

　　这个指示对应的是埃斯库罗斯的埃勒克特拉使用的第

二个证据："脚印就在这里；/ 踩出它们的双脚很相像，看起来也像我的……/ 我踩在他脚踩过的地方，/ 他脚跟的印迹和他的脚跟到脚趾之间的距离 / 就像我所踩出的印迹。"（205–10）老人的建议追随的是埃斯库罗斯的叙事，它只在这个层面上有其意义。

对于这个迹象，埃勒克特拉同样不屑一顾：不仅因为坚硬的石头地上不能留下任何脚印，同时也因为她弟弟的脚印——他是一个男人——无疑会更大一点。她怎么能指望自己的脚和弟弟的一模一样呢？

最后，老人举出了埃斯库罗斯的相认场景中的第三个证据（538–40）：

> 那如果你弟弟有可能回家来，难道就没有什么
>
> 你在布机上织它的时候留下的记号或是纹路可以让你认出
>
> 你自己织就的衣服？我曾经用那件衣服裹住他，把他从死神手里救回。

埃勒克特拉再一次无视了这种来自先前剧作的信物的逻辑（541–4）：

> 你很清楚俄瑞斯忒斯在我很小的时候
>
> 就被流放在外。即便一个小女孩的手
>
> 能够织布，一个长大了的男孩怎可能还穿着那件

衣服，

　　除非他的衣服能跟着他的身体一起长大？

　　埃勒克特拉的理性主义再次以不屑一顾的幽默反将了老人家一军。她甚至质疑了他的建议的基础，即她在俄瑞斯忒斯流放时竟然就已经能够织布。老人家对时间的错误概念使他给出的主意显得荒唐可笑。

　　这一明显的戏仿场景还引起了一些批评上的困惑，弗兰克尔（Fraenkel）甚至将这整段戏和《奠酒人》中与之对应的段落统统删掉，认为它们乃是品位低劣的篡改。[13]欧里庇得斯真的只是在嘲弄他的前辈吗？"埃斯库罗斯是理所当然的抨击对象……以牺牲老一辈诗人的陈旧技法为代价来超过他，这是种聪明的方式。"[14]它是智术师的理性主义涌入的一个例证吗？它是否以"明显不协调的理智内容"[15]误读了一个早期悲剧中含义深远的时刻？它是欧里庇得斯式的"痴迷现实证据"[16]的一部分吗？在埃斯库罗斯的《俄瑞斯忒亚》中，埃勒克特拉对弟弟的信赖，以及俄瑞斯忒斯自己的英雄姿态，都为身为家庭一员的意义给出了一种重要的理解；而就像我在第 1 章和第 2 章中展示的，《俄瑞斯忒亚》建构了家庭在城邦中的位置。埃斯库罗斯笔下的弑母行为被

_____

〔13〕 他的论证遭到了 Lloyd-Jones 1961 的批评。

〔14〕 Winnington-Ingram 1969，129.

〔15〕 Collard 1975，63.

〔16〕 Gellie 1981，4.

看作在发展中的公民话语内部确定两性关系的重要步骤。而欧里庇得斯的这部剧作，则通过俄瑞斯忒斯故事与同时代的观念和道德的关系，挑战了俄瑞斯忒斯的复仇的伦理地位，尤其是重写了这位复仇者所置身的家庭和文化之间的相互关系。正如我稍后会指出的，诗人的反讽集中于不同戏剧角色对他们在家庭中与在神话中的位置的理解。欧里庇得斯不只是在嘲笑埃斯库罗斯对这一幕的处理。他对姐弟相认时刻的反讽改写还粉碎了在埃斯库罗斯的意义上"象征性地以及真正地认同家庭"[17]的可能性。欧里庇得斯戏谑地质疑了埃斯库罗斯所设置的相认桥段，也同时通过使俄瑞斯忒斯神话最广阔的含义在相认的场景中失去作用来严肃质疑埃斯库罗斯对这个神话的处理。"让他感兴趣的主要不是对传统的攻讦——虽然攻讦传统显然也很关键——而是一种对抗，一种他所理解的文化中内在分裂的戏剧对立。"[18]

我打算回到相认在《埃勒克特拉》的较为广阔的主题问题中的作用，但首先，在这里我想强调一下这个场景如何发展了对体裁的意识。在本剧与埃斯库罗斯的互文的意义上，《俄瑞斯忒亚》中相认的信物在此被置换到了另一个叙事的语境中，这不仅强调了欧里庇得斯的剧作在戏剧传统中的传承——它的意义和影响正来源于它背后独特的戏剧谱系——而且还突出了相认桥段作为一种戏剧设置的惯例性。因为尽

---

〔17〕 Mejer 1979，119.

〔18〕 Arrowsmith 1968，20.

管埃勒克特拉的推理破坏了迹象和老人的论证之间的逻辑联系——仿佛她在刻意要求一种亚里士多德式的戏剧因果逻辑——但老人的结论最后被证明是正确的。这是一种典型的欧里庇得斯式的对立——"相互批评……相互暴露"[19]——一方面是老人武断的假设，只在神话的传统惯例中有其意义，[20]另一方面是埃勒克特拉用来解释真相却没能成功的逻辑要求。欧里庇得斯一面迫使观众意识到埃斯库罗斯所用的相认信物有多么武断和不协调，另一面也突出了相认过程本身的惯例性。他将失散多年的亲人相认作为一个需要规矩和惯例来促成的文学和戏剧主题来展示。传统的惯例一般是不会为观众觉察的，而欧里庇得斯所要强调的正是这种觉察。

的确，对这个相认叙事犹豫不决的处理更加突出了最后两人真正相认的方式。[21]尽管俄瑞斯忒斯认出了埃勒克特拉，也确定获得了她和歌队的支持，他却仍然保持着假信使的身份——埃斯库罗斯的俄瑞斯忒斯在敌意四伏的王宫这个更危急的环境中决定化身的角色。当他"一瞬间忘记自己的伪装身份"，[22]对埃勒克特拉说起她丈夫的时候，他几乎暴露了自己，但之后他还是继续瞒着他的姐姐。[23]甚至在

---

〔19〕Arrowsmith 1968, 19.

〔20〕关于神话对其角色的约束力量，见 King 1980; Kubo 1966 以及 Zeitlin 1980，尤其是 70ff.。

〔21〕尤其见 Solmsen 1967.

〔22〕Denniston 1939，262 页之前。

〔23〕关于他为何一直保持伪装的问题有许多猜测。见 Donzelli 1978，73-135。

老人家已经称他为俄瑞斯忒斯的时候，这位王子依然不肯接受这个头衔，直到埃勒克特拉接受了老人的说法使事情再也无法抵赖的时候，他才卸下伪装。让将信将疑的埃勒克特拉最终信服，也让本不情愿的俄瑞斯忒斯不得不卸下伪装的是一个最为传统的记号[24]——一道打猎留下的伤疤，就像《奥德赛》中用来认出奥德修斯的设定一样[25]。最后，诗人用短短六行带过了两人的喜悦之情，不同于《奠酒人》中姐弟重逢时长篇的狂喜。欧里庇得斯笔下的复仇者需要老人和他的埃斯库罗斯式信物来促使姐弟相认，而老人也掌握着实施弑母行动所必需的信息。复仇的实施还依赖于这些信息的铺垫。

在欧里庇得斯的《埃勒克特拉》中，还有很多处与《俄瑞斯忒亚》的重要呼应。埃勒克特拉顶着水罐入场就是对埃斯库罗斯剧中她顶着献给阿伽门农的祭品进场的戏仿——"Choephoroi"这个标题的意思就是"带着祭酒的人"（libation-bearers）[26]。克吕泰涅斯特拉坐着马车、带着弗里吉亚俘虏进宫，则与阿伽门农在地毯场景中的出场相平行。《埃勒克特拉》效仿并扭曲了《俄瑞斯忒亚》中的宗教语言。[27]从《奥德赛》开始，俄瑞斯忒斯就被视为一个典范人物，而《俄瑞

---

〔24〕 当然，在表现俄瑞斯忒斯和埃勒克特拉的相认上，这是一种创新手法。见 Tarkow 1981。

〔25〕 和英雄奥德修斯的对照也很重要。见 Tarkow 1981。

〔26〕 当然，标题 Choephoroi 是何时开始用的并不清楚。

〔27〕 见 Zeitlin 1970，尤其是 659ff.。

斯忒亚》关注的是通过他的神话传达道德和社会义务。欧里庇得斯不仅打破了俄瑞斯忒斯神话的典范地位，在他对《俄瑞斯忒亚》所做的种种模仿和扭曲中，他也表明了他的剧作乃是对原先典范的文学重写。他与埃斯库罗斯的这种互动不仅是文字上的聪明，更对这部悲剧的严肃功能有关键意义。

欧里庇得斯明确地把悲剧体裁中的传统元素化为己用，这在剧中许多地方都有体现。在俄瑞斯忒斯动身参加埃吉斯托斯的祭祀之后，歌队唱了一段感叹阿特柔斯家族悲惨遭遇的歌，在歌曲的结尾，他们听到了舞台下的声音。歌队和埃勒克特拉都很担心结果。埃勒克特拉深感绝望，但歌队让她在知道确切结果前克制自己。埃勒克特拉的回答很有趣（759）：

不可能的。我们失败了。不然报信人在哪里呢？

连词"不然"（for）表明了她话里的逻辑。计划一定弄砸了，因为"悲剧中国王死了之后必定会有信使的报告"[28]。埃勒克特拉这样回答是因为她对自己身在其中进行演绎的体裁传统有所体认。但两行之后，一个报信人进场了。"我的消息是俄瑞斯忒斯已经赢得了胜利……"（762）再一次地，欧里庇得斯利用并强调了戏剧作为戏剧的形式视角。报信人场景的传统元素的确会出现并推动剧情的发展。

---

[28] Winnington-Ingram 1969, 132. 另见 Arnott 1973，尤其是 51ff.。

老人运用埃斯库罗斯的相认信物，而埃勒克特拉则理性地反驳凭借信物成功相认的可能性，两者间的张力常常以一种更一般的方式表达为一种"悲剧—神话主义和现实主义之间的对立"。[29]这种对比尤其突出地体现在歌队的合唱歌中，这些合唱歌有时甚至被认为与戏剧情节毫不相干[30]。但我在第6章就讨论过，当俄瑞斯忒斯进入农夫的小屋后，歌队所唱的"阿基琉斯之歌"绝非与剧情全无关系，而是意义深远地展现了一个充满荣耀、黄金、仙女和战士的英雄世界图景与戏剧开场没有多少魅力的情景、行为和环境之间的对立。这种对立在合唱歌与戏剧行动的某些关联上得到了强调。这首歌"预示了暴力的到来；它为俄瑞斯忒斯之后的捕猎行动树立了神话范式；并且还引入了戈尔工"[31]，埃吉斯托斯的尸体将会被与它相比。英雄的往昔与戏剧的当下，这种辩证关系向我们揭示了诗人对剧中行动的评论："合唱歌对充满魅力的超人英雄的遐想无情地引向对受害者的乏味想象；在埃勒克特拉和俄瑞斯忒斯所处的现实世界中，罪恶的举动……和巨大的苦难是将过去传统中的英雄接受为典范的结果。"[32]英雄行为的典范不仅产生了毫无魅力、断绝传统的形象；在被作为剧中人物的榜样时，它还引向了复仇者行动的危险结果以及他们危险的道德观。

---

〔29〕 Gellie 1981，7.

〔30〕 表述戏剧行动中这种中断的术语是 *embolima*。见 Arist. *Poet.* 1456a 25ff.。

〔31〕 O'Brien 1964，25，他同意了 Sheppard 的看法。

〔32〕 King 1980，210.

但在这段对艺术品中的艺术品的描绘中，还有一个更深的层面与欧里庇得斯剧作的自我指涉密切相关。就如沃尔什（Walsh）指出的（他用的是布莱希特的术语[33]），戏剧与合唱歌之间的冲突发展出了"某种间离效果。戏剧幻象使观众置身于舞台的事件中，但合唱歌则打破了这种幻象，并展现了另一层截然不同的虚幻的现实"[34]。戏剧行动与合唱歌之间的冲突就像从开场白到第一个场景之间的过渡，也像剧中对埃斯库罗斯的相认信物的明显提及和反对一样，对观众呈现的绝不是一个单一、连贯的现实层面。"因为合唱歌和戏剧唤起的是不同的现实，所以观众恐怕不会设想他所看到的任何一个部分代表一个单一简明的现实。"[35]戏剧并不是要在一个"神话世界"和一个"现实世界"之间构建一种整齐而又界限分明的对立，而是要将种种"现实效果"[36]和"现实幻象"置入戏剧中。所以，不管是"各种情节要素……全都服从于一种呆板而又枯燥的自然主义"[37]还是"戏剧的因果结构可以尽其所能地看成对他［某个普通的、精明实际的观众］周遭生活的一种模仿"，[38]这些说法都是无稽之谈。不仅情节需要通过它在文学作品中的前身来进行理解，而且，被构建的文学现实的不同层次之间的相互作用所要挑战

---

〔33〕布莱希特的术语在 Bain 1977, 1-6 与悲剧有关的地方也有讨论。

〔34〕Walsh, 1977, 278-9.

〔35〕Walsh, 1977, 289.

〔36〕巴特（Barthes）的术语。

〔37〕Gellie, 1981, 6.

〔38〕Gellie, 1981, 6.

的，恰恰就是那种天真的自然主义模仿的假设。埃勒克特拉穿着破衣烂衫入场，与人们的期待不符，这不是因为这个场面反映了现实，而是因为它以违反戏剧再现传统的方式表现了现实，这在剧中其他地方也有体现。"现实主义"是一种自觉的文学模式，无法被化约为某种对世界的清晰反映，它在这个文本中是多重文学声音的一部分。的确，农夫觉得埃勒克特拉的破衣、尘土和劳作——她的"现实性"——都不是必要的，而埃勒克特拉则为了强调她的悲惨处境而乐此不疲，这点便指出了更进一步的"现实幻象"。欧里庇得斯戏剧中的多重声音构建了多重现实的多重想象。"亚里士多德主义戏剧所规定的'因此之故'（proper hoc）结构被欧里庇得斯戏剧中故意为之的混乱和形式上的越界消解了。我们看到的是不协调、不一致、断裂和突转；在欧里庇得斯那里，一种坚定的语调几乎总是作为戏仿传统的标志而出现，而虚伪的语调则表示痛苦回忆中虚幻或失落的天真。"[39] 有人说，欧里庇得斯是在努力创作一出"现实主义戏剧"，但是，这样的信念只有在我们只从文本中单独抽取一条线索，并忽视它与剧场中其他声音的关联时才能成立。

通过明确和创新性地使用戏剧设置，通过与其他剧作进行大胆的互文，通过明确地突出和削弱悲剧的形式要素，通过期望的剧烈颠覆和对现实的各个侧面迅速的改变，欧里庇得斯的"作为戏剧的戏剧"不断引起人们的注意。但是这 *253*

---

[39] Arrowsmith, 1968, 17.

些对体裁惯例的自我指涉性的反叛绝不只是一种早熟的创新性（或堕落的世纪末美学）的征兆。相反，它们是与剧作的主题肌理紧密交织的。农夫说他之前已经让埃勒克特拉不用去干那些使她叫苦不迭的累活，而且水源就在不远的地方，这番话立刻使我们在评价埃勒克特拉的自我描述时有所迟疑。在祭拜赫拉女神的节日里，她拒绝加入歌队，拒绝借用必要的节日盛装——参与公共节日"对于共同体的成员来说既是一项义务，也是一项人们珍视的特权[40]"——这同样标志着她与共同体的疏离以及她维持这种疏离的意愿。她向俄瑞斯忒斯描述的生活境况——被迫与农夫生活在一起，把时间耗费在纺织和取水上，无法参加宗教节庆（307–10）——似乎是对先前对话的否定或歪曲。相似地，在埃勒克特拉描述弟弟"磊落勇敢"地返回阿尔戈斯时，她的种种期望直接利用了一种英雄神话的传统，但这只是她对弟弟的英雄品质的虚幻信任。她将必须亲自鼓动他犯下弑母的暴行，因为在实施这暴行之前，她的弟弟一直犹豫不决（961ff.），确实，他曾经带着伪装偷溜到国土的边境，随时准备逃跑。埃勒克特拉将埃吉斯托斯描述成一个凌虐她父亲坟墓的醉酒暴徒（326ff.），一个僭主、恶霸。而报信人的讲词却将他表现成一个慷慨体面的主人，恰当合宜地向自然神女（Nymphs）做了献祭。而埃勒克特拉与克吕泰墨涅斯特拉的对话也使许多批评家感到不舒服；克吕泰墨涅斯特拉也想得体地完成祭

---

〔40〕 Zeitlin, 1970, 648.

仪，而埃勒克特拉则强烈地反对母亲的辩解和提议。埃勒克特拉将王后描述成一个可憎的怪物，这真的与后者在舞台上的形象相符吗？[41]

以上体现的种种看待人物和行为的方式——多重的 *logoi*——通过该剧对判断人物性格的关注得到了发展。农夫在开场的讲词中说他不愿意和埃勒克特拉发生性关系。最后他说道（50-4）：

> 若有人说我天生是个傻子，娶了一个年轻的
> 姑娘放在家里，却从不去碰她的身子一下，
> 或者说我用一种歪曲的判断准绳来
> 衡量自己的理智，那他就该知道，他其实和我一
> 样也是一个大大的傻子。

"理智"（sense）这个词的希腊原文是 *sophron*，正如我在第5章中提到《希波吕托斯》时指出的，这个词是公元前五世纪的一个关键词，不仅与一般的行为或态度相关，还特别地与性行为有关。这个关于判断规范和行为的边界的问题，是农夫站在自己的立场，从与他人相反的观点提出的；正如他在最后所做的不无滑稽的反转。任何称他是傻子的人自己也会拥有相同的称号。

254

---

[41] 基托称克吕泰墨斯特拉为"主妇"（Hausfrau），而哈达斯（Hadas）[弗梅勒（Vermeule）译本第4页引用了他的说法]称她为"乡下交际花"（a suburban clubwoman）。

对人物性格与行为的度量或判断在埃勒克特拉与俄瑞斯忒斯的公开交流中得到了进一步凸显。带着伪装的俄瑞斯忒斯对埃勒克特拉刨根问底，不仅想要了解她的生活境况，还要搞清楚她的丈夫的动机与行为。为什么他不跟他的妻子睡？这段对白展现了这位年轻人对行为的预期与埃勒克特拉的描述之间的对立，这种对立显示了判断个性与意图时可能出现的不同方式与种种错误（254—61）：

埃勒克特拉：

　　他是一个穷人，然而出身高贵，对我也很尊敬。

俄瑞斯忒斯：

　　尊敬？你的丈夫如何理解尊敬？

埃勒克特拉：

　　他从来没粗暴地待我，或者在床上碰过我一下。

俄瑞斯忒斯：

　　他是守着某种洁净教规还是觉得你不迷人？

埃勒克特拉：

　　他觉得不侮辱我的王室血统比较迷人。

俄瑞斯忒斯：

　　他得到了这么一个新娘怎么不欣喜若狂？

埃勒克特拉：

　　异乡人啊，他认为把我给他的那人没有这权利。

俄瑞斯忒斯：

　　我懂了，他怕俄瑞斯忒斯日后为了你的名誉

而报复。

埃勒克特拉：

正是怕这个，但是他也是一个生来正派的人。

俄瑞斯忒斯的每句话都显示了他对于行为和态度的预期，这预期与埃勒克特拉的解释大不相同。他所提出的近乎滑稽的问题："他觉得你不够迷人？""看不起你？"以及公主的回答："他觉得不侮辱我的王室血统比较迷人"，这两者之间的分离强调了由剧中不同的戏剧线索调动起来的价值系统的多元性。事实上，埃勒克特拉最后的评论再次纠正了俄瑞斯忒斯对于农夫动机过度简单化的解读，同时也呼应了农夫在开场白里的说法。翻译成"正派"的单词是 *sophron*；农夫天性正派的说法利用了我们在第 9 章讨论过的自然和教化之间的对立，也恰好为俄瑞斯忒斯后文关于秉性的评估问题以及对人之价值的可能检验方法的长篇演说做了铺垫（367–8）：

哎呀，
没有精确的准尺，一量而知人的价值。
因为凡人的各种品性（*phusis*）是混乱的。

正像我在第 9 章论证的，这段演说检验了道德和社会范畴中的财富与高贵之间的关系，从而以一种诡辩的姿态挑战了传统价值的等级观念。然而这段"一分钱哲学

家"[42]式的论证却恰好适用于说话者自己，这点在农夫与
255 埃勒克特拉的简短对话中得到了强调。埃勒克特拉抱怨他
们可能无法在他们自家的小屋里好好招待贵客。农夫则反
驳道（406-7）：

> 怎么？如果他们真像看上去的那么高贵，
>
> 那么不管这款待是简朴还是丰盛，他们不都一样
> 会恭敬地接受吗？

人们可能不是他们看上去的那个样子，尤其是看上去高贵的
人——与农夫的自然品质相反——实际却正好相反，这一点
明显指向了屋里的陌生人。

埃勒克特拉和克吕泰墨涅斯特拉之间的对话对于这种
意义上的动机和人物品性的评价同样重要。克吕泰墨涅斯特
拉（1011-50）为自己杀害阿伽门农的理由构建了一个复杂
的图景，并一步步展示了她的理由的组成。她最终的个人动
机——花心的阿伽门农带回了第二个"新娘"——引出了一
个有趣的结论（1035-8）：

> 女人们都是傻子，对这话我不持异议。
>
> 可是，既然如此，当丈夫们都选择
>
> 冷落他们已有的婚床，到那时，女人也会很愿意

---

〔42〕 O'Brien 1964, 28.

效仿她的丈夫，另觅新欢。

就像先前农夫用"傻子"一词来描述人们对他的清白可能做出的侮辱，她也用这个词描述女性以及她们缺少对性行为的约束的本性。农夫用这个词回敬说出这个词的人，王后也同样反转了自己的论证：女人只不过是模仿男人，是男人给了他们妻子以"另觅新欢"的理由和机会，这正是男人犯的错误。

埃勒克拉特意味深长地从她母亲的神志状态："我多么希望你神志清醒！"（1061）以及王后对她的通奸行为的虚假陈述来否定克吕泰墨涅斯特拉的论证。克吕泰墨涅斯特拉在丈夫离家后就对着镜子涂脂抹粉，捣鼓自己的鬓发，她只不过想为杀夫找个借口（1066-8）："你杀害了希腊最优秀的男子，还拿杀死丈夫是为了孩子这个理由来掩饰。人们没有我这么了解你。"埃勒克拉特想要刺穿的正是这些辩白所形成的障蔽，以求揭示她母亲真正的动机。

对于她女儿表现出的怨恨，王后的回应诉诸一种建立在"人类天性"基础上的解释（1102-4）：

> 我的孩子，你生来就一直爱你的父亲。
> 这是生命的一部分。有些孩子总是向着
> 父亲，有些则爱母亲胜过爱父亲。

克吕泰墨涅斯特拉的这些话——其实是对《和善女神》 *256*

中审讯场景里的论辩的戏仿——试图使这场尖锐的辩论转向。埃勒克特拉辩论中的特异性被理解成——或者说被贬抑为——一个符合众所周知的行为模式的性格例证。

对埃斯库罗斯与荷马的俄瑞斯忒斯的呼应和改写，以及对性格问题和动机判断的持续关注，是理解欧里庇得斯版本的俄瑞斯忒斯和埃勒克特拉在神话中的位置的关键因素。可以肯定的是，欧里庇得斯所表现的俄瑞斯忒斯在特征和行为上都不符合前代英雄树立的高贵标准，而且诗人也确实在质疑一个承认弑母行为正当性的神话所表现的道德观念如何能被接受。但是，这位剧作家同时也仔细审视了那些据以做出高贵性评价的标准以及关乎行动和举止的选择的范例。一次次地，剧中的人物依照一种行为、价值或期待的范例来行事、思考和被描述，然而这种范例本身已被剧作的文本暗中削弱了。埃勒克特拉，这位"古希腊悲剧中最为招摇的殉道者"，[43] 以一种被戏剧本身的行动和人物刻画质疑的眼光描述和刻画着她自己的处境，以及她的弟弟和母亲。俄瑞斯忒斯在评价农夫——或者他自己时，他的预期和理性主义也显得相当不充分。王后对自己动机的解释受到了埃勒克特拉对事件的另一种解读的挑战，但后者这种解读本身似乎也远不是对真相的特权性表达。在欧里庇得斯那里，神话以及神话人物都在一系列相互矛盾的 logoi、各不相同的解读，以及形形色色的行为和理解的模式中遭到了撕裂。剧中通过自我指

<hr />

〔43〕 O'Brien, 1964, 28.

涉的意识和对戏剧传统的超越而展现了现实的不同幻象，这本身就为剧中人物对自我映象和一致性规则的操纵与破坏提供了一个范例。欧里庇得斯的戏剧和埃斯库罗斯的《俄瑞斯忒亚》一样关心正确行为的问题，一样具有典范和说教意味，但该剧要突出的其实是相抵触的道德范式的不稳定性，以及把事件和行为套入一种死板的模式所带来的危险。

歌队尤其阐明了这种围绕着行为典范，尤其是神话典范地位的不确定性。他们歌唱了太阳因为提埃斯特斯的罪恶而恐惧逃离的故事——这是一首看起来直接而典型的合唱歌，深化了戏剧行动中的道德意涵，也再次构造了英雄世界与家庭暴力的当前继承者之间的对比。[44]但最后的诗节是这样开始的（737–41）：

故事一直是这么说的。 *257*
但我不大能相信
太阳会突然转向，掉转他金色的
火焰王座，为凡间的悲痛和罪孽
痛苦地移动，去评判或惩罚人类。
不过，可怕的神话是件礼物
可以叫人类尊敬神明。

在金羊羔的传说以及提埃斯特斯和阿特柔斯——俄瑞斯忒斯

---

〔44〕 关于剧中的金羊羔典故，参见 Kubo 1966; Rosivach 1978。

和埃勒克特拉的叔祖父和祖父——两兄弟的罪孽故事之后，歌队用典型的欧里庇得斯式的间离手法将他们与自己的故事拉开了距离。这个故事（*logos*）就是他们所讲的那样，但连讲述者自己都几乎无法信服。而且，在他们最后的评论中，这种勉强相信转变成了一种令许多批评家无比困扰的公开的理性怀疑论。反复灌输恐惧的神话对于使人皈依宗教具有一定效果——尽管由于他们自己的怀疑，以及本剧中对诸神的崇拜几乎没有被授予过确实的可靠性，这种说法的语气本身远远不是确定的。歌队宣称一个故事在真相上的欠缺并不影响它在训诫上的价值。他们简短地总结说，克吕泰墨涅斯特拉在杀害阿伽门农时并没有注意到这些神话的警告（744–5）。

传统上对诗人言辞真实性的主张为诗人赋予了公民（尤其重要的是歌队）的教育者的角色。[45] 而欧里庇得斯笔下的歌队，尽管也维护神话的训诫价值，但当他们否认是传说的真实性保证了这种价值的时候，实际上已经挑战了这种训诫主义背后理念的传统关联。那么，我们应该如何阅读欧里庇得斯对俄瑞斯忒斯神话的讲述呢？一个不可信的、关于恐惧的故事？把人变成诸神来看待？歌队的合唱歌质疑这出戏剧本身作为神话的地位。歌队的间离效果就是为了阻止神话的力量在不知不觉中加固某种道德和社会话语。更确切地说，它要将神话的意识形态功能悬置起来以供审视，要强制

---

〔45〕 见上文第 6 章。

将人们使用神话的认识暴露出来，它作为一种典范的价值和操作都要被摆到台面上接受质疑。

因此，这一诗节以一种大胆的方式展现了欧里庇得斯戏剧手法的自我指涉与《埃勒克特拉》主题思想的联系。歌队讲述了一个故事，然后又说他们不相信这个故事；又一次，诗人展现了一层现实，随后又将其消解。歌队从合唱歌中的间离既指向了剧场中讲述神话的惯例，又超越了这种惯例。但剧中的歌队仍然指出，这样的神话依旧具有某种作为范例的价值；因此，歌队同样指出了范式与行为、神话与实践神话的人之间的复杂关系。欧里庇得斯歌队的自我指涉和理智主义同样突出并发展了本剧的主题。

对于相认场景，我已经讨论了它与《俄瑞斯忒亚》的互文关系，以及它如何发展出一套关于解释和行为的对立范式——这非常有助于理解《埃勒克特拉》如何肢解和扰乱了《俄瑞斯忒亚》利用俄瑞斯忒斯故事的范式中的道德和社会关切。但它也用另一种方式系统化地展现了欧里庇得斯对判断和评价的关注。因为这一场景将评价的问题构建成了一个迹象解读的问题。从老人提供的这些迹象中可以得出什么结论，该如何解读它们？通过标志或迹象进行判断的过程同样适用于对人的辨认。当俄瑞斯忒斯出现在舞台上时，老人绕着他走了一圈——让俄瑞斯忒斯始料未及——"仿佛他是在辨认钱币上的图案印纹"（558-9）。当老人宣布这一陌生人就是她失散多年的弟弟时，埃勒克特拉问道（572）"你看见了什么可以让我相信的印记？"在伤疤的证明下，她承认自己"被你展示的信物"说服了（577–8）。"印记"或"标志"所对应的词是 *charakter*，这个词在以后的希腊文中被用来表达个性的"类型"。俄瑞斯忒斯的脸就像是一枚可以读出其面值的钱币，或者说，钱币的意象突出了对人的评价的问题，因为人和钱币不同，人的个性以及对人的价值或行为的判断无法简单地通过外在的价值标志来获知。[46] 人们的内心生活与外在态度和外在属性之间的关系、对动机的相互抵触的解释、对现实的相互矛盾的理解和表达——所有这些都通过相认场景转变成了迹象与其寓意的关系问题。

因此，"如同钱币的人脸"这个意象就以一种远非浮于表面的方式与埃勒克特拉对财富和价值的兴趣发生了关联。正如我们在第 6 章看到的，希腊传统观念中财富、道德价值和社会地位之间的联系尤其受到了来自农夫和俄瑞斯忒斯之间的对立的挑战。这部剧质疑了根据一个人的外在或物质属性来评判一个人的惯常做法。钱币的意象展示了解读迹象的困难，并使人回想起"财富是价值的虚假向导"这样的主张。如吉利（Gellie）所写道的，《埃勒克特拉》的主题是"你要如何解读迹象？"[47]

"如何解读迹象"这个问题——它对于维持或挑战道德和习俗都至关重要——也是《希波吕托斯》中的一条重要线索，在这部剧中，希波吕托斯说过一句恶名昭著的话："我

---

〔46〕 见 Tarkow 1981, 151。

〔47〕 1981, 5.

的舌头发誓，但是我的心并没有发誓。"这句话尤其集中地体现了一个人讲的话作为外部标记与他的心灵作为意向和欲望的内部居所之间的分离。但在几位颇有影响的研究者那里，这种内在与外部迹象的分离被尤其与欧里庇得斯晚期剧作中的自我指涉联系起来。约翰·琼斯就探讨过欧里庇得斯对人物性格的关注——基于幻象与现实、外在迹象与内在性、秘密与揭示的对立——如何要求一种对面具及其佩戴者之间可能的分离的觉察。欧里庇得斯的"探询具有穿透力，……这恰恰是因为它迫使人们不得不将注意力集中在外表背后的东西上，因为它威胁着要去摧毁整个佩戴面具的传统"。[48]他写道，"面具能够呈现出形形色色的人类自我……但是它有一个弱点。它无法抗拒这样的思想：所有表现模式都不足以表现真理。"[49]由于欧里庇得斯戏剧中各种冲突的声音和表现方式而陷入危险关头的正是"表现模式"和真理之间的这种关系。在琼斯看来，欧里庇得斯将面具作为一种覆盖在隐藏的内在性之上的东西，从而威胁到了面具的传统。

确实，蔡特琳将欧里庇得斯戏剧中的这种分裂局面说成是"一个混乱的文本的创造"，[50]在其中，过去被看成一个"堆满了面具的储藏室"，供寻找角色的戏剧人物在其中翻箱倒柜。"语言、姿势和表演都可以从原始的语境中抽离

---

[48] 1962，260.

[49] 1962，45.

[50] 1980，57."混乱"（turbulence）也是阿罗史密斯（Arrowsmith）的术语，见 1968，13。

出来，为了制造表演、混乱和不和谐，为了意义的缩减，为了戏仿式的呼应，最重要的是，为了一种叛逆的、有意的误解。"[51] 她引用了哈特曼的一句话，这句话看起来特别适合《埃勒克特拉》。他写到这样一种处境，其中"人们不再探索艺术的共同财富以及它与那些可解释的角色的关系，而是将其扭曲，倒退回男子气概的狭隘观念，并将复仇悲剧拿出来重演，而复仇正是社会为之建立并加以控制的"。[52] 对蔡特琳和琼斯来说，和哈特曼一样，戏剧形式的混乱乃是人类对自身文化的观察带来的后果。在欧里庇得斯对戏剧惯例所做的自我指涉性的破坏中，他不断暗示的正是"这种由人类领会人类自我的方式所造成的破坏"。[53] 正是欧里庇得斯所理解的文化危机和文化中自我表述的危机造就了他的剧作所展现的"形式的危机"。

"一切刺穿面具和……利用面具的效果"[54] 都在《酒神的伴侣》对面具的运用中体现得淋漓尽致——这部剧经常被认为是向更为传统的戏剧形式的一次回归，甚至被认为是欧里庇得斯改弦易辙的表现，但它同时又是一个十分重要的、关于体裁的自我指涉意识的例子。戏剧节的保护神狄俄尼索斯是《酒神的伴侣》开场白的发言人，他宣布他乔装来到忒拜是为了提升自己的声誉。戏剧之神身穿戏服乔装出现

---

〔51〕 1980，57.

〔52〕 Hartman 1975，107.

〔53〕 Jones 1962，241.

〔54〕 Jones 1962，270.

在自己的舞台上，并将在剧中受到由狄俄尼索斯崇拜者组成的歌队的敬拜——这支歌队本来就是为了在节庆上敬奉狄俄尼索斯而训练的。荷马和其他文本中的神，尤其是在他们用一些小骗术显示自己的超凡力量时，经常被描绘成面带微笑的神，而狄俄尼索斯的面具便是一副固定的笑脸。[55]尽管剧中强调狄俄尼索斯的伪装，但是微笑着的面具恰恰向观众表明他是个乔装的神。开场白"清清楚楚地告诉观众，那个被他们视为神的发言人将会被台上的人视为人"。[56]正如弗利所说，"观众从他的面具看出这个异乡人是一位神，但是彭透斯缺少这种借以认出他的戏剧提示……一个面具以一种捕捉戏剧行动核心讽刺的方式代表了两种含义"。[57]但狄俄尼索斯面具的双重角色不仅呈现在乔装的元素上。因为"虽然神的面具保持微笑，但是这种微笑的视觉效果并非始终如一"。[58]异乡人的微笑让自己显得平易近人，给他的信徒带来了一种轻松融洽的气氛，但在戏剧中的暴力发生后，这种微笑看起来就像是"神的冷笑，一种令人毛骨悚然的、对太过轻易实现的复仇的不恰当的欣喜表达"。[59]不像传统中一个悲剧面具只用来代表一个角色和一种含义，在这里，戏剧幻象之神戴的微笑面具变得模棱两可。狄俄尼索斯的微笑变

〔55〕 见 Rosenmeyer 1963，106–10；Foley 1980，126ff.；Segal 1982，223ff.。

〔56〕 Dodds 1960，53-4 之前。

〔57〕 1980，128.

〔58〕 Foley 1980，129.

〔59〕 同上。

得神秘莫测。神的破坏力和亲和力是如何与微笑面具这个单一的符号发生关联的呢?

这种将面具作为面具,也即作为一种可能的象征或伪装的利用,与《酒神的伴侣》中的宗教感紧密相关。正如我在下一章会更深入讨论的那样,正是因为彭透斯的视觉始终无法看到这位掌控再现的、多面的神明,直接感知或理解狄俄尼索斯的可能性在剧中被不断消解。正如弗利所论证的,狄俄尼索斯只能通过他的崇拜者或那些扭曲视觉的神迹而被看到:"这个行动间接地、象征性地展现了神的神圣性,并且否认我们能够用人类的肉眼充分地'看见'狄俄尼索斯。"[60]因此认出狄俄尼索斯也就部分意味着认识到:神的不可思议的神圣性和力量最终是超出人类知识所能掌控的范围的,并且正是对面具的戏剧传统的认知使我们注意到人神之间的阻隔。"欧里庇得斯让他的反常的、'毫无悲剧性的'面具成了具有中心地位的嘲讽意象,嘲讽作为人的我们能够理解某种力量,而这种力量却是人类的眼力根本无法完全捕捉的。"[61]

彭透斯,这个奋力要去捉拿神的凡人,自己最终也沦为了一个面具(1277–8):

卡德摩斯:

你怀里抱着的是谁的头?

---

[60] 1980, 132.
[61] Foley 1980, 133.

阿高厄：

　　一头狮子的，猎人们就是这么说的。

被翻译成"头"的单词是 prosopon，这个词也是"脸"，特别是"面具"的意思。[62] 阿高厄拿在手里的东西对观众和卡德摩斯来说代表了彭透斯这个角色——他最后变得只是一副面具。对受狄俄尼索斯的影响的阿高厄来说，彭透斯的面具看起来像一头狮子的。面具是幻觉的发生地。但这个面具还有另一层更深的面相。它一方面证明了对傲慢的彭透斯的成功惩罚。歌队祈求道（1020-1），"啊，酒神巴库斯，来吧，带着你微笑的面具/面容来吧。把你的套索抛向这猎捕你信女的人吧"。在狄俄尼索斯微笑的 prosopon 和彭透斯血腥的 prosopon 的对比之下，她们的祈求在双重意义上实现了。[63] 但另一方面，它也代表了阿高厄被引诱而杀害子女这一行为的恐怖。[64] 王后在卡德摩斯的引导下辨认出了她的儿子——在山上，当他试图脱掉酒神狂女的伪装时，她没能把他认出来——在辨别她怀中面具的过程中，她证实了狄俄尼索斯力量的两副面孔。彭透斯看到了两个太阳，两个城市，两扇大门（918-19），看见双重事物是受狄俄尼索斯影响的标志。

---

〔62〕 Segal 1982，248 n. 33 指出在德摩斯梯尼（Demosthenes）和亚里士多德之前没有把 prosopon 当作面具（mask）的明确用法。

〔63〕 参照 Segal 1982，249。

〔64〕 参照 Taplin 1978，98-100。

彭透斯去山里的过程是一幕非同寻常的场景：狄俄尼索斯迫使同时也是重装步兵的国王改换他的着装，成为神的表演者和崇拜者、一个酒神狂女、一个女人。辨认一个人的外部标志在狄俄尼索斯对再现的操纵之下发生了转移，在此，欧里庇得斯再次暗示了个性的内在与外部迹象的分裂。彭透斯将要穿上的服装得到了详细的描述，而当它被穿在身上的时候，彭透斯小心翼翼、煞有介事地关心起这件长裳的穿着是否合于他所要表现的新角色（928–38）：

狄俄尼索斯：

　　你的这绺鬈发已经松掉了，不像我方才把它扎在带子下面那样了。

彭透斯：

　　一定是在我狂欢跳舞把头前后甩动的时候松掉的。

狄俄尼索斯：

　　就让我成为你的侍从，服侍你，把它扎回去吧。站住别动。

彭透斯：

　　来吧，把它弄弄好！现在我完全在你手中了。

狄俄尼索斯：

　　现在你的带子已经滑掉了，是的，并且你的长裳也斜挂在你的脚踝边。

彭透斯：

    我想是吧。至少我的右腿是这样。但是左腿那边还是直直地垂到脚后跟。

狄俄尼索斯——他讽刺地把自己称为彭透斯的侍从，仿佛神和人的角色颠倒了——帮彭透斯做好了成为一件牺牲品的准备。彭透斯确实落在了他的侍从手中。他听从狄俄尼索斯的指示更换服装，这一戏剧幻象反映了狄俄尼索斯的力量在彭透斯心中造成的幻觉。戏剧之神运用"戏剧武器"[65]摧毁了彭透斯；在他将彭透斯打扮成女祭司时，疯狂造成的幻觉和舞台幻象发生了重叠。神亲自参与的乔装打扮，彭透斯的疯狂和戏剧的幻象全都处在狄俄尼索斯的庇护以及他对转变和再现的控制之下。

这种在舞台上为一个角色穿上戏装以参与行动的"戏中戏"[66]效果——我们将在下一章看到，它也在戏剧语言中得到了描述——在先前的两个段落中就有了显著的铺垫。当彭透斯第一次面对被捉住的狄俄尼索斯时，他用一种冷酷的预言口吻威胁要夺走这个陌生人的鬈发和权杖（493–5）：

彭透斯：

    首先，我要剪掉你少女一样的鬈发。

---

[65] Foley 1980，113.
[66] Foley 和 Segal 都用了这个短语。

狄俄尼索斯：

　　我的头发是神圣的。我的鬈发属于神。

彭透斯：

　　其次，你必须交出你的权杖。

狄俄尼索斯：

　　你拿走吧。它属于狄俄尼索斯。

　　彭透斯确实会穿戴上狄俄尼索斯的鬈发和权杖以尽其在神的崇拜仪式中的职分——作为牺牲品。他在这里威胁要虐待狄俄尼索斯，而狄俄尼索斯则带着嘲弄的善意帮他穿上他所鄙视的服装。

　　但是，彭透斯第一次拒绝酒神的服装是在第一幕，当时先知忒瑞西阿斯和忒拜的建城者卡德摩斯准备去山上致敬新神。他们是唯一"正确思考"的人（195–6）。两个老人穿得像女人一样，准备好为神甩动他们的绺绺白发，这一情景经常被认为极具喜剧性，尤其是把他们和女性歌队——亚细亚的酒神信徒——放在一起看的时候，虽然关于它到底有多滑稽，经常是众议纷纭。[67]的确，旧喜剧为了实现喜剧效果，经常安排角色去完成和角色身份很不相符的任务，而变装，尤其是涉及性别转换的变装，经常被用来表现误会或是对荒唐事的恶搞。这种带有明显喜剧性技巧的引入，就像《埃勒克特拉》的开场一样，超越了人们对悲剧体裁的期待。

263

―――――――――――――――

〔67〕 对于已有观点的综述，见 Seidensticker 1978，1 ff.。

"从传统悲剧的观点来看，没有什么比欧里庇得斯对喜剧效果和悲剧效果所做的融合和对比更加惊人和新颖的了。"[68]但是，正像《埃勒克特拉》一样，对传统的篡改和破坏不只是为了把注意力吸引到作为艺术品的艺术品上，或者只是卖弄小聪明小伎俩。两位老人通向狄俄尼索斯的进路不仅与彭透斯和歌队的态度截然对立，其中暗示的悲剧中的喜剧元素也将狄俄尼索斯戏剧的两种体裁联系到了一起。喜剧和悲剧都是僭越的戏剧。在两者之中，边界和规范都经历了颠覆。在喜剧中，误会、在幻想或闹剧中对不同层次事实的操纵，甚至反社会的暴力行为都能被笑声接纳。喜剧中，"所有的后果都是无关紧要的、暂时的，而且绝不会是致命的"。[69]但是，在《酒神的伴侣》中，彭透斯的误解和暴力招来了神可怕的惩罚，喜剧中的特许在这里转化成了一种对可能性的残忍拒绝。"与喜剧相同的戏剧技巧在这种加倍的恐怖中暴露了人对理解或控制自己或者他身处的环境的无能为力。酒神式的疯狂其实是另一种喜剧性的迷惑，只不过更加黑暗。"[70]欧里庇得斯的戏剧表达了一种人类幻觉的悲剧式僭越和喜剧式僭越之间的亲缘性。某种程度上，正是彭透斯的变装场景与老人的手舞足蹈形成了一种极为严肃的平行对应，而后者的可笑程度也因此变得如此充满争议。

　　因此，研究者之间充满分歧，不仅是因为他们试图回

---

〔68〕 Arrowsmith 1968，22.

〔69〕 Foley 1980，116.

〔70〕 同上。

答"欧里庇得斯的晚期剧作到底有多严肃/搞笑"这类问题时带有的明显主观性。欧里庇得斯对悲剧和喜剧元素的混合给戏剧形式带来的不稳定性，挑战的恰恰就是他的读者或观众的安全感。在颠覆了观众由体裁传统塑造起来的期待的同时，欧里庇得斯还迫使我们注意到戏剧阐释的传统，以及读者的传统期待在阅读中发挥的作用。读者或观众总想把这部作品置入一个作为传统应答的现成结构中，而这种对观众稳步形成的形式感、叙述样式和表达模式的不断破坏，就不断使读者或观众与上述思路产生间离。读者或观众被卷入解释的过程中，并且在这种参与中被迫意识到那种对他/她的理解范式和常规所构成的挑战。欧里庇得斯剧作自我指涉的戏剧设置也挑战了读者的自我意识。

在这里，我已经初步勾勒出了《酒神的伴侣》中的剧场性意识（sense of theatricality），在下一章，我将继续回到这个问题上来。但是，我希望我已经充分指出欧里庇得斯这部最后的杰作——其形式结构经常被认为几乎是埃斯库罗斯式的——如何展现出它对我在本章中一直强调的"作为戏剧的戏剧"这个问题的关注——他这种关注的方式既体现在欧里庇得斯自己的体裁意识中，也体现在他对自己所继承的戏剧形式和惯例的有意超越。这种自我指涉并不意味着一种高贵的体裁发生了崩塌而变为某种尴尬或令人尴尬的自我意识；相反，以实验性的方式将体裁的形式性不断推至并超越其极限，这一点与欧里庇得斯戏剧中的其他关键元素紧密相关。对内在和外在迹象与行动态度之间的关系的关注，以及如何解读这些迹象；对行为和道德选择范式的地位的意识和质疑；过去在定义当下时的作用；再现和自我映象在文化中的作用；所有这些都隐含在欧里庇得斯自我指涉的戏剧中。欧里庇得斯戏剧表演中的分歧、断裂、反讽以及不协调既来源于，同时也表达了人在一个复杂社会中的信念和行动的态度。最重要的是，欧里庇得斯在迫使人们注意到悲剧写作的种种惯例的同时，也迫使人们认识到了作为一名读者或观众接近悲剧时的种种惯例。他不断打破人们对形式、叙事或表达的期待，而这种做法针对的恰恰是悲剧的读者和观众，使他们的安全感遭到破坏。对这些剧作的文学或戏剧地位的认识催生出的并非只是一种纪念碑式的艺术作品观，还有一种人作为迹象解读者的社会地位的不稳定感。

第11章 表演与可表演性

结束和开始，一直都在那里。

——T. S. 艾略特

在我对希腊悲剧的探索进入尾声之时，《酒神的伴侣》尤其适合用来收尾。这不仅因为它是现存最晚的悲剧之一——欧里庇得斯最后的杰作——也因为这部非凡的剧作中有着层次复杂的意象和主题，它们呼应着我在前几章中探讨过的许多问题。这个文本关注的是一个人和一个城邦，以及人和城邦与神的关系（体现在乔装的狄俄尼索斯身上），而人们往往将这部剧的本质理解为一个宗教宣言，或是为狄俄尼索斯辩护（来自神的正当复仇），或是攻击狄俄尼索斯或类似崇拜的观念中破坏和无序的残忍因素，或是认识和证明了非理性在人类当中的必要地位。[1] 就如弗利最近写到的，"无可置疑的是，这个文本提出了许多关于神的本质的问题，并且反映了前五世纪晚期雅典社会和政治生活的危险性"。[2]

---

[1] 这是最为流行的观点。见 Dodds 1960；Winnington-Ingram 1948；Segal 1982；Foley 1985。

[2] 1985，205-6.

这种社会和政治秩序的危险性恰恰反映在我对悲剧的越界和颠覆性的讨论中。彭透斯，这位年轻的新统治者，面临着一个外界的威胁——来自东方的狄俄尼索斯。然而，这个威胁是由城中女人们的行为发起的：她们遗弃了自己在城市和家庭中的位置，发狂地跑到野外的山上去。在那里，她们时而身处慷慨的大自然中，生活在神秘的平静气氛下，时而进行野蛮的模拟捕猎，徒手撕裂捕获的动物。在正常行为遭到颠覆的情况下，彭透斯试图维持秩序。他拒绝承认狄俄尼索斯是神，并斥责忒瑞西阿斯和他的外祖父卡德摩斯，因为他们穿上了酒神崇拜中的鹿皮女装，还跳起了敬神的舞蹈。他还试图将这位乔装的神关起来，并威胁要发动军队对付这些女人。但狄俄尼索斯以极为恐怖的方式征服了彭透斯。后者被狄俄尼索斯制造的幻象和混乱的视觉所折磨；最后，在狄俄尼索斯的说服下，他穿成酒神狂女的样子，去山间偷看女人们的仪式。酒神帮他穿上这些奇怪的服装，领着他离开城市。在山上，彭透斯最终完成了对酒神的骇人献祭，成了"*sparagmos*"的牺牲品——被以他母亲为首的女人活活肢解。阿高厄（Agave）像一个胜利归猎的人那样将儿子的头颅挑在木棍上回了家。在悲剧最后的场景中，在父亲卡德摩斯的引导下，王后终于走出了迷狂并认识到了自己的悲惨处境。狄俄尼索斯则宣称他会继续自己在希腊的旅程，收获更多的承认。

因此，这位渴求承认的微笑的神明与试图维系社会秩序的人间统治者之间的冲突，在本书中讨论过的许多对立和意象中得到了展现。男性与女性角色的对立不但在狄俄尼索斯对城邦中的女人的影响下被颠覆，也因为狄俄尼索斯自己的形象而完成了颠覆：一位女人模样的男神，有着女性化的头发和容貌。彭透斯这位男性统治者和战士穿上了女人的装束，被酒神领出城外，最后被女猎人们徒手杀死。然而，在这个暴烈的结局之前，彭透斯试图控制这位神明却失败了，后者使用言语和视觉的欺骗不断挫败国王控制他的尝试。我已经指出，通过描写这种由神引起的疯狂，《酒神的伴侣》一直迫切地回到 sophia（智慧，智力）的价值这个问题上。在这些人与神、男性与女性、希腊人与野蛮人、内与外、城市与山野、清醒与疯狂，以及最重要的，秩序与不稳定性的冲突中，《酒神的伴侣》从城邦话语中发展出了一种对城邦制度的威胁。狄俄尼索斯颠倒了城邦用以定义自身的东西：他削弱了种种差异，造成了一种"符号的危机"，[3]使城邦与他者的概念正面相遇。[4]我们在第 3 章中已经看到，狄俄尼索斯节为何是一个僭越的节日。在这部将这个节日的保护神搬上舞台的欧里庇得斯悲剧中，悲剧本身也描绘了狄俄尼索斯对社会规范的颠覆。

在剧中，紧密交织的隐喻和思想自然而然引发了广泛的研究和讨论——包括当代希腊悲剧研究中最好的作品。《酒神的伴侣》尤其为那些来自古典学主流研究以外领域

---

〔3〕　西格尔的说法。

〔4〕　见 Vernant 1985。

的作者提供了一个关键文本，特别是心理分析学[5]和人类学；[6]同时，尽管它是一部晚期的剧作，它依然被看作一份重要文件，不但有关总体的狄俄尼索斯宗教，也是关于具体的酒神与戏剧节之间的关系。[7]越来越多的古典学家在《酒神的伴侣》的促使下跨越了他们的学科局限，而现在我们已经很难想象，离开这些有价值的学术传统，我们应该怎样阅读《酒神的伴侣》。但在这里，我不想用我在前几章使用过的见解和方法来解读《酒神的伴侣》，使其成为之前那些观点的总结或总和；相反，在最后这章里，我想转向一个被许多当代学者放在悲剧研究第一位的主题，也就是表演和舞台艺术的问题。在前一章中，我已经简要地考察了人们对《酒神的伴侣》的剧场体验方面的研究。在这章中，我想更进一步探讨这种再现的自我指涉，以及悲剧文本的表演和可表演性。

这部剧作第一次上演的背景非常特殊，它在舞台艺术方面的特点也使其成为探讨表演问题时的一个尤其有趣的例子，但首先，我想简单地考察一个希腊悲剧的现代观众或制作人放在首位的问题，这主要是出于现代与古代戏剧手法的不同——这就是歌队的问题。在第6章中，我提到过合唱队在前六世纪和前五世纪的教育观念中的重要地位，也引用了

---

[5]　见 Green 1969；Sale 1977。

[6]　见 Girard 1977；Segal 1982；Dodds 1951；Foley 1985 对此提供了一个有用的简介。

[7]　见 Dodds 1960，前言 ix–xxxiii；Seaford 1981。

柏拉图对此的评论：一个没有在歌队中唱歌和舞蹈的经历的人不能算是一个受过教育的人。在同一章中，我也提到了韦尔南对悲剧歌队的著名看法：它提供了"一个无名的、集体的存在，其作用是通过自身的恐惧、希望和判断来表达构成这个公民共同体的观众的感受"。当习惯于剧院中的身临其境感和个人启示的现代观众突然面对自始至终出现在舞台上的一群人，而不是一些演员的时候，必然会感到无所适从，而讨论歌队的问题显然比这种无所适从本身更加重要。

极少有现代研究者认同歌队只代表作者的声音，即"诗人的观点"这个站不住脚的说法，但同样，歌队在演出中各种各样的特性和参与，使我们也需要对韦尔南的观点做出很大的修正。尽管希腊戏剧中的歌队常常表达和回溯传统的道德观念以及理想的公共生活的观念，这个总体倾向也有许多例外，而且对这种观念和规范的使用也表现出许多不同。比如，埃斯库罗斯的《和善女神》中的埃里倪斯在三连剧中都扮演了主要角色，她们认为男性的、公共的秩序超越了她们自己为之辩护的诉求和地位。相似地，埃斯库罗斯的《波斯人》和《乞援人》中的歌队，分别是一群波斯长老和五十位半希腊血统的少女，他们也很难被看作只是表现了"观众的感受"。在《和善女神》这样的剧中，歌队是表演的重要参与者，但即便在《阿伽门农》和《奠酒人》中，歌队也在戏剧事件中扮演了重要角色，其作用不只是对话或就他们在歌中唱到的事情进行评论。例如，在《奠酒人》中，正是歌队说服了保姆改变她将要报告给埃吉斯托斯的消息。同样，在索福克勒斯现存的剧作中，研究者们往往认为歌队的形象是经过仔细刻画的，在演出中扮演相当关键的角色，不仅因为他们在合唱歌中加深了舞台事件的神话和道德背景，更体现在他们对舞台事件的反应和参与。《埃阿斯》中的歌队——埃阿斯自己的水手，在表达传统道德的同时，也作为埃阿斯的下属，与他的命运密切相关。即便在《安提戈涅》中，人们理所当然认为由城邦长老组成的歌队会表达城邦的道德观念和关切，但歌队对安提戈涅和克瑞翁模棱两可的态度也引发了相当多研究者的讨论[8]——这本身也表明了将安提戈涅与克瑞翁的激烈争吵所体现的冲突纳入城邦话语的困难。还有，古代和现代的学者都注意到，在欧里庇得斯那里已经表现出希腊戏剧发展的一种征兆，即把合唱歌作为场景之间的装饰性歌曲，与故事本身则没有具体关系。我们也已在第9章和第10章看到，许多对于关联性的讨论往往忽视了对欧里庇得斯写作特点的必要理解。然而，回到《酒神的伴侣》，这部剧作却提供了欧里庇得斯戏剧的一个特殊例子。这是因为，"在埃斯库罗斯以来的希腊戏剧里，没有别的剧作……让歌队占据如此首要的地位"，[9] 而且，"她们的合唱歌显然对理解这部悲剧有本质的重要性"。[10] 因此，《酒神的伴侣》在歌队这个方面也是欧里庇得斯戏剧艺术的重要范例。

如果歌队的多种特点和用途使我们难以确定它就是公

---

[8] 参见例如 Winnington-Ingram 1980，137ff. 以及此书的参考文献。

[9] Winnington-Ingram 1948，2.

[10] 同上。

民价值的代表，我们是否还能为这个圆形舞台中的群体归纳出一个一般化的地位或身份呢？古代戏剧对歌队的使用为我们提供了一种非常有趣也极其重要的可能，对于我们重新思考韦尔南关于歌队与主角的相互关系及其作用的看法也很有帮助。歌队是一组与主角在空间和概念上都相互分离的人群，它引出了一个个体与一个更广泛的群体的关系，而这种关系对希腊戏剧的公共运作至关重要。可以肯定的是，当歌队以城邦道德律令的话语对作为英雄的主角进行激励时，我们确实容易认为它在干涉前五世纪观众的反应，或是突出特定的个人（比如埃阿斯）与他周围社会的断裂。但还有许多个人与群体之间的辩证关系是以其他方式表现的，在其中，歌队作为一种机制，以不同方式强调着群体的概念对剧中的人际互动的重要性。

三位悲剧作家对埃勒克特拉的描绘清楚地显示了歌队互动的多样性。在《奠酒人》中，埃勒克特拉在祭奠和相认的场景中都是独立于歌队的。在进行祈祷前伴随着浇奠的对话中，我们看到埃勒克特拉对祈祷的正确用语的疑问使她的道德立场与歌队单纯的复仇欲望互相区别。对埃勒克特拉来说，她与克吕泰墨涅斯特拉的家庭血缘关系必然要影响她在与俄瑞斯忒斯相认以及哀歌片段之前所采取的立场。而当弑母情节连同母子关系的问题浮现出来的时候，埃勒克特拉便沉默地回到屋内——属于女儿的位置。由妇女组成的歌队开始祈祷，等待这场母子冲突的结局，并直接地表现出了对阿特柔斯家族的关切，尽管这种关切或许问题重重。

然而，在索福克勒斯的《埃勒克特拉》这部与埃斯库罗斯的剧作有诸多呼应的悲剧中，主角和歌队的立场发生了反转；比起歌队，埃勒克特拉自己的恨意更加强烈。歌队同她一起哀悼，一起期待，最后和她一起站在屋外等候，听着里面发生凶杀时的动静。但歌队的合唱歌所传达的，远远不及埃勒克特拉自己对克吕泰墨涅斯特拉固执的怨恨，以及她毫无迟疑的复仇欲望。在《奠酒人》里，当俄瑞斯忒斯杀死母亲时，歌队所唱的歌与剧中的复仇叙事相符合，为俄瑞斯忒斯的行动做出解释，并努力做出正当化的评价；但在索福克勒斯的《埃勒克特拉》中，埃勒克特拉此时依然与作为行动焦点的歌队一起留在舞台上，期待和鼓励凶杀的发生。埃勒克特拉依然留在关闭的房门之外，祈求屋内的人再给母亲重重一击，这个画面清楚地显示了索福克勒斯在刻画这位阿伽门农之女时的重点转变，而这尤其是通过个人与群体、演员与歌队的不同关系体现出来的。

欧里庇得斯的《埃勒克特拉》与韦尔南对歌队和他们的公民价值观的描述最为接近。就像我们看到的，歌队行进在前去参加阿尔戈斯祭祀节日的路上，这便展示了一种社会化的、宗教行为的图景，而埃勒克特拉难以融入其中，至少从她自己的态度来说是如此。在这里，演员与歌队、个人与群体的互动与埃阿斯和他周遭世界的彻底断裂有所不同：通过这种典型的欧里庇得斯式反讽，它显示了自我投射与社会规范的复杂交织关系。

在以上谈到的三部剧作中，歌队与演员的联系与分离不仅对角色性格的展现，也对戏剧形式和观点的发展至关重要。角色以及他们的行动所表现的公共意识是我们阅读这些剧作时必须认识到的，而造就这种意识的，正是舞台上的个人不仅与其他个人，也与（作为一个群体的）歌队组成的群体所发生的互动。

个人与一个群体之间的相互关联，放在希腊悲剧更大范围的张力下尤为重要。我们已经多次看到，对个性的关注如何通过家庭纽带和城邦纽带的冲突表达出来，而个人对共同体的义务如何在以上这些剧作中以不同方式体现了激进民主的原则。个体、家庭与城邦的相互关联在演员与歌队的联系与冲突中表现得尤为明显：安提戈涅对她舅舅的统治所持的敌对立场就因她与忒拜贵族长老们组成的歌队的关系而得到了进一步强调。埃斯库罗斯的埃勒克特拉在阿特柔斯家族中的立场和地位也是通过她与家中奴隶组成的歌队的一致和对立而体现的。在索福克勒斯的《俄狄浦斯王》里，城邦长老们组成的歌队始终将拉伊俄斯家族的灾难置于忒拜城的背景之中。城邦公共节日中上演的、由城邦资助的戏剧——剧作被选中在节日里上演，这本身被叫作"被授予一支歌队"——通过它们的架构，表现了一个个被置于歌队所代表的更广大群体中的个体行动。我们只要比较一下阿努依的《安提戈涅》这部现代剧，这其中也有歌队，但只由一个演员出演，这便体现了这样一支队伍对希腊戏剧的社会、政治和伦理观念发展的重要性。在阿努依的剧中，歌队成为另一个演员，同时也是一个导演、剧情的主要评论者、观众与演员之间的中介，但它没有表现出更广泛的社会组成（这部分则完全归入了克瑞翁对城邦的看法）。在阿努依这版《安提戈涅》里，歌队的声音作为一个个体的，尽管是权威的评论者而出现，这表明了个体主义和个人意识的增强。而在希腊悲剧中，歌队却始终展现着更大的社会和政治背景，并将个人放在这个背景下来看待。歌队在表演形式上提供的可能性使希腊戏剧始终超越对个体本身的关注。

戏剧节也同样包括由男孩和男性成人组成的歌队的竞赛，这提示我们，歌队在悲剧或喜剧的背景之外也有着广泛的作用，而我们需要注意它在戏剧中的另一个重要功能。我已经说过，歌队在扮演教育者的角色时，常常通过讲述或重新讲述神话来保存、转换或探索社会价值，而悲剧的歌队也常常将戏剧行动放置在不同的神话传统和价值中（不一定与"公共价值"相一致）。就像个体与歌队的辩证关系对发展角色的社会意义有重要作用，悲剧中的行动与歌队的合唱歌之间的辩证关系也往往将舞台上的事件与那些范围更广的传统价值和故事联系起来。歌队在这里的作用是扩展戏剧事件存在于其中的知识和规范背景。而歌队在戏剧之外的作用，也能帮助我们理解歌队在戏剧中的特殊地位：在舞台表演中，它是作为一个角色的群体，而在演员和观众之间，它也是一个评论者、传播者和中介者。

持续强调这种双重身份是非常重要的。维多利亚时代的学者和他们在今天的继承人热衷于将歌队看作与诗人观点更接近的角色，或者更通俗地说，歌队代表了戏剧的观点。

但与之相反，本书的许多地方都已经表现出，歌队的重要性正是体现在它对事件的片面理解、它试图给出完整解释的失败，以及它与主人公激烈的个体主义的对立而形成的远离极端、更加传统的态度。在之前的段落中，我用"辩证"一词来表达个人和群体、故事和神话或传统表达之间的关系，正是为了指出，悲剧的意义是通过演员和歌队、场景和合唱歌的相互关系而产生的（而不是因为歌队为表演给出了一种高高在上的、有优势的评价）。正是因为这种辩证，这种差异（difference）的展现，使得悲剧尽管总是被归于普遍性和说教性的体裁，却很难从中总结出一个一致的、最终确定的"信息"。这是因为，这种辩证关系很难被归结为任何简单而固定的普遍范例或模型。更进一步，这种辩证关系有如此多的不同形式，这也使我们难以认定歌队只代表公民价值观，尽管它有着群体的形式和普遍化的表达。

《酒神的伴侣》中的歌队为歌队本身所处的充满疑问的地位提供了一个尤其有趣的例子。一方面，这是现存悲剧中极少数对剧中主要的王室家族并不友好的歌队。歌队由外邦来的酒神崇拜者组成，她们是东方女人，身穿狂女的服装。她们依附于狄俄尼索斯，并受到彭透斯将她们关起来的威胁。她们在听到他的死讯时表现出的欢欣鼓舞让前来报告山中惨案的使者吃了一惊（1031–5）：

> 歌队：
>
> 　　布罗弥奥斯（Bromius）万岁！我们的神是一

位伟大的神。

报信人：

女人们，你们说的是什么话？你胆敢

为毁灭了这家族的灾难而高兴吗？

歌队：

我不是希腊人。我用自己的方式欢呼自己的神。

现在我再也不用害怕牢狱之灾了。

这段对话清楚地显示，在这种情况下，歌队显然不是简单的公众代表。她们对忒拜城而言依然是外邦的野蛮女人，并不分担王室和城邦的哀伤。

而另一方面，几位研究者在最近指出，[11]在占了整部悲剧极大篇幅的合唱歌中，这群女人也表达了"来自博大的希腊传统智慧的规劝和警告"，[12]甚至"在整部剧中……为中产阶级道德辩护"。[13]的确，特别是在进场歌和第一、第二和第三合唱歌的优美歌词中，歌队不仅描绘了狄俄尼索斯崇拜的平静、和谐的世界，也似乎以最为传统的希腊价值观表达了她们的道德宣言——抵制极端，拒绝骄傲的思想，认为欲望是危险的，等等。她们这样结束第一合唱歌（430-2）：

普通人做的事，

---

〔11〕 尤其是 Arthur 1972。另见 Vernant 1985；Segal 1982，242–7。

〔12〕 Arthur 1972，145.

〔13〕 Arthur 1972，147.

头脑简单的人们所相信的东西，

我也一样相信，也一样去做。

然而，歌队身上奇怪的两重性在第三和第四合唱歌的关联中（862ff., 977ff.）凸显了出来。两首合唱歌中间只隔了六十五行，在形式上也有一定的相似，[14]但是，第三合唱歌是关于逃离的，[15]唱的是小鹿快乐地逃到山间，而第四合唱歌却是关于血腥的复仇。歌队原先呼吁"来得慢却绝不会错过的神的力量"（882-3），在这里则变成了对"*dikē*"的期待："刺进这目中无神的人的咽喉。"（1014）歌队以打猎时的尖声呼喊召集"疯狂的猎狗"（977）；她们早先还喊道："到山里去，到山里去"，这番鼓动展现了一个截然不同的视角。这其中的差别对歌队的表演至关重要，它不仅展现了歌队的两重性——既是剧中的演员，也同时是一种标准智慧的持有者和鼓吹者（歌队的女性野蛮人特征和她们常常采取的道德立场强烈而奇怪地强调了这种双重身份），也体现了一组对立，我称之为狄俄尼索斯力量的两面性。这两段合唱歌划分了清晰的界限，前面是狄俄尼索斯崇拜中有益的部分，后面则是 *sparagmos* 的恐怖暴力。在这样一种截然不同的效果之下，歌队不断重复使用的意象和词语中原有的稳定性变得支离破碎，同时女人们也在狄俄尼索斯的影响下"从平静

---

〔14〕 见 Arthur 1972, 166–7。

〔15〕 关于欧里庇得斯与逃离（escape），见 Padel 1974。

的屈服变成暴力的对抗"。[16]歌队在自己的合唱歌中激起了狄俄尼索斯宗教中不平静的、模糊的力量。她们是旁观者，又是煽动者，是野蛮人，又拥有希腊人的理念，从和平的颂歌转换到打猎时愤恨的哭喊；歌队在其中生动地展示了狄俄尼索斯的影响怎样产生了截然不同的两极对照。

因此，《酒神的伴侣》中的歌队"突出了狄俄尼索斯崇拜中的矛盾和问题"，[17]例如，城外山野之间捉摸不定的恐怖与美好，以及人类的理性和秩序与人类社会的毁灭、暴力和疯狂这两种可能性之间不确定的张力。但正是城中的女人们被迫身处酒神狂女的恐怖与光荣之中。是她们享受着水、乳汁、蜂蜜和酒浆神秘而离奇的流淌，给小鹿和狼崽喂奶（689–713），也是她们开展攻击，先针对牧人和羊群，徒手撕裂动物，后来则撕碎了彭透斯本人。这与歌队对被关进牢房的被动恐惧形成了对比。在这些试图抵抗彭透斯的女人身上，反转和双重的力量以登峰造极的形式得到了展现。她们同样以歌队和合唱歌的形式赞颂酒神（例如220，1109）。两位老人，忒瑞西阿斯和卡德摩斯，也试图接纳酒神〔前者以一段精彩的智者论辩（266ff.）作为依据〕，他们穿成酒神狂女的样子，还准备组建一个歌队（例如190，195）。酒神歌队一次次的建立，也构造了酒神崇拜的多重观念，这从角色对不同观点的表达以及敬神的多种表演中可以看出来。这两

---

〔16〕 Arthur 1972，170.
〔17〕 Segal 1982，245.

个男扮女装的老人，如何与野蛮女人组成的歌队（由雅典公民扮演女性角色），或者说，与在山间举行秘密仪式的忒拜女人的呈现相关联呢？在一个崇拜狄俄尼索斯的节日里，剧场中的歌队扮演了一个酒神崇拜者的歌队，这种自我指涉的内涵体现在更广的方面，就是男性扮演女性，或者说扮演另一个角色，即他者的角色（"女性"被碎片化地再现于男性的表演中）。这种种通过角色的反转来回应狄俄尼索斯的力量的尝试，不仅强调了狄俄尼索斯使人类变得与平常的、受控制的自我不一样的潜在能力，也在强调，戏剧在本质上便是一种狄俄尼索斯式的经验：人们扮演他者的角色，在悲剧和喜剧中实现越界，转换和颠覆社会行为的日常规范。剧场体验本身和《酒神的伴侣》呈现的自我指涉的问题，紧密地关联着自我与他人的问题，或者说，社会规范及其越界中的自我投射与自我定义的问题；这些问题正是许多当代研究者解读《酒神的伴侣》时的焦点。

274

　　《酒神的伴侣》中的歌队由于其重要性和所占的时长，被一些研究者认为转向了埃斯库罗斯戏剧的旧传统，但实际上，它几乎没有展现任何传统歌队的形象。忒拜的居民们以合唱歌的形式，或在合唱歌中对狄俄尼索斯的回应，是本剧的一个主要问题所在，而歌队本身更是这个问题的焦点。更进一步，歌队的构建显然体现了欧里庇得斯对体裁的典型自我意识，他热衷于挑战体裁规范的界限。当我们讨论到被称作"宫中神迹"的场景时，我们将会看到，因为歌队参与其中，再现问题的复杂性对于我们对舞台艺术的理解有重要的指示。

彭透斯最后也穿上了酒神狂女的服装，但与两位老人、歌队以及城里的妇女不同，这位与酒神为敌的人只是想观察女人们的仪式。"你愿意去看她们在山上集会吗？"（811）狄俄尼索斯的这个问题使彭透斯迈出了毁灭的第一步。"我愿为此付一大笔钱"（812），彭透斯立即答应道。"当然，我看见她们喝醉酒会难过的"，（814）他又继续补充说。"但尽管你会难过，还是很想看到她们。"（815）狄俄尼索斯坚持道。确实，当彭透斯为必须穿成女人的样子这个条件犹豫时（"她们会杀了你，如果她们发现你是个男的"，823），狄俄尼索斯用"那么你不再想去做狂女们的观看者了？"这个问题最终说服了他。"观看者"这个词是 *theates*，与表示"戏剧"（theatre）的词（*theatron*）同根，这个词也正好被用来称呼那些在戏剧节的剧场看戏的人们。[18] 彭透斯想成为一个"观看者"，去窥视报信人所说的（700）"令人惊奇的场面"（spectacle；*theama*）。[19] 但就像观众自己的价值观、立场和定义会在舞台上他人的演出中得到展现和追问，彭透斯这位想要成为一名观众的演员也必须参与这场他所观看的狄俄尼索斯仪式。的确，这位国王为了窥视女人们而穿成女人的样子，但他最后也扯掉了伪装，希望自己被认出来，从而免于

275

---

[18] 参见例如 Taplin 1978，2。

[19] Bain 1977，209 写道，"戏剧比喻（theatrical imagery）在悲剧中最为少见"，并表示没有例子表明"前五世纪的戏剧中展现过幻象"。我们的确找不到伊丽莎白时代戏剧中那种关于现实生活和舞台之间明确而通俗的比喻（"全世界是一个舞台"，等等），但让人最惊讶的是，贝恩（Bain）忽视了更加广泛的剧场体验的语汇。

母亲的暴力攻击。他绝望地哭喊（1118），"母亲，我是你的儿子彭透斯啊！"，但他的母亲处在疯狂的暴怒中（1122ff.），并没有在意，而是将他伸出来乞援的双臂从肩上扭了下来。足够讽刺的是，不论彭透斯是否披上伪装，他都在这种受骗的视觉下被当作了目标。对视觉的语言的使用，尤其是对"场面"和"戏剧"[20]的使用，表达了人类与狄俄尼索斯之间各种不同的相互联系，而这更进一步展现了戏剧行动的欺骗性和表演中的幻象。

的确，当彭透斯第一次穿成酒神狂女的样子登上舞台时，他正要经历狄俄尼索斯影响下的错乱的视觉。狄俄尼索斯将他领了出来（912–16）：

> 彭透斯，如果你还是对那些不许看的东西
> 那么好奇，还是决心做这件坏事，
> 就出来吧。让我们看看你穿上女装的样子，
> 装成酒神狂女的模样，去偷窥
> 你的母亲和她的同伴们。

彭透斯如此热切地想要看这些不许看的场面，想要偷窥女人们，结果则是他自己被展现在别人的视野下（包括观众），而且是以一个女人的模样。当他换了服装重新出场时，

---

[20] 就如贝恩注意到的，"戏剧"（theatre）这个词本身在希腊悲剧中并没有出现。

他眼中的世界也发生了变化（919–21）：

> 我好像看见两个太阳闪耀在天空，
>
> 还有两个忒拜，两座城市
>
> 每个都有七座城门。而你——你是一头公牛……

理查·西福德（Richard Seaford）[21]的研究显示，双重视觉不仅是醉酒状态的征兆，也是狄俄尼索斯秘仪的入教仪式的一个特殊元素。彭透斯穿成酒神信徒的样子，也同时完成了他自己的入教仪式——而这最终将引向 *sparagmos* 的恐怖与扭曲。视觉的幻象和欺骗是参与狄俄尼索斯崇拜的关键部分。狄俄尼索斯这样回应彭透斯的幻觉（923–6）：

> 这位神先前怀有敌意，如今已经
>
> 同我们讲和了。现在你看见了你本应看见的东西。

现在彭透斯的视觉已经被神扭曲了。这种扭曲的再现在对话的进行中进一步得到了强调。"我看起来是什么样？"（925–6）彭透斯问道，"像伊诺（Ino）或者我母亲阿高厄吗？"酒神以明显的讽刺回答道（927）：

> 当我看见你，就好像看见了她们本人。

276

---

[21] 1981，各处。

在酒神的话中，他所加于彭透斯并使其走向毁灭的再现的幻象，似乎将他自己也变成了一个幻象的受害者。

这个场景使我们想起彭透斯早先与酒神的冲突，在那里，这位国王对狄俄尼索斯神性的不信任也聚焦于视觉、知识和秘仪上。一开始，彭透斯向他询问这些新仪式的起源；酒神是在梦中向这位陌生人显现的，还是可以清清楚楚地看见？狄俄尼索斯回答道，"看见那看见的"（seeing the seeing）（470）［艾罗史密斯（Arrowsmith）将其译为"面对面"，不够准确］。彭透斯还想知道酒神看起来是什么样（477–8）：

彭透斯：

你说你清楚地看到了神。他是什么样？

狄俄尼索斯：

由他自己决定。对此我可不能下命令。

狄俄尼索斯掌控着呈现给人们的形象，而他富于变化的特性使彭透斯总是得不到他想要的清晰答案。

关于视觉的问题在对话的结尾回归（500–2）：

狄俄尼索斯：

他此刻就在这里，看见我在你这里受苦。

彭透斯：

他在哪儿？对我的眼睛而言他并不清晰。

狄俄尼索斯:

　　他和我在一起。因为你不崇敬他，所以看不见。

　　在索福克勒斯的《俄狄浦斯王》中，统治者为凡人的视觉感到自信，但他遇到了另一种能力的挑战，这种能力通向超越生死和物理视觉的世界。确实，神不仅能扭曲人的视觉、制造幻象和欺骗；我们也在上一章中看到，从酒神乔装登台的那一刻到剧终时他充满矛盾的显现，我们直接清楚地观察狄俄尼索斯的可能性一直在受到挑战。[22] 通过疯狂的幻象和欺骗、面具和伪装、无知和迷狂，酒神控制和操纵着再现的过程；有关视觉的语言将这一切组织起来，而这在剧作本身以及研究者所使用的词汇中都非常明显。

　　到现在为止，我们讨论的主题——歌队在戏剧中的作用，再现的不断转变，尤其是通过视觉和剧场体验的语言——对我希望重点探究的一段场景至关重要，这是我讨论舞台艺术时最关注的场景（前提是剧本的写作预见了舞台演出），即"宫中神迹"场景。《酒神的伴侣》是一部"围绕着强烈视觉效果"[23] 的剧作，由于在文本里包括了范围极广的舞台提示，它在现存悲剧中处于一个独特位置。显然，我们知道主角之一戴着什么样的面具，歌队、两位老人、狄俄尼索斯和最后出场时的彭透斯穿着什么样的服装。我们还可以 *277*

---

〔22〕见 Foley 1980 各处，关于酒神的显现，尤其参见 131-3；另见 Segal 1982，228ff.。Oranje 1984，131ff. 尝试解读酒神的显现。

〔23〕Segal 1982，316.

看出乔装成凡人的酒神在彭透斯眼里是什么样子（453ff.）。我们知道给歌队伴奏的是什么乐器。我们知道两位老人和狄俄尼索斯拿着什么道具，而最后的场景中还有其他的道具：彭透斯的面具或头颅，以及他的残肢。我们知道，歌队在某一时刻扑倒在地上（604-5），还有其他重要的行动可由文本暗示出来（1364ff.，卡德摩斯和阿高厄最后的拥抱；451ff. 和493ff.，狄俄尼索斯的松绑和被缚）。如果我们假设这些文本的提示为我们提供了舞台呈现的稳固证据，这部自身如此强调剧场体验设置的剧作似乎也能为特定的瞬间和表演的视角提供一些确定答案。

但在认为我们已经掌握了这部关于狄俄尼索斯的戏剧中的再现要素之前，还是需要多加谨慎。因为，正是酒神的奇迹如何呈现的问题引发了最多关于舞台表演的讨论和分歧。在第二合唱歌结尾，当狄俄尼索斯被绑起来领进宫中时，这位神明的声音还是可以被听到（576-8）："喂，听我说！喂，信徒们！喂，信徒们！听我的喊声！"当歌队知道是谁在叫喊时，她们便祈求酒神显现（582-4）："主啊！布罗弥奥斯！快来加入我们吧！"在狄俄尼索斯的回答后，歌队又喊道（586-92）：

> ——看，彭透斯的王宫正在倒塌！
>
> ——那王宫正在倒塌！
>
> ——狄俄尼索斯在那屋里，快向他致敬！
>
> ——我们向他致敬——看哪！

那边的柱顶上，巨石在开裂和破碎。

听，布罗弥奥斯在欢呼他的胜利。

狄俄尼索斯召唤霹雳之火来烧毁这座房子，歌队再次回应，互相要求对方看一看（596）：

啊！啊！你没看见那火光吗？

随后，在这位强大的神面前，狂女们全都扑倒在地。然而，狄俄尼索斯的登场似乎与歌队颂诗中的激奋情绪差得很远（604-6）：

亚细亚的女人们，你们是因为被恐惧压倒

而趴在地下的吗？我想你们一定都已经看到

巴库斯是怎样摇撼彭透斯的王宫的。但是起来吧。

狄俄尼索斯继续解释他——一个"陌生人"——是怎样逃脱的；再一次，这是使用了幻觉的力量（618-25）：

在那间用来关押我的牛棚里，他找到一头牛，

而不是我，并试图用绳子困住它的腿和蹄。

他剧烈地喘着气，牙齿咬着嘴唇，

浑身都被汗水湿透，而我就坐在旁边，

静静地看。但就在那时巴库斯来了，

278

摇撼了王宫，在他母亲的坟墓上

点起了火舌。彭透斯以为（imagining）宫殿起火了，

就到处乱跑，大声喊叫，

命令仆人们帮他打水。

　　酒神在讲述彭透斯受骗的热情时，以第三人称解释自己的介入——"巴库斯来了"。但这个解释没法澄清演出的事实。之前是一头真的公牛，还是狄俄尼索斯的一个幻影？宫殿真的震撼和摇晃了吗？或者，和彭透斯眼中"起火的宫殿"一样，是一种"想象"（imagining）？随着叙事的进行，幻觉与现实之间界限的不确定性（关于再现问题的不确定性）得到了有力的强调（629–35）：

　　　　然后布罗弥奥斯，我觉得——我只是猜测——

　　　　他将一个幻影放在庭院里。彭透斯冲进来，

　　　　朝那个闪光的空气做成的东西狠狠地刺去，就好像在刺我。

　　　　接着，再一次，巴库斯羞辱了他。

　　　　他将整个宫殿夷为平地。一切都粉碎了，

　　　　在这个囚禁我并看到我悲惨结局的人面前。

　　酒神以一种描述他人的方式描述自己的行动——他仍然带着伪装。他当作猜测告诉歌队的是自己早已知道的东西——一个被彭透斯当作真人的幻影。而"猜测"对应的希

腊词语通常指"（仅仅是）一个观点""想象""图像""幻觉"。狄俄尼索斯将他自己与整个戏剧行动之间拉开了讽刺性的距离，而在对呈现层次的回溯中，这层距离为真相蒙上了一层面纱。宫殿的完全毁灭也被描述为酒神对国王的羞辱，但这完全是通过国王的视觉来表现的。在王宫的废墟中，彭透斯——追逐幻影的人——"看到"（sees）了被囚禁的陌生人的悲惨结局。乔装的狄俄尼索斯假装无知，这不仅使宫中发生过或应该发生过的事变得更加模糊，更通过描述视觉和再现的扭曲而进一步发展了这种不确定性。

那么，在舞台上，宫殿真的会剧烈摇晃吗？是否真的有火光从舞台上的祭坛冒出来？这些事件有没有在任何地方（除了歌队的话语）表现出来？有些研究者认为房子的倒塌确实可以呈现在舞台上。艾罗史密斯译本的舞台提示中，狄俄尼索斯进场时"轻巧地穿行在碎石中间"，而彭透斯则"踏着沉重的脚步，从宫殿的废墟中走出来"。但在我前面所引的那段狄俄尼索斯的发言之后，剧中就再也没有任何角色提起倒塌的宫殿，而且，尽管依据希腊戏剧的惯例，没有角色需要再次对宫殿的废墟做出什么评价，[24]将这样的废墟呈现为舞台背景依然是个问题，而这个显著的高潮场景在剧中竟也没有得到任何后续处理，这便使我们难以假设歌队狂喜的话语只是在重复观众们自己能在舞台上看到的东西。

其他研究者认为，尽管地面的摇撼应当是剧中真实发

279

---

〔24〕 见 Dodds 1960 相关的评论。

生的，但歌队的话语和音乐便足以表现这样的灾难场景："歌队疯狂地歌唱起舞，与此同时，地震摇撼宫殿，闪电将它点燃，火焰从塞墨勒熄灭了的火葬堆上燃起（但我怀疑实际上并没有呈现在舞台上的闪电效果，也没有其他任何方式能比歌队的舞蹈和语言更有效地将地震表现出来）。"[25]

有些人则在这两种立场之间提出了更加折中的方案："在舞台设计中应当包括一个较小的，但显著而有威胁性的……建筑布景的改动，同时也当然应该有剧烈的舞蹈和音乐。"[26]也有人提出房屋毁灭应当有一个象征性的呈现："这可以将房屋的毁灭当作彭透斯的骄傲的毁灭来强调——他对权力和地位的骄傲，换句话说，就是对皇宫的骄傲。""被说出的和被看到的东西如此不一致，这就迫使我们认识到舞台表演中的象征特性。"[27]

更进一步，还有一些研究者指出，"宫中神迹"本身就是一个幻觉的奇迹，而狂喜中的歌队，就像彭透斯受到狄俄尼索斯的影响时那样，看到了实际上不存在的东西，而她们对幻觉的强烈反应正是狄俄尼索斯力量的证明。狄俄尼索斯在进场时可能会用他一贯的讽刺语气说（605-6），"你们都看见了，屋子被剧烈地摇晃"（在这里，视觉的不确定性和事实的确定性之间的对立是人所共知的前提），而房屋着火

〔25〕Taplin 1978, 119.

〔26〕Castellani 1976, 82。同样参见 Dodds 1960 对应位置。

〔27〕Segal 1982, 220.

的事件（塔普林似乎将其归为"真实发生的事件"）也被明确描述为彭透斯被欺骗的视觉（624）。因而我们便从高潮场景中歌队的迷惑转向再现和视觉的进一步扭曲，而彭透斯也在这个过程中一步步走向惩罚。

这些各不相同的实际操作方案，以及这些实现方案中蕴含的重要主题，使其成为一个令舞台艺术研究者们着迷的问题。其中不断出现的"看"的命令，无非只是加强了视觉对象的不确定感。观众面对的到底是什么？如果在歌队的音乐、语言、舞蹈之外没有别的东西，歌队和酒神的话语之间的断裂以及舞台布景的稳定性一定会为观众们带来一系列问题。他们是否要自己想象（根据戏剧惯例）在舞台上没有表现出来的事件？在他们对并未真实发生的事件的经历中，观众已直接置身于狄俄尼索斯的戏剧幻象的力量之下。因此，这个场景表达了狄俄尼索斯式的迷狂与剧场体验的连接，而观众——另一个歌队——被直接囊括在文本的演出之中。

如果舞台的呈现是按照多兹或加斯特拉尼（Castellani）指出的方案——塞墨勒的墓前火光闪现，一个建筑物部分倾倒——那么在对宫殿完全摧毁的描述和舞台的展示之间还是有不一致的地方，而这便引出了另一系列的问题。歌队和酒神所描述的剧烈的毁灭与舞台上这段短短的物理行动有什么联系？再一次，观众需要区分不同层次的幻觉、真实和呈现，而这些不管在戏剧惯例还是在剧作的文本中都没有清晰的区分。温宁顿-英格拉姆强调说，"整段情节都有一种模糊感，一种变幻不定的特性"。[28] 舞台上的事件——包括声响和歌队剧烈的舞蹈，这些被多数研究者理所当然地认为是场景的一部分的要素——提示人们这些是真实发生的事，但这些事件同时是奇迹般的、预兆性的，并且以神灵显现和宗教迷狂的语言被描述出来。因此，"宫中神迹"场景并非对歌队，或酒神，或彭透斯而言有着象征意义，但对观众来说是如此。

如果宫殿——台上的建筑或背景——完全倒塌（这个方案较少有研究者支持），[29] 我们也会发现这一场景更多的深意。传统上对戏剧空间的限制在这里令人惊异地消融了。欧里庇得斯在这里以物理的方式打破了体裁规范的界限，并再一次挑战了观众将演出仅仅当作演出的被动视角。这个打破框架的设置与这部剧作尤其相关，因为在其中，在狄俄尼索斯节将狄俄尼索斯带上舞台的怪异感也正是引向了一系列观众在剧场体验中的参与问题。

以上对三种舞台演出的可能设想的简单讨论带我们来到了舞台艺术的关键之处。第一，对"观众们面对的到底是什么"这个问题的回答无法不包括观众本身，也无法不影响和改变这个场景中观众反应的本质——参与。在每种情况里，观众都会被积极地融入制造意义的过程中，而这种融

----

[28] 1948, 182.

[29] 尽管我 1973 年在伦敦旧维克剧场（the Old Vic）上演的《酒神的伴侣》中看到了这种可能性；这一场景在这部优秀的改编剧作里被完美地呈现出来。

入是与该剧所讨论的问题——狄俄尼索斯对道德生活的影响——紧密交织在一起的。就像弗利所说的，"神话和节日的参与者和观众怎么可能在他自己与这些事件之间划出界限呢？"[30]第二，尽管考虑古代剧场的物质条件和空间组织是必要的，这对讨论舞台艺术却是远远不够的。以上这些舞台设想中，每一种都不仅暗示了剧作本身的含义，更在同时为剧作制造着含义。"舞台艺术"并不是一项客观、冷静的研究，并不是要探究前五世纪的剧院中的某一天发生了什么，而是必须回到解释和语义上的问题和疑惑。第三，关于视觉和理解、幻觉和幻想的问题，是希腊研究中不断出现的问题，不只发生在戏剧中。视觉和意义的关系——舞台艺术的分析者们往往认为这是简单和直接的——在前五世纪的戏剧中从各种角度得到了思考。就像我在《埃阿斯》的开头，以及《酒神的伴侣》中的"宫殿神迹"场景所论证的——这些是关于迷惑视觉的最复杂的场景，也是舞台艺术上引发最多问题的场景，它们通过视觉、知识和幻觉的词汇，在本质上与戏剧的主题要素相结合。在古代戏剧中，"意义"和"视觉"是两个不能理所当然地对待的词语。这些戏剧，尤其是《酒神的伴侣》，恰恰挑战了人们对视觉与知识或理解之间的关系的设想——这种关联并不是一个即时的过程，也无法超越解释中的变化和危险。

因而，"宫殿神迹"场景中那些关键的模糊之处使实际

---

[30] 1985，239.

演出有了多种不同可能。确实，很难想象任何剧作的文本中没有这样的模糊性或可能性——尽管很少有剧作像《酒神的伴侣》一样展示了主题和意象之间的完美交织，以及对这些自觉的、反讽的再现可能的回溯。然而，一个制作人或导演（舞台艺术的分析者们所采取的典型视角[31]）不能同时让宫殿倒塌的事件发生却不在舞台上安排任何物理动作。因此（舞台艺术的研究者声称），在从表演角度分析这些剧作时，舞台表演的必要限制意味着这种分析的目的必须是找到表演（The Performance）得以建构的方式。舞台艺术能够以单一的表演的清晰性化解文本的模糊性。在文本中可能有一些模糊之处，但在表演中，只有一种可能的演出方式。戏剧节上只可能有一次演出、只有一种表演方式，这个事实便说明，在对戏剧的研究中，必须找到那唯一一种表演的方式。

　　但是，离开批评家对模糊的文本的阅读和解释，怎么可能来确定表演的各个方面呢？这其中的评判标准又是怎样的？总体来说，狄俄尼索斯剧场本身可能会意味着某些特定的限制，比如空间组织、演员的人数和面具，等等——在本书中，我也一直尝试着将希腊悲剧放在前五世纪上演的特殊背景下来看，而最近也有许多有趣的研究在关注希腊戏剧的空间动态。[32]但每一部剧作得以实现的具体细节——音乐、舞蹈、姿势、进场、退场、服装，等等——我们几乎完全不

---

〔31〕 见 Taplin 1978，尤其是 172ff.。

〔32〕 见 Foley 1982a；Padel forthcoming；Taplin1977，尤其 340ff. 有一段十分有趣的对门的使用的讨论。

了解，而能够了解的那一小部分也都是通过研究者的阅读和解释，从文本本身的信息收集而来。[33] 从模糊的文本找到某一场景，发现它的表演细节，再从而消除文本的模糊性，这个循环难道是可能的吗？表演到底能呈现出一个模糊的文本，还是相反，压抑和移除了文本的模糊性？表演的问题，难道不是只从文本的诸多可能性中选择其一？研究者们对真实、适当和必要的舞台展现的判断，难道不只是批评中的修辞技巧吗？为"宫中奇迹"场景确定某一种舞台呈现，所追求的会比一种解读方式中的一种表演更多吗？"宫中奇迹"种种可能的舞台展现方式里，所有方式都能"忠实于（模糊的）文本"吗？还是只有其中一种，或完全没有？表演能否穷尽文本的所有可能性？

　　有一种舞台艺术的修辞似乎可以抹去这些关于戏剧以及阅读和表演戏剧文本的复杂问题中的意涵，这就是诉诸"作者原意"和"最初表演"的标准。[34] 因为希腊戏剧一般而言都是由一个作者为一个戏剧节的演出而创作和导演的，因为演员的演出和舞台设置——有人这样认为——对应着来自作者的直接指导甚至意图，我们解读这些剧作的问题在上演戏剧的这些事实面前变成了假问题。即使我们同意，就我们今天的知识而言，作者的意思或者最初的表演很难找到一个最终确定的答案，发现最初作者原意的尝试依然应该是舞

---

〔33〕 瓶画也许能大概地表现戏服的样子（但对具体的剧作几乎没有指导意义）。

〔34〕 见 Taplin 1978，1–8 和 172–81。

台艺术的分析者们从事戏剧批评时必要的目标。显然，它一直是这方面的批评修辞的一个标准视角。

在二十世纪，无数研究者以及无数来自不同角度的观点都在采用作者原意以及最初表演的标准，以致不加考虑地依赖这套建立在这类术语上的舞台艺术修辞，这多少使人震惊而难以接受。[35]但《酒神的伴侣》的"最初表演"的特殊情境也许能带我们更深入地看待这个主题。《酒神的伴侣》是欧里庇得斯流放马其顿时期写就的，至少传说如此，[36]而这部剧作在他死后才被他的儿子或侄子从遗稿中发现。之后它就被带回雅典上演，并收获了欧里庇得斯很少得到的一等奖。这对舞台艺术而言说明了什么？"宫殿神迹"的舞台呈现或者其中这些台词的表演，很可能没有任何来自作者的指导。甚至，欧里庇得斯在写作本剧时，可能没有关于表演的预期（或者意图？）。《酒神的伴侣》初次表演时面临的问题，与其后所有重新上演时的问题是相似的。这部悲剧从来没有权威的演出版本。

《酒神的伴侣》初次上演时的特殊情境，不仅弱化了"作

---

〔35〕 对此有相当多的参考书目。哲学方面，Anscombe 1957；Cavell 1976；Searle 1983 勾画出了一些讨论领域。Wimsatt and Beardsley（在 Winsatt 1954 中）是从文学批评角度进行研究的先驱。Barthes 1977 影响极为深远。文化研究方面，见 Foucault 1972；1979。总体讨论方面，Derrida 1976 和 1977 以"言语行动理论"（speech act theory）对意图问题做了精彩分析。

〔36〕 见 Dodds 1960，导言 xxxixff.。这个故事的证据使我们难以置疑，它若不成立，也许就意味着没有任何前五世纪戏剧上演的背景证据是可以确定的。

者原意"和"初次表演"作为规范和掌握批评的表达。《酒神的伴侣》诞生的故事还进一步指出，一个由文字形成的文本，在成为一个文本本身的时候，便从作者的控制中分离了。一个文本是独立于其作者和他的意图而存在的。这一点对戏剧中的交流方式而言有重要的含义。戏剧中的交流使作者的声音分裂为许多说话者的声音。因而，对于戏剧而言，没有"中立的""不加强调的"阅读。每个演员都以自己的解释阅读他的台词——在一个导演，甚至作者的指导之下，他可能也会为演员提供一种指导性的解读，也就是他自己的解释。而演员们在台上的相互关系是依靠观众的解释建构起来的。就像我们一次次看到的，尤其是在《酒神的伴侣》中，观众被涵盖在意义发展的过程中。在每一个步骤里，作者的文本都随阅读（最广义的阅读）而改变；而在每一步上，文本本身都要求阅读。每一层次的剧场体验，从导演到观看，都包含了一系列的阅读和解释。因而，表演本身并不足以消除阅读文本的困难，或者抹去文本本身蕴含的问题。表演不仅能将一个有结尾的、完整的文本搬上舞台，更是解释文本、并将文本的解释开放给观众的过程。从最简单的原则上说，表演不能消除戏剧的文本性。

确实，表演关注的是再现的问题，是以适宜的方式实现文本，是确定的意义。希腊戏剧中最值得注意的瞬间之一可以证明这一点。当愤怒的彭透斯准备武装起来攻击山间的狂女时，他被狄俄尼索斯阻止并转移了目标。狄俄尼索斯说（810-11）："啊。你想去看她们在山间的仪式吗？"在狄俄尼索斯鼓励的提问下，彭透斯立即放弃了他的计划。我们该怎么理解这一个音节，"啊"（Ah）（艾罗史密斯将其译成"等等！"，似乎远不能充分表达它的含义）？它不合格律，并被认为是一个极为重要的感叹词，但我们很难确定它的语调、效果和意义。这个音节的传达显然会改变对这一关键场景的理解。任何一个舞台艺术的分析者会怎样着手讨论它呢？

> 我们该怎么理解810行中狄俄尼索斯的"啊"（ā）呢？这个"啊"表示的是惊讶、抗议、信任，还是调整计划？我认为我们无法为它确定单一的感情或语调；我们只能说，这个词的传达必须把握一种转折的张力，这个转折预示了彭透斯的死亡……在表演中，这个词应该明显地指示气氛的改变——一方面是悬念的结束和判决的宣布，一方面是对彭透斯的怜悯，一方面是对狄俄尼索斯潜在力量的恐惧。这一声"啊"意味着死亡；但它又是剧中狄俄尼索斯形象的缩影，因此这一可怕的瞬间应该冷静、神秘地得到展示，只用一个音节。[37]

这段对狄俄尼索斯的感叹词的有趣解读充分展现了舞台艺术分析中的困难和力量。塔普林一开始注意到，完全

---

〔37〕Taplin 1978, 120–1.

确定这个模糊的单音节词的语气和价值是不可能的，尽管一个演员传达它时必须"把握一种转折的张力"（不管它听起来是什么样）。他接下来便从该剧的结构来确定这个感叹词的功能（标志着一个转折点[38]），并用了一种可能的舞台表现来阐明这个场景。"在表演中，这个词应该明显地……"这样一来，他便在表示"无法为它确定单一的感情或语调"之后总结道，这一瞬间（不仅是神秘的、单音节的）要"冷静地"得到展示。这就是说，他表示无法确定的那些可能性，"惊讶……抗议……信任……调整"（根据多兹的观点，还可以加上"震惊"和"痛苦"），最终被确定为一种语调——"冷静"。

因此，塔普林的论证清楚地显示出，认识狄俄尼索斯的干预的模糊性与决定表演方式之间有怎样的强烈张力。对传达方式的必要决定如何能充分或绝对地表现这范围极广的"无法确定"的语调呢？一个研究者，如果他试图确定狄俄尼索斯这令人捉摸不透的言辞，总会发现自己也奇怪地成为了彭透斯的倒影，徒劳地想要将酒神束缚起来；而像狄俄尼索斯一样，他还会意识到语言总会逃离他的掌控，或仅仅

---

[38] Oranje 1984，82 反对这种观点（作者似乎并没读过 Taplin 1978），其中写道，"在舞台上，诗人并未将彭透斯失去理智的过程刻画为一个瞬间发生的事"。然而，作者接下来便注意到了812行中彭透斯态度的突然变化。如何看待这个"转折点"，或者"过程"，依赖于我们对彭透斯的内在和外在动机的进一步复杂考察。彭透斯态度的转变是由于狄俄尼索斯的影响，还是彭透斯自己被压抑的欲望的释放，还是两者的结合？然而，塔普林并没有从这个意义上思考这一"转折点"。

提供一种掌控的幻觉。就像"宫中神迹"场景的多种可能的舞台表现方式一样，这个单音节词的传达方式有如此多的可能，这便显示，表演作为一种再现，可以将文本在现实中呈现，却无法穷尽或领会文本。文本的表演和文本的阅读一样，必定只能是局部的。

从维多利亚时代学术的乐观氛围中成长起来的古典学家们对悲剧文本的开放性尤其抵触。许多研究者相信——而且可能将来也会相信——他们已经获得了对希腊悲剧文本的决定性理解，或者至少会对一位学者的遗憾表示赞同：研究者们既没有"在相当长的时间里……达成某种一致"，也没有在悲剧中"使读者找到没有烦扰的享受"。[39] 我在本书中则提供了一系列论证来说明，为什么以及以何种方式，达到这种最终、确定和完整解读的可能性一直在被阿提卡舞台上的戏剧削弱。对这些文本的阅读永远是不确定、无法穷尽的，但这不只是因为我们对前五世纪雅典的事件和观点的无知。就像彭透斯的身体被狄俄尼索斯的歌队撕裂以后，只能将残肢收集起来，却无法重新组合成一个整体，每个人理解全部悲剧文本的尝试——通过阅读的暴力，分析中的选择性——也不可能达到某种完全的综合，不可能消除肢解（sparagmos）的迹象，或迹象的肢解。

²⁸⁶ 正因为悲剧不能被简单地化约为某种"信息"，正因为这些戏剧无法在一种阅读或一场表演中被理解透彻，读

---

〔39〕 Linforth 1956, 96.

者们才会一次又一次地回到古代悲剧。每一时代、每一位读者，或者每一位读者在不同时间对希腊悲剧的回应，不仅仅是追求某种希腊悲剧的光荣所包含的永恒而固定的美，或不容置疑的真理；这些文本中包含的问题、张力和不确定性也会呈现在他们面前。希腊戏剧的表演和体验，也一直都在阅读和回应这些戏剧所提出的、始终令人不安而充满挑战的问题。

参考书目

Adams, S. M. (1955) 'The *Ajax* of Sophocles', *Phoenix* 9: 93–110.

Adkins, A. W. (1963) '"Friendship" and "self-sufficiency" in Homer and Aristotle', *C.Q.* 13: 30–45.

Allen, J. T. (1938) *On the Program of the City Dionysia during the Peloponnesian War.* Berkeley.

Allen, R. E. (1980) *Socrates and Legal Obligation.* Minneapolis.

Andrewes, A. (1956) *The Greek Tyrants.* London.

(1971) *Greek Society.* Harmondsworth.

Anscombe, G. E. (1957) *Intention.* Ithaca.

Ariès, P. (1962) *Centuries of Childhood: a social history of family life.* Trans. Balddick, R. London.

Arnott, G. (1973) 'Euripides and the unexpected', *G. & R.* 20: 49–64.

(1981) 'Double the vision: a reading of Euripides' *Electra*', *G. & R.* 28: 179–92.

Arnott, P. D. (1959) *An Introduction to Greek Theatre.* London.

Arrowsmith, W. (1964) 'A Greek theatre of ideas', in *Ideas in Drama*, ed. Gasner, E. New York.

(1968) 'Euripides' theatre of ideas', in Segal, E. (1968).

Arthur, M. (1972) 'The choral odes of the *Bacchae* of Euripides', *Y.C.S.* 22: 145–80.

(1973) 'Early Greece: the origins of Western attitudes toward women', *Arethusa* 6.1: 7–58.

(1981) 'The divided world of *Iliad* VI', *Women's Studies* 8.1 & 2: 21–46.

(1983) 'The dream of a world without women: poetics and the circles of order in the *Theogony* prooemium', *Arethusa* 16.1 & 2: 97–116.

Austin, C. (1984) 'Sophocles' *Oedipus Tyrannus* 873', *C.Q.* 34: 233.

Austin, M. and Vidal-Naquet, P. (1972) *Économies et sociétés en Grèce ancienne.* Paris.

Austin, N. (1972) 'Name magic in the *Odyssey*', *C.S.C.A.* 5: 1–19.

(1975) *Archery at the Dark of the Moon: poetic problems in Homer's Odyssey.* Berkeley.

Avery, H. C. (1968) '"My tongue swore but my mind is unsworn"', *T.A.P.A.* 99: 19–35.

Bachofen, J. J. (1967) *Myth, Religion and Mother-Right. Selected writings.* Trans. Manheim, R. London.

Bain, D. (1975) 'Audience address in Greek tragedy', *C.Q.* 25: 13–25.

(1977) *Actors and Audience: a study of asides and related conventions.* Oxford.

Baldry, H. C. (1981) *The Greek Tragic Theatre.* London.

Bamberger, J. (1975) 'The myth of matriarchy: why men rule in primitive society', in Rosaldo and Lamphere (1975).

Barrett, W. S. (1964) *Euripides' Hippolytos.* Oxford.

Barthes, R. (1975) *S/Z*. Trans. Miller, R. London.

(1977) 'The death of the author', in *Image, Music, Text*. Trans. Heath, S. Glasgow.

Bayley, J. (1974) 'Character and consciousness', *N.L.H.* 5.2: 225–35.

Beardsley, M. and Wimsatt, W. K. (1954) 'The intentional fallacy', in *The Verbal Icon*. Wimsatt, W. K. Lexington.

Beck, F. A. (1975) *Album of Greek Education*. Sydney.

Beer, G. (1983) *Darwin's Plots: evolutionary narrative in Darwin, George Eliot and nineteenth-century fiction*. London.

Benardete, S. (1975a) 'A reading of Sophocles' *Antigone* I', *Interpretation* 4.23: 148–96.

(1975b) 'A reading of Sophocles' *Antigone* II', *Interpretation* 5.1: 1–55.

(1975c) 'A reading of Sophocles' *Antigone* III', *Interpretation* 5.2: 148–84.

Benveniste, E. (1973) *Indo-European Language and Society*. Trans. Palmer, E. London.

Bergren, A. L. (1983) 'Language and the female in early Greek thought', *Arethusa* 16.1 & 2: 69–95.

Bourdieu, P. (1977) *Outline of a Theory of Practice*. Trans. Nice, R. Cambridge.

Bowra, C. M. (1944) *Sophoclean Tragedy*. Oxford.

Brown, N. O. (1951) 'Pindar, Sophocles and the Thirty Years Peace', *T.A.P.A.* 82: 1–28.

Brown, W. E. (1965-6) 'Sophocles' Ajax and Homer's Hector', *C.J.* 61: 118–21.

Bulloch, A. W. (1985) *Callimachus: the Fifth Hymn*. Cambridge.

Burkert, W. (1983) *Homo Necans*. Trans. Bing, P. Berkeley.

Burnyeat, M. (1976a) 'Protagoras and self-refutation in later Greek philosophy', *The Philosophical Review* 85.1: 44–69.

(1976b) 'Protagoras and self-refutation in Plato's *Theaetetus*', *The Philosophical Review* 85.2: 172–95.

Calame, C. (1977) *Les Choeurs de jeunes filles en Grèce archaique*. 2 vols. Rome.

Calogero, G. (1957) 'Gorgias and the Socratic principle nemo sua sponte peccat', *J.H.S.*77: 12–17.

Cameron, A. and Kuhrt, A. eds. (1983) *Images of Women in Antiquity*. London and Melbourne.

Castellani, V. (1976) 'That troubled house of Pentheus in Euripides' *Bacchae*', *T.A.P.A.* 106: 61–83.

Cavell, S. (1976) *Must We Mean What We Say?* Cambridge.

La Cité des images: religion et societé en Grèce antique. (1984). Institut d'archéologie et d'histoire ancienne, Lausanne. Centre de recherches comparés sur les sociétés anciennes, Paris.

Cixoux, H. (1974) 'The character of "character"', *N.L.H.* 5.2: 383–402.

Classen, C. J. ed. (1976) *Sophistik*. Darmstadt.

Clay, D. (1982) 'Unspeakable words in Greek tragedy', *A.J.P.* 103: 277–98.

Coleman, R. G. G. (1972) 'The role of the chorus in Sophocles' *Antigone*', *P.C.P.S.* 198: 4–27.

Collard, C. (1975) 'Formal debates in Euripides' drama', *G. & R.* 22: 58–71.

Collinge, N. E. (1962) 'Medical terms and clinical attitudes in the tragedians', *B.I.C.S.* 9: 43–55.

Connor, W. (1971) *The New Politicians of Fifth-Century Athens*. Princeton.

Coward, R. (1983) *Patriarchal Precedents*. London.

Coward, R. and Ellis, J. (1977) *Language and Materialism*. London.

Crotty, K. (1982) *Song and Action: the victory odes of Pindar*. Baltimore.

Culler, J. (1975) *Structuralist Poetics*. Ithaca.

Daube, D. (1972) *Civil Disobedience in Antiquity*. Edinburgh.

David, E. (1984) 'Solon, neutrality and partisan literature of late fifth-century Athens', *M.H.* 41: 129–38.

Davies, J. K. (1977) 'Athenian citizenship: the descent group and the alternatives', *C.J.* 73.2: 105–21.

　(1978) *Democracy and Classical Greece*. Hassocks.

Davison, J. A. (1953) 'Protagoras, Democritus, and Anaxagoras', *C.Q.* 3: 33–45.

Dawe, R. D. (1963) 'Inconsistency of plot and character in Aeschylus', *P.C.P.S.* 9: 21–62.

　(1982) *Sophocles: Oedipus Rex*. Cambridge.

de Beauvoir, S. (1972) *The Second Sex*. Trans. Parshley, H.M. Harmondsworth.

Denniston, J. D. (1939) *Euripides' Electra*. Oxford.

Denniston, J. D. and Page, D. L. (1957) *Aeschylus' Agamemnon*. Oxford.

de Romilly, J. (1973) 'Gorgias et le pouvoir de la poésie', *J.H.S.* 93: 155–62.

Derrida, J. (1976) 'Signature, event, context', *Glyph* 1: 172–99.

　(1977) 'Limited Inc. abc.', *Glyph* 2: 162–254.

Detienne, M. (1967) *Les Maîtres de vérité dans la Grèce archaïque*. Paris.

　(1972) 'Entre bêtes et dieux', *Nouvelle revue de psychanalyse* 6: 231–42. Trans. in Gordon (1981).

　(1979) 'Violentes "eugénies" en plein Thesmophories: des femmes couvertes de sang', in Detienne and Vernant (1979).

Detienne, M. and Vernant, J.-P. (1978) *Cunning Intelligence in Greek Culture and Society*. Trans. Lloyd, J. Brighton.

　(1979) *La Cuisine du sacrifice en pays Grec*. Paris.

Dodds, E. R. (1925) 'The ΑΙΔΩΣ of Phaedra and the meaning of the *Hippolytus*', *C.R.* 39: 102–4.

　(1951) *The Greeks and the Irrational*. Berkeley.

　(1960) *Euripides' Bacchae*. Oxford.

　(1966) 'On misunderstanding *Oedipus Rex*', *G. & R.* 13: 37–49.

Dollimore, J. (1984) *Radical Tragedy: religion, ideology and power in the drama of Shakespeare and his contemporaries*. Brighton.

Donzelli, G. B. (1978) *Studio sull' Elettra di Euripide*. Catania.

Dover, K. J. (1973) 'Classical Greek attitudes to sexual behaviour', *Arethusa* 6: 59–73.

　(1974) *Greek Popular Morality in the Time of Plato and Aristotle*. Oxford.

　(1975) 'The freedom of the intellectual in Greek society', *Talanta* 7: 24–54.

du Bois, P. (1982) *History, Rhetorical Description and the Epic: from Homer to Spenser*. Cambridge.

　(1984) *Centaurs and Amazons: women and the pre-history of the great chain of being*. Ann Arbor.

Easterling, P. E. (1973) 'Presentation of character in Aeschylus', *G. & R.* 20: 3–19.

　(1977) 'Character in Sophocles', *G. & R.* 24: 121–9.

　(1984) 'The tragic Homer', *B.I.C.S.* 31: 1–8.

Eco, U. (1976) *A Theory of Semiotics*. Bloomington.

Ehrenberg, V. (1948) 'The foundation of Thurii', *A.J.P.* 59: 149–70.

　(1954) *Sophocles and Pericles*. Oxford.

　(1960) *The Greek State*. Oxford.

Engels, F. (1972) *Origins of the Family, Private Property and the State*. Trans. Leacock, E. B. London.

Fehrle, E. (1966) *Die kultische Keuschheit im Altertum*. Giessen 1910.

Ferguson, J. (1970) 'Ambiguity in *Ajax*', *Dioniso* 44: 12–29.

Festugière, A.-J. (1948) *Hippocrate: l'ancienne médecine. Études et commentaires IV*. Paris.

Finley, M. I. (1968) 'The alienability of land in ancient Greece: a point of view', *Eirene* 7: 25–32.

(1972) Introduction to *Thucydides' History of the Peloponnesian War*, trans. Warner, R. Harmondsworth.

(1980) *Ancient Slavery and Modern Ideology*. London.

(1983) *Politics in the Ancient World*. Cambridge.

Fitzgerald, G. J. (1973) 'Misconception, hypocrisy and the structure of Euripides' *Hippolytus*', *Ramus* 2: 20–44.

Foley, H. P. (1978) '"Reverse Similes" and sex roles in the *Odyssey*', *Arethusa* 11: 7–26.

(1980) 'The masque of Dionysus', *T.A.P.A.* 110: 107–33.

(1982a) 'The "female intruder" reconsidered: women in Aristophanes' *Lysistrata* and *Ecclesiazusae*', *C.P.* 77: 1–21.

ed. (1982b) *Reflections of Women in Antiquity*. London, Paris, New York.

(1985) *Ritual Irony: poetry and sacrifice in Euripides*. Ithaca.

Forrest, W. G. (1966) *The Emergence of Greek Democracy*. London.

Forrester, J. (1980) *Language and the Origins of Psychoanalysis*. London.

Foucault, M. (1972) *The Archaeology of Knowledge*. Trans. Sheridan, A. M. London.

(1979) 'What is an author?', in *Textual Strategies: perspectives in post-structuralist criticism*, ed. Harari, J. V. Ithaca.

Fraenkel, E. (1950) *Aeschylus' Agamemnon*. 3 vols. Oxford.

Frischer, B. D. (1970) '*Concordia discors* and characterisation in Euripides' *Hippolytus*', *G.R.B.S.* 11: 85–100.

Fuks, A. (1953) *The Ancestral Constitution*. London.

Garton, C. (1957) 'Characterisation in Greek tragedy', *J.H.S.* 77: 247–54.

Gellie, G. H. (1963) 'Character in Greek tragedy', *A.U.M.L.A.* 20: 24–56.

(1972) *Sophocles: a reading*. Melbourne.

(1981) 'Tragedy and Euripides' *Electra*', *B.I.C.S.* 28: 1–12.

Gernet, L. (1981) *The Anthropology of Ancient Greece*. Trans. Hamilton, J. and Nagy, B. Baltimore.

Giangrande, G. (1970) 'Hellenistic poetry and Homer', *A.C.* 39: 46–77.

Girard, R. (1977) *Violence and the Sacred*. Trans. Gregory, P. Baltimore.

Glotz, G. (1904) *La Solidarité de la famille dans le droit criminel en Grèce*. Paris.

Goldhill, S. D. (1984a) *Language, Sexuality, Narrative: the Oresteia*. Cambridge.

(1984b) 'Two notes on τέλος and related words in the *Oresteia*', *J.H.S.* 104: 169–76.

(1984c) 'Exegesis: Oedipus (R)ex', *Arethusa* 17: 177–200.

Gomme, A. W. (1925) 'The position of women in Athens', *C.P.* 20: 1–26.

Gomperz, H. (1965) *Sophistik und Rhetorik*. Stuttgart.

Gordon, R. L. ed. (1981) *Myth, Religion and Society*. Cambridge.

Gould, J. P. (1978) 'Dramatic character and "human intelligibility" in Greek tragedy', *P.C.P.S.* 24: 43–67.

(1980) 'Law, custom and myth: aspects of the social position of women in Classical Athens', *J.H.S.* 100: 38–59.

(1983) 'Homeric epic and the tragic moment', in *Aspects of the Epic*, eds. Winnifrith, T., Murray, P. and Gransden, K. W. London.

Graeser, A. (1977) 'On language, thought and reality in ancient Greek philosophy', *Dialectica* 31: 359–88.

Green, A. (1969) *Un Oeil en trop: le complexe d'Oedipe dans la tragédie*. Paris.

Grote, G. (1888) *The History of Greece, from the earliest period to the close of the generation contemporary with Alexander*. 8 vols. London.

Guthrie, W. K. C. (1962–81) *A History of Greek Philosophy*. 6 vols. Cambridge.

Haigh, A. (1907) *The Attic Theatre*. Oxford.

Hamilton, R. (1978) 'Prologue, prophecy and plot in four plays of Euripides', *A.J.P.* 99: 277–302.

Hands, A. R. (1968) *Charities and Social Aid in Greece and Rome*. London.

Harrison, E. L. (1964) 'Was Gorgias a sophist?', *Phoenix* 18: 183–92.

Hartman, G. H. (1970) *Beyond Formalism*. New Haven.

(1975) *The Fate of Reading*. Chicago.

(1981) *Saving the Text: Literature/Derrida/Philosophy*. Baltimore.

Hartog, F. (1980) *Le Miroir d'Hérodote: essai sur la représentation de l'autre*. Paris.

Harvey, A. E. (1957) 'Homeric epithets in Greek lyric poetry', *C.Q.* 7:206–23.

Havelock, E. A. (1978) *The Greek Concept of Justice: from its shadow in Homer to its substance in Plato*. Cambridge, Mass. and London.

Hay, J. (1978) *Oedipus Tyrannus: lame knowledge and the homosporic womb*. Washington.

Heidegger, M. (1959) *An Introduction to Metaphysics*. Trans. Manheim, R. New Haven.

Heinimann, F. (1945) *Nomos und Physis: Herkunft und Bedeutung einer Antithese im griechischen Denken des 5 Jahrhunderts*. Basel.

(1976) 'Ein vorplatonische Theorie der τέχνη', in Classen 1976.

Hester, D. A. (1971) 'Sophocles the unphilosophical', *Mnemosyne* 24: 11–59.

Hirzel, R. (1966) *Themis, Dike, und Verwandtes; ein Beitrag zur Geschichte der Rechtsidee bei den Griechen*. Hildesheim.

Hogan, J. C. (1972) 'The protagonists of the *Antigone*', *Arethusa* 5: 93–100.

Hopkinson, N. (1984) *Callimachus: Hymn to Demeter*. Cambridge.

Howald, E. (1930) *Die griechische Tragödie*. Munich.

Humphreys, S. C. (1983) *The Family, Women and Death*. London.

Hunter, R. L. (1985) *The New Comedy of Greece and Rome*. Cambridge.

Jakobson, R. and Halle, M. (1956) *The Fundamentals of Language*. The Hague.

Jameson, M. H. (1977) 'Agriculture and slavery in Classical Athens', *C.J.* 73: 122–45.

Jebb, R. C. (1883–1908) *Sophocles: the plays and fragments with critical notes, commentary and translation in English prose*. 7 vols. Cambridge.

Jones, J. (1962) *On Aristotle and Greek Tragedy*. London.

Just, R. (1975) 'Conceptions of women in classical Athens', *The Journal of the Anthropological Society of Oxford* 6.3: 153–70.

Kahn, L. (1978) *Hermès passe: ou les ambiguités de la communication*. Paris.

Kamerbeek, J. C. (1963–84) *Sophocles: the plays*. 7 vols. Leiden.

(1965) 'Prophecy and tragedy', *Mnemosyne* 18: 29–40.

Kells, J. H. (1963) 'Problems of interpretation in the *Antigone*', *B.I.C.S.* 10: 47–64.

Kennedy, G. (1963) *The Art of Persuasion in Greece*. London.

Kerferd, G. (1950) 'The first Greek sophists', *C.R.* 64: 8–10.

(1981) *The Sophistic Movement*. Cambridge.

King, H. (1983) 'Bound to bleed: Artemis and Greek women', in Cameron and Kuhrt (1983).

King, K. C. (1980) 'The force of tradition: the Achilles ode in Euripides' *Electra*',

T.A.P.A. 110: 195–212.

Kirkwood, G. M. (1958) *A Study in Sophoclean Drama*. Ithaca.

(1965) 'Homer and Sophocles' Ajax', in *Classical Drama and its Influence, essays presented to H. D. F. Kitto*, ed. Anderson, M. J. London.

Kitto, H. D. F. (1951) *The Greeks*. London.

(1956) *Form and Meaning in Drama*. London.

(1961) *Greek Tragedy*. London.

Knox, B. M. W. (1952) 'The *Hippolytus* of Euripides', *Y.C.S.* 13: 3–31.

(1957) *Oedipus at Thebes*. London.

(1961) 'The *Ajax* of Sophocles', *H.S.C.P.* 65: 1–39.

(1964) *The Heroic Temper: studies in Sophoclean tragedy*. Berkeley.

(1971) 'Euripidean Comedy', in *The Rarer Action, essays in honor of Francis Fergusson*, eds. Cheuse, A. and Koffler, R. New Brunswick.

(1977) 'The *Medea* of Euripides', *Y.C.S.* 25: 198–225.

Kraut, R. (1984) *Socrates and the State*. Princeton.

Kristeva, J. (1980) *Desire in Language: a semiotic approach to literature and art*. Trans. and ed. Roudiez, L. S. Oxford.

Kubo, M. (1966) 'The norm of myth: Euripides' *Electra*', *H.S.C.P.* 71: 15–31.

Kuenen-Janssens, L. J. (1941) 'Some notes on the competence of Athenian women to conduct a transaction', *Mnemosyne* 9: 199–214.

Kuhns, R. (1962) *The House, the City, the Judge*. Indianapolis.

Lacey, W. K. (1968) *The Family in Classical Greece*. London.

Lattimore, R. (1958) *The Poetry of Greek Tragedy*. Baltimore.

Lebeck, A. (1971) *The Oresteia*. Washington.

Lefkowitz, M. (1981) *The Lives of the Greek Poets*. London.

(1983) 'Influential women', in Cameron and Kuhrt (1983).

Lesky, A. (1965) *Greek Tragedy*. Trans. Frankfort, H. A. London.

Levi, A. (1940a) 'Studies on Protagoras', *Philosophy* 15: 147–67.

(1940b) 'The ethical and social thought of Protagoras', *Mind* 49: 284–302.

Lévi-Strauss, C. (1966) *The Savage Mind*. Chicago.

(1969) *The Elementary Structures of Kinship*. Trans. Bell, J. and Sturmer, J. Chicago.

Linforth, I. M. (1953) 'Three scenes in Sophocles' *Ajax*', *U.C.P.C.P.* 15.1: 1–28.

(1956) 'Philoctetes: the play and the man', *U.C.P.C.P.* 15.3: 95–156.

Lloyd, G. E. R. (1963) 'Who is attacked in *On Ancient Medicine?*', *Phronesis* 8: 108–26.

(1966) *Polarity and Analogy*. Cambridge.

(1979) *Magic, Reason and Experience*. Cambridge.

(1983) *Science, Folklore and Ideology*. Cambridge.

Lloyd, M. (1984) 'The Helen scene in Euripides' *Troades*', *C.Q.* 34: 303–13.

Lloyd-Jones, H. (1961) 'Some alleged interpolations in Aeschylus' *Choephoroi* and Euripides' *Electra*', *C.Q.* 11: 171–84.

(1971) *The Justice of Zeus*. Berkeley.

(1972) 'Tycho von Wilamowitz-Moellendorf on the dramatic technique of Sophocles', *C.Q.* 22: 214–28.

(1983) 'Artemis and Iphigeneia', *J.H.S.* 103: 87–102.

Loraux, N. (1981a) *L'Invention d'Athènes*. Paris.

(1981b) *Les Enfants d'Athéna*. Paris.

(1981c) 'Le lit, la guerre', *L'Homme* 21.1: 37–67.

McCabe, C. ed. (1981) *The Talking Cure: essays in psychoanalysis and language*. London.

MacDowell, D. M. (1976) 'Hybris in Athens', *G. & R.* 23: 14–31.

MacKay, L. A. (1962) 'Antigone, Coriolanus and Hegel', *T.A.P.A.* 93: 166–74.

Macleod, C. W. (1983) *Collected Essays*. Oxford.

Manville, B. (1980) 'Solon's law of stasis and *atimia* in Archaic Athens', *T.A.P.A.* 110: 213–21.

Marrou, H. (1956) *A History of Education in Antiquity*. Trans. Lamb, G. London.

Mejer, J. (1979) 'Recognizing what, when and why', in *Arktouros*, eds. Bowersock, G., Burkert, W., and Putnam, M. C. J. Berlin.

Millet, K. (1971) *Sexual Politics*. New York.

Moore, J. A. (1977) 'The dissembling speech of Ajax', *Y.C.S.* 25: 47–67.

Moser, S. and Kustas, G. L. (1966) 'A comment on the "relativism" of the *Protagoras*', *Phoenix* 20: 111–15.

Mossé, C. (1979) 'Comment s'élabore un mythe politique: Solon père fondateur de la démocratie athénienne', *Annales* 34: 425–37.

Muecke, F. (1982) '" I know you – by your rags": costume and disguise in fifth-century drama', *Antichthon* 16: 17–34.

Musurillo, H. (1967) *The Light and the Darkness: studies in the dramatic poetry of Sophocles*. Leiden.

Nilsson, M. (1925) *A History of Greek Religion*. Oxford.

North, H. (1966) *Sophrosyne: self-knowledge and self-restraint in Greek literature*. New York.

O'Brien, M. (1964) 'Orestes and the Gorgon: Euripides' *Electra*', *A.J.P.* 85: 13–39.

Onians, R. B. (1951) *The Origins of European Thought*. Cambridge.

Oranje, H. (1984) *Euripides' Bacchae: the play and its audience*. Leiden.

Osborne, R. (1985) *Demos: the discovery of classical Attika*. Cambridge.

Ostwald, M. (1969) *Nomos and the beginnings of Athenian Democracy*. Oxford.

(1973) 'Was there a concept ἄγραφος νόμος in Classical Greek?', in *Exegesis and Argument, studies in Greek philosophy presented to Gregory Vlastos*, eds. Lee, E. N., Mourelatos, A. P., Rorty, R. M. Assen.

Padel, R. (1974) '" Imagery of elsewhere": two choral odes of Euripides', *C.Q.* 24: 227–41.

(forthcoming) *In and Out of the Mind: consciousness in Greek tragedy*.

Parker, R. (1983) *Miasma: pollution and purification in early Greek religion*. Oxford.

Pembroke, S. G. (1965) 'The last of the matriarchs: a study in the inscriptions of Lycia', *Journal of Economic and Social History of the Orient* 8: 217–47.

(1967) 'Women in charge: the function of alternatives in early Greek tradition and the ancient idea of matriarchy', *Journal of Warburg and Courtauld* 30: 1–35.

Peradotto, J. (1969) 'Cledonomancy in the *Oresteia*', *A.J.P.* 90: 1–21.

Pfeiffer, R. (1968) *History of Classical Scholarship*. Oxford.

Pickard-Cambridge, A. (1968) *The Dramatic Festivals of Athens*. (Revised by Gould, J. and Lewis, D. M.) Oxford.

Podlecki, A. (1966a) 'The power of the word in Sophocles' *Philoctetes*', *G.R.B.S.* 7: 233–50.

(1966b) *The Political Background of Aeschylean Tragedy*. Michigan.

(1970) 'The basic seriousness of Euripides' *Helen*', *T.A.P.A.* 101: 401–18.

Pohlenz, M. (1953) 'Nomos und Physis', *Hermes* 81: 418–38.

Pomeroy, S. B. (1977a) 'Selected bibliography on women in antiquity', *Arethusa* 11: 127–57.

(1977b) 'Technikai kai musikai', *A.J.A.H.* 2: 51–66.

Pucci, P. (1977) *Hesiod and the Language of Poetry*. Baltimore.

Reeve, M. D. (1973) 'Interpolations in Greek Tragedy III', *G.R.B.S.* 14: 145–71.

Reinhardt, K. (1979) *Sophocles*. Trans. Harvey, H. and D. Oxford.

Rosaldo, M. and Lamphere, L. (1975) *Women, Culture and Society*. Stanford.

Rosenmeyer, T. (1955) 'Gorgias, Aeschylus and ἀπάτη', *A.J.P.* 76: 225–60.

(1963) *The Masks of Tragedy*. Austin.

Rosivach, V. (1978) 'The "Golden Lamb" ode in Euripides' *Electra*', *C.P.* 73: 189–99.

(1979) 'The two worlds of the *Antigone*', *I.C.S.* 4: 16–26.

Roudiez, L. S. Introduction to Kristeva (1980).

Rousselle, A. (1983) *Porneia: de la maîtrise du corps à la privation sensuelle*. Paris.

Rudhardt, J. and Reverdin, O. eds. (1981) *Le Sacrifice dans l'antiquité*. Fondation Hardt, *Entretiens sur l' antiquité classique*, 27. Geneva.

Russell, D. A. (1983) *Greek Declamation*. Cambridge.

Ryffel, H. (1949) *Metabole Politeion. Der Wandel der Staatsverfassungen*. New York.

Saïd, S. (1978) *La Faute tragique*. Paris.

Sainte-Croix, G. de (1972) *The Origins of the Peloponnesian War*. London.

Sale, W. (1977) *Existentialism and Euripides: sickness, tragedy and divinity in the Medea, the Hippolytus and the Bacchae*. Berwick, Victoria.

Sansonne, D. (1978) 'The *Bacchae* as satyr play?', *I.C.S.* 3: 40–6.

Sartre, J.-P. (1973) *Politics and Literature*. Trans. Underwood, J. A. London.

Schadewaldt, W. (1926) *Monolog und Selbstgesprach*. Berlin.

Schaps, D. M. (1977) 'The woman least mentioned: etiquette and women's names', *C.Q.* 27: 323–30.

(1978) *The Economic Rights of Women in Ancient Greece*. Edinburgh.

Schnapp, A. (1984) 'Éros en chasse' in *La Cité des images*.

Seaford, R. (1981) 'Dionysiac drama and the Dionysiac mysteries', *C.Q.* 31: 252–75.

Searle, R. (1983) *Intentionality: an essay in the philosophy of mind*. Cambridge.

Segal, C. P. (1962a) 'Gorgias and the psychology of the logos', *H.S.C.P.* 66: 99–155.

(1962b) 'The Phaeacians and the symbolism of Odysseus' return', *Arion* 1.4: 17–64.

(1964) 'Sophocles' praise of man and the conflicts of the *Antigone*', *Arion* 3: 46–66.

(1965) 'The tragedy of the *Hippolytus*: the waters of ocean and the untouched meadow', *H.S.C.P.* 70: 117–69.

(1967) 'Transition and ritual in Odysseus' return', *P.P.* 22: 321–42.

(1969) 'Euripides' *Hippolytus* 108–12: tragic irony and tragic justice', *Hermes* 97: 297–305.

(1970) 'Shame and purity in Euripides' *Hippolytus*', *Hermes* 98: 278–99.

(1971) 'The two worlds of Euripides' *Helen*', *T.A.P.A.* 102: 553–614.

(1972) 'Curse and oath in Euripides' *Hippolytus*', *Ramus* 1: 165–80.

(1981) *Tragedy and Civilization. An interpretation of Sophocles*. Cambridge.

(1982) *Dionysiac Poetics and Euripides' Bacchae*. Princeton.

Segal, E. ed. (1968) *Euripides: a collection of critical essays*. Englewood Cliffs.

ed. (1983) *Oxford Readings in Greek Tragedy*. Oxford.

Seidensticker, B. (1978) 'Comic elements in Euripides' *Bacchae*', *A.J.P.* 99: 303–20.

Shaw, M. (1975) 'The female intruder: women in fifth-century drama', *C.P.* 70: 255–66.

Shuttleworth, S. (1984) *George Eliot and Nineteenth-Century Science: the make-believe of a beginning*. Cambridge.

Sicherl, M. (1977) 'The tragic issue in Sophocles' *Ajax*', *Y.C.S.* 25: 67–98.

Silk, M.S. (1974) *Introduction in Poetic Imagery*. Cambridge.

Silverman, K. (1983) *The Subject of Semiotics*. New York.

Simon, B. (1978) *Mind and Madness in Ancient Greece*. Ithaca and London.

Simpson, M. (1969) 'Sophocles' Ajax: his madness and transformation', *Arethusa* 1: 88–103.

Sinclair, T. A. (1976) 'Protagoras and others. Socrates and his opponents', in Classen (1976).

Sissa, G. (1984) 'Une virginité sans hymen: le corps féminin en Grèce ancienne', *Annales E.S.C.* 6: 1119–39.

Slater, P. (1968) *The Glory of Hera*. Boston.

Snell, B. (1953) *The Discovery of the Mind*. Trans. Rosenmeyer, T. Oxford.

Solmsen, F. (1949) *Hesiod and Aeschylus*. Ithaca.

(1967) 'Electra and Orestes: three recognitions in Greek tragedy', *Med. Konin. Nederl. Akad. van Wet. afd. letterk.* n.r. 20.2: 9–18.

(1975) *Intellectual Experiments of the Greek Enlightenment*. Princeton.

Stanford, W. B. (1939) *Ambiguity in Greek Literature*. Oxford.

(1975) 'The serpent and the eagle', introduction to *Aeschylus: the Oresteia* trans. Fagles, R. New York.

Steiner, G. (1984) *Antigones*. London.

Stewart, D. J. (1976) *The Disguised Guest: rank, role and identity in the Odyssey*. Lewisburg.

Stone, L. (1977) *The Family, Sex, and Marriage in England 1500–1800*. London.

Stroud, R. (1971) 'Greek inscriptions: Theozotides and the Athenian orphans', *Hesperia* 40: 280–301.

Sutton, D. F. (1971) 'The relation between tragedies and fourth place plays in three instances', *Arethusa* 4: 55–72.

Svenbro, J. (1976) *La Parole et le marbre: aux origines de la poétique grecque*. Lund.

Tanner, A. (1980) *Adultery and the Novel: contract and transgression*. Baltimore.

Taplin, O. P. (1977) *The Stagecraft of Aeschylus*. Oxford.

(1978) *Greek Tragedy in Action*. London.

Tarkow, T. (1981) 'The scar of Orestes: observations on a Euripidean innovation', *Rh.M* 124: 143–53.

Thomson, G. (1941) *Aeschylus and Athens*. London.

(1966) *Aeschylus: the Oresteia*. 2 vols. Amsterdam.

Torrance, R. M. (1965) 'Sophocles: some bearings', *H.S.C.P.* 60: 269–367.

Tyrrell, W. B. (1984) *Amazons: a study in Athenian mythmaking*. Baltimore.

Vandvik, E. (1942) 'Ajax the insane', *S.O.* suppl. 11: 169–75.

Vernant, J.-P. (1965) *Mythe et pensée chez les Grecs*. Paris.

ed. (1968) *Problèmes de la guerre en Grèce ancienne*. Paris.

(1980) *Myth and Society in Ancient Greece*. trans. Lloyd, J. Brighton.

(1983) *Myth and Thought among the Greeks*. London.

(1985) 'Le Dionysos masqué des *Bacchants* d'Euripide', *L'Homme* 93: 31–58.

Vernant, J.-P. and Vidal-Naquet, P. (1981) *Myth and Tragedy in Ancient Greece*. Trans. Lloyd, J. Brighton.

Verrall, A. W. (1889) *The Agamemnon of Aeschylus*. London.

Versenýi, L. (1962) 'Protagoras' man-measure fragment', *A.J.P.* 83: 178–84.

Vickers, B. (1973) *Towards Greek Tragedy*. London.

Vidal-Naquet, P. (1968) 'The Black Hunter and the origin of the Athenian *ephebeia*', *P.C.P.S.* 14: 49–64.

(1970) 'Esclavage et gynécocratie dans la tradition, le mythe, l'utopie'. Recherches sur la structure sociale dans l'antiquité classique. (Actes du colloque de Caen 25–6 April, 1969) Paris. Trans. in Gordon (1981).

(1974) 'Les jeunes: le cru, l'enfant grec et le cuit' in *Faire de l'histoire* eds. Le Goff, J.

and Nora, P. Paris.

(1981a) *Le Chasseur noir: formes de pensée et formes de société dans le monde grec*. Paris.

(1981b) 'Religious and mythic values of the land and sacrifice in the *Odyssey*,' in Gordon (1981).

(1981c) 'The Black Hunter and the origin of the Athenian *ephebeia*' (revised from Vidal-Naquet 1968) in Gordon (1981).

(1981d) 'Recipes for Greek adolescence' (revised and translated from Vidal-Naquet 1974), in Gordon (1981).

Vlastos, G. (1971) *The Philosophy of Socrates*. Garden City.

Walsh, G. R. (1977) 'The first stasimon of Euripides' *Electra*', *Y.C.S.* 25: 277-89.

Walton, J. M. (1984) *The Greek Sense of Theatre: tragedy reviewed*. London.

Whitman, C. H. (1951) *Sophocles*. Cambridge.

(1974) 'Sophocles' *Ajax* 815-824', *H.S.C.P.* 78: 67-9.

Wiersma, S. (1984) 'Women in Sophocles', *Mnemosyne* 37: 25-55.

Wigodsky, M. W. (1962) 'The "salvation" of Ajax', *Hermes* 90: 149-58.

Wilamowitz, T. von (1969) *Die dramatische Technik des Sophokles*. Zurich.

Wilcox, S. (1942) 'The scope of early rhetorical instruction', *H.S.C.P.* 53: 121-55.

Willetts, R. F. (1959) 'The servile interregnum at Argos', *Hermes* 87: 495-506.

Willink, C. W. (1968) 'Some problems of text and interpretation in the *Hippolytus*', *C.Q.* 18: 11-43.

Wimsatt, W. K. (1954) *The Verbal Icon*. Louisville.

Winnington-Ingram, R. P. (1948) *Euripides and Dionysus: an interpretation of the Bacchae*. Cambridge.

(1949) 'Clytemnestra and the vote of Athena', *J.H.S.* 68: 130-47.

(1960) '*Hippolytus*: a study in causation' in *Entretiens sur l'antiquité classique* 6: 171-91.

(1969) 'Euripides: *poietes sophos*', *Arethusa* 2: 127-42.

(1980) *Sophocles: an interpretation*. Cambridge.

(1983) *Studies in Aeschylus*. Cambridge.

Wolff, C. (1968) 'Orestes', in Segal, E. ed. (1968).

Woozley, J. (1979) *Law and Obedience: the arguments of Plato's Crito*. London.

Zeitlin, F. (1965) 'The motif of the corrupted sacrifice in Aeschylus' *Oresteia*', *T.A.P.A.* 96: 463-505.

(1970) 'The Argive festival of Hera and Euripides' *Electra*', *T.A.P.A.* 101: 645-69.

(1978) 'Dynamics of misogyny in the *Oresteia*', *Arethusa* 11: 149-84.

(1980) 'The closet of masks: role-playing and myth-making in the *Orestes* of Euripides', *Ramus* 9: 62-73.

(1982a) *Under the Sign of the Shield: semiotics and Aeschylus' Seven against Thebes*. Rome.

(1982b) 'Cultic models of the female: rites of Dionysus and Demeter', *Arethusa* 15: 129-57.

(1985) 'The power of Aphrodite: Eros and the boundaries of the self in the *Hippolytus*' in *Directions in Euripidean Criticism*, ed. Burian, P. Durham.

Zuntz, G. (1958) 'On Euripides' *Helena*: theology and irony' in *Entretiens sur l'antiquité classique* 6: 201-27.

1988增补

Clarke, H. C. (1981) *Homer's Readers*. Newark.

Erbse, E. (1984) *Studien zum Prolog der euripideischen Tragödie*. Berlin.

Euben, J. P. ed. (1986) *Greek Tragedy and Political Theory*. Berkeley.

Gagarin, M. (1986) *Early Greek Law*. Berkeley.

Goldhill, S. (1986) 'Rhetoric and relevance: interpolation at Euripides' *Electra* 367–400', *G.R.B.S.* 27: 157–71.

(1987) 'The Great Dionysia and civic ideology', *J.H.S.* 107: 58–76.

Hansen, M. H. (1985) *Demography and Democracy. The number of Athenian citizens in the fourth century B.C.* Herning.

(1987) *The Athenian Assembly*. Oxford.

Pelling, C. (1988) ed. *Characterization and Individuality in Greek Literature*. Oxford.

Vernant, J-P., and Vidal-Naquet, P. (1986) *Mythe et tragédie deux*. Paris.

Vidal-Naquet, P. (1986) 'Oedipe entre deux cités. Essai sur l'*Oedipe à Colone*, in Vernant and Vidal-Naquet 1986.

Whitehead, D. (1986) *The Demes of Attica*. Princeton.

Zeitlin, F. (1986) 'Thebes: theater of self and society in Athenian Drama', in Euben 1986.

索 引

（标注页码为本书边码）

Bulloch，A，A. 布洛克，138

Burkert，W.，W. 伯克特，60

Burnyeat，M.，M. 伯恩尼特，201，231

Calame，C.，C. 卡莱默，140，141

Callias，卡利阿斯，228

Calogero，G.，G. 卡洛杰罗，201

Cameron，A.，A. 卡梅隆，108

carpet scene，地毯场景，10-14

Cassandra，卡珊德拉，23-8，38，54，166，236

Castellani，V.，V. 加斯特拉尼，279，280

Cavell，S.，S. 卡维尔，283

Cecrops，刻克洛普斯，67

character，形象，12-13，169-98

childbirth，分娩，15，20，67-8，72，116，121-3

chorus，歌队，role of，歌队的角色，87，140ff.，256-8，267-74

citizenship，公民身份，58ff.

city，城邦，2，5，19，28，29-30，31-2，34，36-7，40，48-9，51-6，57-8，82，83，88-107，109，113-14，152-4，203，204，205，210，

229，241，242-3，265-74

civic duty，公共义务，见 city，城邦

Cixoux，H.，H. 西苏，168

clarity，清晰，17ff.，27，219ff.

Clarke，H. C.，H. C. 克拉克，142

Classen，C.，C. 克拉森，225

Clay，D，D. 克雷，214

cledonomancy，谶语，21

Cleisthenes，克里斯提尼，61

Cleon，克里昂，64

Coleman，R.，R. 科尔曼，179

Collard，C.，C. 科拉德，244，248

Collinge，N.，N. 柯林基，208

comedy，喜剧，78，123，247-9，262-4，274

communication，交流，见 language 语言

convention，惯例，3，6，183，244-64，267-74，280-2 习俗

costume，戏装，261-2，276-7，282

Coward，R.，R. 考沃德，51，108，168

Critias，克里提阿，227，243

Crotty，K.，K. 克罗蒂，160

Culler，J.，J. 库勒，4

Cyclops，库克罗普斯，81，203

Peradotto, J., J. 佩拉多托，21，108

performance，表演 75–8，89–90，131–7，220–1，252–3，276–86；另见 stagecraft

Pericles，伯里克利，63，64，66，92，108–10，199，200，227–8，229

Pfeiffer, R. R. 法伊弗，1，142

philos，79–107，121，175，189

phronein，132–7，175–6，177–80，182，185，187

Phrynichus，弗律尼科斯，76，138，242

Pickard-Cambridge, A., A. 皮卡德–坎伯里奇，75，76

Pindar，品达，57

Plato，柏拉图，36，57，63，66，67，74，75，79，83，95，97，118，140，142，143，199，201–2，203，216，222–6，228，230，232–3，239，240，243，267

Plutarch，普鲁塔克，172，228

Podlecki, A., A. 波德列茨基，3，40，245

poets，诗人 role of，诗人的角色，139ff.，223，267–71

Pohlenz, M., M. 波伦兹，239

polis，城邦，见 city

Pomeroy, S., S. 波默罗伊，110

prayers，祈祷，4，15–16，21–3，43–5

Priam，普里阿摩斯，12，41，87，156，237

prologue，开场白，245–7，252

Protagoras，普罗塔戈拉，201–2，203，222–6，228，229，230–2，239–40

Proust, M., M. 普鲁斯特，229

Pucci, P., P. 普奇，35

pun，双关，20–1，42，43，45–6，217

reader，读者 role of 读者的角色，32，46–7，55–6，89–90，106，220–1，263–4，285–6

realism，现实性，251–2

recognition，相认/发现，4，84–5，247–50

Reeve, M., M. 里夫，228

Reinhardt, K., K. 莱因哈特，88

译后记

　　古希腊悲剧是公元前五世纪雅典文化一个不可或缺的方面，也对整个西方文化传统有难以估量的影响。许多著作尝试对这一领域做出介绍、梳理和阐释，而戈德希尔教授的《阅读希腊悲剧》，一方面将悲剧看作公元前五世纪雅典社会生活和公民话语的有机组成部分，另一方面引入现代文学批评的视角，将"阅读"作为一种隐喻，对希腊悲剧的本质及其涉及的重要问题进行了独到的考察，同时也向读者揭示了希腊悲剧中的张力和不确定性。自 1986 年初版以来，学界一直都在不断地讨论和回应本书带来的方法和思路转向；直到今天，它还是戈德希尔教授最为出名的著作之一。

　　因此，为正在掀起古典学热的中国译介这本书，是一件富有意义的工作。然而，这部著作本身便强调语言的危险、翻译的不确定性和解读的多元性，再加上戈德希尔教授的英文行文节奏悠长，用词丰富，对初次尝试学术翻译的译者而言无疑是个不小的挑战。本书的翻译力求兼顾普通读者和专业学者的需求，保留了希腊语关键词的拉丁转写形式，并在重要的概念和首次出现的专名后保留了英文原文。书中有一些希腊作者和作品的缩写形式，因为出现较少且比较规律，所以没有另外加以说明，如有疑问，读者可参考权威的希腊语-英语词典（如 Liddell & Scott）中的缩写列表。书中的希腊悲剧原文翻译主要参照张竹明、王焕生《古希腊悲剧喜剧全集》（译林出版社，2015 年），并在必要处有改动。因为译者经验不足、学力有限，难免会有翻译上的失误，恳请读者提出批评。

在此，我们要特别感谢为本书的翻译提供帮助的两位老师。正是在甘阳教授的指导和感召下，译者开始对古典学研究心向往之，并将本书的翻译提上日程。不论是在中山大学博雅学院多年的学习中，还是从接手此书的翻译到最后成型的三年中，甘阳老师的关心和鞭策一直是我们前进的动力。同样要感谢本书作者戈德希尔教授，在他 2018 年访问博雅学院的时候，以及译者在剑桥大学交流学习期间，戈德希尔教授都对此书的中译表现出令人鼓舞的热情，并总是在第一时间答复我们在翻译过程中遇到的问题。同时，感谢三联的王晨晨、童可依编辑为书稿的出版付出的辛勤工作。对我们而言，翻译本身便是一个学习和进步的过程，使我们受益良多；希望这个译本对需要它的专业学者和普通读者也能提供一些启发。

章丹晨　黄政培
2019 年夏